# Das keltische Labyrinth

LYN HAMILTON

# Das keltische Labyrinth

Deutsch von Christiane Winkler

Weltbild

Originaltitel: *The Celtic Riddle*
Originalverlag: The Berkley Publishing Group,
a division of Penguin Putnam Inc., New York




## Die Autorin

Lyn Hamilton ist die Autorin einer sehr erfolgreichen Serie archäologischer Mystery-Krimis. In Toronto geboren und aufgewachsen, hat die Kanadierin durch ihr Studium der Anthropologie und Archäologie ein leidenschaftliches Interesse für alte Kulturen entwickelt, das sie in ausgedehnten Reisen um den ganzen Globus führt. Sie besucht jeden der Schauplätze, über die sie schreibt, um vor Ort sorgfältig zu recherchieren. Neben diversen Tätigkeiten in der Verlags- und Medienbranche leitete Lyn Hamilton auch viele Jahre eine archäologische Landesbehörde. Einige ihrer Romane wurden für den renommierten *Arthur Ellis Award* nominiert. Lyn Hamilton lebt in Toronto und hat wie die Protagonistin ihrer Romane ein Faible für Antiquitäten.

**Weltbild** Taschenbuch

# Danksagung

Irland gehört zu jenen wunderbaren Orten, die nicht nur schön sind, sondern an denen jeder Stein, jeder Baum, jeder Ort voller Zauber ist. Und die großen mythischen Schauplätze kann man auch heute noch finden, wenn man nach ihnen sucht. Allen, die gerne mehr über die irische Mythologie erfahren möchten, kann ich die Bücher *Celtic Mythology* von J.A. MacCulloch oder Michael Dames, *Mythic Ireland*, empfehlen, die mir persönlich sehr geholfen haben, die irische Mythologie den jeweiligen Originalschauplätzen zuzuordnen. Aber auch vielen anderen Menschen, die mir bei der Recherche zu diesem Buch geholfen haben, bin ich zu Dank verpflichtet: vor allem Jim Polk, Jane und Tim Marlatt, Jan Rush, Bella Pomer, Medora Sale, Catherine Clement und Susie Wilson. Besonders möchte ich mich bei Dr. Harry Roe für seine englische Übersetzung des »Song of Amairgen« bedanken. Dieses Buch ist meinen irischen Vorfahren gewidmet.

## *Song of Amairgen*
## Amairgens Gesang

*Ic tabairt a choisse dessi nHerind asbert Amairgen Glúngel mac Miled in laídseo sís:*
Als Amairgen of the White Knee seinen rechten Fuß auf irischen Boden setzte, sprach er dieses Gedicht:

*Am gáeth i mmuir*
Ich bin der Seegang
*Am tonn trethain*
Die tosende Woge
*Am fúaimm mara*
Das Brausen der See
*Am dam secht ndrenn*
Ein Hirsch in sieben Schlachten
*Am séig i n-aill*
Ein Falke über der Klippe
*Am dér gréne*
Ein Sonnenstrahl
*Am caín lubae*
Die Schönheit einer Pflanze
*Am torc ar gàil*
Ein wütender Keiler
*Am hé i llind*
Ein Lachs im Becken
*Am loch i mmaig*
Ein See in der Ebene
*Am brí dánae*
Eine mutige Flamme

*Am gae i fodb feras fechtu*
Ein Speer, der durchbohrt, führt Krieg
*Am dé delbas do chin codnu*
Ein Gott, der Helden für einen Herrn schafft
*Cóich é no-d-gléith clochur sléibe*
Er, der die Bergwege räumt
*Cía ón co-ta-gair áesa éscai*
Er, der den Mondenlauf beschreibt
*Cía dú i llaig funiud gréne*
Der Ort, an dem die Sonne untergeht
*Cía beir búar o thig Temrach*
Er, der das Vieh von Tara wegtreibt
*Cía búar tethrach tibis cech dáin*
Diese herrliche Herde berührt jeden Verstand
*Cía dé delbas fáebru áine*
Ein Gott, der ruhmreiche Waffen schafft
*Commus caínte Cáinte gáeth*
Ein kluger Dichter. Weise bin ich.

Grianan Ailech
ULSTER
Navan Fort
Granard
Rathcroghan
Tailte
CONNACHT
Sliab na Cailligh
Tara
Elta Edar
Athlone
Dublin
Hill of Allen
LEINSTER
The Dingle
Cnoc Aine
Slieve Mish Mtns.
MUNSTER

# Vorwort

*Ich möchte euch eine Geschichte erzählen. Sie trug sich vor sehr langer Zeit zu, bevor Amairgen und Mils Söhne ihren Fuß an diese Küste setzten. Bevor die Kinder der Göttin Danu sich nach Sidhe zurückzogen. Sie ist nicht so lange her wie die Seuche, welche die Söhne und Töchter des Partholan dahinraffte, aber dennoch ereignete sie sich vor sehr langer Zeit.*

*In jenen Tagen bewohnten noch Riesen die Erde, und Geschöpfe, die nur ein Bein und einen Arm hatten, wie Schlangen, entstiegen der See. Damals erzählten gezückte Waffen Geschichten, vom Himmel konnte es Feuer regnen, und des Nachts vernahm man die Schreie der Hexe. Und es war die Zeit, als die Schlacht aller Schlachten, der Kampf des Lichts gegen die Dunkelheit ausgefochten und von den Tuatha de Danaan gewonnen wurde. Zuerst schlugen sie die Fir Bolgs in die Flucht, dann verbannten sie in der Schlacht von Mag Tuired die gefürchteten Formorier.*

*Die Geschichten ihrer Helden, ihrer Anführer in der Schlacht, erzählen wir uns bis heute: Von Lugh, dem Leuchtenden, Strahlenden, Vernichter des Bösen Auges. Von Diancecht, dem Druiden. Von Nuada Silberhand. Aber vor allem von Dagda.*

*Nun, da gab es einen Gott! Nach ihm selbst zu schließen, muss er außerordentlich gewesen sein. Ein Riese, mit einem ebenso riesigen Appetit. Man erzählt, der Dagda habe einen Kessel besessen, in dem Schweine gegart wurden. Doch es war kein gewöhnlicher Kessel, und es waren auch keine gewöhnlichen Schweine. Immer war ein Schwein gar und der Kessel niemals leer, egal, wie viele von ihm aßen. Und über-*

*dies inspirierte der Inhalt des Kessels Dichter und erweckte Tote zu neuem Leben. Das erzählte man sich.*

*Wie dem auch sei, eines Tages ging der Dagda zum Heerlager der Formorier, weil er um einen Waffenstillstand bitten wollte. Da er aber auch schlau war, spionierte er gleichzeitig ihr Lager aus. Die Formorier, von denen einige selbst Riesen waren, bereiteten ihm ein Porridge aus fast vierhundert Litern Milch, vierhundert Kilo Fleisch und Fett zu. Dazu gaben sie Schweine, Ziegen und Schafe, dann gossen sie alles in ein riesiges Loch im Boden.*

*»Iss alles auf«, sagten die Formorier, »oder du musst sterben.«*

*»Das werde ich tun«, antwortete der Dagda, nahm seine Schöpfkelle, die so groß war, dass ein Mann und eine Frau darin liegen konnten, und begann zu essen. Die Formorier sahen dabei zu, wie er alles bis auf den letzten Happen herunterschluckte und die letzten Krumen mit seiner großen Hand aus dem Dreck kratzte, wo die Kelle nicht hinkam. Dann legte er sich schlafen.*

*»Seht euch diesen Bauch an«, riefen die Formorier und zeigten auf den schlafenden Dagda, dessen Bauch sich wie ein Berg von der Stelle aus auftürmte, auf der er lag. »Er wird nicht mehr aufstehen können.«*

*Und was denkt ihr wohl, ist dann passiert? Der Dagda erwachte, grunzte, erhob seine enormen Massen und taumelte fort, zog seine Keule hinter sich her und schlug eine Furche von der Breite eines Grenzgrabens. Und selbst dann war er noch nicht erschöpft. Später am Tage lag er bei Morrigan, der Krähe, der Göttin des Krieges. Doch das ist eine ganz andere Geschichte.*

*Ich war dabei, wisst ihr. Ja, das war ich. Wer sagt, dass ich es nicht war?*

# 1

# Ich bin der Seegang

»Ich habe festgestellt, dass einer der wenigen Vorteile des Totseins darin besteht, dass man sagen kann, was einem gerade einfällt. Man muss nicht besonders höflich sein, kann sogar die verletzendsten Wahrheiten oder Sticheleien, die herzzerreißendsten Geständnisse und bissigsten letzten Worte äußern, ohne Proteste, Peinlichkeiten oder Racheandrohungen hinnehmen zu müssen, die eine solche Offenheit natürlich unausweichlich mit sich bringt.«

Ich glaube, Eamon Byrne muss so gedacht haben, doch seine Worte lösten ein Gezeter, eine so leidenschaftliche Wut und eine derartige Erbitterung aus, wie er wohl kaum vorausgeahnt hatte.

Natürlich hielt auch ich ihn für ungehobelt und unsensibel, als ich ihn so aus dem Grabe sprechen hörte, auch wenn er mit dem, was er sagte, vielleicht nicht ganz falsch lag. Das war jedoch, bevor ich die Leute, von denen er sprach, näher kennen lernte.

»Ihr werdet euch fragen, weshalb ich euch zusammengerufen habe«, begann Byrne mit einem Grinsen, das irgendwann zur Grimasse gefror, weil ihm schließlich die Luft wegblieb.

»Eamon hat schon immer gerne im Mittelpunkt gestanden«, flüsterte Alex Stewart mir so leise zu, dass die anderen ihn nicht hören konnten.

»Und Eamon konnte anscheinend auch gut mit Klischees umgehen«, flüsterte ich zurück.

»Vor allem«, fuhr der Mann nach ein paar mühsamen

Atemzügen fort, »vor allem«, wiederholte er, »wenn man bedenkt, wie ich gestorben bin.«

»Ein echter Witzbold«, seufzte Alex.

Man sah, wie sich das Gesicht in dem Film zur Kamera vorbeugte, dann verschwamm und plötzlich mit einem Ruck wieder im Mittelpunkt stand, als wäre die Kamera von einer unsichtbaren Hand geführt worden. Das Gesicht bot keinen besonders schönen Anblick: Wangen und Augen waren eingefallen, ein Sauerstoffschlauch baumelte aus einem Nasenloch, und das graue Haar klebte am Kopf. Trotzdem erkannte ich, dass dies einmal ein sehr stolzer und gut aussehender Mann gewesen sein musste.

»Komisch, dass er sich in diesem Zustand hat filmen lassen«, flüsterte ich Alex zu.

Alex neigte wieder seinen Kopf zu mir. »Ich hatte nie den Eindruck, dass er sich viel daraus machte, was die Leute von ihm dachten, Lara. Im Gegenteil.« Während er sprach, kam eine etwa dreißig Zentimeter große Schildkröte über den Orientteppich angekrochen.

»Psssst«, fauchte eine verhärmt wirkende Frau in der Reihe vor uns über ihre Schulter. Zwei weitere, ähnlich aussehende Frauen, die in derselben Reihe saßen, drehten sich daraufhin zu uns um. Mutter und Töchter – sie glichen sich aufs Haar, so ausgeprägt war die Familienähnlichkeit. Ich widerstand der Versuchung, etwas Unfreundliches zu erwidern, und beschränkte mich darauf, zurückzustarren und mir ein paar gehässige Gedanken zu machen.

Ein unsympathisches Grüppchen, dachte ich mir, diese drei Frauen, zwischen denen, fast wie Puffer, zwei Männer saßen.

Die Männer hatten ihre Jacken abgelegt, die drückende Hitze und die abgestandene Luft im Raum machten jeden Versuch zunichte, eine feierliche Stimmung zur Würdigung des Augenblicks aufkommen zu lassen.

Die beiden Männer hingen mehr in ihren Stühlen, als dass

sie saßen, zwei weiße Hemden, bleiche Hälse und darüber blondes Haar. Einen Augenblick musste ich an die Wattepads denken, die man während der Pediküre zwischen die Zehen gesteckt bekommt, womit verhindert wird, dass man sich mit Lack bekleckert.

Dieser Vergleich passte erstaunlich gut, wie ich später erfahren sollte, nicht nur, was die beiden Männer betraf, sondern auch, wie sie die Frauen der Familie spalteten.

Links von uns aus gesehen saß die große Zehe Mutter Margaret, groß, blond, von eleganter Schlankheit, in einem dem Anlass entsprechenden schwarzen Wollkostüm mit einem kastenförmigen Jäckchen, das an Chanel erinnerte. Sie war mit Recht stolz auf ihre Beine, die für ihr Alter gut aussahen und die sie in regelmäßigen Abständen immer wieder übereinander schlug. Neben ihr saß das erste Wattebäuschchen, Schwiegersohn Sean McHugh, daneben seine Frau Eithne, Margarets älteste Tochter, genauso groß, blond und schlank wie diese und etwas nervös wirkend, was darauf schließen ließ, dass sie wohl der Pessimist der Familie war. Neben ihr saß ein weiteres Wattebäuschchen, Conail O'Connor, neben seiner Frau Fionuala, Margarets zweiter Tochter. Sie sah den beiden anderen sehr ähnlich, war jedoch nicht so groß und wirkte etwas vulgär, was sie wohl zum Vamp der Familie machte. Alle drei Frauen wirkten steif und verbittert, vor allem die Mutter, die nach chronischen Magenbeschwerden aussah, für die ihre Töchter noch zu jung waren. Die Männer hingegen wirkten verweichlicht um Kinn und Bauch, was einer Tendenz zur Trägheit entsprach, die ich in der kurzen Zeit, die ich sie kannte, bemerken konnte.

Der nächste Zeh wäre Breeta, die jüngste Tochter gewesen, hätte sie sich neben die anderen gesetzt. Stattdessen hatte sie es sich in einem Lehnstuhl bequem gemacht, so weit von ihrer Familie entfernt, wie das in diesem überfüllten Raum nur möglich war. Sie schien jünger als ihre Schwestern zu sein, Mitte zwanzig, würde ich sagen. Während zwischen den beiden anderen Schwestern der übliche Altersunterschied von zwei oder drei Jahren bestand, mussten zwischen Breeta und der zweitjüngsten Schwester Fionuala mindestens sechs oder sieben Jahre liegen. Vielleicht war Breeta ja eine Nachzüglerin oder auch der letzte verzweifelte Versuch der Eltern, ihre Ehe zu retten, was wohl nicht gelungen ist, wage ich mal zu behaupten.

Sie war ein wenig übergewichtig und schmollte vor sich hin, war aber trotzdem hübsch und kam ganz nach dem Vater, überlegte ich, als ich mir das Gesicht auf dem Bildschirm genauer ansah. Sie hatte dunkles Haar und helle Augen und zeigte nur wenig Ähnlichkeit mit den anderen drei Frauen.

An ihrer Umwelt schien sie völlig desinteressiert, ein Verhalten, das ich auch bei anderen ihrer Altersgenossen schon beobachtet hatte. Ob dieses Desinteresse am Geschehen des Tages echt oder vorgetäuscht war, konnte ich nicht beurteilen.

Der Einzige, dem der Tod des Kranken nahe zu gehen schien, war ein junger Mann mit feuerrotem Haar und von der Sonne gerötetem und mit Sommersprossen übersätem Gesicht, der, wie ich fand, aufrichtig ernst dasaß. Er wirkte wie jemand, der körperlicher Arbeit im Freien nachging, seine Muskeln spannten die Nähte seines einfachen, jedoch sauberen Jacketts und seines verschlissenen Hemdkragens, der sich fest um seinen Hals schloss. Er hieß Michael Davis, wie ich später erfuhr, und war nicht nur einer der wenigen im Raum, der um Eamon Byrne trauerte, sondern neben Alex der Einzige, der abweisend behandelt wurde. Darum hatte man Michael, Alex und mich zusammen mit ein paar anderen Ausgestoßenen in die letzte Reihe verbannt, von denen einer ein Anwalt war, der eine bisher unbekannte Person vertrat, wie man mir sagte.

Dem Kreis gehörten noch zwei Anwälte an, die Eamons Nachlass verwalteten, ein Dienstmädchen mit Namen Deirdre – die ich aufgrund ihres griesgrämigen Ausdrucks »Deirdre of the Sorrows« taufte, obwohl ich nicht wusste, ob sie immer oder nur zu diesem Anlass so dreinsah und die als treue Angestellte der Byrnes offenbar bei ihrem Vornamen gerufen wurde – und ein weiterer Hausangestellter namens John, auch er nur bekannt unter seinem Vornamen, der nach Alkohol stank und dessen Hände zitterten, wenn er mit dem Finger auf die Personen in der Runde zeigte. Ab und zu verließ John den Raum, ging in den Flur und genehmigte sich dort ein Schlückchen, was ich zunächst gar nicht erst bemerkt hätte, hätten seine schwarzen Schnürschuhe nicht bei jedem Schritt gequietscht. Zu den Anwesenden gehörte auch, nicht zu vergessen, eine Schildkröte, das Haustier der Familie, das frei durch das Haus rannte – oder besser gesagt schlich. Darauf zu achten, nicht auf die Hausschildkröte zu treten, war eine völlig neue Erfahrung für mich, was mich veranlasste, für Diesel, die offizielle Wachkatze des Antiquitätengeschäfts, dessen Miteigentümerin ich bin, und ihre Art, allem und jedem auszuweichen, einige Hochachtung zu empfinden.

Was ich aber – abgesehen von der Schildkröte – noch interessant fand, war die Tatsache, dass ich einen ganz guten Eindruck davon bekam, wie die fünf Familienmitglieder vor uns über die Sache und die Anwesenden dachten, obwohl ich ihre Gesichter nur im Profil und bei den seltenen Gelegenheiten zu sehen bekam, in denen sie unsere Anwesenheit würdigten, indem sie uns anzischten.

Es war offensichtlich, dass sie sich zwar in ihrem Aussehen und Verhalten ähnelten, zu diesem Anlass auch zusammensaßen und gemeinsam offen ihre Feindschaft Alex gegenüber bekundeten, ansonsten aber nicht miteinander auskamen.

Alles deutete darauf hin, dass die Familienmitglieder auf Kriegsfuß miteinander standen. Nur selten sahen sie sich an, die Frauen saßen kerzengerade, die Köpfe entschlossen nach vorne gewandt, während die Männer gekrümmt auf ihren

Stühlen hingen und abgesehen von ihrer jeweiligen Partnerin neben sich niemanden anblickten. Sie vermieden es auch entschieden, Breeta anzusehen, obwohl diese von Zeit zu Zeit zu ihnen herüberspähte, und sie ignorierten Michael und den geheimnisvollen Anwalt. Es musste sie eine große Willensanstrengung gekostet haben, sich nicht im Zimmer umzusehen oder sich bei jedem Türknall umzudrehen, doch eisernen Willen schienen sie im Überfluss zu haben.

Inzwischen scheint klar zu sein, dass ich diese Leute nicht ausstehen konnte. Wenn, abgesehen von Michael Davis, auch nur einer von ihnen eine nette Eigenschaft gehabt hätte, so hatte ich sie bis jetzt noch nicht entdeckt. Als ich die drei Frauen ansah, wünschte ich mir, erst gar nicht nach Irland gekommen zu sein, doch diesen Gedanken bereute ich sofort wieder.

Wenn Alex Stewart das Gefühl hatte, dass er meine Anwesenheit brauchte, sollte er sie haben.

Alex Stewart ist ein guter Freund, ein pensionierter Gentleman, der nur ein paar Häuser von mir entfernt wohnt und regelmäßig bei unserem Geschäft *Greenhalgh & McClintoch* vorbeischaut, um auszuhelfen. Wir haben ein Antiquitäten- und Designergeschäft in Yorkville, einem der angesagtesten Viertel von Toronto, so angesagt, dass wir es uns eigentlich nicht leisten könnten, dort ein Geschäft zu besitzen. Vor ein paar Monaten hatte Alex sich am Kopf verletzt und während der Zeit seiner Genesung einen leichten Gehirnschlag erlitten, wie die Ärzte es nannten. Ihm hatte das zwar kaum zu schaffen gemacht und bis auf ein paar Tage, in denen er auf einer Gesichtshälfte eine gewisse Taubheit verspürte, war nichts zurückgeblieben, doch ich hatte panische Angst bekommen.

Als also Ryan McGlynn, der Anwalt der namhaften Kanzlei *MacCafferty & McGlynn*, Alex aus Dublin anrief, um ihm mitzuteilen, dass seine Anwesenheit bei der Testamentseröffnung von Eamon Byrne notwendig sei, und Alex ein paar Bedenken geäußert hatte, hinzufahren, hatte ich darauf bestanden, mitzukommen. Ich wollte ihn nicht in Verlegenheit bringen, also sagte ich ihm, dass auch ich Ferien bräuchte, und zu meiner großen Verwunderung war der Gedanke, Urlaub zu machen, sogar noch ungewöhnlicher als eine Schildkröte zum Haustier zu haben. Ich machte also Ferien. Mir gelang es außerdem, Rob Luczka, einen weiteren Freund und Unteroffizier bei der Royal Canadian Mountain Police, und seine Tochter Jennifer davon zu überzeugen, uns zu begleiten. Wir planten, nach der Verlesung des Testaments zu viert Irland zu besichtigen.

Alex sagte, er wüsste nicht, weshalb er vorgeladen worden sei, ich hingegen hoffte, dass ein kleines Vermögen für ihn dabei herausspringen würde, damit er den Rest seines Lebens ein wenig dem Luxus frönen konnte.

Da ich wusste, was er für ein Mensch war, konnte ich mir denken, dass er trotzdem auch weiterhin in unser Geschäft kommen würde, um bei uns auszuhelfen, doch wenigstens müsste ich mir dann keine Gedanken mehr darüber machen, ob er von seiner Rente und dem kleinen Zubrot, das er bei uns verdiente, leben konnte.

Alex' Flugkosten wurden offenbar aus dem Nachlass von Byrne bezahlt, während ich ein paar Flugmeilen investierte, von denen ich ungefähr eine Milliarde besaß, um für mich und Jennifer Luczka die Tickets zu besorgen. Ich hatte so viele Meilen gesammelt, weil Sarah Greenhalgh und ich die Ware für unser Geschäft weltweit einkaufen. Ich bin diejenige, die sich vorwiegend um den Einkauf kümmert, und unternehme mindestens vier große Reisen pro Jahr, weil Sarah das nicht so gerne tut.

Warum ich meine Meilen nicht öfter nutze, weiß ich auch nicht. Ich erzähle den Leuten immer, dass ich sie für eine Weltreise aufhebe, die ich vermutlich nie machen werde. Warum sollte ich auch? Schließlich habe ich eine Arbeit, die mir Spaß macht und bei der ich so viel reisen kann, wie ich will.

Die Wahrheit ist aber, dass ich abergläubisch bin und die Meilen für den Fall horte, dass Sarah und ich einmal so abgebrannt sind, dass unser Überleben von den Gratismeilen abhängt.

Meine beste Freundin Moira, die Besitzerin des eleganten Schönheitssalons *Cum Spa* am Ende der Straße, sagt immer, die Buchhalter oder Versicherungsstatistiker, die dafür bezahlt werden, sich über Leute, die Meilen horten, um Fluggesellschaften zu ruinieren, den Kopf zu zerbrechen, werden mir eines Tages einen Auftragskiller schicken.

Wir waren noch keine vierundzwanzig Stunden in Irland, schon bedauerte ich es, die Meilen verflogen zu haben.

Da saßen wir nun, in einem dunklen Zimmer von Eamon Byrnes Anwesen, das, nach einem unauffälligen Schild an der Straße zu schließen, *Second Chance* hieß. Das Haus war recht hübsch, mit hellgelben Stuckarbeiten, einem schwarzen Dach und weißen Zierleisten, es gab eine beeindruckend lange und kurvige Auffahrt und viel Land darum, das sich bis zum Meer erstreckte. Die Auffahrt war von Hortensienbüschen gesäumt, an denen schwere, atemberaubend schöne rosa, blaue und lilafarbene Blüten hingen, die beinahe den Boden berührten. Hinter dem Haus befand sich ein Wintergarten mit chintzbezogenen Korbmöbeln und Blick auf einen wunderbaren Garten sowie auf eine Terrasse, von der eine mit Tonkrügen gesäumte Treppe zur Dingle Bay hinunterführte. Alles war außerordentlich luftig und licht angelegt, ganz im Gegensatz zu der Atmosphäre, die den Ort beherrschte.

Wie dem auch sei, wir jedenfalls saßen in der Bibliothek, die sich perfekt für den Anlass eignete. Der Raum lag auf der Rückseite des Hauses, nicht weit vom Wintergarten entfernt, war ziemlich groß und beeindruckend, mit dunkler Holztäfelung, übergroßen Ledersesseln und einem riesigen Schreibtisch, der aussah, als hätte man das Haus um ihn herum errichtet. Die Bibliothek hatte Eamon Byrne offensichtlich auch als Arbeitszimmer gedient. Um das Tageslicht und bedauerlicherweise damit auch die Luft und den Ausblick auszuschließen, hatte man zu diesem Anlass die bordellroten, deckenhohen Samtvorhänge vor den riesigen Fenstern zugezogen, damit wir der Vorführung noch besser folgen konnten.

Mein gelegentlich hypersensibler Geruchssinn vernahm eine Spur von Desinfektionsmittel in der Luft.

Im Gegensatz zur stillen Eleganz des Äußeren des Hauses, herrschte in diesem Raum eine Unordnung, die einem Chaos glich. Byrne musste offensichtlich ein leidenschaftlicher, wenn auch nicht allzu wählerischer Sammler gewesen sein. Damit ist nicht gemeint, dass die Dinge, die er sammelte, wertlos gewesen wären – ein kurzer Blick darauf verriet mir kurz nach unserer Ankunft, dass er sehr wohl wusste, was er da sammelte. Doch auf den ersten Blick schien es, dass er sich auf nichts spezialisiert hatte. Falls es dennoch einen allgemeinen Leitfaden gab, so war dieser für mich nicht gleich ersichtlich. In dem Raum hingen Gemälde und Drucke, unzählige Bücher, davon viele in Leder gebunden, lagen in Regalen, stapelten sich auf Möbeln oder am Boden, den drei wertvolle Orientteppiche zierten.

Die Ölgemälde an den Wänden waren in dunklen Farben gemalt und zeigten als Motiv vorwiegend große Segelschiffe, die entweder den Elementen trotzten oder gegen feindliche Schiffe auf See kämpften. An einer Wand stand ein Glaskasten, in dem ein paar sehr alte Waffen, größtenteils Schwerter und Speerspitzen, ausgestellt waren. Auf dem untersten Regalboden der Vitrine sah ich einige recht außergewöhnliche Eisentöpfe oder Schalen, manche mit fast dreißig Zentimeter Durchmesser oder größer. Ich vermutete, dass sie aus der Eisenzeit stammten. Alle Teile lehnten an einem Hintergrund aus rotem Samt, der perfekt auf die Vorhänge an den Fenstern abgestimmt war. Als ich mich umsah, dachte ich, dass wohl zig Tausend Dollar und knapp zwei Kilometer Samtstoff für die Raumausstattung benötigt worden waren. Ein Schwert, an dessen Schneide der Zahn der Zeit nagte, hing hinter dem Schreibtisch an der Wand, ein anderes, offensichtlich wertvolleres, war unter Glas auf dem Schreibtisch befestigt worden. Es war eine durchaus beachtliche Sammlung, die dem Ablauf des Ganzen jedoch etwas ziemlich Bedrohliches verlieh. Ich dachte mir, dass für Eamon Byrne das Leben ein Kampf gewesen sein musste, vorausgesetzt, er war der Sammler all der Bilder und Waffen.

Man hatte einen Fernseher und einen Videorecorder auf die Anrichte hinter dem massiven Schreibtisch gestellt, wobei der Fernseher noch zusätzlich auf einem Bücherstapel platziert worden war. Alles stand etwas schräg zum Schreibtischstuhl. Aus der Ecke, in der ich mit Alex in der letzten Reihe hinter den für Eamons Leben bedeutenderen Leuten gequetscht saß, sah es aus, als ob der sprechende Kopf sich da befände, wo Eamon gesprochen hätte, wäre er noch am Leben.

Wäre die Situation nicht so trostlos gewesen, hätte ich bei dem Anblick geschmunzelt.

Breeta hatte sich auf den großen Sessel fallen lassen und faltete unaufhörlich ihr Spitzentaschentuch auf und wieder zusammen. Alle anderen saßen auf ziemlich unbequemen Metallklappstühlen in zwei Halbkreisen um den Schreibtisch. Den Videorekorder bediente Charles McCafferty, einer der Partner von *McCafferty & McGlynn.*

Zumindest glaube ich, dass es McCafferty war. Er und sein Partner trugen fast identische, sehr teuer aussehende, gut sitzende und hübsche Anzüge mit passender Weste dazu, an der sich jeweils eine Tasche mit Taschenuhr befand, dazu ein weißes Hemd mit gestärktem hohem Kragen und Doppelmanschetten mit silbernen Manschettenknöpfen. Beide hatten zudem einen nahezu identischen Haarschnitt und ebenfalls teuer aussehende Lesebrillen, die so saßen, dass sie über ihre Nasen auf den Rest der Welt herabblicken konnten. Eines unterschied sie jedoch: die silbergrauen, aber unterschiedlich gemusterten Krawatten, von denen die eine kariert, die andere gestreift war, was ihnen meiner Meinung nach einen Hauch von Individualität verleihen sollte. Ich nannte sie heimlich einfach Dideldum und Dideldei. Oft, aber keinesfalls immer, wähle ich abschätzige Spitznamen für Leute und weiß natürlich, dass ich das nicht tun sollte. Doch zugegebenermaßen kann ich mir nur schwer Namen merken. Wie dem auch sei, jedenfalls schnitten *McCafferty & McGlynn* noch ganz gut dabei ab, wirklich. Obwohl sie keinesfalls originell waren, wirkten sie erfolgreich, jedenfalls was ihre Kleidung betraf.

Der Gedanke, dass ich mit dem, was die beiden für ihre Kleidung ausgaben, meine gesamte Hypothek hätte abzahlen könne, ernüchterte mich.

»Mister McCafferty oder Mister McGlynn – für mich sehen beide nahezu gleich aus – werden Ihnen nun meinen letzten Willen und die daran geknüpften Bedingungen eröffnen«, fuhr Eamon nach einer weiteren Atempause fort. Dideldum fühlte sich sichtlich unwohl bei dem Gedanken, dass er und Dideldei für Byrne anscheinend identisch waren, was ich nur bestätigen konnte. Die drei Hexen, so hatte ich sie inzwischen genannt, wandten nun ihre Aufmerksamkeit von uns ab und wieder dem Fernseher zu.

»Ich möchte euch nicht weiter auf die Folter spannen, denn wie ihr selbst erfahren werdet, habe ich die *Byrne Enterprise* meinen Töchtern Eithne und Fionuala oder, wie ich sie in ihrer Kindheit zu nennen pflegte, Eriu und Fotla und somit auch ihren Ehemännern Sean und Conail hinterlassen. Während meiner Krankheit haben Sean und Conail die Geschäfte geführt, aber vielleicht sollte ich eher sagen, das Unternehmen heruntergewirtschaftet, wenn man bedenkt, dass sie, wie in Conails Fall, lieber die Stühle ihrer Lieblingskneipen gewärmt haben, statt sich um eine anständige Arbeit zu kümmern, oder, wie in Seans Fall, sich wie englische Großgrundbesitzer aufgeführt haben.« Die beiden Männer rutschten unruhig auf ihren Sitzen hin und her, während das vor Anstrengung angespannte Gesicht von Byrne weitersprach. »Ich gehe davon aus, dass die Erbschaft schon bald an Wert verloren haben wird, wenn meine Töchter sich nicht dazu entschließen sollten, die beiden Nichtsnutze vor die Tür zu setzen.

Meiner Frau hinterlasse ich *Second Chance*, die Ländereien und das Haus samt Inhalt, bis auf zwei Ausnahmen, *Rose Cottage,* auf das ich später noch zurückkommen werde, sowie meine Sammlung alter Waffen, Landkarten und Manuskripte, die ich nach vorheriger Rücksprache dem *Trinity College* in Dublin vermachen werde. Ich habe zudem eine Summe für sie vorgesehen, die viele als sehr großzügig, sie aber zweifellos als knauserig empfinden wird. Alleine für Haus und Ländereien verantwortlich zu sein, wird sehr lehrreich für Margaret sein, und sie wird erfahren, was es bedeutet, den Lebensstil zu halten, den sie für sich als angemessen empfindet. Es sei denn, sie findet einen neuen, vermögenden Mann. Sollte dem so sein, wird sie wohl bald alles verkaufen.«

So wie Margaret ihren Kiefer anspannte und heftig einatmete, schien ihr das gar nicht zu passen.

»Meiner jüngsten Tochter Breeta, die bis vor zwei Jahren, als sie Hals über Kopf das Haus verließ, noch mein Liebling, meine kleine Banba war – aber das ist für meine beiden anderen Töchter ja nichts Neues –, hinterlasse ich nichts. Sie hat mein Geld immer verachtet, darum bekommt sie auch keins.« Breeta sagte nichts, sie beugte sich zur Schildkröte, die unter ihrem Stuhl krabbelte, und hob sie auf, vielleicht tat sie das aber auch, um ihr Gesicht zu verbergen. Sie streichelte ihren kleinen Kopf, als wäre dies das Einzige auf der Welt, was zu tun war.

»Für die Bediensteten von *Second Chance* habe ich eine wie ich hoffe großzügige Summe festgesetzt, außerdem soll

Michael Davis ein monatliches Stipendium erhalten, falls er sich aufraffen und seine Schule beenden sollte. Ich hoffe sehr, dass er mein Angebot annehmen und etwas aus sich machen wird. Er hat mir in den letzten Wochen viel Last abgenommen.« Alle Blicke richteten sich auf Michael, doch keiner davon schien mir freundlich zu sein. Michael konnte sein Glück offenbar kaum fassen, doch die tiefen Falten auf seiner Stirn zeigten, dass er sich fragte, wie er wohl Eamon Last abgenommen hatte.

»*Rose Cottage,* all sein Mobiliar und der Grund, auf dem es steht, hinterlasse ich Alex Stewart aus Toronto, der hoffentlich heute anwesend sein wird. Alex war es, durch den ich eine zweite Chance erhalten habe, für die ich ihm trotz allem dankbar bin, ganz egal, was ich damals zu ihm gesagt habe. Obwohl er mein Angebot einer Belohnung zu Lebzeiten ausschlug, hoffe ich, dass er sie diesmal annehmen wird. Für mich war *Rose Cottage* immer ein wunderbarer Ort, also hoffe ich, dass auch Alex ihn genießen wird.«

*Rose Cottage* dachte ich bei mir. Das war vielleicht nicht unbedingt das kleine Vermögen, an das ich für Alex gedacht hatte. Er schien bei der Vorstellung ein wenig aus der Fassung zu geraten.

Mir kamen plötzlich Bilder eines Steinhäuschens in den Sinn, an dessen Fassade Blumen blühten, ein *Second Chance* in Miniatur. Überall Rosen, immerhin hieß das Häuschen ja *Rose Cottage*. Bestimmt war es weiß und rosa angestrichen, überlegte ich, an den Wänden Spaliere, an denen sich Rosen emporrankten und über dem Eingang wölbten. Und natürlich war das Dach mit Stroh gedeckt. Innen gab es weiße Wände, dunkles, offenes Gebälk, eine große, steinerne Feuerstelle mit brennenden Holzscheiten darin und einen von Hand geschnitzten Holzschwan auf dem Kaminsims. Vielleicht war es auch mit breiten, bequemen und prall gefüllten Sofas mit Chintzüberzug ausgestattet. Die sogar in einem milden Grünton waren? Etwa Seladongrün? Nein, sie mussten in verstaubtem Altrosa sein. Ja, Altrosa. Aber breit, weich und nachgiebig, die Art Sofa, in das man gerne mit einem guten Buch und einem Glas Sherry in der Hand versinkt. Alex müsste wahrscheinlich Küche und Leitungen modernisieren lassen, doch das wäre schon in Ordnung. Ich würde ihm dabei helfen. Vermutlich gab es auch zu wenig Schränke, aber da würde ich ihm als Geschenk schon ein paar antike aus meinem Geschäft herüberschiffen lassen, kein Problem. Kurzum, die Sache schien perfekt. Vermutlich musste man die breiten, dunkel gebeizten Fußbodendielen restaurieren lassen, ein paar Teppiche, am besten indische Dhurries, in denen auch das Altrosa, das Seladongrün und der Cremeton enthalten wären ...

Das Knistern in der Luft riss mich jäh aus meinen Träumen. Als ich zu mir kam, sah ich, dass Margaret so angespannt war, dass ihre Nackenmuskulatur verkrampfte und ich selbst von hinten zu erkennen glaubte, wie sie die Zähne aufeinander biss.

Breeta seufzte nur einmal hörbar auf. Ihre älteren Schwestern hatten die Köpfe eingezogen. Während Eamon über Alex sprach, drohte ihr Zorn, den sie bislang in Schach gehalten hatten, außer Kontrolle zu geraten. Sie freuten sich nicht über Michaels Glück, aber das von Alex störte sie aus irgendeinem Grund gewaltig.

Das gleichmütige Gesicht hörte einen Augenblick auf, Flüssigkeit durch einen Strohhalm zu saugen, und fuhr fort. »Es gibt noch eine weitere Person, die anwesend sein sollte, aus Angst vor dem Zorn meiner Familie aber wohl einen Vertreter geschickt haben wird.« Die Hexen drehten sich zu dem Anwalt um, der rechts von uns saß. Er nickte und lächelte nicht unbedingt freundlich in ihre Richtung.

»Bedauerlicherweise bin ich den Wünschen meiner Familie nachgekommen und habe Padraig Gilhooly nichts von meinen Besitztümern hinterlassen.« Der Anwalt, der scheinbar diesen Gilhooly vertrat, wer immer das sein mochte, runzelte die Stirn, während Margarets Nackenmuskulatur sich ein wenig entspannte. Das Gesicht fuhr fort. »Ich möchte, dass Padraig weiß, dass ich überglücklich gewesen wäre, wenn er in unserer Hausgemeinschaft aufgenommen worden wäre, er wird also vermutlich seinen Anteil an meinem Besitz einklagen. Einer der Vorteile davon, tot zu sein, ist, dass ich mit diesen Familienstreitigkeiten und allen anderen, die ich zu Lebzeiten habe erdulden müssen, nun nichts mehr zu tun haben werde.

Es erfüllt mich mit Schmerz, dass Unfriede in dieser Familie herrscht. Es kostet mich Anstrengung, dies selbst im Angesicht des Todes aussprechen zu müssen, darum habe ich mir etwas ausgedacht, das eure Zusammenarbeit fördern soll.« Anspannung war überall im Raum zu spüren.

»So ungewöhnlich dies auch erscheinen mag, so setze ich doch meine Hoffnung darauf. Wenn ihr so wollt, ist es der törichte Optimismus eines sterbenden Mannes. Ich habe *McCafferty & McGlynn* gebeten, euch nach der Testamentseröffnung jeweils einen Umschlag zu überreichen. Diese beiden Rechtsvertreter haben natürlich ihre Einwände gehabt. Ihre recht schwachen Einwände hatten aber zweifellos nur das Ziel, ihre Ärsche zu retten, falls etwas schief gehen sollte, denn auf das Zusatzhonorar, das sie für ihre Bemühungen einstreichen, wollten sie auch nicht verzichten, aber so sind sie nun eben. Sie sind zu sehr an den ausschweifenden Lebensstil in St. Stephen's Green gewöhnt, um meine Bitte auszuschlagen zu können, vor allem, als ich ihnen androhte, dass ich sonst andere Testamentsvollstrecker beauftragen würde.

In jedem Umschlag befindet sich ein Hinweis, der mit den anderen zu einem äußerst wertvollen Gegenstand führt. Ein einzelner Hinweis wird keinen von euch weiterbringen. Einige Hinweise sagen etwas über diesen Gegenstand, andere wiederum weisen auf den Ort hin, an dem er sich befindet. Mit anderen Worten, wenn ihr ihn finden wollt, müsst ihr zusammenarbeiten. Jede Spitzfindigkeit in dieser Angelegenheit liegt mir jedoch fern. Wenn ihr einen Grund braucht, um mitzumachen, dann lasst mich euch daran erinnern, was ich bereits gesagt habe. Einigen von euch bringt mein Tod nichts, anderen wiederum weniger, als sie sich erhofft haben. Diejenigen, die etwas Wertvolles von mir erhalten haben, werden meinen, dass das, was ich euch hinterlassen habe, wertlos ist. Dieser Gegenstand ist so wertvoll, dass er euch allen helfen kann, falls ihr ihn finden solltet. Ich möchte euch dazu ermahnen, zu lernen, in Eintracht miteinander zu leben. Ich bezweifle zwar, dass ihr dazu imstande seid, doch ich hoffe sehr, dass ihr mich eines Besseren belehren werdet. Falls dem nicht so sein sollte, wird etwas Außergewöhnliches und unschätzbar Wertvolles vielleicht für immer verborgen bleiben. Mehr habe ich nicht zu sagen.«

Dann hob das Gesicht die Hand und machte eine Geste, die man als eine Entlassung des Kameramannes und uns allen werten konnte. Die Kamera entfernte sich etwas von dem Gesicht, wodurch noch mehr Schläuche und Krankenhausutensilien wie zahllose Pillenfläschchen auf dem Beistelltischchen sichtbar wurden. Byrne zeigte keinerlei Gefühl der Zuneigung, nicht einmal ein Abschiedswort war zu hören. Er hinterließ lediglich das Bild eines sterbenden Mannes, der mit schmerzverzerrtem Gesicht dalag und langsam im Dunklen verschwand.

Ein paar Minuten lang saßen wir alle da und starrten auf den dunklen Bildschirm, als würden wir über Eamon Byrnes letzte Worte nachdenken. Kein Mucks war zu hören, nur das undeutliche Rauschen des Fernsehers, das Ticken einer Uhr in der Halle, ein gedämpftes Zwitschern der Vögel, das Rascheln von Palmwedeln und irgendwo weit in der Ferne das schwache Brausen der vom Wind aufgepeitschten See.

Breeta war die Erste, die sich wieder gefangen hatte. »Verdammt clev, Dad«, seufzte sie, hievte sich aus dem Sessel und rannte zur Tür. »Echt verdammt clev.«

»Was bedeutet ›verdammt clev‹?«, flüsterte mir Alex erstaunt zu, als wir Breeta nachsahen, wie sie hinauseilte.

»Vermutlich soll das zweite Wort ›clever‹ heißen«, flüsterte ich zurück.

Alex sah dem ziemlich breiten Hinterteil nach, das da verschwand, und schüttelte missbilligend den Kopf. Ich musste mir ein Lächeln verkneifen. Alex war jahrelang Zahlmeister bei der Handelsmarine gewesen, trotzdem habe ich niemals irgendeine Obszönität oder einen Fluch über seine Lippen kommen hören. Ich hingegen ... Nun gut, so viel zu Klischees.

Dideldei räusperte sich nervös, zum Zeichen, dass der förmlichere Teil der Veranstaltung nun beginnen konnte. »Äußerst ungewöhnlich«, begann er. »Wäre es nicht besser für Miss Breeta Byrne, wenn sie noch warten würde?«, fragte er und sah Dideldum an.

»Sehr ungewöhnlich. Sie sollte lieber hier bleiben«, antwortete Dideldum. Dideldei blätterte irritiert einen Moment in den Unterlagen, während Deirdre die Vorhänge aufzog. Ich sah Breeta durch den Garten hinunter zum Meer laufen.

»Ich würde vorschlagen, wir machen eine kurze Pause«, sagte Dideldum. »Deirdre«, sagte er und wandte sich dem Dienstmädchen zu, »vielleicht können Sie und Mr Davis frischen Tee servieren«, überlegte dann aber, dass es wohl besser war, John nicht um eine so anstrengende Tätigkeit zu bitten, nachdem er gesehen hatte, wie er einige Male während der Testamentseröffnung den Raum verlassen hatte. »Vielleicht können Sie aber auch Miss Byrne ausrichten, dass wir ihre Anwesenheit benötigen.«

Die fabelhaften Fünf vor uns standen alle gleichzeitig auf und verließen im Gänsemarsch den Raum. Und natürlich forderte uns niemand auf, ihnen zu folgen oder das Haus zu besichtigen, sie ließen Alex, mich und Padraig Gilhoolys Anwalt einfach stehen. Wir sollten alleine zurechtkommen, während Dideldum und Dideldei mit den Unterlagen und

Briefumschlägen hantierten. Nachdem wir begriffen hatten, dass wir lieber bleiben sollten, wo wir waren, erhob ich mich von meinem unbequemen Stuhl. Da ich nun nicht mehr gezwungen war, auf die Schildkröte auf dem Boden zu achten, weil Breeta das arme Geschöpf mitgenommen hatte, streckte ich mich, blickte mich um und sah Michael Davis durch die Verandatür auf der Terrasse in die Richtung gehen, in die wir zuletzt Byrnes jüngste Tochter hatten laufen sehen.

Ich muss wohl nicht erst betonen, dass ich mit Antiquitäten handle, weil ich Antiquitäten liebe, und nachdem ich mich ein wenig in dem Chaos in Byrnes Zimmer zurechtgefunden hatte und nicht mehr die ärgerlichen Blicke der Familie auf mir fühlte, entpuppte sich das Zimmer als wahrer Genuss für Augen und Seele, besonders für jemanden wie mich.

An der Art, wie Menschen sammeln, kann man viel über sie erfahren, und während ich mir noch überlegte, dass das Leben für Byrne ein Kampf gewesen sein musste, begann ich, eine gewisse Logik in dem, was er sammelte, zu erkennen. Nach ein paar Minuten stand für mich fest, dass nur die Bilder eine Ausnahme waren.

Vermutlich gehörten sie schon lange zum Familienbesitz, ob seinem oder ihrem, war mir nicht klar, jedenfalls waren sie so aufgehängt, dass Byrne sie von seinem Schreibtisch aus kaum sehen konnte.

Was Byrne hingegen gerne angeschaut haben musste, waren seine Waffensammlung und die Landkarten. Die Waffen schienen sehr alt zu sein und natürlich einer bestimmten Epoche zu entstammen, obwohl ich mir nicht sicher war, um welche es sich handelte.

Das bedeutete, dass Byrne nicht irgendwelche Waffen sammelte, sondern die einer ganz bestimmten Epoche. Es befanden sich beispielsweise weder Flinten noch Pistolen noch preußische Helme oder Kriegsmedaillen darunter, sondern nur sehr alte Schwerter und Speerspitzen.

Überall im Raum befanden sich Landkarten, an den Wänden, auf den Arbeitstischen oder in Form von großen Atlanten im Zimmer verstreut. Zudem standen ein paar Rollen in der Zimmerecke, bei denen es sich auch um Landkarten handeln musste, darauf hätte ich gewettet. Zudem gab es einen Schrank mit langen, flachen Schubläden, in denen vermutlich noch mehr davon aufbewahrt wurden.

Ab und an hatte auch ich schon alte Landkarten in meinem Geschäft gehabt, und zu der Zeit suchte ich gerade wieder welche, denn ich hatte einen neuen Kunden, der ein begeisterter Landkartensammler war. Man findet an den Wänden heute hauptsächlich Kopien alter Atlanten, von denen die meisten aus der Mitte und dem späten neunzehnten Jahrhundert stammen. Botanische Drucke liegen in letzter Zeit sehr im Trend, weshalb die Preise dafür in die Höhe geschossen sind, ich habe aber herausgefunden, dass Landkarten sich allgemein immer gut verkaufen. Viele Leute kaufen sie, weil sie sich gut an den getäfelten Zimmerwänden machen, ich nenne das Raumausstattungskunst. Es gibt aber auch ernsthafte Sammler, die nach seltenen und ungewöhnlichen Karten suchen und bereit sind, einiges dafür zu bezahlen. Diese Leute begeistern sich vor allem für Blattdiagramme, das sind Karten, die nicht aus Atlanten herausgeschnitten, sondern gedruckt oder in seltenen Fällen auf einzelne Blätter oder Stoff gezeichnet wurden.

Mein Kunde, ein liebenswerter Zeitgenosse namens Matthew Wright, der alte Karten von den britischen Inseln sammelt, hätte für ein paar von Byrnes Landkarten jemanden ermordet oder zumindest ernsthaft verstümmelt. Matthew hatte mir erzählt, dass Großbritannien und Irland infolge des blühenden Handels mit den Inseln in der Antike bekannt waren und dass eine so ehrwürdige Persönlichkeit wie der alexandrinische Astronom Ptolemäus diese Gegend im zweiten Jahrhundert nach Christus gezeichnet hatte. Byrnes Landkarten waren alle von Irland, und immerhin erkannte ich ein paar von ihnen. Eine Karte war von Speed. John Speed war Kartograf im frühen siebzehnten Jahrhundert gewesen, und obwohl diese Karte im Überblick über Irland nicht ganz detailgetreu gezeichnet worden war, so war sie doch zweifellos die beste ihrer Zeit. Byrnes Karte stammte aus dem Jahre 1610.

Obwohl es sich bei der Landkarte nicht unbedingt um eine Erstausgabe handeln musste, denn Speeds Karten wurden für gewöhnlich mit Datum versehen und dann noch lange Zeit später kopiert, war ich mir ziemlich sicher, dass es sich um ein Original handeln musste.

Eine weitere Karte war, nach dem Schild auf dem Rahmen zu urteilen, William Petty zuzuordnen, der, wenn mich nicht alles täuscht, im siebzehnten Jahrhundert die erste Karte von Irland gezeichnet hat. Es gab noch eine dritte Karte hinter Glas oben auf dem Kartenschrank, die recht hübsch war und auf der der Sonnenauf- und -untergang über Irland zu verschiedenen Jahreszeiten eingezeichnet war, sowie die Abbildungen verschiedener Monstren, die um Irlands Küsten aus der See aufstiegen. Alle anderen gerahmten Karten waren auch nicht schlecht, wenn auch nicht so einmalig wie die von Speed und Petty. Dennoch handelte es sich um eine beeindruckende Sammlung. Ich verstand, warum Byrne es für richtig gehalten hatte, sie dem *Trinity College* zu vermachen, und vermutete, dass es sich überglücklich schätzen würde, sie zu bekommen.

Interessant war außerdem, sofern man geneigt war, Byrne anhand seiner Sammlung zu beurteilen, dass es neben den gerahmten Karten noch unzählige andere gab, die, nach meinem ungeübten Blick zu urteilen, weder Wert hatten noch reizvoll, alt oder irgendwie besonders beachtenswert gewesen wären. Es gab moderne Militärkarten, Straßenkarten von Michelin, schlicht Karten aller Art und Größe. Daran erkannte ich, dass Byrne seine Waffen wegen ihres Alters sammelte, die Karten hingegen aus einem ganz anderen Grund, von dem ich zur damaligen Zeit nicht glaubte, ihn jemals zu erfahren.

Nach ein paar Minuten Pause, in der wohl die Familie bedient wurde, rollte Deirdre das Teeservice auf einem kleinen Wägelchen herein und reichte Tassen herum. Ich überlegte, dass ein paar Schlucke des legendären irischen Whiskeys wohl eine beachtliche Verbesserung gewesen wären, verstand aber, dass die Umstände eine feierliche Nüchternheit erforderten.

»Genau da ist er gestorben«, sagte Deirdre als sie mir die Tasse mit Tee reichte. »Genau da, wo Sie jetzt stehen.« Unwillkürlich machte ich einen Satz zur Seite und hätte beinahe meinen Tee auf den Orientteppich gekippt. »Wir haben sein Bett hier drinnen aufgestellt«, fuhr sie fort, ohne meine Bedrängnis zu bemerken. »Am Schluss konnte er nicht mehr Treppen steigen. Lungenkrebs«, fügte sie hinzu. »Kam ganz plötzlich, und war sehr schlimm. Trotzdem war er gerne hier, bei all seinen Büchern und Karten und dem Blick über den Garten auf das Meer. Wir haben das Bett so gestellt, dass er hinaussehen konnte. Er war ganz alleine. Echt traurig. Die Nachtschwester hatte noch nicht angefangen und die anderen waren auch nicht da«, sagte sie, schüttelte den Kopf und sah in die Richtung, in der wir zuletzt die Familie gesehen hatten. »Die waren beim Abendessen. Breeta war auch schon lange fort.« Deirdre sah noch griesgrämiger aus, falls das überhaupt möglich war. »Er war im besten Mannesalter, noch gar nicht alt. Ich habe gehofft, er würde es bis Weihnachten schaffen, wissen Sie. Ich meine, viele Leute schaffen es bis Weihnachten.«

»Lass uns einen Blick nach draußen werfen«, sagte Alex und nahm mich am Arm.

»Gute Idee«, antwortete ich dankbar. Alex und ich schlugen alle Vorsicht in den Wind, riskierten, den Zorn der Byrne-Familie auf uns zu ziehen, öffneten die Flügeltüren und gingen hinaus auf die Terrasse hinter dem Haus. Während wir warteten, genossen wir die Sonne und nippten vorsichtig an unserem Tee, der so stark und heiß war, dass man förmlich spüren konnte, wie er die Kehle hinunterbrannte.

»Welch ein Ort!«, rief ich, als wir an der frischen Luft waren. Alex nickte.

»Was meinte Byrne, als er sagte, du hättest ihm eine zweite Chance gegeben?«, fragte ich. Alex hatte mir nur erzählt, dass er Byrne vor vielen Jahren kennen gelernt hatte, das war alles. Ehrlich gesagt, hatte ich das Gefühl, dass er mir immer ein wenig auswich, wenn ich ihn auf das Thema ansprach, doch wie ich später erfuhr, hatte das mit einem Versprechen zu tun, das er Byrne vor langer Zeit gegeben hatte.

Alex bedeutete mir, dass wir uns etwas vom Haus entfernen sollten. »Ich weiß nicht, was seine Familie darüber weiß«, sagte er ruhig. »Deshalb möchte ich sichergehen, dass uns niemand hört.« Wir gingen in den Garten und blieben kurz vor den Rosenbüschen stehen, um ihren Duft zu genießen. »Ich bin Eamon Byrne zum ersten Mal in Singapur in einer heruntergekommenen Kneipe begegnet, in der er jeden Tag an der Bar rumhing«, fing Alex an. »Mein Schiff lag wegen Reparaturarbeiten auf dem Trockendock, darum hatten die Burschen und ich ein wenig Landgang. Eamon war natürlich betrunken, der sprichwörtliche betrunkene Ire, und noch dazu recht missmutig. Er war kein glücklicher Betrunkener, dafür aber sehr gesprächig. Du weißt ja, wie diese Leute sind, die reden wollen, es ist ihnen egal, ob man ihnen zuhören will oder nicht. Er erzählte unentwegt von Irland und wie schön das Land sei, dass es aber nicht so schön wie die Frau sei, die er liebte, aber verloren hätte. Solche Geschichten eben. Gesabber, dachte ich damals. Ehrlich gesagt, langweilte er mich schrecklich. Am nächsten Tag kehrte ich jedoch wieder in das Lokal zurück, denn dort gab es billigen Schnaps, den man nicht mit allzu viel Wasser gestreckt hatte. Eamon saß wieder da und war wieder genauso betrunken.

Doch diesmal war er nicht ganz so gesprächig. Er stand einfach nur an der Bar, schüttete einen billigen irischen Whiskey nach dem anderen hinunter und weinte in sein Glas. Schwer zu sagen, was schlimmer ist, ein missmutiger Betrunkener oder ein gesprächiger. Er erzählte mir nur, dass er seine Familie, vor allem seine Mutter sehr enttäuscht hatte. Er hatte Schande über sie gebracht. Eamon stank, und nicht nur vom Alkohol. Er hatte sich seit Tagen nicht mehr gewaschen, und ich wollte ihn einfach nur loswerden.

Plötzlich legte er seinen Kopf auf den Tresen, dann setzte er sich wieder auf, als hätte er irgendeine Lösung, ein Ergebnis gefunden, taumelte vom Barhocker und auf die Straße hinaus. Obwohl er ein so unangenehmer Typ war, folgte ich ihm. Ich weiß bis heute nicht, warum, vielleicht war es Eingebung. Er ging zum Wasser hinunter und stand ewig am Landungssteg, grübelte und starrte ins Wasser. Ich wollte bereits gehen, als er sich plötzlich ins Wasser stürzte. Selbst im dämmrigen Licht am Ende der Landungsbrücke konnte ich erkennen, dass er nicht schwimmen konnte. Er versuchte es noch nicht einmal, sondern ließ sich einfach wie ein Stein sinken. Nun, was hätte ich tun sollen? Ihm zusehen, wie er untergeht? Ich sprang ihm hinterher.«

»Willst du damit sagen, dass er nicht schwimmen konnte oder dass er es nicht wollte?«, unterbrach ich Alex.

»Er konnte vermutlich nicht schwimmen. Viele Seeleute wollen nicht schwimmen lernen. Stell dir einmal vor, sie gehen im Nordatlantik oder so über Bord, dann ist es besser, wenn sie gleich ertrinken, als sich hoffnungslos abzukämpfen.«

»Du hast aber gesagt, dass er versucht hat, sich das Leben zu nehmen, dass es kein Unfall war.«

»Es war kein Unfall, da bin ich mir sicher. Ich konnte ihn nur mühsam in der Dunkelheit finden, und du kannst dir gar nicht vorstellen, wie schwer er war. Irgendwie habe ich es aber dann doch geschafft, ihn herauszuziehen. Der arme Kerl hat versucht, mich abzuschütteln, doch dafür war er zu betrunken. Ich schleppte ihn zu einem kleinen dreckigen Hotel, während er mich die ganze Zeit über beschimpfte – seine Tochter kommt sprachlich wohl ganz nach dem Vater –, dann legte ich ihn ins Bett und passte auf ihn auf, während er schlief. Am nächsten Tag sorgte ich dafür, dass er sich wusch, und dabei unterhielten wir uns über das Leben. Solche Gespräche führte ich ab und an auch mit den Burschen an Bord, wenn sie irgendwie vom Weg abgekommen waren, wie man so schön sagt. Ehrlich gesagt, hatten wir eine furchtbare Auseinandersetzung. Alles in allem hatte die Situation eine gewisse Komik, wäre sie nicht so hoffnungslos gewesen. Ich versuchte, Gründe dafür zu finden, weshalb das Leben lebenswert war, und er stritt mit mir.

Schließlich sagte ich ihm, wie schrecklich es sei, sein Leben wegzuwerfen, woraufhin er antwortete, dass seines es nicht wert sei, gerettet zu werden. Dann sagte ich ihm, dass er feige gehandelt habe, egal, was ihm widerfahren sei, doch er gab zurück, dass es sein Leben sei und es nur ihn etwas anginge, was er damit mache. Ich machte keine sonderlichen Fortschritte, bis mir auffiel, dass er ein kleines Kreuz um den Hals trug. Ich sagte ihm, dass er in der Hölle schmoren würde, wenn er selbst Hand an sich legen würde, worauf er mich ansah und sagte, dass er noch für viel schlimmere Dinge in der Hölle schmoren würde. Doch der Trick schien funktioniert zu haben. Immerhin riss er sich jetzt zusammen. Irgendwann verzieh er mir, glaube ich, dass ich ihn gerettet hatte. Er sagte so etwas wie: dass es nicht meine Schuld gewesen sei und dass ein Mensch im Grunde erst dann gehen könne, wenn er abberufen werde, was an jenem Tag in Singapur nicht der Fall gewesen wäre. Eine recht fatalistische Einstellung, zu glauben, dass die Todesstunde vorherbestimmt ist. Aber Iren sind in vielerlei Hinsicht abergläubisch.«

»Hattest du denn keinerlei Hinweis darauf, was er Schreckliches angestellt hatte?«, fragte ich.

»Er hat nur gesagt, dass er etwas zerbrochen hätte. Doch was es war, weiß ich nicht mehr.«

»Moment mal«, sagte ich. »Willst du mir etwa erzählen, dass er sich umbringen wollte, weil er ein Porzellanfigürchen von Royal Doulton oder so zertrümmert hat?«

»Hier in Irland wäre es wohl eher ein Kristallgegenstand von Waterford gewesen, meinst du nicht auch?«, lächelte Alex. »Nein, ich denke, dass er wohl eher ein Tabu gebrochen hat. Er benutzte damals ein Wort, das ich nicht kannte, es war jedenfalls kein englisches. Wenn es mir wieder einfallen würde, könnte mir hier vielleicht irgendjemand sagen, was es bedeutet. Aber vielleicht fällt es mir ja wieder ein. Leider ist mein Gedächtnis auch nicht mehr das, was es einmal war. Das wird das Alter sein.«

»Deins ist immer noch besser als meins«, antwortete ich. »Jedenfalls scheinst du ihm erfolgreich seinen Selbstmord ausgeredet zu haben.«

»Ich habe ihm einen Job als Deckhelfer besorgt, also fuhren wir in den folgenden Monaten gemeinsam zur See. Auf diesen Schiffen ist das Knochenarbeit, weißt du, aber für ihn war es genau das Richtige, glaube ich. Er war ein guter Arbeiter. Als wir nach Europa zurückgekehrt waren, ließ er sich seinen Lohn ausbezahlen, den er nicht versoffen hatte, und verließ das Schiff. Ich musste ihm versprechen, dass ich mit niemandem über seinen schwachen Moment, wie er ihn bezeichnete, sprechen würde, und das habe ich bis jetzt auch nie getan.

Ehrlich gesagt, denke ich auch nicht, dass ich es seiner Familie erzählen werde, wobei das vermutlich nun, da er tot ist, auch keine Rolle mehr spielen würde.

Ich kann nicht sagen, dass ich ihn gut kannte, wir waren nie eng miteinander befreundet, und kurz nachdem er von Bord gegangen war, verloren wir uns aus den Augen. Ich habe ihn bis heute nicht wiedergesehen. Sofern man das Video als Sehen bezeichnen kann. Dort und auf einem Foto, das vor ungefähr fünf Jahren in einem Wirtschaftsmagazin veröffentlicht worden ist, in dem er auf einer dieser internationalen Ranglisten, oder wie man das nennt, erwähnt und als sehr erfolgreich bezeichnet wurde. Obwohl er sehr verändert aussah, habe ich ihn gleich erkannt. Um ehrlich zu sein, habe ich keine Ahnung, weshalb er mich in seinem Testament erwähnt hat. Schließlich habe ich sehr wenig für ihn getan und wirklich nicht damit gerechnet, irgendetwas bei seinem Tod zu erhalten.«

»Er hat doch gesagt, dass du vorher auf eine Belohnung von ihm verzichtet hast«, sagte ich.

»Zehn Jahre nach unserem Abschied hat er mir einen Scheck über zehntausend irische Pfund geschickt – offensichtlich war er im Laufe der Zeit sehr reich geworden –, ohne einen Absender anzugeben. Ich habe den Scheck nie eingelöst. Er hatte keinen Grund, ihn mir zu schicken.«

»Das ist einleuchtend«, sagte ich. »Er hat gesagt, dass du ihm eine zweite Chance gegeben hast und sogar sein Anwesen nach dir genannt. Es muss also ein wichtiger Moment, irgendein Wendepunkt in seinem Leben gewesen sein.« Alex zuckte die Achseln. »Ich frage mich, wo dieses *Rose Cottage* ist, das du geerbt hast«, fügte ich hinzu. »Ich hoffe, dass es hübsch ist.«

In dem Moment tauchte Michael Davis auf. »Ich konnte Breeta nicht finden«, sagte er. »Ich habe überall nach ihr gesucht. Was machen wir jetzt?«

Michaels Aussage veranlasste Dideldum und Dideldei zu einer größeren Beratung, doch dann beschlossen sie, mit der Testamentseröffnung und der Verlesung des letzten Willens von Eamon O'Neill Byrne aus County Kerry, Irland, fortzufahren. Es folgten keine größeren Überraschungen, wir erfuhren noch, dass auch Deirdre und John, so wie wir alle, einen Nachnamen hatten. Deirdre hieß Flood und John mit Nachnamen Herlihy.

Michael Davis schien sichtlich dankbar für das Geschenk zu sein, das Eamon ihm hinterlassen hatte, John Herlihy prostete sich hingegen heimlich mit einem Drink aus einer

Kristallkaraffe zu, die auf einem Beistelltischchen stand, und selbst die mürrische Deirdre zeigte so etwas wie ein schwaches Lächeln, als sie hörte, was sie erhalten sollte. Es handelte sich natürlich um beträchtliche Summen, wobei die von Deirdre nicht so hoch wie die von John ausfiel, was ich darauf zurückführte, dass sie wohl erst nach ihm nach *Second Chance* gekommen war. Während der ganzen Zeremonie saß Padraig Gilhoolys Anwalt mit versteinerter Miene da, während sich erneut alle verkrampften, als Dideldei zu der Stelle mit Alex und dem *Rose Cottage* kam. Die Schwiegersöhne wanden sich vor Freude, als bestätigt wurde, dass das Vermögen der *Byrne Enterprises* an ihre Frauen ging, während Margaret, wie ihr Mann vorausgesehen hatte, entsprechend geschockt über den Hungerlohn aussah, den er ihr hinterlassen hatte, obwohl er für gewisse Standards durchaus als üppig bezeichnet werden konnte. Dann kam es zu den gewöhnlichen Formalitäten: ein unglaublich kompliziertes Dokument, auf dem stand, wohin das verbleibende Kapital gehen sollte, falls einer von ihnen starb, und so weiter und so fort. Ich muss gestehen, dass ich dem keine besondere Aufmerksamkeit schenkte.

Schließlich kam der Moment, den selbst Byrne als ungewöhnlich bezeichnet hatte, als die beiden Anwälte durch den Raum schritten und allen, die im Testament erwähnt worden waren, einen Umschlag aushändigten, auf dem mit zittriger Handschrift jeweils der Name stand. Es war zweifellos Eamon Byrnes Handschrift, die er mit letzter Kraft kurz vor seinem Tod angebracht hatte. Margaret, Eithne und Fionuala erhielten einen Umschlag und erstaunlicherweise auch Alex, Michael und Padraig Gilhoolys Anwalt, obwohl sie nicht zur Familie gehörten. Nur Breetas Umschlag blieb übrig, da sie nicht da war, um ihn entgegenzunehmen. Dideldum nahm ihn und legte ihn feierlich in den Wandsafe in Byrnes Büro.

Alle saßen da und starrten auf ihre Umschläge aus schönem, cremefarbenem Leinen, auf deren Umschlagklappen die Initialen EONB geprägt waren, als handle es sich um eine Briefbombe, die jeden Moment explodieren konnte. Nur Alex starrte nicht darauf. Er öffnete seinen sogleich und stand dann auf. »Ich weiß nicht, ob ich das gutheißen soll«, sagte er, »aber ich möchte es hinter mich bringen. In meinem Brief steht: *Ich bin der Seegang.*«

Die anderen saßen einen Augenblick da, starrten auf ihre Hände und vermieden es, Alex oder sonst irgendjemanden anzusehen. Dann standen sie alle gemeinsam auf, klammerten sich an ihre ungeöffneten Umschläge und verließen eilig den Raum.

# 2

# Die tosende Woge

»Nett«, seufzte ich. »Sehr nett«, fügte ich hinzu. »Wirklich reizende Leute. Für heute habe ich genug von diesem Ort. Was meinst du?«, sagte ich und wandte mich Alex zu, der so wie ich dem unschönen Abgang der Familie zusah. »Komm, ich spendier dir einen Drink im Hotel«, fuhr ich fort. »Rob und Jennifer sind wahrscheinlich auch schon von ihrem Ausflug zurück, dann können sie uns erzählen, was sie erlebt haben. Du kannst hier jetzt sowieso nichts mehr tun, stimmt's?«

»Das glaube ich auch, aber ich sollte zumindest fragen«, antwortete er und verstaute den Umschlag mit dem obskuren Inhalt in seiner Jacketttasche. Wir sahen uns um, doch Dideldum und Dideldei waren nirgends zu finden. »Ich kann ja später noch einmal anrufen«, sagte er. »Ein Drink, das klingt nicht schlecht.«

Wir waren bereits ein ganzes Stück die Auffahrt entlanggelaufen und hatten fast die Stelle erreicht, an der ich den Mietwagen geparkt hatte, als wir plötzlich hastige Schritte hinter uns hörten und uns umdrehten. Michael Davis lief hinter uns her. »Mr Stewart, Ms McClintoch«, rief er uns zu und winkte. »Warten Sie.« Als er uns erreicht hatte, lächelte er. »Wollen Sie nicht *Rose Cottage* sehen, Mr Stewart?«, fragte er. »Ich kann Ihnen zeigen, wo es ist.«

Ich sah Alex an und zuckte die Achseln. »Warum nicht? Ist es weit?«

»Nein, gar nicht«, antwortete er. »Es ist nur ein wenig steil, Ms McClintoch«, sagte er und sah zweifelnd auf meine Schuhe.

»Sagen Sie einfach Lara zu mir«, sagte ich etwas schnippisch.

Ich hatte auf meine flachen Alltagsschuhe heute einmal verzichtet und mich für den besonderen Anlass in etwas Passenderes gezwängt. Eine Entscheidung, die ich schon lange bereut hatte.

»Gut, Ms McClintoch«, sagte er und ignorierte meinen Versuch, eine gewisse Vertraulichkeit herzustellen, stattdessen gab er mir das Gefühl, alt zu sein. »Hier entlang.«

Wir gingen hinter dem Haus vorbei hinunter zum Wasser und folgten dann einem Fußweg, der rechts an einem Hügel entlangführte. Der Weg stieg langsam an und bot uns einen wunderbaren Blick über das Meer und die Ländereien von Byrnes Besitz. Auf der einen Seite des Hauses befand sich ein großer Gemüsegarten mit vier quadratischen Gemüse- und Kräuterbeeten, die von einer niedrigen Rosmarinhecke gesäumt waren und von einem Steinweg unterteilt wurden. Ein Bogen, der fast vollständig mit Kletterrosen bewachsen war, führte zu einem Blumengarten, in dem ich unzählige Blumen vermutete. Ein nahezu perfekter Rasen trennte ihn vom Rosengarten auf der einen und einem tropischen Garten mit Palmen und Blumen auf der anderen Seite.

Ich dachte an mein recht ungleichmäßig geschnittenes Gras zu Hause, das ich Rasen nannte, und empfand mehr als nur Neid.

»Gefallen Sie Ihnen?«, fragte Michael. »Ich meine die Ländereien.«

Die Gärten waren wirklich außergewöhnlich schön, und das sagte ich ihm auch.

»Ich bin selbst auch sehr stolz darauf«, grinste er.

»Sind Sie ...?«, ich machte eine Pause. Sollte ich nun Gärtner sagen?, fragte ich mich.

»Der Gartenarchitekt«, sagte er. Was sonst, dachte ich. Nur Leute wie ich haben einen Gärtner. Oder besser gesagt, sollten einen Gärtner haben, korrigierte ich mich und musste an meine armseligen Versuche denken, etwas aus meinem

Garten hinter dem Haus zu machen. Jemand wie Eamon Byrne hatte natürlich einen Gartenarchitekten.

»Das haben Sie wirklich wunderbar gemacht«, sagte ich. Alex pflichtete mir bei.

»Mr Byrne sagt, dass ich ein Händchen dafür habe«, fuhr er fort. »Hat er gesagt«, fügte er hinzu. »Er hat immer gesagt, dass ich ein Händchen dafür habe.« Einen Moment blickte er nachdenklich über das Meer. »Er konnte ein fieser, alter Scheißkerl sein, ich weiß, aber ich werde ihn trotzdem vermissen.«

»Sind das dort Orchideen?«, fragte ich, zeigte auf den Palmenhain und versuchte, das Thema zu wechseln.

»Richtig«, antwortete er und wandte sich mir wieder zu. »Das hier ist ein winziges Ökosystem«, sagte er. »Ein kleines Tropenparadies, wo man es am wenigsten erwarten würde. Dieser Teil Irlands wird vom Golfstrom erwärmt, die Folge ist, das es hier ein paar recht außergewöhnliche Pflanzen und Tiere gibt.« Während wir unseren Aufstieg zum Hügel fortsetzten, fuhr er fort, sachkundig über die verschiedensten Aspekte des Gartenbaus zu berichten. Ich verstand nun, weshalb Eamon Byrne davon überzeugt war, dass Michael Davis Unterstützung verdiente und noch einmal zur Schule gehen sollte.

Der Pfad schlängelte sich immer weiter vom Haus weg zur rechten Seite des Hügels hinauf, bis wir eine Landzunge hoch über dem Meer erreicht hatten. Der Wind blies uns ins Gesicht, die Wellen brachen sich an den Felsen unter uns, und Unmengen von gelbem Ginster und violettem Heidekraut wuchs so weit das Auge reichte. Ein ganz anderer Augenschmaus im Vergleich zu den sorgsam gepflegten Gärten, die das Haus umgaben. Hier befanden wir uns an der wilden Seite des Hügels. Ich blickte mich um, doch das Haus war jetzt nicht mehr zu sehen. Vor uns standen ein paar verlassene und heruntergekommene Häuser, die keine Dächer mehr hatten.

»Es ist jetzt nicht mehr weit«, sagte Michael. Wir gingen auf dem Pfad weiter, der manchmal für jemanden wie mich, der unter Höhenangst leidet, zu dicht am Abgrund entlangführte. Das Meer lag ziemlich weit unter uns. Hier war es unglaublich schön. Obwohl wir immer noch recht heiteres Wetter hatten, zogen am Horizont bereits die ersten Wolken auf, und der Himmel dort sah sehr dunkel und grau, ja fast schwarz aus. Ab und zu blitzte die Sonne wie ein Scheinwerfer durch die Wolken und bildete unten auf dem Wasser einen hellen Lichtkegel. Ich sah einem Fischreiher bei seinem Sturzflug tief über das Meer zu, als Michael über das Wasser zeigte und plötzlich sagte: »Nächster Halt Amerika.« Wenn ich so darüber nachdachte, stimmte das. Zwischen der Stelle, an der wir standen, und Nordamerika lag nichts als Wasser. »Irgendwann möchte auch ich einmal dorthin fahren«, sagte er wehmütig und fügte dann nüchtern hinzu. »Es wird bald regnen, das Wetter schlägt hier sehr schnell um, wir sollten nicht zu lange bleiben.«

Wo bleiben?, fragte ich mich, doch dann sah ich es: *Rose Cottage*. Es war nicht wirklich so, wie ich es mir vorgestellt hatte. Um ehrlich zu sein, passte der Name überhaupt nicht zu ihm. Heidekrauthaus oder etwa Ginster Cottage vielleicht, denn weit und breit war keine einzige Rose zu sehen. Stattdessen standen wir vor einem verwitterten Haus, das ungefähr hundert Meter landeinwärts mit der Front zum Meer und dem Rücken zum Berg stand. Es war klein, überhaupt nicht mit *Second Chance* zu vergleichen und in vieler Hinsicht recht einfach. Statt des strohgedeckten Dachs, wie ich es mir erträumt hatte, war es mit Schieferplatten gedeckt. Die Außenwände waren weiß getüncht, und vor dem Haus standen zwei ziemlich vergammelte Holzstühle.

Ich sah Alex an. Der Anblick schien ihn versteinert zu haben, so, als könnte er sein Glück kaum fassen. Ihm gefiel es hier, das konnte ich erkennen. Und obwohl ich wusste, dass dies für mich bedeuten würde, zu Hause auf seine Gesellschaft verzichten zu müssen, konnte ich sein Glück nachempfinden.

»Setzen Sie sich doch«, sagte Michael und zeigte auf die Stühle. »Ich hole inzwischen den Schlüssel.« Alex setzte sich auf den robuster wirkenden Stuhl und sah sich um. Ich tat es ihm gleich, ließ meine Blicke zum Meer und dann über das Cottage hinaus zu einer kleinen Baumgruppe schweifen. Als ich wieder zurücksah, bemerkte ich, dass Alex lächelte und zustimmend nickte.

»Ist es nicht großartig?«, sagte ich und freute mich ganz einfach für ihn.

»Ganz wunderbar«, antwortete er, als er endlich seine Sprache wiedergefunden hatte.

Michael suchte weiter nach dem Schlüssel, hob ein paar alte Eimer auf der Veranda hoch und griff in die Dachsparren.

»Was ist los?«, fragte ich ihn.

»Der Schlüssel«, antwortete er. »Normalerweise liegt er immer irgendwo hier herum. Ich nehme doch an, dass Mr Stewart gerne einen Blick hineinwerfen würde.«

Ich drückte gegen die Tür, und sie gab nach. Michael zuckte die Achseln.

»Der Letzte, der hier gewesen ist, muss wohl vergessen haben, abzuschließen. Macht nichts. Hier kommt nie jemand herauf, außerdem befindet sich drinnen nichts von Wert.«

Wir traten ein und standen gleich im größten Raum des Hauses. Das Cottage war zwar nicht unbedingt das kleine Juwel, das ich mir vorgestellt hatte, trotzdem verliebte ich mich auf Anhieb. Links im Raum war ein Steinkamin, auf dessen Sims Kerzenstummel in leeren Weinflaschen standen, deren geschmolzenes Wachs kleine, bienenkorbförmige Figuren am Fuß bildete. Vor dem Kamin stand eine alte Couch, aber nicht mit Chintz überzogen, wie ich sie mir vorgestellt hatte, dafür ziemlich gemütlich, rechts daneben zwei breite Sessel, in die man sich gerne sehnsüchtig fallen ließe. Ein weiterer Sessel stand neben einem der beiden Fenster, die auf das Meer hinausgingen, und war so gestellt, dass man eine gute Aussicht hatte. Und was für eine Aussicht! Man blickte über das Heidekraut zu den Felsen und sah dann, so weit das Auge reichte, nur noch Wasser. Ich sah auf das Meer hinaus. Es war eine Tageszeit, bei der das Licht ganz besonders ist. Obwohl die Sonne schien, wirkten Himmel und Wasser beinahe schwarz, und die kreisenden Möwen hoben sich wie weiße Pfeile vor der nahenden Dunkelheit ab. Plötzlich legte der Wind sich und mit ihm das Kreischen der Möwen.

Die Welt wurde still, es war eine Art düsterer Stille, die wie atemlos wirkte, als warte sie auf etwas Schreckliches, das noch zu geschehen hatte.

Ich überlegte, dass eine Stunde mit der Byrne-Familie in einem dunklen Raum mit roten Samtvorhängen, Kriegsbildern, Schwertern und Speeren mich wohl in diese düstere Gemütsverfassung versetzt haben musste, und so wandte ich meine Aufmerksamkeit von diesen bedrückenden Gedanken ab und dem Raum zu.

Im Gegensatz zu dem Unbehagen, das die Welt draußen in mir verursachte, vermittelte der Raum einen sehr ordentlichen und tröstlichen Eindruck.

Rechts neben der Tür stand ein grob geschnitzter Tisch an der Wand, an dem zwei Holzstühle standen. Ein Stapel Bücher lag auf dem Tisch, und über einer Stuhllehne hing ein abgetragener Pulli.

Vom hinteren Teil des Raumes aus ging es in eine kleine, offene, ziemlich einfach ausgestattete Küche, in der außer einer Gefrierbox und einem Gasherd mit zwei Flammen nichts vorhanden war, was den Schluss nahe legte, dass es hier keinen elektrischen Strom gab. Wasser gab es hingegen, wovon ein emailliertes Spülbecken mit einer Pumpe und nicht zueinander passende Teller, die auf offenen Regalen standen, zeugten. Von der Küche ging eine Tür ab, die ins Schlafzimmer führte, wie ich vermutete.

Ich sah mich um. »Breeta«, rief ich. »Nun komm schon, sag hallo.«

Die beiden Männer sahen sich verwundert an. Kurz darauf kam Breeta durch die Tür rechts neben dem Kamin geschlichen. Wie jung sie ist, dachte ich bei mir. Eine dieser Frauen, von denen die Leute sagen, dass sie ein hübsches Gesicht haben, ohne von dem Übergewicht zu sprechen. Vieles an ihr war hübsch, sie hatte wunderschönes dunkles Haar, das sich von einem makellosen Teint und blauen Augen abhob. Doch in diesem Moment sah sie schrecklich aus. Ich hätte sie gerne zu mir nach Hause in den Schönheitssalon meiner Freundin Moira mitgenommen und sie ein wenig aufgepeppt. Ihr dunkles Haar war zerzaust, und sie wickelte eine Haarsträhne unaufhörlich um einen Finger. Sie trug schwarze Jeans und ein zerbeultes, ausgewaschenes braunes Sweatshirt, in dem sie äußerst plump wirkte. Ihre blasse Haut hatte überall Flecken. Ich hatte plötzlich den Eindruck, als würde sie trotz ihres offensichtlichen Desinteresses leiden, doch ob das wegen des Todes ihres Vaters oder aus Enttäuschung darüber war, weil er sie aus seinem Testament gestrichen hatte, konnte ich nicht sagen. »Woher wussten Sie das?«, fragte sie vorwurfsvoll.

Ich zeigte auf den Fußboden. »Die Schildkröte. Ich habe ihren kleinen braunen Kopf unter dem Sofa hervorlugen sehen«, fügte ich hinzu.

»Er«, sagte sie, ging auf die Knie und griff unter das Sofa. »Das ist ein Er, keine Sie. Er heißt Vigs.« Sonst hatte sie anscheinend nichts zu sagen.

»Vigs«, pflichtete ich ihr bei und ging zur Arbeitsplatte in der Küche. Eine halb leere Whiskeyflasche stand darauf. Ich öffnete sie und roch daran. Mir schien er noch gut zu riechen. Also griff ich nach ein paar Gläsern und wandte mich wieder den anderen zu. »Wie wär's mit einem Freundschaftstrunk?«, fragte ich. »Außerdem fängt es gleich zu regnen an«, fügte ich hinzu, als es plötzlich dunkel im Raum wurde.

»Dürfen die jungen Leute denn so etwas trinken?«, fragte Alex streng und sah auf die Flasche mit Bushmills Whiskey.

»Wir sind schließlich in Irland, Mr Stewart«, entgegnete Michael und lachte. »Wir saugen den schon mit der Muttermilch auf. Immerhin wurde der Whiskey hier erfunden, müssen Sie wissen. Irische Mönche waren es. Zu medizinischen Zwecken natürlich. Dann kam das Rezept nach Schottland und wurde vermurkst.«

Klugerweise hatten Alex und ich es vermieden, uns in eine Diskussion über die Vorzüge von schottischem und irischem Whiskey zu begeben, dachte ich.

Kurz darauf blies der Wind heftig den Regen gegen die Fensterscheibe. Breeta ließ sich wieder auf einen der Stühle, einen großen Ohrensessel mit einem Rosenmuster, fallen und streichelte den Kopf der Schildkröte. Ich schenkte ein. Breeta schmollte.

Ich merkte, wie ich immer gereizter wurde. Ich kann gar nicht sagen, wie sehr ich Leute hasse, die immerzu schmollen. Zum Glück hatte Jennifer Luczka diese Phase bereits hinter sich gelassen. Genauer gesagt, sie hatte diese Phase nicht hinter sich gelassen, sondern eher eine wundersame Umwandlung durchgemacht, wofür Barbara, die damalige Freundin ihres Vaters, verantwortlich war. Barbara ist eine kesse Blondine. Für mich heißt sie einfach Ms Perfekt, weil sie selbst ihre Kleidung entwirft, alles, sogar ihre Socken bügelt, Marathon läuft und niemals einen Salat ohne irgendeine Blume darin serviert, während sie nebenher den Job der Vizepräsidentin einer Bank innehat.

Aber wenn ich es mir recht überlege, kann ich flotte Blondinen noch weniger leiden als Schmollmünder. Vielleicht trifft das auch auf Jennifer zu.

»Wie wär's mit einem Feuer«, rief Michael. Er spähte in die Holzkiste, zuckte die Achseln und lief zur Tür.

»Ich komme gleich wieder«, sagte er.

Ich stand am Fenster und sah nach draußen in den Regen.

Man konnte kaum weiter als ein paar Meter sehen, und so verschwand auch Michael fast umgehend aus dem Blick. Der Regen prasselte auf das Dach und klopfte gegen die Fensterscheiben. In der Ferne war ein Kreischen zu hören, vielleicht von einer Möwe oder einem Tier, das der Nässe zu entfliehen versuchte, doch der Ton brachte für einen Augenblick das düstere Gefühl in mir zurück, das ich kurz zuvor verspürt hatte.

Völlig durchnässt und dreckig kehrte Michael nach einer Zeit zurück, die mir länger als notwendig erschienen war, und trug einen Stapel dunkler Brocken in der Größe von Ziegelsteinen bei sich.

»Torf«, sagte er nur, als er meinen Gesichtsausdruck sah. »Sie müssen sich neuen besorgen, Mr Stewart, ich habe auf Händen und Füßen die Letzten unter dem Haus hervorgekramt. Jetzt können wir Feuer machen.«

Kurz darauf loderte das Feuer, und Michael stand mit dem Rücken zum Kamin und ließ sich trocknen. Torf, dachte ich nur, der berühmte irische Torf.

»Ach, ich hätte beinahe etwas vergessen«, sagte er plötzlich und zog ein durchweichtes Stück Papier aus seiner Hemdtasche.

»Mein Hinweis. Ich habe ihn den anderen nicht vorgelesen, denn die würden ihren auch niemandem vorlesen, bevor man ihnen seinen Hinweis nicht vorgelesen hat. Sie werden es überleben«, fügte er hinzu. »Mr Byrne hat ihnen auf dem Video ziemlich hart zugesetzt. Vielleicht hat er sie sogar ein wenig aus der Fassung gebracht. Wie dem auch sei, hier also mein Hinweis: *Tosende Woge.*«

»*Ich bin der Seegang. Die tosende Woge*«, sagte ich und zweifelte stark daran, dass die Familie damit fertig werden würde, wie Michael hoffte. Was das betraf, schienen sie in ihrem armseligen Verhalten viel zu festgefahren zu sein. »Sehr unklar. Und da wir gerade bei unklar sind. Wer ist eigentlich Padraig Gilhooly?«

Bleiernes Schweigen herrschte im Raum. Breeta hörte auf, den Kopf der Schildkröte zu streicheln.

»Niemand«, sagte Michael. »Jedenfalls steht neben meinem Hinweis eine zwei. Meinen Sie, dass das etwas zu bedeuten hat?« Geschickter Themenwechsel.

»Keine Ahnung«, sagte Alex und zog seinen Umschlag aus der Tasche. »Auf meinem steht eine eins.«

»Natürlich hat das etwas zu bedeuten«, sagte ich und gab meinen Versuch, weiter nach Gilhooly zu fragen, auf. »Die Hinweise sind in irgendeiner Reihenfolge. Aus den Kommentaren auf dem Videofilm, so boshaft sie teilweise auch gewesen sein mögen, entnehme ich, dass Eamon Byrne Charaktereigenschaften recht gut beurteilen konnte.« Ich zögerte einen Augenblick, bevor ich fortfuhr, denn Byrne hatte auch Breeta beurteilt. Doch sie schien dem keine Bedeutung zuzumessen, sondern fuhr fort, mechanisch den Kopf der Schildkröte zu streicheln.

»Er wusste, dass du, Alex, und nach dir Michael den Hinweis preisgegeben hätte.«

»Aber was bedeutet er?«, fragte Michael.

Wir, und mit wir meine ich uns drei, denn Breeta tat nach wie vor so, als gäbe es uns nicht, fuhren noch eine Weile damit fort, über die Bedeutung zu rätseln. Es war wohltuend, so im Schein des Feuers, das um den Torf flammte, und dem Regen, der gegen die Fenster prasselte, und dem Bushmills Whiskey, der so schön die Kehle hinunterrann, unterhaltsam und angenehm zerstreuend darüber zu rätseln, was es mit den Hinweisen auf sich hatte: Es war ein Spiel mit zwanzig Fragen und mit einer Person, die die Antwort kannte, aber nicht mehr von dieser Welt war.

Besonders Michael schien begeistert zu sein. »Vielleicht handelt es von einem Schiffswrack, einem alten Schiff vor der Küste hier, das Goldbarren geladen hat«, sagte er.

»Könnte sein«, stimmte Alex zu.

»Doch sowohl der *Seegang* als auch die *tosende Woge* deuten auf etwas über dem Wasser. Ich frage mich, ob wir das wörtlich nehmen sollten. Vielleicht ist es auch nur ein Anagramm, irgendein versteckter Hinweis.«

Breeta seufzte hörbar. »Es ist ein Gedicht«, sagte sie und sah uns drei an, als wären wir Mitglieder einer subhumanen Spezies, die sich weit unter der des Haustieres befand, das sie immer noch auf dem Arm hielt.

Wir sahen sie an. »Komm schon, Bree«, sagte Michael entnervt. »Du kannst doch nicht einfach sagen, dass es ein Gedicht ist, ohne weiterzusprechen. Wie geht es weiter?«

Breeta sagte immer noch nichts. Ich hätte Lust gehabt, sie so lange zu schütteln, bis ihr die Augen aus dem Kopf fielen, beschloss aber, mich nicht allzu sehr in die Sache verwickeln zu lassen. Alex hatte sein nettes kleines Cottage bekommen, er hatte seinen Teil beigetragen und den anderen seinen Hinweis preisgegeben, und jetzt sollten wir uns wieder unseren Ferien widmen und diese schreckliche Familie einfach vergessen.

*»Der Gesang von Amairgen«,* sagte sie schließlich.

»Was?«, riefen wir alle im Chor.

*»Der Gesang von Amairgen«.* Man spricht es *Emeirgen* oder manchmal auch *Emheirgien* oder so aus. Es ist sehr alt. Amairgen muss ein Dichter der Milesier, der ersten Kelten gewesen sein, die ihren Fuß auf irischen Boden gesetzt haben. Man erzählt sich, dass er dieses Gedicht sprach, als er in Irland an Land ging. Das ist natürlich alles Schwachsinn.«

»Wer oder was waren die Milesier?«

»Wisst ihr denn gar nichts?«, fragte Breeta.

Für meine Begriffe war sie nichts weiter als ein lästiges junges Gör. Ich schwor mir, Rob zu erzählen, was für ein Glück er mit seiner Tochter Jennifer hatte, die nicht viel jünger als Breeta war, ganz egal, für wie schwierig er sie manchmal halten mochte.

»Wenn ihr es herausfinden wollt, dann lest in der *Leabhar Gabala* nach«, sagte sie.

Die *Leabhar Gabala*. Sehr hilfreich, genauso hilfreich wie die Antwort auf die Frage, wer Padraig Gilhooly war. Das war wohl der richtige Augenblick, mir wieder vor Augen zu führen, wie froh ich doch sein musste, keine Kinder zu haben. Da ich wie viele meiner Freundinnen, die demselben Geschäft wie ich nachgehen, keine eindeutige Meinung zu dem Thema habe, war es nicht schlecht, ab und zu die Gelegenheit zu bekommen, meine Gedanken zu dem Thema zu ordnen.

»Na schön, wenn du schon so schlau bist«, sagte Michael und klang so genervt, wie ich mich fühlte, »wie lautet dann die nächste Zeile?«

»*Das Brausen der See*«, sagte sie selbstgefällig.

»Es muss also etwas mit dem Wasser zu tun haben«, sagte Michael.

»In der nächsten Zeile geht es um einen *Hirsch*«, sagte Breeta giftig.

Wenigsten redete sie jetzt.

»Aber wir wissen nicht, ob Eamon das ganze Gedicht verwendet hat, oder?«, sagte Alex. »Wir müssen also noch mehr Hinweise lesen.«

»Breeta hat auch einen Hinweis. Mr McCafferty – oder war es Mr McGlynn? – hat ihn im Büro deines Vaters in den Safe gesteckt, Bree«, sagte Michael. Breeta sah weiterhin gelangweilt aus.

»Komm schon, Bree«, sagte Michael, lehnte sich verlegen zu ihr hinüber und berührte ihre Hand.

Sie zog ihren Arm weg. Er ließ sich nicht abschrecken und fuhr fort.

»Komm, wir holen deinen Umschlag. Es könnte doch auch lustig sein, nach dem Gegenstand zu suchen, egal worum es sich handelt. Und sollte er tatsächlich von Wert sein, wie dein Vater sagte, und du ihn findest, wird alles gut werden. Dann wirst du vermutlich dein Leben lang ausgesorgt haben.« Doch Breeta ignorierte uns.

So plötzlich der Regen begonnen hatte, so plötzlich hörte er auch wieder auf und die Sonne kam zum Vorschein. Alex und ich gingen hinaus und sahen uns um. Hinter dem Haus, landeinwärts, hingen immer noch Wolken über schwarzen Bergen, doch da wo wir standen, war alles hell, voller satter Farben, vorwiegend Grün, aber auch Gelb und Violett und eine intensiv blaue See.

»Ich könnte mich an dieses Plätzchen gewöhnen«, sagte Alex und sah sich um. »Bei dem Namen *Rose Cottage* dachte ich eher an etwas anderes, an einen englischen Landgarten, oder so. Aber so wie es jetzt ist, gefällt es mir besser, denke ich.«

»Ich freu mich für dich, Alex«, sagte ich. »Wir könnten es hübsch herrichten.«

Er lächelte. »Ich denke, dass es mir gefällt, wie es ist.«

Michael gesellte sich zu uns. »Achten Sie nicht auf sie«, sagte er und zeigte zum Haus. »Sie vermisst ihn sehr, auch wenn es nicht so aussieht.« Breeta stand in der Tür, und er wechselte rasch das Thema. »Wir sollten uns auf den Weg machen. Es wird bald wieder zuziehen«, sagte er und deutete auf eine neue Wolkenbank, die sich über dem Meer gebildet hatte, dann winkte er uns ins Haus.

»Gibt es noch einen anderen Weg, um hierher zu gelangen?«, fragte ich und sah mich um. »Eine andere Straße?«

»Nein«, antwortete Michael. »Man könnte aber eine Straße von der Hauptstraße aus hierher legen lassen«, sagte er und deutete auf etwas, das ich nicht sehen konnte. »Dazu müsste jedoch einiges abgeholzt und entfernt werden«, fügte er hinzu und deutete auf die Felsen und das Unterholz. »Würde Sie sicher ein paar Pfund kosten. Am einfachsten kommt man hierher über den Weg, den wir gekommen sind, parkt das Auto in der Nähe des Eingangstors von *Second Chance* und läuft herüber. Man kann Sie nicht daran hindern, durch das Anwesen zu laufen«, fügte er hinzu. »Dafür gibt es ein Passierrecht.«

Aber man konnte es uns sehr erschweren, dachte ich bei mir. Michael sah mein Gesicht. »Ich denke, eine Straße wäre nicht schlecht«, sagte er und lächelte.

Im Haus sammelte ich die Gläser ein, lief zum Waschbecken und spülte sie aus. Alex stand mit einem Geschirrtuch hinter mir und trocknete sie ab. Michael war dabei, das Feuer zu löschen. Während wir beschäftigt waren, spürte ich – auch wenn ich es nicht sehen konnte –, dass Breeta sich aus ihrem Sessel erhoben hatte und zum Tisch auf der anderen Seite des Raumes gegangen war. Wir mussten wohl alle dasselbe Gefühl gehabt haben, denn wir drehten uns schweigend um und sahen, wie sie ein Buch in die Hand nahm, darin blätterte und es dann mit einer Hand an ihre Brust drückte. Mit der anderen Hand griff sie bedächtig nach dem Pulli, der über der Stuhllehne hing. Nachdem sie ihn eine Weile betrachtet hatte, hielt sie ihn an ihre Nase und atmete seinen Geruch ein, dann presste sie ihn an ihr Gesicht, während eine dicke Träne ihre Wange herabkullerte. Er muss ihrem Vater gehört haben, dachte ich. Er wird noch nach ihm riechen und sie an ihn erinnern. Sie vermisste ihn in der Tat ganz schrecklich.

Schließlich bemerkte sie, dass wir sie beobachteten. Sie sah Alex an. »Ich weiß, dass in seinem Testament steht, dass das Haus und alles, was sich darin befindet, Ihnen gehört, aber würde es Ihnen etwas ausmachen, wenn ich den Pulli behalte?«

»Natürlich können Sie ihn behalten, meine Liebe«, sagte Alex sanft. »Das Buch dürfen Sie auch mitnehmen. Nehmen Sie doch bitte alles, was Sie möchten.«

»Nur das Buch und den Pulli«, sagte sie und hielt beides umklammert.

Wir waren eine kleinlaute Gruppe, als Michael das Haus abschloss, Alex den Schlüssel überreichte und wir, jeder in Gedanken verloren, zu dem großen Haus zurückgingen. Breeta ließ das Buch und den Pulli nicht mehr los, und so nahm Michael Vigs und ging voran. Gedankenverloren bewunderte ich die Strahlen der späten Nachmittagssonne, die auf die Regentropfen auf den Blumen und Blättern fielen und sie in glitzernde Amethyste und Zitrine verwandelten. Es war jetzt später Nachmittag, und die Möwen kreisten vor der Küste auf der Suche nach Abendbrot und schaukelten auf der Wasseroberfläche wie weiße Blitze auf dunklem Wasser. »Achtung«, schrie Michael vor uns. »Hier ist es rutschig.« In der Tat. Der Regen hatte den Pfad aufgeweicht, und oft war ich kurz davor, abzurutschen. Vorsichtig ging ich am Klippenrand entlang und drehte mich von Zeit zu Zeit um, um zu sehen, wie es Alex und Breeta erging.

Obwohl ich mich bemühte, nicht in die Tiefe zu sehen, zog irgendetwas da unten meine Aufmerksamkeit an, sodass ich schließlich stehen blieb. »Alex«, rief ich, der ein paar Meter von mir entfernt stand. »Wie lautete dein Hinweis?«

»Ich bin der Seegang«, rief er mir zu. »Warum?«

»Warte mal«, sagte ich. Ich stand über einer kleinen Bucht, die am Fuße der Klippen lag. Zu meinen beiden Seiten tat sich ein Abgrund auf, doch vor mir führte ein steiler Pfad, der teils mit Gras bewachsen, teils schlammig war, zum Wasser hinunter. Mit Rücksicht auf mein Schuhwerk begann ich vorsichtig den Abstieg und rutschte dabei auf der nassen Erde und dem Gras immer wieder aus. Ich hatte bereits zwei Drittel des Weges zurückgelegt, als ich zuerst den einen Schuh und gleich darauf den Halt verlor und schließlich den grasigen Abhang hinunterrollte, wobei ich immer schneller wurde. Ich hörte, wie die anderen über mir schrien. Aus irgendeinem unerfindlichen Grund hatte ich aber keine Angst. Irgendwie wusste ich, dass ich schon zur richtigen Zeit stoppen würde, und zerbrach mir eher darüber den Kopf, was für einen peinlichen Anblick ich bieten musste, wie ich so Hals über Kopf herunterrutschte, als darüber, dass ich an den Felsen in tausend Stücke hätte zerschellen können. Und tatsächlich wurde es schon bald flacher, und der Weg mündete in eine Sanddüne, auf der ich ausrollte und liegen blieb.

Ich lag auf dem Sand, oder besser gesagt auf den Kieselsteinen, an einem felsigen Strand am Fuße der Klippen, ein paar Meter vom Wasser entfernt, wo ein kleines Ruderboot, ein Skiff, vor Anker lag und auf der Wasseroberfläche schaukelte. Das Boot war weiß lackiert, da, wo die Farbe nicht abgeblättert war, und die Dollbords blau. Wie ich schon oben vom Felsen aus vermutet hatte, stand auf dem Bug der Name *Ocean Crest*.

Michael kam hinter mir den Pfad herunter, rutschte und glitt dabei wie ich, stand aber noch auf seinen Füßen. »Bleiben Sie, wo Sie sind«, rief er. »Ich komme herunter und helfe Ihnen wieder nach oben.«

»Das Boot heißt *Ocean Crest*«, schrie ich ihm und den anderen zu. »Glauben Sie, dass das irgendetwas mit dem Hinweis zu tun haben könnte?«

Ich sah mich um. Der Besitzer des Bootes war nirgends zu sehen. Ich fand meinen Schuh wieder und ging vorsichtig am felsigen Ufer entlang zum Ruderboot, das knapp vor der Küste unter einem großen Felsvorsprung lag. So viel ich von Land aus sehen konnte, war das Boot leer. Ich überlegte, ob ich genauer nachsehen sollte. Immerhin konnte etwas darin sein, das uns weiterhelfen würde, ein Zettel in einem Fischerkorb oder so, falls dies die Antwort auf den ersten Hinweis war.

Eine leise Stimme sagte mir, dass ich gerade im Begriff war, meinen Entschluss, mich aus der Sache herauszuhalten, über Bord zu werfen. Ich ignorierte sie aber, denn offensichtlich hatte meine Schlitterpartie den Hügel herunter mir jeglichen gesunden Menschenverstand geraubt.

Das Wasser war zu tief und das Boot lag ein wenig zu weit entfernt, als dass ich hätte hinwaten können, und so überlegte ich mir etwas anderes. Ich krabbelte vorsichtig auf einen dicken Felsen am Ufer und hoffte, von dort aus eine bessere Sicht in das Bootsinnere zu haben. Wie ich vermutet hatte, war es bis auf ein Ruder vollkommen leer.

Als ich mich von meinem günstigen Platz auf der Felsenspitze aus umsah, bemerkte ich am Fuße einer steilen, felsigen Klippe am Ende der Bucht etwas, das wie ein Schuh aussah, der teilweise von einem großen Felsen verdeckt wurde. Vielleicht ist er angeschwemmt worden, dachte ich, vielleicht von einer Yacht über Bord gegangen oder so. Doch als ich den Felsen herunterkletterte und in Richtung des Schuhs lief, hatte ich das Gefühl, mich in einem schrecklichen Traum zu befinden, der mich langsam und unaufhaltsam dem Schuh zutrieb. Als ich dort ankam, sah ich, dass der Schuh an einem Bein hing. Und das Bein gehörte zu dem zerschundenen Körper von John Herlihy.

# 3

# Das Brausen der See

»Ich habe nachgedacht«, sagte ich, und das löste eine tiefe Erleichterung in mir aus. Ich meine, dass ich wieder denken konnte, nachdem ich ein paar Tage bestürzt und völlig benebelt herumgelaufen war und jede noch so geringe Anstrengung einfach zu viel verlangt gewesen wäre. Ich fühlte mich zwar noch immer ein wenig zittrig auf den Beinen, wie nach einer Überdosis Koffein oder Adrenalin, und jedes noch so schwache Geräusch ließ mich zusammenzucken, doch zumindest hatte ich jetzt den Eindruck, als würde ich langsam über den Schock, John Herlihy gefunden zu haben, hinwegkommen. Rob freute sich offensichtlich nicht so sehr wie ich über die Rückkehr meines Scharfsinns.

»Warum habe ich bloß das Gefühl, dass uns noch Ärger bevorsteht?«, stöhnte er und stellte zwei Gläser mit schäumendem Kilkenny-Bier vor uns auf den kleinen Glastisch in der Bar des Gasthofes, in dem wir alle untergebracht waren. »Wir machen Urlaub, schon vergessen?«

»Ich weiß«, antwortete ich und dachte daran, dass ich aufgrund des bedauerlichen Ablebens von John Herlihy nicht genau die Art von Urlaub verbrachte, die ich mir erhofft hatte.

»Wir sind aber hergekommen, um Alex Gesellschaft zu leisten, und schließlich geht es hier um Alex. Ich habe darüber nachgedacht«, wiederholte ich, noch bevor Rob mich unterbrechen konnte, »dass diese Schatzsuche, die Suche nach diesem wertvollen Gegenstand, von dem Eamon Byrne gesprochen hat, vielleicht ganz nett sein könnte.«

Rob verzog zweifelnd das Gesicht. »Das find ich keine so gute Idee«, sagte er.

»Warum nicht?«, fragte ich.

»Du hast wohl ein recht kurzes Gedächtnis«, antwortete er. »Das muss am Schock liegen, vielleicht ist es aber auch die Midlifecrisis. John Herlihy ist tot. Nach der Todesursache wird noch geforscht.«

»Er ist abgestürzt«, sagte ich. »Wenn du mich fragst, war er betrunken.«

»Willst du damit sagen, dass er Alkoholiker war?«

»Mehr als das«, antwortete ich. »Ich habe Deirdre of the Sorrows dabei belauscht, wie sie ihn einen alten Säufer nannte.«

»Ich gehe doch wohl richtig in der Annahme, dass du nicht von Deirdre, dem unvollendeten Theaterstück von J. M. Synge, sprichst?«

»Nein, von Deirdre, dem griesgrämigen Dienstmädchen«, sagte ich. »Und versuch bloß nicht, mich mit deiner Belesenheit aus der Fassung zu bringen.«

Ich kannte Rob nun schon seit etlichen Jahren, und trotzdem versetzten mich seine ungewöhnlichen Kommentare immer wieder in Erstaunen.

Ich weiß schon, dass ich grob und ungerechtfertigt verallgemeinere, wenn ich behaupte, dass Polizisten keine Dramatiker wie John Millington Synge lesen, vor allem dann, wenn der einzige Polizist, den ich kenne, das tut.

»Du denkst also, dass er einfach nur völlig besoffen in den Abgrund gestürzt ist?«, fragte Rob. Seine Stimme hatte nun etwas Belehrendes. »Wie kannst du nur einfach davon ausgehen?«, fuhr er fort und stieg nun voll auf das Thema ein. »Man muss erst einmal gründlich nachforschen. Ist er einfach nur gestürzt, oder gibt es Anlass zu der Vermutung, dass er gestoßen wurde oder sich sogar selbst in den Abgrund gestürzt hat? Fußabdrücke, Kampfspuren, Spuren am Körper, solche Sachen eben.«

»Hattest du nicht eben gesagt, wir wären im Urlaub?«, warf ich schmunzelnd ein.

Er lachte. »Man kann nur schlecht von der Arbeit abschalten, nicht wahr?«

»Ich schon«, sagte ich fröhlich.

»Willst du damit sagen, dass du keinen einzigen Blick auf die Möbel im Anwesen unseres Freundes Byrne geworfen und dir überlegt hast, das eine oder andere Stück zu kaufen, falls eines davon nach seinem Tod versteigert werden sollte?«

»Nein«, antwortete ich.

»Sagtest du nicht, dass er Sammler war? Und du hast wirklich nicht darüber nachgedacht, dass ein paar Stücke aus seiner Sammlung vielleicht gut in dein Geschäft passen könnten?«

»Niemals«, antwortete ich. »Waffen auf rotem Samt sind nicht genau das, was wir bei *Greenhalgh & McClintoch* führen.« Nun ja, eine oder zwei Landkarten wären nicht schlecht, dachte ich mir.

Er sah mich misstrauisch an. »Und du hast dir nicht ein einziges Mal Sorgen um dein Geschäft gemacht, seit du hier bist? Ich habe gesehen, wie du die Münztelefone am Shannon Airport beäugt hast, als wir aus dem Flugzeug gestiegen sind. Oder etwa nicht?«

»Ich mache mir überhaupt keine Sorgen«, antwortete ich. Doch das war gelogen, und wir beide wussten das. Natürlich hatte ich die Münztelefone am Flughafen beäugt, hatte es aber irgendwie geschafft, mich zu beherrschen, denn ich wusste ja, dass es bei uns zu Hause nun mitten in der Nacht war.

Normalerweise sind immer zwei Leute bei uns im Geschäft, einer an der Kasse und einer, der sich um die Kunden kümmert. Wenn ich auf Geschäftsreise bin, bleibt Alex mit Sarah im Geschäft. Wenn sie Urlaub macht, stehen Alex und ich im Laden, und so weiter. Wenn aber zwei von uns fort sind, ist Sarah allein. Da Sarah zwar ein Geschäfts- und Finanzgenie ist, sich im Verkauf aber ein wenig schwer tut, hatte sie die Sache ein wenig beunruhigt. Eine Zeit lang befand ich mich in einem Gewissenskonflikt: Sollte ich mich um Alex kümmern oder auf das Geschäft achten?

Schließlich hatte ich mich an meinen Exmann Clive Swain gewandt. Der hatte die Geschmacklosigkeit besessen, einen Antiquitätenladen genau gegenüber von *Greenhalgh & McClintoch* zu eröffnen. Ich bat ihn, für mich ein Auge auf das Geschäft zu haben und, falls es notwendig wäre, Sarah zu helfen. Das ist ungefähr so, als wenn General Custer bei der Schlacht am Little Big Horn den feindlichen Indianerführer Crazy Horse gebeten hätte, die Festung zu halten, während er auf ein Gläschen Whiskey geht. Doch Clive, der Schuft, hatte ja auch seiner zweiten Frau den Laufpass gegeben und, als ich nicht hinsah, sich mit meiner besten Freundin Moira, einer sehr erfolgreichen Geschäftsfrau, eingelassen. Die, so schlussfolgerte ich, würde in ihrer Zuneigung für ihn nicht so weit gehen, ihm zu erlauben, mein Geschäft völlig zu ruinieren.

Ich versuchte einfach, mir nicht allzu viele Gedanken darüber zu machen.

Rob und ich schwiegen eine Weile und nippten an unserem Bier. Ich saß da und bewunderte unsere Umgebung, den etwas nüchtern wirkenden Hunt Room mit glühendem Kamin und den etwas abgenutzten grün, gold und rot gestreiften Sofas und Stühlen, den tiefgrünen Wänden, an denen Bilder von englischen Jagdszenen hingen, und über dem Kaminsims ein teuer wirkendes Ölbild mit einem Hirsch, der von einer Meute Hunde in die Enge getrieben wird. Nicht ganz mein Geschmack. Ich wusste, was als Nächstes passieren würde, und schon seufzte Rob theatralisch. »Also gut, nach knapp fünfundzwanzig Jahren bei der Polizei kann ich nicht anders. Warum bist du dir so sicher, dass Herlihy einfach nur gestürzt ist?«

»Nun, es war sehr rutschig. Ich weiß das am besten,

schließlich bin ich selbst äußerst anmutig den Hügel hinuntergekullert. Hat Alex dir nicht davon erzählt?«

»Hat er, von deiner Anmut hat er aber taktvollerweise nichts erwähnt.«

»Es sah ziemlich würdelos aus, glaube mir. Außerdem hatte ich Glück, dass ich auf Schlamm und Gras gefallen bin. Meine Kleidung sah zwar schrecklich aus, aber ich habe mir nicht wehgetan. Der Abhang war nicht allzu steil, und unten lagen keine Felsbrocken. Ein paar Meter weiter nach links oder rechts und ich wäre wie Herlihy geendet. Dabei hatte ich nur einen kleinen Schluck Whiskey getrunken. Wie gesagt, Herlihy hatte, nach Deirdres Kommentar zu schließen, nicht nur den Ruf, regelmäßig zu trinken, mir ist auch aufgefallen, dass er immer wieder das Zimmer verließ, um sich ein Schlückchen zu genehmigen. Da war mir schon klar, dass er sich nur zum Saufen heimlich hinausschlich.«

»Vielleicht wollte er aber auch nur die Tür kontrollieren oder hatte ein Problem mit seiner Blase. Oder er wollte nur, dass die anderen sähen, wie sehr er vom Schmerz überwältigt war«, warf Rob ein.

»Das glaube ich nicht. Seine Schuhe haben gequietscht, und nach ein paar Schritten hielt er an. Er konnte also nur in etwa bis zu einer Anrichte im Flur kommen, auf der verschiedene Flaschen mit Alkohol standen, das habe ich gesehen. Er hat einen ziemlich großen Schluck genommen, als Dideldum oder Dideldei, wer auch immer, verkündeten, wie viel er bekommen hätte. Ganz nebenbei gesagt waren es um die fünfzehntausend Irische Pfund, was heutzutage mehr als fünfundzwanzigtausend Dollar sind. Da ist ein Selbstmord vermutlich ausgeschlossen. Warum sollte man sich ausgerechnet an dem Tag, an dem man zu Geld kommt, umbringen? Als Alex und ich das Haus verließen, um zum Auto zu gehen, bediente er sich wieder recht großzügig an den Drinks auf der Anrichte im Flur. Es ist ein Wunder, dass er es überhaupt bis zu den Klippen geschafft hat«, schloss ich.

»Genau!«, rief Rob. »Was habe ich dir gesagt? Du hast ja selbst Zweifel an deiner Theorie.«

Ich sah ihn an. »Die Sache ist die, falls du mir erlaubst, noch einmal darauf zurückzukommen. Wir müssen eine Weile hier bleiben und die Ergebnisse der Autopsie abwarten, da können wir uns doch genauso gut auf Schatzsuche begeben.«

»Und warum?«

»Nun, es würde mir nichts ausmachen, diese griesgrämigen Frauen ein wenig fertig zu machen«, antwortete ich.

Rob zuckte zusammen. »Urteilst du nicht ein wenig zu voreilig? Womit hätten sie so etwas verdient?«

»Wenn du mich so fragst. Sie waren einfach abscheulich zu Alex«, sagte ich. »Als wir ankamen, hat man uns zunächst eine halbe Ewigkeit in der Halle stehen lassen. Dann habe ich gehört, wie Byrnes Frau Margaret Dideldum und Dideldei – das sind die Anwälte – sagte, dass sie diesen Mann nicht im Hause haben wolle. Ich denke, dass sie von Alex sprach. Obwohl, wenn ich es mir recht überlege, hätte sie auch den anderen Anwalt oder Padraig Gilhooly, wer immer das sein mag, meinen können. Wie dem auch sei, als man uns endlich hineinließ, ging Alex zu den Anwälten und stellte sich höflich vor, und sie gaben ihm nicht einmal die Hand, als er ihnen seine anbot.«

»Vergiss bitte nicht, dass sie eine schlimme Zeit hinter sich haben«, warf Rob ein. Manchmal ist dieser Mann einfach zu liebenswürdig.

»Ich weiß. Aber auch Margaret und ihre beiden Töchter hatten denselben Gesichtsausdruck. Als hätten sie irgendetwas Schlechtes gerochen oder so.« Ich machte eine Pause. »Und da gäbe es noch einen anderen Grund.«

»Das dachte ich mir schon. Hoffentlich ist er diesmal triftig«, sagte Rob.

»Alex liebt dieses Cottage. Das hab ich ihm angesehen. Für ihn ist ein Traum in Erfüllung gegangen.«

»Ich freue mich sehr für ihn. Er hat ja das Cottage, und worum geht es dir?«

»Worum es mir geht? Wie soll er sich bitte darum kümmern? Die Steuern oder Rechnungen bezahlen? Strom hinbringen? Reparaturarbeiten verrichten lassen? Alte Häuser müssen laufend instand gehalten werden. Und wenn er nicht auch weiterhin das Anwesen der Byrnes durchqueren will, um zum Cottage zu gelangen, was auch mir missfallen würde, muss er eine Straße anlegen lassen. Und das ist nicht gerade billig, das kann ich dir versichern. Er bekommt nur eine Rente, Rob! Wenn wir den Schatz für ihn finden würden, und nach Byrnes Worten zu urteilen, muss es sich um etwas sehr Wertvolles handeln, könnte Alex tatsächlich in den Ruhestand gehen. Und zwar nicht so wie jetzt, dass er nebenbei noch arbeiten muss. Wo wir doch schon einmal hier sind«, bettelte ich. »Außerdem werden wir auch nicht zu weit gehen, solange die Polizei ihre Ermittlungen um John Herlihys Tod nicht abgeschlossen hat. Obwohl, ich wüsste nicht, weshalb sie lange dazu brauchen sollten. Wie dem auch sei, wir könnten uns bei unserer Suche gleichzeitig auch ein wenig die Landschaft hier ansehen und Spaß haben.«

»Ich verstehe ja, wie du für Alex empfindest, und vermutlich braucht er das Geld, aber was macht dich so sicher, dass wir den Schatz finden könnten? Wir kennen doch weder Umgebung noch Leute.«

»Kinderspiel«, antwortete ich. »Du bist doch Polizeibeamter und daran gewöhnt, Hinweisen nachzugehen. Zwei haben wir bereits, und wir wissen, dass sie aus einem Gedicht namens *Amairgens Gesang* stammen.«

Rob sah verwirrt aus, und ich triumphierte innerlich, dass ich ein Gedicht erwähnt hatte, das er noch nicht kannte. Obwohl das eine seltene Gelegenheit war, versuchte ich nicht, mich damit zu brüsten.

»Michael Davis wird versuchen, Breeta davon zu überzeugen, ihren Hinweis aus dem Safe im Haus zu holen und uns zu sagen, um was es sich handelt. Dann hätten wir schon drei Hinweise. Ich gehe davon aus, dass es sieben Hinweise geben wird – die Mutter, drei Töchter und drei weitere Leute, Alex, Michael und jemand namens Padraig Gilhooly, der übrigens genauso willkommen war wie eine Klapperschlange auf einer Gartenparty. Wir haben also schon die halbe Miete.«

»Was heißt die halbe Miete?«, fragte Jennifer und schlüpfte auf einen Stuhl neben ihrem Vater. Sie legte ihre Windjacke ab, ein rosaviolettes Ding, auf dem hinten »Keine Gefangenen« zu lesen war.

»Die Hälfte der Hinweise, die gestern der Familie von Eamon Byrne ausgehändigt worden sind. Ich versuche gerade, deinen Vater davon zu überzeugen, nach dem Schatz im Testament zu suchen.«

»Toll!«, rief Jennifer, die bereits kurz nach unserer Landung am Shannon Airport den örtlichen Slang perfekt angenommen hatte. Oder vielmehr sagte sie etwas, das wie ›llot‹ klang. Im letzten Schuljahr hatte Jennifer einen Kurs über kreatives Denken besucht, in dem der Lehrer die Schüler ermutigt hatte, ihr Denken zu befreien, rückwärts zu sprechen und quer zu denken, um es einmal mit diesem unbeliebten Wort zu sagen, das Unternehmensberater so gerne benutzen. Jennifer hat diese Anregung zum großen Verdruss ihres Vaters natürlich sofort aufgegriffen.

Wie dem auch sei, auch ich kann mich dunkel an Schulkameraden erinnern, die dasselbe taten, Geheimgesellschaften gründeten und Ähnliches. Ich ging also davon aus, dass es sich nur um eine vorübergehende Phase handelte. Ich wollte natürlich keinesfalls ihr kreatives Denken behindern, trotzdem hoffte ich, dass sie bald damit aufhören würde. »Mmok nosch, Dad«, fügte sie hinzu.

»Bitte nicht alle beide«, grummelte Rob.

»Hast du Alex gesehen?«, fragte ich.

»Ja«, antwortete sie. »Er ist unten am Hafen und mietet

ein Boot. Ich bin gekommen, um euch beide zu fragen, ob ihr nicht mit uns segeln wollt.«

»Tolle Idee«, antwortete ich.

»Segeln!«, rief Rob und täuschte bei dem Gedanken Entsetzen vor. »Du hast wohl vergessen, dass ich ein ukrainischer Saskatchewan-Indianer bin. Für mich ist Entspannung, auf einer Veranda zu sitzen und über endlose Weizenfelder zu blicken. Nun, das sind Ferien für euch. Warum sollte man seekrank werden, wenn man doch den Staub schmecken kann und nicht einmal die kleinste Brise einem das Haar in Unordnung bringt?«

»Welches Haar«, grinste Jennifer und strich über eine kleine kahle Stelle am Kopf ihres Vaters. Mir war aufgefallen, dass sie wieder normal zu sprechen begonnen hatte, damit er auch ja die Anspielung nicht verpasste.

»Da es hier weder Staub noch Weizenfelder gibt, was willst du mit dem angebrochenen Nachmittag anfangen, während wir beim Segeln sind?«, fragte ich.

»Keine Ahnung«, antwortete Rob. »Mir wird schon was einfallen.« Sein Ton verriet irgendetwas. »Rob!«, sagte ich.

»Ich habe mir überlegt, dass ich vielleicht hinunter zur örtlichen Polizeiwache gehen und mich vorstellen könnte – wie nennen die sich hier gleich wieder? Gardai, stimmt's?«

»Würdest du einen Urlaub erkennen, wenn du darüber stolpern würdest?«, fragte ich. »Du möchtest doch nicht etwa deine Theorie untermauern, dass John Herlihy ermordet wurde, oder?« Man kann diesem Mann nicht trauen. Er ist von seinem Job besessen. Wie können Menschen bloß ständig über Verbrechen oder Verbrecher nachdenken? Vielleicht träumen sie sogar davon. Das ist eine echte Krankheit.

»Als wärest du plötzlich die Ferienexpertin«, sagte er gnädig. »So lange ich dich kenne, hast du nicht einmal Ferien gemacht. Nein, ich möchte einfach nur versuchen, die internationalen Beziehungen zu pflegen, anzuregen, dass Polizeikräfte einander entgegenkommen, das ist alles. Jetzt beeil dich, damit ich mit meinem noblen Vorhaben weiterkomme. Aber versucht bloß nicht, in Schwierigkeiten zu geraten, ihr beiden.« Er drückte seine Tochter liebevoll an sich. Jennifer und ich verließen auf der linken Seite das *The Three Sisters Inn,* wie das Gasthaus hieß, in dem wir alle untergebracht waren. Und während Jennifer drauflos quasselte, was sie ihren Kumpels zu Hause alles erzählen wollte, schlenderten wir eine Kopfsteinpflasterstraße entlang, die sich vorbei an bezaubernden kleinen Häuschen in sonnigen Farben, gelb, rot, blau und grün, Läden und Pubs hinunter zum Meer schlängelte.

Um auf der Reise Geld zu sparen, teilten Jennifer und ich ein Zimmer sowie Rob und Alex. Eine Bude mit einem achtzehnjährigen Mädchen zu teilen, war zwar nicht genau das, was ich mir unter einem idealen Urlaub vorgestellt hatte, doch ich genoss trotzdem ihre Gesellschaft und ließ mich von ihrer Begeisterung für alles, was sie umgab, mitreißen, während wir zum Meer hinuntergingen. Obwohl sie uns anfangs nicht hatte begleiten wollen, schien sie sich jetzt, da wir nun mal in Irland waren, gut zu amüsieren. Jennifer stand an der Schwelle zum Erwachsenenalter, war aber meiner Meinung nach in vieler Hinsicht noch ein wenig kindlich, andererseits hingegen durchaus weltgewandt. Nach unserer Reise würde sie eine ganz neue Welt an der Universität erwarten.

Jennifers Mutter war gestorben, als sie noch ein kleines Mädchen war, und Rob hatte sie allein großgezogen. Er hat nie wieder geheiratet. Seinen Erzählungen zufolge hatten Jennifer und er nie eine Frau gefunden, über die sich beide einig gewesen wären. Jennifer war also die typische Mischung aus eigenständigem Mädchen und einsamem Einzelkind. Ihr größtes Problem schien zu sein, dass sie noch nie einen richtigen Freund gehabt hatte. So schmerzlich das für Jennifer auch sein mochte – sie behauptete, sie sei das einzige Mädchen der westlichen Hemisphäre, das noch keine Verabredung zum Abschlussball hatte –, ihrem Vater kam das genau recht, denn er hielt sowieso jeden Verehrer seiner Tochter für einen Lustmolch, wie er sagte. Nach ein paar Tagen, die ich mit Jennifer im selben Zimmer verbracht hatte, begriff ich, dass es an der Zeit war, ein ernstes Wörtchen mit ihrem Vater zu sprechen. Ich wollte ihm sagen, dass er sich seine Verhörtechniken und Einschüchterungstaktiken lieber für die Leute aufheben sollte, mit denen er beruflich zu tun hatte, und sie nicht bei den jungen Männer anwenden sollte, die seine Tochter besuchten. Ich wusste, dass ich mich da auf kein angenehmes Gespräch einließ, doch wozu sind Freunde schließlich da? Auch Rob hatte nie mit seiner Meinung über mich hinter dem Berg gehalten.

Das Dorf lag an einer Flussmündung, am Ende einer großen Bucht an einem geschützten Hafen, in dem Dutzende von kleineren und größeren Booten vor Anker lagen. Am Ende der Landebrücke wartete Alex an Bord der *Maire Malloy*, einem ziemlich plumpen und in grässlichem Erbsengrün lackierten Holzboot auf uns. Das Meer war geradezu perfekt für einen Segelturn: Es wehte eine steife, jedoch nicht allzu starke Brise. Wohin das Auge blickte war der Himmel wolkenlos, es sah also aus, als würde das Wetter halten. Kreischende Möwen flogen hinter uns her, als Alex den Motor anschmiss und wir an großen und kleinen Fischerbooten vorbei aus dem Hafen tuckerten. Als wir den Hafen verlassen hatten, stellte Alex den Motor ab und gab den Befehl, die Segel zu hissen. Sofort packte uns der Wind und trieb das Boot voran.

»Ahoi!«, schrie Jennifer. Segeln war eine ganz neue Erfahrung für sie, und ihre Freude war ansteckend. Auch ich amüsierte mich und verdrängte das Bild von John Herlihys schwarzem Schuh in die hintersten Winkel meines Gehirns.

»Ahoi!«, stimmte ich ein. Vom Meer aus wirkte das Land noch eindrucksvoller und schöner. In der Ferne die blauen Berge mit den tiefen Tälern und den sanft geschwungenen Hügeln, die steilen Klippen am Meer, auf die brausende

Gischtsäulen trafen, die sich am Ufer brachen. Und überall standen vereinzelte Häuschen vor einem Hintergrund in den verschiedensten Grünschattierungen.

»Wo soll's hingehen?«, rief Alex uns zu, und der Wind trug seine Worte davon.

Jennifer zuckte die Achseln. »Dnalsi«, rief sie.

»Ich hätte da eine praktischere Idee«, rief ich zurück.

Es war recht einfach, die Küste entlang an kleinen Meerbusen und Buchten vorbeizusegeln, in denen vereinzelte Häuser standen, von denen einige verlassen oder so heruntergekommen waren, wie wir sie schon in der Nähe von *Rose Cottage* gesehen hatten.

Nur wenige Häuser waren so prachtvoll wie *Second Chance*. Es war sehr eindrucksvoll, vom Wasser aus seine hellgelben Wände im Kontrast zu dem dunklen Grün der Hügel dahinter und dem gepflegten Rasen und den Gärten, die bis zum Meer herabreichten, zu sehen. Es wirkte wie ein kleines Paradies. Sogar Jennifer, die ein wenig zu einer spätpubertären Angst neigte, die sich in einem chronischen Zynismus äußerte, sah beeindruckt aus.

Während wir die Küste entlang an *Second Chance* vorbeisegelten, frischte der Wind auf, so wie vor ein paar Tagen, als wir zum *Rose Cottage* gewandert waren, und wir mussten mehrmals kreuzen, um weitersegeln zu können. Während das kleine Boot über die Wellen tanzte und dann in tiefe Täler stürzte, war es berauschend, die wilde Küste und hohen Klippen zu sehen, zu deren Füßen die Wellen zerschellten und über die Seevögel flogen, die sich dann im Nebel dahinter verloren. Hoch oben über den Klippen thronte Alex' neu erworbenes Cottage und schaute über das Meer. »Ist es das, Onkel Alex?«, rief Jennifer und zeigte mit dem Finger darauf. »Toll«, rief sie, als Alex stolz nickte.

»Darf ich im Sommer einmal herkommen?«

»Natürlich«, antwortete er.

Als wir die Bucht erreicht hatten, schaukelte das kleine

Holzboot immer noch auf den Wellen. Alex steuerte unser Segelboot geschickt an ein paar Felsen vorbei und legte längsseits an.

»Ich sehe nichts«, rief Jennifer, als sie in die *Ocean Crest* sah.

»Wir müssen an Bord gehen«, sagte ich.

»Beeil dich, Lara«, sagte Alex, nachdem er anlegt hatte. »Wir müssen zurück«, fügte er hinzu und deutete auf die Sonne, die schon tief über dem Horizont hing.

»Ich brauch nur fünf Minuten«, sagte ich und kletterte in das andere Boot. Als ich an Bord war, fuhr Alex wieder aufs Meer hinaus und ging dort vor Anker.

Ich fing am Heck an und arbeitete mich dann weiter voran. Ich suchte nach Seilen oder Tauen an der Seite, denn ich überlegte, dass daran vielleicht ein wasserdicht verpacktes Paket hängen könnte. Ich zog das Boot näher zu der Boje heran, an der es vertäut war, fand aber nichts. Dann fuhr ich mit den Fingern unter den Dollborden entlang, für den Fall, dass dort ein kleiner Zettel versteckt worden war. Ich prüfte die Verankerungen der Ruder und griff unter jeden Sitz, bevor ich zum Bug ging. Auch dort griff ich unter den Sitz. Immer noch nichts. Dann langte ich in das Schiffsvorderteil, kam aber wieder mit leeren Händen zurück.

Ich wollte schon aufgeben, als mir auffiel, dass eine der Schiffsplanken im Vorderteil im Gegensatz zu den ziemlich verblichenen Planken des restlichen Bootes frisch lackiert worden war. Ich drückte die Planke leicht herunter, sie gab nach und darunter kam eine weiße Plastikfolie zum Vorschein. Sie sah aus wie ein Fetzen von einer Plastiktüte, war fest zusammengerollt und in eine Lücke zwischen die Planken gezwängt, wo sie mit Klebeband festgemacht worden war.

»Ich hab es gefunden«, rief ich Alex und Jennifer zu, löste vorsichtig das Klebeband und achtete darauf, die Folie und den Inhalt nicht zu zerreißen.

»Tfahcslleseg«, rief Jennifer, schwenkte die Arme und zeigte zur Küste. Ich drehte mich um und sah oben auf der Klippe, ungefähr an der Stelle, an der John Herlihy heruntergestürzt sein musste, Conail O'Connor, Schwiegersohn Nummer zwei. Mit verschränkten Armen und einem Bein auf einen Felsen gestützt, sah er wie ein Greifvogel, der zum Sturzflug ansetzt, auf uns herab. Und da wurden mir plötzlich zwei Dinge klar: Erstens, könnten Blicke töten, wäre ich auf der Stelle tot umgekippt. Und zweitens, ein paar Leute nahmen diese Schatzsuche ein wenig zu ernst.

»Lass uns von hier verschwinden«, rief ich Alex zu, der den Anker bereits gelichtet hatte und auf mich zusteuerte. Ich stopfte das Plastikröllchen in die hintere Hosentasche meiner Jeans und krabbelte an Bord der *Maire Malloy*. Alex warf den kleinen Motor an und wir steuerten langsam aus der kleinen Bucht in den Wind hinein.

Die Rückfahrt in den Hafen sollte rasch gehen. Der Wind war auf unserer Seite, und sobald das Segel gehisst war, schoss unser kleines Boot auch sogleich vorwärts. Die untergehende Sonne stand zu unserer rechten Seite und dann hinter uns, als wir voranschnellten.

Wir hatten schon den halben Weg zurückgelegt, als ein Fischkutter mit brummendem Schiffsmotor aus dem spätnachmittäglichen Schatten der Bucht heraussprengte und direkt auf uns zuraste. Es war kein besonders wendiges Schiff, dafür aber äußerst leistungsfähig, und es kam unaufhaltsam auf uns zu. »Beidrehen«, schrie Alex, als Jennifer und ich uns duckten, um dem Auslegerbaum aus dem Weg zu gehen, und auf die gegenüberliegende Seite des Bootes krabbelten. Das andere Boot änderte seine Fahrtrichtung nicht und hielt weiter auf uns zu. Wir schrien, winkten und versuchten, die Aufmerksamkeit des Kapitäns, den wir nicht sehen konnten, auf uns zu lenken, bevor es zu spät war. Im letzten Augenblick vollzog Alex, ein exzellenter Segler und selbst in Ausnahmesituationen immer gelassen, ein schnelles Manöver, sodass das Fischerboot, das kurz davor war, unsere Breitseite zu rammen, nur am Heck vorbeischrammte. Doch selbst das reichte aus, die *Maire Malloy* zum Kentern zu bringen, sodass wir alle von Bord gespült wurden.

Ich griff nach Jennifer, als wir über Bord gingen, schlug jedoch so hart auf dem Wasser auf, dass ich für einen Augenblick völlig betäubt war und sie mir entglitt. Meine Ohren dröhnten, was sowohl vom Schock als auch von dem Geräusch, das das Boot unter Wasser verursachte, kommen konnte, und eisige Kälte drang mir in Mund und Nase, als ich ins Kielwasser geriet.

Ich kämpfte mich an die Oberfläche und sah mich nach den anderen um. Sogleich entdeckte ich Alex, doch von Jennifer fehlte jede Spur. Panik ergriff mich, die sich sogar körperlich bemerkbar machte, und ich schrie ihren Namen und schlug in der Dunkelheit und dem kalten Wasser verzweifelt um mich, um sie, ihre violette Jacke oder zumindest ihren blonden Haarschopf zu erwischen.

Plötzlich sah ich sie. Zuerst kam ihr Kopf, dann kamen ihre Schultern zu Vorschein, sie hustete und spuckte ein paar Meter von mir entfernt an der Wasseroberfläche.

»Niewhcs!«, schnappte sie und ballte die Faust zu dem abfahrenden Fischkutter, der bereits ziemlich weit von uns entfernt und nur noch als schwarzer Schatten in der schimmernden Bahn der untergehenden Sonne auf dem Wasser zu sehen war. »Hcsra!«, schrie sie erneut, doch diesmal schon sehr viel kräftiger.

Da war mir klar, dass alles mit ihr in Ordnung war. Gemeinsam versuchten wir, das Segelboot wieder flottzumachen, doch das war nicht leicht, so erschöpft waren wir davon, nur knapp einem Unglück entgangen zu sein, und so hängten wir uns seitlich an das Boot und warteten auf Hilfe. Zum Glück nahte diese auch schon recht bald in Gestalt von Michael Davis, der in einem kleinen Motorboot nur wenig später längsseits auf uns zukam.

»Ich habe euch von den Klippen aus gesehen«, sagte er, nachdem er uns alle an Bord geholt und das Segelboot an die Leine gelegt hatte, um es ans Ufer zu ziehen. »Der Kapitän muss ein Vollidiot gewesen sein«, rief er. »Er hätte euch umbringen können!«

»Hast du gesehen, wer es war?«, fragte ich ihn, als ich wieder zu Atem gekommen war.

»Nein«, antwortete er, sah mich dabei aber nicht an. Ich hatte das Gefühl, das er ziemlich genau wusste, wer das Boot gesteuert hatte, auch wenn er den Fahrer aus der Entfernung vielleicht nicht gesehen hatte. Und da ich noch immer Conail O'Connors bösen Gesichtsausdruck vor Augen hatte, konnte auch ich es mir vorstellen.

## 4

## Ein Hirsch in sieben Schlachten

»Offenbar hattest du Recht«, sagte Rob und nickte mir zu, während er seiner Tochter die Marmelade reichte. Das Frühstück wurde jeden Morgen in einem kleinen, verglasten Wintergarten serviert, der auf das Gärtchen des Gasthofes hinausging, und dort begannen wir gemeinsam unseren Tag.

»Ich habe immer Recht«, sagte ich, und Jennifer kicherte. Alex hob skeptisch die Augenbrauen.

Rob lachte leise. »Das kann schon sein, aber das gebe ich nicht oft zu, oder?«

»Das ist pure Untertreibung«, neckte Jennifer ihn. Rob machte eine Handbewegung, als wollte er ihr eine Ohrfeige verpassen, sie duckte sich und lachte.

»Was meinst du damit, ich hatte Recht?«, fragte ich. Ich fand es schön, dass Rob und Jennifer so gut miteinander auskamen und dass sie wieder ganz normal Englisch sprach.

»Das mit John Herlihy«, sagte er. »Der Alkoholspiegel im Blut war massiv erhöht. Der Bursche muss tagelang durchgesoffen haben. Ein Wunder, dass er überhaupt gerade stehen konnte. Aber Leute, die viel trinken, können das meistens.«

Nun ja, ich freue mich immer, wenn Rob einer Meinung mit mir ist, und es ist gut zu wissen, dass wir in wichtigen Lebensfragen übereinstimmen. Bei den unwichtigeren Dingen sind wir hingegen fast nie einer Meinung. Deswegen gibt es manchmal auch Reibereien.

Oft denke ich, dass wir uns wie ein altes Ehepaar aufführen, obwohl wir nie mehr als nur gute Freunde waren. Es war tatsächlich ein Sieg, dass er zugegeben hatte, dass ich Recht gehabt hatte, doch leider hatte ich meine Meinung inzwischen wieder geändert.

»Was ist mit den anderen Sachen, von denen du gesprochen hast. Ich meine Kratzer oder so?«

»Laut dem Polizeibeamten, einem liebenswürdigen Kerl namens Minogue, mit dem ich gesprochen habe, waren Herlihys Verletzungen nach dem Fall über mehr als zehn Meter von der Klippe herunter auf die Felsen sehr schwer«, sagte Rob. »Scheint alles ziemlich klar und sauber. Immerhin konnten sie mit ziemlicher Sicherheit den Todeszeitpunkt bestimmen. Ihr kamt kurz nach Ende der Testamentseröffnung auf *Second Chance* an der Stelle vorbei, das muss gegen halb vier gewesen sein, und ungefähr fünfundfünfzig Minuten später kamt ihr zurück, und da lag er. Seine Kleider waren vermutlich vom Regen völlig durchnässt worden, obwohl man das aufgrund der Nähe zum Strand nicht mit Gewissheit sagen kann. Er hätte natürlich schon dagelegen haben können, als ihr zum ersten Mal dort vorbeikamt, ihr hättet ihn ja auch übersehen können, doch er ist vermutlich erst während des Regens hinuntergestürzt. Wie dem auch sei, das würde am Todeszeitpunkt auch nicht viel ändern. Jedenfalls hat jeder ein Alibi, wenn auch nicht für jeden Augenblick, doch keiner war lange allein.«

Man brauchte nicht viel Zeit, dachte ich bei mir. Ein rascher Spurt bis zum Ende des Anwesens, dann kurz um die Ecke, wo man von niemandem gesehen wird. Und was unsere Seite betraf, so schien mir Michael für das bisschen Brennholz, das er beschaffen musste, länger als nötig unterwegs gewesen zu sein.

»Und was ist mit dem anderen Zeugs? Fußabdrücken? Kampfspuren?«

»Dafür habt ihr und der Platzregen gesorgt, als ihr herummarschiert seid und über die Klippen geschaut habt, als ihr ihn fandet.« Er sah ein wenig verärgert aus, als müssten wir es eigentlich besser wissen. »Es gab nicht viele Spuren, hat man mir gesagt.« Er machte eine kurze Pause. »Stellst du dich eigentlich grundsätzlich in jeder Diskussion mit mir quer, oder hast du deine Meinung geändert?«

Ich zuckte die Achseln. Wie sollte ich ihm erklären, dass die Welt für einen Augenblick still gestanden hatte und stumm gewesen war, und dass ich die schreckliche Vorahnung hatte, dass etwas Schlimmes passieren würde? Wie konnte ich ihm sagen, dass ich, als der Regen einzusetzen begann, einen unnatürlichen Schrei vernommen hatte, den ich für das Kreischen eines Vogels oder eines anderen Tieres gehalten hatte, das vor der Nässe floh, obwohl ich jetzt der Überzeugung war, dass es der Todesschrei eines Mannes gewesen sein musste, der über die Klippen fiel, auch wenn ich versuchte, mich von etwas anderem zu überzeugen? »Ich frag mich nur …«, sagte ich.

»Gut, dann frag dich jetzt nicht mehr«, sagte er und griff nach der *Irish Times*. »Meinst du, dass meine Arterien zwei Wochen in diesem Land überleben werden?«, fragte er und beäugte den leeren Teller vor sich, auf dem noch kurz vorher der Herzinfarkt mit dem harmlosen Namen Irisches Frühstück gelegen hatte: zwei Eier, ein paar Speckscheiben, zwei Frühstückswürstchen und Toast mit irischer Butter. Dem entnahm ich, dass er das Thema wechseln wollte.

Das konnte ich nicht so stehen lassen.

Das Geräusch, das ich gehört, und die Beklemmung, die ich gefühlt hatte, würden nicht verschwinden. Falls es tatsächlich Herlihy gewesen war, der diesen gellenden Schrei ausgestoßen hatte, dann konnte er nicht einfach auf dem Schlamm ausgerutscht sein. Als ich ihn hörte, hatte es gerade erst zu regnen angefangen. Und warum war alles rund herum so still geworden? Ja, der Wind hatte kurz vor dem Regen nachgelassen, wie die Stille vor dem Sturm. Aber was war mit den Vögeln, die noch kurz zuvor kreischend über uns gekreist waren? Warum waren auch sie so plötzlich verstummt? War es wegen des nahenden Sturms, oder hatte irgendetwas anderes, etwa ein Kampf auf den Klippen, sie so zum Schweigen gebracht?

Bevor wir tags zuvor den Unfall mit dem Boot gehabt hatten, wäre ich bereit gewesen, die offizielle Version anzuerkennen, ich hätte sie sogar begrüßt. Doch ich konnte einfach nicht glauben, dass das, was uns zugestoßen war, einfach ein Unfall gewesen sein sollte. Nicht, nachdem ich Conail O'Connors Gesicht gesehen hatte. Das allein ließ mich auch andere so genannte Unfälle in einem anderen Licht erscheinen. Doch selbst das konnte ich Rob nicht sagen. Jennifer hatte die Geschichte äußerst dramatisch wiedergegeben, als wir zurück waren, worauf Rob verstört dreingeschaut hatte, doch sie war in einem Alter, in dem man immer alles etwas übertrieb. Alex und ich hatten die Sache dann etwas heruntergespielt. Ich hätte gerne mit ihm über meine Angst gesprochen, als ich Jennifer für ein paar schreckliche Sekunden nicht mehr halten konnte, bevor sie wieder aufgetaucht war, doch ich wusste, dass ich das nur getan hätte, um mich selbst besser zu fühlen. Er hätte sich dabei sicherlich nicht besser gefühlt.

Eltern zu sein ist schon beängstigend genug, da muss man nicht auch noch Panik davor aufkommen lassen, was alles hätte passieren können.

Als wir zu Ende gefrühstückt hatten, kündigten Rob und Jennifer an, dass sie Killarney besichtigen wollten, ob jemand mitkommen wolle? Alex jedoch hatte vor, sich mit jemandem zu treffen, der angeboten hatte, ihn zum Angeln mitzunehmen. Ich hingegen sagte, dass ich mich ein wenig im Dorf umsehen wollte.

»Versprich mir, dass du dich nicht in die Nähe von *Second Chance* begibst«, sagte Rob streng.

»Ich verspreche es«, sagte ich. Das war nicht schwer, denn schließlich hatte ich etwas ganz anderes im Sinn. Doch auch darüber wäre er nicht glücklich gewesen. Ich wollte etwas ganz Spezielles auskundschaften, und als die anderen gegangen waren, rannte ich noch einmal hinunter zur Landebrücke. Ich brauchte eine Stunde, schlängelte mich auf und ab durch die Hafenanlage, doch schließlich fand ich, was ich gesucht hatte, und zwar unten auf einem Schild von einem Schnellimbiss, auf dem für ein Unternehmen namens St. Brandon Charters geworben wurde, das Angelausflüge, Panoramatouren in der Dingel Bay, Ausflüge zu den Blasket Inseln vor Dingle Bay und Fliegenfischen oder Segelstunden anbot.

Der Inhaber der St. Brandon Charters, wer immer das sein mochte, schien sehr vielseitig zu sein. Ein Multitalent nennt man das, glaube ich, in der Unternehmensbranche. Wieder eine dieser scheußlichen Wortfindungen wie »Verkleinerung« oder »Umstrukturierung«, die beschönigende Beschreibungen für unangenehme Ergebnisse sind, in diesem Fall vermutlich: wenig Beschäftigte erledigen viel Arbeit.

»Schönes Boot«, sagte ich.

Der Mann hob kaum den Kopf von seiner Arbeit.

»Ja, danke«, antwortete er.

»Wissen Sie, wem es gehört?«

Der Mann ignorierte mich immer noch und säuberte weiter sorgfältigst Zentimeter für Zentimeter das Dollbord.

»Weiß irgendwer, wem dieses Boot gehört?«, fragte ich und wandte mich an drei Männer, die auf einer Bank an der Mole saßen.

»Paddy Gilhooly«, antwortete einer. Den Namen hatte ich nicht erwartet, dennoch war das interessant.

»Wissen Sie, wo ich ihn finden kann?«

»Er ist nicht weit weg«, sagte einer der alten Männer. Der zweite Mann legte seine Hand übers Ohr, um besser hören zu können, und lachte.

»Sie schauen ihn grad an«, rief der zweite Alte und zeigte auf den Mann, der an Bord des Bootes arbeitete.

Ich hätte mir denken können, dass dieser Mann der Besitzer war, nach all dem Gehabe von wegen Junge und sein Boot, das dem Ritual Junge und sein Auto in nichts nachsteht, auch wenn er keineswegs so aussah, als könnte er sich so ein Schiff leisten. Vergeblich versuchte ich, in seinen Gesichtszügen eine Ähnlichkeit mit Eamon Byrne zu entdecken, denn nachdem die Familie ihn mied, hätte er ja durchaus ein uneheliches Kind von Byrne sein können. Doch falls es tatsächlich eine Ähnlichkeit gab, konnte ich sie jedenfalls nicht erkennen.

»Stimmt das?«, fragte ich ihn. »Sind Sie wirklich Padraig Gilhooly?« Der Mann ignorierte mich auch weiterhin. Für mich war das ein klares Ja. »Ich habe Sie gesucht.«

Er sagte noch immer nichts.

»Wirklich schade, der erbsengrüne Kratzer am Bug«, fuhr ich fort. »Seltene Farbe. Sie sollten vorsichtiger sein.«

»Kennen wir uns?«, fragte der Mann plötzlich äußerst aggressiv, schmiss den Lappen in den Eimer und stand auf. Er war groß und drahtig, hatte schwarzes Haar und einen durchdringenden Blick. Er trug einen Kittel, darunter ein weißes Hemd, dessen Ärmel er hochgekrempelt hatte, und schwere Arbeitsschuhe. Ich war kurz davor, die Geduld zu verlieren.

»Ja«, sagte ich und holte tief Luft. »Wir kennen uns. Genau genommen kennen sich unsere Boote, Ihres und das Segelboot *Maire Malloy*, auf dem ich mit ein paar Freunden gesegelt bin.«

»Sie sind also hergekommen, um sich dafür zu entschuldigen, dass Sie mein Boot gerammt haben, nicht wahr?«, fragte er finster. »Und um mir Schadensersatz anzubieten, nehme ich an.« Seine Stimme klang sarkastisch.

Das Gespräch verlief nicht gerade so, wie ich es mir vorgestellt hatte.

»Sie wollen wohl so tun, als hätten Sie uns weder gesehen noch bemerkt, dass Sie uns versenkt haben, nehme ich an«, sagte ich. Inzwischen war ich so wütend, dass ich keinerlei

Angst mehr verspürte. »Vielleicht sollte ich noch hinzufügen, dass Sie uns nicht nur zum Kentern gebracht haben, sondern uns beinahe ertränkt hätten.«

Gilhooly starrte mich an. »Von was reden Sie überhaupt?«, sagte er schließlich. »Ich habe noch nie jemanden gerammt. Und falls doch, hätte ich ihn bestimmt nicht ertrinken lassen.«

»Woher kommt dann der erbsengrüne Farbkratzer auf Ihrem Boot?«

»Haben diese verfluchten Bastarde von *Second Chance* Sie dazu angestiftet?«, fragte er. »Denn wenn dem so ist ...«

Er hob drohend seine Faust, und ich wich vorsichtshalber einen Schritt zurück.

»Nein«, antwortete ich aus sicherer Entfernung. »Das waren nicht die verfluchten Bastarde, wie Sie es so feinfühlig formuliert haben. Im Gegenteil, sie haben mich zu gar nichts angestiftet, sie können es kaum erwarten, dass ich wieder nach Hause fahre. Können wir jetzt noch einmal von vorn beginnen?«

Er sah mich kurz finster an und ließ dann langsam seinen Arm sinken. »Guten Tag«, sagte er schließlich. »Ich bin Paddy Gilhooly, mir gehört das Boot *Lost Causes*. Und wer sind Sie?«

»Lara McClintoch. Angenehm.«

»Ami, stimmt's?«

»Ich komme aus Toronto.«

»Kanadierin. Sind Sie vielleicht die Bekannte von einem gewissen Alex, dem, der *Rose Cottage* bekommen hat?«

Ich nickte. »Sein Name ist Alex Stewart, wir sind befreundet.«

»Klar«, sagte er. »Ich hab schon gehört, dass er von einer Frau begleitet wird. Mein Anwalt hat es mir erzählt«, fügte er hinzu. »Er ist dabei gewesen, aber das wissen Sie schon, Sie waren ja selbst da. Also, was soll das Gezeter um mein Boot? Ist es nicht wunderschön?«

»Ja«, sagte ich, »wenn man es nicht gerade auf sich zukommen und dann in der Ferne wieder verschwinden sieht, nachdem man Fässer von Kielwasser geschluckt hat.«

»Und wann soll das passiert sein?« Er klang jetzt wieder aggressiv.

»Gestern Nachmittag. Fragen Sie Ihre Kumpel hier«, sagte ich und zeigte auf die drei Männer auf der Bank. »Sie können Ihnen sagen, dass die *Maire Malloy* gestern am späten Nachmittag mit einem Loch im Heck und einer ziemlich durchnässten Besatzung hereingeschleppt worden ist.«

»Stimmt das, Malachy?«

Einer der alten Männer auf der Bank nickte. »Stimmt, Paddy.«

Gilhooly machte ein finsteres Gesicht. »Wann hat die *Lost Causes* angedockt?«

Malachy dachte lange und gründlich darüber nach.

»Schwer zu sagen, Paddy«, sagte er schließlich. »Schwer zu sagen. Kurz vor Sonnenuntergang. Wir waren drüben im Pub auf einen kleinen Erfrischungsdrink. Viele Boote haben angelegt, und das von Ihnen«, sagte er und zeigte auf mich, »wurde geschleppt. Hat ziemlich Aufregung gestiftet.« Der zweite alte Knacker legte seine Hand an die Ohrmuschel und sah Malachy an. »Weißt du noch, ob Paddys Boot schon angelegt hatte, als man das andere hereingeschleppt hat?«, schrie Malachy ihn an.

»Keine Ahnung«, sagte der zweite Mann nach kurzer innerer Einkehr.

»Ihn zu fragen hat keinen Sinn«, sagte Malachy und zeigte auf den dritten Mann, der sich von uns abgewandt hatte und über das Meer blickte. »Meistens ist er mit den Gedanken irgendwo anders.«

»Also gut, Malachy, wenn du mir schon die Geschichte von ihr erzählen konntest«, sagte Gilhooly, »kannst du vielleicht meine bestätigen.«

»Das heißt?«, fragte ich.

»Cork«, sagte Malachy. Für mich hörte es sich wie Cark an, ich begriff aber, dass es sich um Cork handelte. »Unser Paddy war in Cork. Er hat den Zug genommen und sich den ganzen Tag hier nicht blicken lassen. Ich kann zwar nicht so gut sehen, Kev aber schon, stimmt's Kev?«, schrie er.

Kev nickte.

»So, das hätten wir also geklärt«, sagte Gilhooly. »Tut mir leid, das mit dem Bootsunglück, aber ich habe nichts damit zu tun.«

»Hätte vielleicht auch Conail O'Connor das Boot nehmen können?«

»Conail O'Connor!«, rief Gilhooly. «Conail O'Connor kann mich mal an meinem königlichen irischen Arsch lecken!«

»Das ist James Joyce«, sagte Malachy feierlich. »*Ulysses*.«

»Heißt das, nein?«, fragte ich sauer, James Joyce hin oder her. »Was ist mit Sean McHugh?«

Gilhooly schwieg, doch ich bemerkte, wie seine Kiefer arbeiteten. Er sah ganz so aus, als würde er gleich in die Luft gehen.

»Ich nehme an, dass Ihnen Ihr Anwalt von Eamon Byrnes kleinem Spielchen erzählt hat«, sagte ich.

»Hat er. Völliger Blödsinn. Ich hätte ihm mehr Verstand zugetraut. Obwohl, vermutlich kann man das einem sterbenden Mann nicht übel nehmen.«

»Wenn Sie mir Ihren Hinweis verraten, sage ich Ihnen meinen«, sagte ich.

»Sie meinen den mit dem *Seegang*? Schon vergessen, mein Anwalt war anwesend.«

»Ich weiß auch noch den von Michael Davis«, antwortete ich. Eigentlich hatte ich zwei, wenn man den einen mitzählt, der gerade sorgfältig in meinem Gästezimmer in der Hoffnung trocknete, dass etwas Leserliches dabei herauskam. Jedenfalls schien es keine gute Idee zu sein, sofort jeden Trumpf aus der Hand zu geben. »Ein paar von uns haben sich überlegt, dass es vielleicht ganz witzig sein könnte, zu versuchen, das Ding zu finden, egal, was es ist.«

»Das nennen Sie witzig? Die Leute von *Second Chance* sind kein bisschen witzig, das versichere ich Ihnen. Überhaupt nicht.« Gilhooly warf den Lappen in den Eimer und wollte gehen.

»Werden Sie die Familie auf Ihren Anteil verklagen? Byrne hat angedeutet, dass Sie das tun könnten. Ihr Anwalt war ja dort. Wie hieß er gleich noch?«

»Dermot Shanahan. Und wie soll ich bitte sein Honorar bezahlen?«, fragte er zerknirscht.

Ich war versucht, ihm vorzuschlagen, doch sein geliebtes Boot zu verkaufen, beschloss dann aber, lieber freundlich zu sein. »Dürfte ich Ihnen ein Bier oder vielleicht etwas anderes spendieren?«, fragte ich ihn. Vielleicht würde sich ja dann seine Zunge lösen und ich konnte erfahren, was es mit dem bösen Blut zwischen ihm und der Familie Byrne auf sich hatte.

»Da, wo ich herkomme, warten die Mädels darauf, gefragt zu werden!«, rief er mir über die Schulter zu, als er ging.

»Ich will mich ja nicht mit Ihnen verabreden, Padraig«, rief ich ihm nach. »Nur auf einen Drink. Mürrische, komplexbeladene Männer sind sowieso nicht mein Fall. Ich meine, streiten Sie mit jedem ums Prinzip, oder hatten Sie einfach nur einen schlechten Tag? Und ganz nebenbei ist es mir egal, was die Mädels in Ihrem Bekanntenkreis tun.« Und nenn mich nicht Mädel, fügte ich zu mir selbst hinzu. Er ignorierte mich einfach und ging weiter.

Ich sah mich um und bemerkte, dass die alten Jungs auf der Bank sich so vor Lachen bogen, dass ihnen die Tränen die Wangen herunterkullerten.

Zwei von ihnen, um genau zu sein. Der Dritte, der bis jetzt noch nicht mit mir gesprochen hatte, schien ein langes Gespräch mit sich selbst oder einem Pfahl an der Landebrücke zu führen.

»Wenn Sie schon nicht an mürrischen jungen Kerlen interessiert sind«, sagte Malachy schließlich und wischte sich die Tränen weg, »was halten Sie dann von alten? Wir sind zu dritt. Ich sehe zwar nicht mehr so gut, Kev hört nicht mehr gut und Denny, nun, Sie sehen ja, er ist etwas sonderbar, wenn Sie wissen, was ich meine, aber zusammen machen wir noch was her.«

Nun musste auch ich lachen. »Kommen Sie«, sagte Malachy, »setzen Sie sich.« Er zeigte auf einen kaputten alten Stuhl, der ein paar Meter entfernt stand. »Ein Drink gefällig?«, fragte er und zog eine Flasche Whiskey und ein paar Becher aus einem kleinen Beutel, der neben der Bank stand.

»Dafür ist es mir noch etwas zu früh«, antwortete ich. »Trotzdem, Dankeschön. Ich heiße übrigens Lara«, sagte ich und schüttelte jedem von ihnen die Hand, bevor ich mich auf den Stuhl wagte.

Selbst Denny hörte mit seinen Selbstgesprächen auf und schüttelte mir schüchtern die Hand. Malachy, Kev und Denny trugen graue Wollhosen, weiße Hemden und schwarze Fischerhüte. »Sind Sie Brüder?«, fragte ich. Malachy und Kev nickten gleichzeitig.

»Kev und ich sind Brüder. Denny ist unser Kumpel. Wissen Sie, wir tragen alle drei den Namen eines Heiligen: ich für Sankt Malachy, Kev für Sankt Kevin und Denny für Sankt Denis. Auch Paddy trägt den Namen eines Heiligen, des größten Heiligen von Irland, Sankt Padraig. So schlimm ist unser Paddy also auch wieder nicht«, fügte Malachy hinzu, als er aufgehört hatte zu lachen, um wieder zu Atem zu kommen. »Komplexe hat er vielleicht, da könnten Sie Recht haben.« Die beiden anderen nickten.

»Er hätte Sie niemals ins Wasser befördert, so etwas würde er nicht tun«, sagte Kevin.

»Und Sie untergehen lassen«, fügte Malachy hinzu. Er stellte die Becher vor der Bank auf den Boden, füllte sie sorgfältig, reichte seinem Bruder und seinem Freund einen und behielt die Flasche für sich. »Mögest du in den Himmel kommen, bevor der Teufel gemerkt hast, dass du tot bist«, sagte er, hob die Flasche zum Trinkspruch und nahm einen herzhaften Schluck. Die anderen taten dasselbe.

»Paddy kommt nicht so gut mit den Leuten von *Second Chance* zurecht, nicht wahr?«, fragte ich. Wenn schon Padraig es mir nicht erzählen wollte, dann würden diese drei es vielleicht tun.

»Überhaupt nicht gut«, stimmte Malachy zu, »aber diese Burschen da oben in dem großen Haus kommen mit niemandem zurecht. Nun, Eamon mochte den Jungen. Er hat ihm das Boot geschenkt, oder?« Ich wartete, doch er fügte dem nichts mehr hinzu. Ich fragte mich, wie weit ich mit so einem Verhör gehen konnte, bevor sie böse wurden und sich wieder in Schweigen hüllten. Ich hatte das Gefühl, dass ich als Ausländerin nur so lange toleriert wurde, wie ich mich gut benahm.

»Ein schöner Tag ist heute, und es ist hübsch hier«, sagte ich und sah mich um. Und das stimmte. Das Meer, die Boote, die felsige Küste, die sich zu beiden Seiten der Bucht erstreckte und teilweise vom Nebel verhüllt war.

»Wahrlich, wahrlich«, pflichtete Malachy bei.

»Glaubst du, sie würde gerne eine Geschichte hören?«, fragte Kev Malachy. »Denny kennt eine tolle Geschichte«, sagte er zu mir.

»Glaube ich nicht«, sagte Denny plötzlich, als sei er aus einer Trance erwacht.

»Natürlich würde ich gerne«, antwortete ich.

»Komm schon, Denny«, sagte Kev. »Erzähl diesem netten jungen Mädel eine Geschichte.«

Ich überlegte, wie irritierend ich es gefunden hatte, als Gilhooly mich Mädel genannt hatte, und wie süß ich es fand, wenn Kev es tat. Feminismus ist zuweilen ein beschwerlicher Weg.

»Die jungen Leute mögen Dennys Geschichten nicht

mehr«, flüsterte Malachy. »Deshalb erzählt er sie den Pfählen und Landebrücken, damit er sie nicht vergisst.«

»Was hast du gesagt?«, fragte Kev und stieß seinen Bruder mit dem Ellenbogen an. »Sprich lauter!«

Malachy sah ihn an.

»Warum schreibt er sie nicht einfach auf?«, fragte ich.

Malachy schaute voller Entsetzten. »Die kann man nicht aufschreiben«, sagte er. »Dann würden sie kaputtgehen. Dafür sind sie zu besonders.«

»Erzähl ihr die von dem goldenen Ring«, sagte Kev und stieß seinen Kumpel an.

»Nein, die ist nicht so gut«, sagte Malachy. »Die kennt doch jeder. Erzähl ihr die von dem Spiegel. Das ist die schönste!«

Denny gab keinen Ton von sich.

»Okay, Denny«, sagte Malachy gereizt. »Dann erzähl ihr irgendeine.«

»Eine von den alten«, fügte Kev hinzu. »Du hast auch nichts dabei, womit man Dennys Kehle befeuchten könnte, oder?«, sagte er und sah traurig auf die nun leere Flasche. »Nur ein kleines Schlückchen, damit er loslegen kann?«

»Ich fürchte nein«, antwortete ich, »schließlich habe ich nicht gewusst, dass ich Ihre Bekanntschaft machen würde. Das nächste Mal werde ich aber bestimmt etwas mitbringen«, fügte ich lächelnd hinzu. »Was trinkt Denny denn am liebsten?«

»Whiskey natürlich«, sagte Malachy.

»Ich auch«, sagte Kev. »Er muss nicht besonders gut sein. Jeder Whiskey tut es.«

»Nein, bringen Sie uns bloß keinen guten«, pflichtete Malachy bei. »Besser wir gewöhnen uns erst gar nicht dran, unsere Umstände sind, wie sie sind. Wie dem auch sei, eine Schande, dass man guten Whiskey so lange herumstehen lässt, ohne ihn zu trinken.«

Wir sahen alle zu Denny.

»Sie müssen wohl noch ein wenig warten«, flüsterte Malachy. »Denny redet erst, wenn er es für richtig hält.«

Wir saßen in kameradschaftlichem Schweigen und warteten darauf, dass Dennys Stimmung sich ändern würde. Ich musste natürlich an die Schnitzeljagd denken, wie ich sie im Geiste nannte, und an John Herlihy und seinen Sturz in den Tod. Er musste irgendetwas mit dem Schatz zu tun haben, auch wenn nicht gleich ersichtlich war, wie, denn weder Deirdre noch Herlihy hatten einen Briefumschlag erhalten. Teamgeist war gefragt – um einmal diesen abscheulichen, überbeanspruchten Begriff aus der Geschäftswelt zu verwenden –, ein Trick, damit die Familie zusammenspielte. Doch auch Alex, Michael und Gilhooly waren aus Gründen dabei, die ich nicht kennen und nicht erraten konnte.

Zumindest schien der Trick oberflächlich zu funktionieren. Die Familie klebte zusammen. Wir waren in der Minderheit.

Alex und Michael gegen Breeta, Margaret, Eithne, Fionuala, Sean, Conail und Padraig Gilhooly. Mit zwei von den sieben hatte ich bereits ein unangenehmes Zusammentreffen gehabt, zählt man Conails böse Blicke und den Zusammenstoß mit dem Boot als eines und Paddy als zweites. Wenn es so weiterging, standen mir noch fünf unangenehme Zusammentreffen bevor.

Andererseits war es kaum vorstellbar, dass Herlihys Sturz in den Abgrund – und hier war zugegebenermaßen das letzte Wort noch nicht gesprochen – mit etwas anderem als der Jagd nach dem Schatz zu tun haben konnte.

Alex hatte seinen Hinweis laut vorgelesen, jeder hatte ihn hören können, selbst Herlihy.

Und vielleicht hatte Herlihy ihn sogleich mit dem kleinen Boot in der Bucht, der *Ocean Crest* in Verbindung gebracht und war so schnell ihn seine trunkenen Beine tragen konnten hingerannt, um von den anderen einbezogen zu werden. War das der Fall, dann hatte ihn vielleicht einer der Familie verfolgt, mit tödlichem Ausgang. Nachdem man Herlihys Leiche gefunden hatte, wimmelte es vor Ort von Polizei und man konnte nur schwerlich zum Boot gelangen.

Vielleicht hatte Conail genau das im Schilde geführt. Er hatte gewartet, bis die Polizei wieder weg war, und war gerade im Begriff, in die Bucht hinunterzusteigen, als wir vom Meer aus angerauscht kamen. Vielleicht war er aber auch schon vor Ort gewesen, hatte es jedoch nicht finden können. Vielleicht war das die Erklärung für seinen bösen Gesichtsausdruck, mit dem er zusah, wie ich das Plastiktütchen aus dem Bug zog.

Das nächste Problem betraf das durchnässte Stück Papier, das ich aus dem Boot geborgen hatte. Ich ging davon aus, dass es mit nur sieben Hinweisen, die bei der Verlesung des Testaments überreicht worden waren, nicht so schwer sein würde, den Schatz zu finden: Man musste einfach nur die sieben Hinweise zusammenfügen, schon war der Schatz gefunden.

Falls aber jeder einzelne Hinweis auf einen weiteren deutete, konnte das auch bedeuten, dass es insgesamt vierzehn oder sogar noch mehr Hinweise gab.

Es konnte aber auch heißen, dass es insgesamt sieben Spuren gab, die zu dem Schatz führten. Ich beschloss, dass Letzteres nicht der Fall sein konnte, denn wenn jeder gesondert seiner Spur folgen konnte, hätte das nicht die Rettung der Familie bedeutet, auf die Byrne so gehofft hatte. Mir fiel ein, dass der Hinweis in der *Ocean Crest* vielleicht gar kein Hinweis war. Ich hatte ihn mir natürlich angesehen, sobald wir am sicheren Ufer angekommen waren. Es sah nach nichts Besonderem aus, obwohl der Autor so umsichtig gewesen war, einen Kugelschreiber zu verwenden, man also immer noch Tinte erkennen konnte. Doch war es mehr ein Gekritzel als ein Hinweis. Wenn es aber lediglich ein Gekritzel war, warum war es dann in Plastik eingewickelt und in einem Boot versteckt?

Mir schien, dass es bei dieser kleinen Gedankenübung mehr Fragen als Antworten gab und Beweise für diese Spekulationen knapp waren.

Ich sah Denny an.

Er legte seine Hände flach auf die Schenkel und fing an, langsam und bedächtig auf der Bank vor und zurück zu wippen.

Wir warteten.

»Ich werde euch eine Geschichte über etwas sehr Seltsames erzählen, das jemandem hier in der Gegend passiert ist«, sagte er schließlich. »Aber ich werde nicht sagen, wem es passiert ist. Nein, das werde ich nicht tun. Wenn ihr es wisst, wisst ihr es. Wenn nicht, von mir werdet ihr es nicht erfahren. Nein, von mir werdet ihr es nicht erfahren.

Es war einmal ein Mann namens Kerry, der hatte eine Frau und wunderschöne Töchter.«

»Das ist eine tolle Geschichte«, sagte Kev. »Sehr geheimnisvoll, das kann ich euch sagen.«

»Unterbrich ihn nicht«, sagte Malachy düster. »Lass ihn sie erzählen.«

»Doch er war unglücklich, denn er wollte einen Sohn. Bald schon wäre es zu spät gewesen, wenn ihr wisst, was ich meine. Seine Frau kam in die mittleren Jahre. Er war der Verzweiflung nahe, ersehnte sich um jeden Preis einen Sohn, und mancher sagte, er habe einen Pakt mit dem Teufel geschlossen, um einen zu bekommen. Man weiß nicht, was er tat, jedenfalls schenkte ihm zu jedermanns Überraschung seine Frau einen hübschen Knaben. Dieser Junge war ein richtig schönes Kerlchen, rosig und golden mit wunderschönen blauen Augen. Und er liebte ihn. Er ließ ihn kaum eine Minute aus den Augen.«

»Kaum eine Minute«, pflichtete Malachy bei.

»Doch eines Tages musste er nach Cork fahren, um seinen Geschäften nachzugehen, und während seiner Abwesenheit, als sein kleiner, nur ein paar Wochen alter Sohn im Garten in seiner Wiege schaukelte, kam ein sehr seltsamer, alt aussehender Junge zu ihm. Das Dienstmädchen hatte ihn gesehen. Die komische Kreatur hüpfte in das Bett des kleinen Jungen. Als der Mann nach Hause zurückkehrte, war sein Sohn verschwunden, und stattdessen lag diese seltsam aussehende Kreatur in seiner Wiege. Eine wirklich schreckliche Geschichte, die da passiert ist. Und so fragte er seine Frau, was da geschehen sei? Und sie fragte ihn, was er damit meinte. ›Die Feen‹, rief daraufhin der Mann, ›die Feen haben meinen Jungen mitgenommen.‹ – ›Du bist doch verrückt‹, sagte die Frau.

Aber ich versichere euch, das ist wahr. Die Feen hatten den Buben für einen von ihnen eingetauscht. Und so rannte der Mann los, um den Buben wiederzufinden, bevor jener die Feenspeise bekam. Denn wie jeder weiß, hat man einmal Feenspeise zu sich genommen, muss man für immer bei ihnen bleiben.«

»Das stimmt«, bestätigte Kev. »Wenn sie einen erwischt haben, darf man auf keinen Fall von ihren Speisen essen, nicht einmal einen kleinen Happen, egal, wie herrlich es aussieht.«

»Pssst«, sagte Malachy. »Lass ihn die Geschichte zu Ende erzählen.«

»Doch der Mann hatte einen Pakt mit dem Teufel geschlossen, das habe ich euch ja gerade erzählt«, fuhr Denny fort, als hätten die anderen nichts gesagt. »Er ging also zurück zum Teufel und sagte frech wie Oskar zu ihm: ›Du hast mir einen Sohn versprochen.‹ Was hätte er auch zu verlieren gehabt, seit sein Sohn verschwunden war? Doch der Teufel sagte: ›Ich habe dir einen geschenkt, aber nicht gesagt, dass es für immer sein würde.‹

Nun war der Mann aus Kerry aber kein Dummkopf, wenn ihr wisst, was ich meine. In der Hinsicht war er keinesfalls ein Dummkopf. ›Was sollen denn die Leute von dir denken, wenn sie erfahren, dass du deine Versprechen nicht hältst‹, sagte er zum Teufel. ›Ich werde jedem erzählen, was du mir angetan hast. Und wenn ich damit fertig bin, wird keiner mehr einen Pakt mit dir schließen wollen.‹ – ›Zügle deine Zunge‹, sagte der Teufel. ›Du bist ja schlimmer als ein jammerndes Weib, doch ich werde dir sagen, was ich tun werde. Kehre zurück und entledige dich des hässlichen Kindes in der Wiege deines Sohnes, und ich werde deinen Jungen retten. Doch du musst ihn selber finden, denn ich habe ihn bereits einem anderen versprochen.‹

Der Mann aus Kerry nahm des Teufels Angebot an. Was hätte er sonst auch tun sollen? Er ging rasch nach Hause, nahm ein Schwert zur Hand, ging zu dem hässlichen Jungen, um ihn zu erschlagen, und was meint ihr, tat der hässliche Bub, als er sah, was ihm bevorstand? Er sprang aus der Wiege und rannte so schnell davon, dass niemand ihm folgen konnte.

Der Mann suchte das ganze Land nach seinem kleinen Jungen ab, konnte ihn aber viele Jahre lang nicht finden. Eines Tages, als der Junge schon groß geworden war, fand er ihn schließlich. Doch seine Frau, die all die Jahre an den Verlust ihres Kindes gedacht hatte, erkannte ihren eigenen Sohn nicht wieder und sagte, dass er es nicht sei. Der Mann aber wusste, dass er seinen verlorenen Sohn gefunden hatte, und ward kurz vor seinem Tode wieder mit ihm vereint. Das ist eine seltsame Geschichte, doch sie ist wahr und nimmt ein gutes Ende.«

Denny hörte zuerst auf zu sprechen und dann zu wippen. Die Geschichte war zu Ende. Was für eine seltsame Geschichte, dachte ich bei mir und hätte sie beinahe wieder vergessen, wäre da nicht anschließend noch etwas gesagt worden.

»Denny kennt viele solcher Geschichten«, sagte Malachy. »Aber diese hier gehörte zu einer von Eamon Byrnes Lieblingsgeschichten. Bei ihr schossen ihm jedes Mal die Tränen in die Augen, nicht wahr, Kev?«

»Genau, Tränen schossen ihm jedes Mal in die Augen. Die ging ihm sehr zu Herzen.«

Ich war drauf und dran, der Sache weiter auf den Grund zu gehen, als ich vom Hügel oben meinen Namen rufen hörte. Michael Davis kam auf mich zugerannt.

»Im Gasthof sagte man mir, dass ich Sie hier finden würde«, keuchte er. »Er ist verschwunden.«

»Wer ist verschwunden?«

»Breetas Hinweis!«, rief er. »Irgendjemand ist an den Safe gegangen und hat Breetas Hinweis gestohlen.«

# 5

# Ein Falke über der Klippe

*So erstaunlich Dagdas Kessel sein mochte, er war nur eine von vier großen Gaben der Götter, eine für jede Stadt, aus denen die Kinder der Göttin Danu stammten, und jedes hatte eine Geschichte zu erzählen.*

*Der Kessel, der niemals leer wurde, gehörte Murias. Von Falias kam Lia Fail, der Stein, der brauste und sang, wenn Irlands rechtmäßiger König darauf stand. Wie man sich erzählte, wurde der Stein des Schicksals von der Göttin Tea aus dem Osten nach Tara gebracht und sollte bleiben, wo immer Irlands großer König regierte. Viele dachten, er würde König von Tara, doch nur wenige hörten Lia Fails Brausen.*

*Er sollte Irland niemals verlassen. Niemals. Doch Fergus, Erics Sohn, bat seinen Bruder Murtagh mac Erc, ihn nach Iona zu schicken, damit Fergus dort zum König gekrönt werden konnte. Aus Fürsorge für seinen Bruder schickte Murtagh ihn über See. Dann brachte Kenneth ihn nach Scone.*

*Und was geschah dann mit dieser Gabe der Götter? Die verdammten Engländer rissen sie an sich! Was sie uns angetan haben! Böses richtete Edward an, als er den Stein des Schicksals mitnahm und ihn unter seinen Thron legte. Edward glaubte, mit ihm die Macht zu erhalten, doch haben die Engländer ihn jemals vernommen, frage ich euch? Haben sie jemals sein Brausen gehört?*

*Man sagt, der Stein, der nun in Tara, in der Nähe des Zentrums ruht, sei Lia Fail. Doch auch dieser schweigt, und sollte es tatsächlich Lia Fail sein, dann hat uns der Zauber verlassen.*

*Es gibt andere, die behaupten, die Engländer hätten ihre königlichen Ärsche auf einen einfachen, alten Steinbrocken gesetzt und Lia Fail sei verborgen und warte auf bessere Zeiten, warte darauf, gefunden zu werden.*

»Ich fürchte, Sie halten uns für unfreundlich«, sagte Margaret Byrne und schenkte mit geübter Hand den Tee in zierliche Elfenbeintassen, nachdem sie zuvor in bestimmtem Ton Deirdre weggeschickt hatte, die nervös mit den Teetassen geklappert hatte. »Die Umstände ...«, sagte sie und senkte dabei leicht den Blick. »Ich hoffe, Sie verstehen.«

Trotz des edlen Gedecks und des elitären Gehabes, mit dem wir bedient wurden, war die Atmosphäre angespannt. Ich hatte das Gefühl, dass Alex und ich, nachdem wir auf Bitten von Michael und Breeta eilig nach *Second Chance* gefahren waren, um die Einzelheiten über das Verschwinden von Breetas Hinweis herauszufinden, bei unserer Ankunft einen Familienstreit unterbrochen hatten. Wenn dem so war, wurde jedoch nichts davon erwähnt.

Margaret sah mich in Erwartung einer Antwort an. Sie war akkurat gekleidet, wie üblich in Chanel und wieder in Schwarz, mit Seidenbluse und Seidenrock und teuer aussehenden Pumps dazu. Sinnigerweise aus Schlangenleder. Der Ausdruck auf ihrem sorgfältig geschminkten Gesicht wirkte stets befremdlich, das Ergebnis von zu häufigem Facelifting, wie ich bösartig dachte. Trotzdem war sie eine sehr attraktive Frau. Sie sah wie Ende vierzig aus, doch meiner Meinung nach musste sie mindestens zehn Jahre älter sein. Sie saß vor zwei Ölgemälden, von denen das eine Eamon Byrne in glücklicheren und gesünderen Zeiten zeigte, das andere einen Mann, der nach den schmalen Lippen und den energischen Backenknochen zu urteilen Margarets Vater sein musste.

Neben ihr saß ihre älteste Tochter Eithne. Eithne sah fast so alt wie ihre Mutter aus und war auch fast genau wie sie gekleidet, nur dass sie ein gedämpftes Blau trug. Während

Margaret richtig elegant aussah, wirkte Eithne für ihr Alter ein wenig altmodisch, fast altbacken. Sie beschränkte ihre Teilnahme am Gespräch auf ein gefälliges Nicken, wenn ihre Mutter sprach, und auf ein Stirnrunzeln, wenn ihre Mutter das tat, was oft vorkam.

Auf der anderen Seite saß Fionuala. Die zweite Tochter hatte nicht die Eleganz und den guten Geschmack ihrer Mutter geerbt, das war ganz offensichtlich. Ihr augenscheinlich teures Kleid war zu eng für eine Frau, die wie sie zu einem Bäuchlein neigte. Ihr Schmuck wirkte protzig und die unechte Brosche, die sie trug, eignete sich besser für den Abend. Sie konzentrierte sich fast ausschließlich auf ihre Hände.

Unfreundlich, dachte ich und grübelte über die ersten Worte von Margaret nach und darüber, wie unangenehm es war, den drei unsympathischen Frauen beim Tee gegenüberzusitzen. Auf dem Weg zum Haus wären wir um ein Haar von der Straße abgedrängt worden und landeten mit dem Wagen in einer Fuchsiahecke, als Conail O'Connor – der Feind, den wir am Vortag auf den Klippen gesichtet hatten – mit wutverzerrtem Gesicht die Straße entlanggeschossen kam. Er bremste nicht einmal, als er uns sah. »Ich würde sagen, er fährt genauso wie er segelt«, hatte Alex milde gesagt und damit meine Gedanken zum Ausdruck gebracht, während ich den Wagen zurück auf die Straße steuerte und dabei die Äste an der Wagentür entlangkratzten. Was die Identität des Kapitäns des Bootes, das uns überfahren hatte, anging, kamen Alex und ich zu demselben Ergebnis.

Auch Margaret schien äußerst schlecht gelaunt zu sein, als wir ankamen. Einer der beiden Anwälte der Familie, welcher von beiden, weiß ich nicht genau, verließ gerade das Haus, als wir zum Eingang kamen. »Mir tut das alles wirklich furchtbar leid«, hörte ich ihn noch sagen, als er ihre Hand schüttelte und sie dabei länger hielt, als nötig gewesen wäre. »Mir tut es wirklich leid, ich werde sehen, was ich machen kann.« Er nickte Alex kurz zu, als er an uns vorbeibrauste.

Was immer ihm leidtat, es hatte Margarets ohnehin schon finstere Lebenseinstellung noch verdüstert. Sie sprach kaum mit uns, als wir ins Haus geführt wurden. Nein, das Wort unfreundlich traf es nicht ganz, wollte man die Familie Byrne beschreiben.

»Natürlich«, sagte ich dennoch, als sie um mein Verständnis warb. »Alex und mir tut es wirklich leid, dass unsere Anwesenheit Ihrer Familie in einem solch traurigen Augenblick noch mehr Unannehmlichkeiten hinzugefügt hat.« Manchmal wirke ich tatsächlich so, als könnte ich kein Wässerchen trüben.

»Ja, wirklich«, fügte Alex hinzu. Wir nickten uns alle zu und erweckten einen völlig falschen Eindruck der Übereinstimmung.

Die Unterhaltung verlief eine Zeit lang ebenso unaufrichtig und unangenehm. Eithne nickte weiterhin beifällig zu jedem Wort ihrer Mutter, bis uns die Anstrengung, nett zueinander zu sein, ermüdet hatte und wir zum Geschäft kamen. Während wir unseren Tee schlürften, versuchte ich, mir meine Umgebung einzuprägen. Ich blickte durch die hinteren Fenster und sah Sean McHugh, Eithnes Mann, hinten herumlaufen. Er trug einen Tweedanzug mit Lederflicken an den Ellenbogen, schwere Schuhe und eine Kappe. Ich überlegte, dass Eamon McHugh als englischen Landjunker beschrieben hatte, was passte. Auch Michael Davis war zu sehen, er arbeitete im Garten und warf immer wieder verstohlene Blicke zum Haus, vermutlich in dem vergeblichen Versuch, herauszufinden, wie es uns erging. Er grub die Beete um und ordnete sie, rupfte Unkraut und schnitt Blumen so angenehm und gleichmäßig, dass ich es als tröstlich empfand, ihn dort draußen zu sehen. An *Second Chance* war er das Netteste.

»Ich habe von Breeta gehört, dass es auf *Second Chance* einen Diebstahl gegeben haben soll«, sagte ich schließlich und schlürfte dabei etwas ungeschickt aus der Teetasse, die man mir gereicht hatte. Ich hasse solche zerbrechlichen kleinen Tassen, bei denen man noch nicht einmal den Finger durch den Henkel stecken kann und damit gezwungen ist, sie verzweifelt zu umklammern, damit die Tasse nicht umkippt und ihr Inhalt sich auf den Wollteppich ergießt. Doch alles an Margaret Byrne war so. Der Raum war gefüllt mit zarten, kleinen Kristall- und Porzellangegenständen, von denen ein paar gefährlich am Rande von Glasplatten und Beistelltischchen mit fein geschnitzten Beinchen balancierten. Ich fragte mich, was sie und Eamon Byrne, der dunkles Holz und antike Schwerter liebte, wohl verbunden hatte.

»Ja«, antwortete sie und senkte erneut den Blick. »In solchen Zeiten ...«, und wieder verlor sich ihre Stimme. Ich hatte bemerkt, dass es bei Konversationen einer ihrer Schachzüge war, den Satz abzubrechen, damit andere ihn für sie zu Ende sprechen konnten, ohne dass sie dabei selbst heucheln musste.

»Breeta hat gesagt, dass ihr Hinweis aus dem Safe im Arbeitszimmer Ihres Mannes gestohlen worden ist«, sagte ich und ignorierte dabei ihre Bitte um Mitgefühl. »Wer könnte das Ihrer Meinung nach getan haben?«

»Aber Sie denken doch nicht, dass der Diebstahl wegen des Hinweises verübt wurde?«, sagte Margaret, und bei dem Gedanken verstärkte sich ihr ohnehin schon chronisch erstaunter Ausdruck. Eithne hob wie ihre Mutter die Augenbrauen. »Sie haben bestimmt nach Geld gesucht.«

»Wurde denn Geld gestohlen?«, fragte ich.

»Es befand sich nur sehr wenig Geld im Safe«, sagte sie. »Nur etwas Haushaltsgeld, ja, das wurde gestohlen.«

»Wurde sonst noch etwas gestohlen?«, fragte ich.

»Nichts von Wert, nur ein paar Dinge von Eamon«, sagte sie. Dann überlegte sie, dass dies vielleicht gefühllos klingen könnte, und fügte hinzu, »obwohl sie natürlich von großem ideellem Wert waren.«

»Natürlich«, pflichtete ich ihr bei. »Wie furchtbar für Sie. Ich hoffe, Sie haben die Polizei verständigt.« Zumindest war ich in diesem Punkt ehrlich. Ich konnte es kaum erwarten, Rob erneut zur Polizeistation zu schicken, um herauszufinden, ob ein gewaltsames Eindringen auf *Second Chance* gemeldet worden war und so weiter. Doch das glaubte ich nicht. Ich hätte wetten können, dass es sich dabei um eine interne Angelegenheit gehandelt hatte.

Margaret schüttelte den Kopf. »Es gab wirklich keinen Grund, die Polizei wegen einer solchen Lappalie zu bemühen.«

»Welche Sachen Ihres Mannes haben sie denn mitgenommen?«, fragte ich und versuchte dabei mitfühlend zu klingen, was ich in vielerlei Hinsicht auch war. Vielleicht nicht, was den Diebstahl betraf. Ich glaubte ihr einfach nicht. Doch die ganze Situation, die ziemlich gefühllosen Anmerkungen ihres Mannes und die kleine Jagd auf den Schatz, die er für seine Lieben ausgeheckt hatte, mussten sie tatsächlich sehr aufgebracht haben. Ich ermahnte mich, ihrem Verhalten verständnisvoller zu begegnen

»Sein Tagebuch und zwei Landkarten.«

»Die Karten sind sicher wertvoll?«, fuhr ich hartnäckig fort.

»Es waren keine alten«, sagte sie. »Vermutlich hatte der Dieb keine Ahnung, was er an wertvollen Sachen verpasst hatte. Die Waffensammlung und Handschriften meines Mannes sind weiß Gott viel wert. Bedauerlicherweise hat er sie dem *Trinity College* vermacht.« Ihr Ton wurde schärfer.

»Nun«, sagte sie, setzte ihre Teetasse ab und sah mich an, sodass ich ihr zum ersten Mal in die Augen sehen konnte. Sie waren hart wie geschliffene Diamanten, und die scharfen Linien um ihren Mund hatte selbst die Chirurgie nicht ausmerzen können. »Wenn ich Ihre Neugierde befriedigt habe, dann hätte ich nun eine Bitte an Sie. Bitte lassen Sie uns mit unserer Trauer alleine. Diese Schatzsuche meines Mannes ist grausam und fehl am Platze. Die Familie hat also beschlossen, dass sie nicht das Geringste damit zu tun haben will.«

Ach tatsächlich. Und vielleicht können Schweine ja fliegen, Babys werden vom Storch gebracht, und hinten im Garten leben Elfen. Was ihren Mann betraf, hatte sie dennoch Recht. Seine bissigen Worte in dem Video mussten schrecklich für sie gewesen sein. Ich beschloss, etwas toleranter zu sein.

»Ich möchte Sie bitten, dasselbe zu tun«, fuhr Margaret fort. »Bitte lassen Sie uns mit unserer Trauer allein zurechtkommen. Und das führt mich gleich zur nächsten Sache, die wir gerne mit Ihnen besprechen würden.« Sie sagte *wir*, doch bisher hatte nur sie gesprochen.

»*Rose Cottage* hat für die Familie einen großen ideellen Wert«, fuhr sie fort. Eithne nickte energisch und blickte von ihren Händen auf. »An diesem Ort hat Eamon ...«, sie machte eine wirkungsvolle Pause, »... hat Eamon viel Zeit verbracht. Wir waren etwas überrascht, als wir hörten, dass jemand, den Eamon nur flüchtig und vor so langer Zeit kennen gelernt hat, in den Besitz gelangen soll. Wir würden Sie bitten, darüber nachzudenken, es der Familie zurückzugeben.«

Alex zuckte zusammen, doch gleich darauf öffnete er den Mund, um etwas zu sagen.

»Ich denke, das werden wir nicht tun«, sagte ich hastig, noch bevor er irgendetwas sagen konnte, und jeder Anflug von Sympathie, den ich für Byrnes Witwe empfunden hatte, war nun verschwunden.

»Dann werden Sie verstehen, dass die Familie sich verpflichtet fühlen wird, alle rechtlichen Schritte einzuleiten, um *Rose Cottage* an die rechtmäßigen Besitzer zurückzuführen. Mein Mann war sehr krank und wusste nicht, was er tat. Sonst hätte er niemals das Cottage Mr Stewart hinterlassen.« Sie sprach, als wäre Alex nicht einmal anwesend.

Ich wollte schon sagen »Dann sehen wir uns eben vor Gericht«, doch Margaret stellte energisch ihre Teetasse auf das Silbertablett und erhob sich. Auch die beiden anderen standen umgehend auf. Fionuala, die kein Wort geäußert, nicht einmal Hallo gesagt hatte, verließ den Raum, ohne sich noch einmal umzudrehen. Der Empfang war offensichtlich zu Ende.

Dennoch gab es einen Augenblick, in dem Margaret Byrnes Charakter ans Tageslicht kam. Als sie den Raum verlassen wollte, kroch Vigs langsam unter dem Sofa hervor, sodass sie beinahe über ihn gestolpert wäre und ihr Gleichgewicht verloren hätte. Sie klammerte sich am Teewagen fest, und eine der zerbrechlichen Teetassen fiel herab und ging in Stücke.

»Deirdre!«, fauchte sie. »Deirdre! Schaffen Sie dieses schreckliche Tier raus – für immer.« Das Dienstmädchen antwortete nicht.

»Danke, dass Sie gekommen sind«, sagte Margaret in gebieterischem Ton und gestikulierte Richtung Eingangshalle. Dem entnahm ich, dass wir alleine nach draußen gehen sollten. Mir platzte fast der Kragen, und beinahe hätte ich etwas sehr Ungehöriges gesagt. Ich hielt mir Alex' Gesichtsausdruck vor Augen, als er zum ersten Mal das kleine Cottage gesehen hatte. Der Byrne-Familie reichte es anscheinend nicht, ein palastähnliches Haus, oder besser gesagt eine Villa mit Bediensteten, endlose Hektar Land mit Rosen, Orchideen, Palmen und einem wunderbaren Blick auf das Meer zu besitzen, nein, sie wollten auch noch *Rose Cottage*.

Nur über meine Leiche, dachte ich und starrte Margaret an. Plötzlich war ich wild entschlossen, dafür zu sorgen, dass Alex nicht nur das Cottage behalten, sondern auch genug Geld haben sollte, um dort geruhsam zu leben. Wenn das bedeutete, dass wir vor Gericht gehen mussten, na dann bitte. Und wenn »geruhsam leben« hieß, ihnen den Schatz vor der Nase wegzuschnappen, dann würden wir auch das tun.

Damit dieses Unternehmen von Erfolg gekrönt wurde, brauchten wir sämtliche Hinweise. Ich musste mir also eine Alternative überlegen, um sie zu bekommen. In einem glorreichen Augenblick hatte ich nämlich gedacht, dass wir ohne sie auskämen. Nachdem ich den Hinweis in dem kleinen Boot gefunden hatte, dachte ich schon, wir hätten es geschafft. Wir kannten die ersten beiden Hinweise, die uns auf ein Gedicht des alten Poeten Amairgen verwies. Wenn also jede Zeile des Gedichts tatsächlich ein Hinweis war, hätten wir auf die anderen verzichten können. Wir mussten nur den Ort erraten, auf den die Zeilen des Gedichts passten.

Der Hinweis aus dem Boot war dennoch eine Enttäuschung gewesen. Er stammte zwar eindeutig von Eamon Byrne, zumindest war es sein Notizpapier, mit seinen Initialen und dem Aufdruck von *Second Chance* auf dem Briefkopf, doch der Hinweis – falls es überhaupt einer war – war nicht im Geringsten das, was ich mir erhofft hatte. Ich hatte mir natürlich nichts Konkretes erwartet, etwa eine Mitteilung, dass sich der Schlüssel zu einem Schließfach am Bahnhof Killarney unter dem dritten Blumentopf zur linken Seite der Auffahrt befände. Dennoch hatte ich mehr als dieses Gekritzel, eine Reihe von Zeilen, die Eisenbahnschienen oder vielleicht Fischgräten ähnlich sahen, erwartet, als das Papier getrocknet war. Trotzdem hob ich es auf, wenn auch nur, weil ich einfach nicht glauben wollte, dass Eamon Byrne oder sonst irgendwer sich die Mühe machen sollte, Gekritzel sorgfältig in Plastik einzuwickeln, zum Boot zu waten oder die Ebbe abzuwarten, um es dann sorgfältig zwischen den Planken zu verstauen. Doch meine Hoffnung auf ein schnelles Ende der Schatzsuche hatte sich fürs Erste in Luft aufgelöst.

Ich denke, dass ich zu dem Zeitpunkt kurz davor war, die ganze Angelegenheit zu vergessen, doch dann kamen ein paar Ereignisse zusammen, die dafür sorgten, dass ich meine Meinung wieder änderte. Eines war natürlich die Unterhaltung mit den Damen der Familie Byrne und ihre erklärte Absicht, Alex das Cottage wegzunehmen.

Hinzu kam, dass ich ein wenig mehr Zeit hatte, und wer Zeit hat, sollte sie nicht vergeuden. Zunächst einmal hatte

Jennifer nach anfänglichem Zögern ihres Vaters begonnen, jeden Morgen ausgerechnet bei Padraig Gilhooly Segelunterricht zu nehmen. Offensichtlich hatte ihre erste feuchte und unerfreuliche Bekanntschaft mit diesem Sport ihren Appetit darauf nur noch gesteigert. Ihr Vater war zwar nicht gerade begeistert darüber, dass seine Tochter es mit jemandem zu tun hatte, der, wenn auch nur am Rande, mit einem Mordfall in Verbindung stand, doch Padraig schien ein wasserdichtes Alibi zu haben, für das kein Geringerer als sein Anwalt in Cork bürgte.

Eine weitere Entwicklung kündigte an, dass ich Rob für eine Weile wohl nicht mehr zu Gesicht bekommen würde, nachdem ich ihn einen Tag zuvor in einer Bar an der Hauptstraße gesehen hatte, in die Alex und ich eingekehrt waren. Dort saß Rob und flirtete mit einer attraktiven, schlanken Dame mit schönen grünen Augen und roten Haaren, die ihr Gesicht umrahmten.

»Lara«, rief Rob, als ich die Bar betrat. Mir war nicht ganz klar, was der Tonfall bedeutete, ich hatte aber den Verdacht, dass es nicht dieser »Lara, wie schön dich zu sehen«-Tonfall war. Er hatte wohl diese Bar ein paar Häuserblocks von unserem Gasthof entfernt ausgesucht, in der Hoffnung, dass ich ihm dort nicht über den Weg laufen würde, darauf wette ich. »Lara, ich möchte dir gerne Maeve Minogue vorstellen. Maeve, das ist meine Geschäftspartnerin Lara McClintoch.«

Geschäftspartnerin? Verstehe. »Hallo«, sagte ich und schüttelte ihr die Hand. Sie hatte einen festen Händedruck.

»Toll, dass ich einmal eine Freundin von Rob kennen lerne«, sagte sie. »Wir freuen uns, ihn hier zu haben.«

Wer ist wir, fragte ich mich? Der Name Minogue war mir nicht neu, doch ich brauchte eine Weile, bis ich es kapiert hatte. Diese Frau war also Minogue, der »liebenswürdige Kerl von der Polizei«, von dem Rob erzählt hatte. Damit bekam der Begriff »internationale Beziehungen« natürlich eine völlig neue Bedeutung, um es mit Robs Worten auszudrücken. Und dass er sie als »Kerl« bezeichnet hatte, besagte ganz klar, dass er sie vor mir verheimlichen wollte.

»Also, Robert«, sagte ich süßlich, »bitte entschuldige, aber ich setze mich solange zu einem anderen deiner Geschäftspartner. Nett, Sie kennen gelernt zu haben, Maeve.«

Ich ging zu Alex, nahm Platz und gab mir Mühe, meinen Ärger herunterzuschlucken. Mich störte diese Entwicklung der Dinge außerordentlich, auch wenn ich nicht wusste, weshalb ich so sauer war. Schließlich konnte Rob tun und lassen, was er wollte. Ich hatte keinerlei Anspruch auf Zuneigung von ihm. Gelegentlich habe ich mich schon gefragt, ob er für mich überhaupt ein geeigneter Partner gewesen wäre, doch das Leben von uns beiden schien nie darauf zugeschnitten gewesen zu sein.

Als ich ihn kennen lernte, wohnte er noch mit Ms Perfekt zusammen, während ich eine lose Beziehung mit einem mexikanischen Archäologen führte. Dann war ich frei, was so viel heißt, dass mir der Laufpass gegeben wurde, doch Rob war immer noch mit Barbara zusammen. Dann überzeugte Clive, mein Exmann, seine zweite Frau Celeste, ihm den Laden gegenüber von *Greenhalgh & McClintoch* zu kaufen, was mich so wütend machte, dass ich eine Zeit lang nichts mehr mit dem anderen Geschlecht zu tun haben wollte. Kurz darauf ließ Clive Celeste sitzen und fing etwas mit meiner besten Freundin Moira an. Das war ungefähr zu der Zeit, als sich Rob und Barbara trennten. Kurz darauf zeigte Rob ein gewisses Interesse an mir, zumindest kam es mir so vor, doch Clive und Moira hatten mich so traumatisiert, dass ich ihn einfach ignorierte oder wenigstens beschloss, es einfach nicht zu bemerken. Wenn ich so darüber nachdenke, frage ich mich, ob ich mich nicht als Drehbuchautorin für das Nachmittagsfernsehen eignen würde, indem ich meine Lebenserfahrungen in die Handlung mit einfließen lasse, falls das Geschäft mit den Antiquitäten, selbst zu den besten Zeiten risikoreich, einmal nicht mehr genug abwerfen sollte.

Schließlich kenne ich die Schattenseite der Vierziger, ich sollte mich also vermutlich einfach mit meinem Singledasein abfinden und sticken oder sonst etwas tun, um meine langen Abende zu füllen, doch dazu habe ich keine Lust.

Wie viele Frauen meiner Generation fühle ich mich jünger, als ich tatsächlich bin – oder zumindest rede ich mir das ein. Ich habe zwar nicht mehr das Gefühl, ewig zu leben, trotzdem fühle ich mich noch nicht alt. Doch ich bin in einem Alter, in dem Männer meines Alters jüngere Frauen, sehr viel jüngere Frauen, vorziehen. Da ist Irland, wo aufgrund der bevölkerungsstatistischen Abweichungen, bedingt durch seine Einwanderungsraten, fünfzig Prozent der Bevölkerung unter fünfundzwanzig sind, ein wahres Paradies für über Vierzigjährige wie Rob.

Aber ich schweife vom Thema ab. Ausschlaggebend für meinen erneuten Beschluss, den Schatz zu finden, war eine Reihe von Ereignissen, die sich zutrugen, als Alex und ich *Second Chance* nach unserem unangenehmen Treffen mit seinen Bewohnern verlassen hatten, um so schnell wie möglich zum Dorf zurückzufahren.

Es war schon spät am Nachmittag, als ich den Mietwagen die lange Auffahrt hinunter zur Hauptstraße manövrierte. Es regnete in Strömen, und Michael hatte vermutlich irgendwo Schutz gesucht, denn er war nirgends zu sehen. Die Scheibenwischer zuckten unentwegt vor mir hin und her, und das Gebläse lief auf Hochtouren, damit die Windschutzscheibe nicht beschlug. Als ich um eine Kurve bog, stapfte plötzlich eine verdreckte Gestalt aus dem dichten Unterholz am Straßenrand und baute sich direkt vor dem Wagen auf. Ich drückte das Bremspedal durch, vergaß aber, dass ich einen Wagen mit gewöhnlicher Gangschaltung fuhr, und versäumte es, die Kupplung zu treten. Der Wagen kam ins Schleudern und blieb mit abgewürgtem Motor ein paar Meter von der Gestalt entfernt stehen.

Ich kurbelte das Fenster herunter und musterte das Gesicht

unter der Kappe. Es war Deirdre, sie wirkte verstört, zitterte wie ein kleiner Vogel auf dürren Beinchen, und ihr Haar war trotz der Kappe vom Regen völlig durchnässt. »Halten Sie sich von *Second Chance* fern«, sagte sie völlig außer Atem. »Sie haben ja keine Ahnung, was sich dort abspielt. Auf der Familie liegt ein Fluch!« Dann sah sie sich um und verschwand eilig im Gestrüpp.

Gleich darauf begriff ich, weshalb sie sich so aufgeregt haben musste. Sean McHugh, Schwiegersohn Nummer eins, kam die Auffahrt heruntergelaufen. Er sah genauso gut aus wie sein Schwager, auch wenn er vielleicht etwas unförmiger war und zu Hängebäckchen neigte, wirkte jedoch nicht so bedrohlich. Er trug noch immer seinen Tweedanzug und Schaftschuhe dazu, hatte nun aber ein Regencape übergezogen, das hinter ihm herflatterte – der bereits erwähnte Gutsherrenlook, nur dass er nicht sehr herrenmäßig aussah. Er trug ein Gewehr über die Schulter gehängt. Obwohl er es nicht auf uns gerichtet hatte, war es ein unangenehmer Augenblick.

»Was haben Sie hier zu suchen?«, herrschte er uns an.

»Ich war zum Tee im Haus«, antwortete ich.

»Was schnüffeln Sie hier auf der Straße herum?«

»Ich schnüffle nicht«, antwortete ich stolz. »Der Wagen ist abgestorben, weil uns ein Kaninchen vors Auto gelaufen ist, ich musste also plötzlich bremsen.« Das war wohl eher bildlich gesprochen, denn Deirdre hatte ängstlicher als ein verschrecktes Kaninchen gewirkt.

»Sehen Sie zu, dass Sie verschwinden«, sagte McHugh und sah mich an, als würde er mir nicht glauben. Vielleicht gab es hier in der Gegend ja gar keine Kaninchen. Wir taten trotzdem, wie uns befohlen worden war. Ich denke, es ist vernünftiger, sich nicht mit einem Mann zu streiten, der eine Waffe trägt.

Ich sah Alex an. »Recht gruselig das alles, findest du nicht?«

»Gruselig, ja, es muss was Wahres dran sein«, sagte er. »Was Deirdre betrifft, habe ich keine Ahnung, was hier gespielt wird.«

»Mir tut es nur für Vigs leid«, antwortete ich. »Er ist vermutlich verloren. Was sie ihm wohl antun wird? Um ihn im Klo herunterzuspülen, ist er zu groß.«

»Ich will gar nicht daran denken«, murmelte Alex. »Wir hätten ihn mitnehmen sollen.«

»Vielleicht hätten wir auch Deirdre mitnehmen sollen«, antwortete ich. Alex lächelte.

»Wir müssen über eine Straße nach *Rose Cottage* nachdenken«, sagte ich ernst. »Es geht nicht, dass Sean McHugh jedes Mal mit seinem Gewehr herumfuchtelt, wenn du versuchst, dorthin zu kommen.«

»Ich werde darüber nachdenken«, sagte Alex. »Ich weiß noch nicht, was ich mit dem Cottage machen werde.«

»Aber du liebst es doch«, sagte ich. »Wir dürfen außerdem nicht zulassen, dass dich diese Leute um dein Erbe bringen!«

Alex zuckte die Schultern und betrachtete die Landschaft. Dem entnahm ich, dass er über dieses Thema vorläufig nicht mehr sprechen wollte.

»Fahr mal an den Straßenrand«, sagte er plötzlich. »Kannst du hundert Meter zurücksetzen?«

Überrascht willigte ich ein. »Um was geht's?«, rief ich.

Alex deutete auf eine kleine Straße, die rechts abging. Ich sah hin, konnte aber nicht erkennen, wovon er sprach.

Soweit ich sehen konnte, war es nichts weiter als eine Fahrbahn.

»Was meinst du?«, fragte ich ihn verwirrt.

»Schau dir mal die Schilder an«, sagte er. An einen Baum waren verschiedene Schilder genagelt. Auf einem stand B&B, ein anderes wies auf einen Gemüsestand, auf anderen standen Namen. Wie dem auch sei, ganz unten befand sich ein plumpes, von Hand beschriftetes Schild, auf dem *The Breakers* stand. »Es wäre einen Versuch wert«, sagte ich.

Langsam fuhren wir die Straße hinunter und sahen uns dabei alle Häuser an. Nach etwa fünf Minuten endete der Asphalt, und wir hüpften über Schlaglöcher, fuhren dann eine scharfe Kurve nach links und kamen zu einer noch schlechteren Straße.

Am Ende stand ein kleines Haus, genau genommen eine Bruchbude, aus deren Schornstein Rauch aufstieg. Dahinter war das Meer zu sehen.

Hohe Wellen brachen sich an den Klippen, und die Gischt schoss hoch hinauf und löste sich dann in Nebel auf, der über der kleinen Bucht hing.

Das Schild am Torpfosten war kaum zu lesen, doch wie es schien waren wir bei *The Breakers* angelangt.

Ich sah Alex an. Wir stiegen aus dem Wagen und gingen zur Tür, während ein kleiner schwarzweißer Hund hinter uns herjaulte.

Ich klopfte und kurz darauf noch einmal. Ich hörte, wie sich drinnen Schritte näherten, dann öffnete uns jemand, dessen Gesicht mir bekannt war.

»Malachy!«, rief ich.

»Lara!«, antwortete er. »Kev«, rief er. »Stell Tee auf. Das nette Mädel von der Landungsbrücke ist da. Lara. Und ihr Freund«, fügte er hinzu und sah Alex aus kurzsichtigen Augen an. Ich stellte die beiden einander vor. »Hast du vielleicht zufällig Whiskey mitgebracht«, flüsterte er.

»Tut mir leid«, antwortete ich. »Ich habe nicht gewusst, dass ich hierher kommen würde.« Ich hoffte, es mir mit den beiden nicht gleich wieder verspielt zu haben, noch bevor ich ihnen Whiskey mitgebracht hatte.

»Wo ist Denny?«, fragte ich und wechselte abrupt das Thema.

»Denny wohnt mit seiner Schwester und ihrer Familie im Dorf«, sagte Malachy. »Nur Kev und ich wohnen hier.«

Malachy machte auf dem Sofa Platz, schob Papierkram beiseite und trug ungespülte Teller zum Waschbecken. »Wir hatten nicht mit Besuch gerechnet«, sagte er. »Entschuldige die Unordnung.«

»Ist schon in Ordnung«, antwortete ich, setzte mich und ließ mir eine heiße Tasse Tee reichen.

»Was verschafft uns die Ehre eures Besuches?«, fragte Kev laut.

»Pst, sei nicht so unhöflich«, sagte Malachy und drohte seinem Bruder mit dem Finger.

»Ich will es doch nur wissen«, antwortete Kev verdrießlich.

»Das ist eine berechtigte Frage, Kev, aber eigentlich wussten wir gar nicht, dass ihr hier wohnt. Wir sind herumgefahren. Ihr habt eine fabelhafte Aussicht hier«, sagte ich und überlegte dabei, wie ich die Sprache darauf bringen konnte, was ich im Sinne hatte.

»Die allerbeste«, pflichtete Kev bei.

»Toll, nicht wahr?«, fügte Malachy hinzu.

»Aber da wir schon einmal hier sind«, fuhr ich fort, »hätte ich eine Frage an euch. Hat Eamon Byrne irgendetwas bei euch hinterlassen, das ihr seiner Familie oder Freunden hättet geben sollen?«

»Was hat sie gesagt?«, fragte Kev und legte seine Hand um die Ohrmuschel.

»Sie hat gefragt, ob Eamon Byrne irgendetwas hier gelassen hat«, schrie Malachy.

»Woher weiß sie das?«, fragte Kev und beide sahen mich nun an.

»Byrne hat jedem, nun, fast jedem, der irgendetwas mit seinem Testament zu tun hat, ein Rätsel aufgegeben. Alex gehört auch zu den Leuten, die ein Rätsel bekommen haben. Als wir also euer Schild *The Breakers* gesehen haben, dachten wir, es könnte sich vielleicht um einen Hinweis handeln.« Ich beschloss, dass Ehrlichkeit das beste Mittel war, so unwahrscheinlich die Geschichte auch klingen mochte.

»Was hat sie gesagt?«, fragte Kev erneut.

»Sie hat gesagt, dass Alex hier zu den Leuten gehört, die nach Eamon Byrnes Hinweisen suchen«, wiederholte Malachy.

»Gut«, sagte Kev. »Sie mag ich lieber als die anderen. Aber zuerst muss sie das Zauberwort sagen, nicht wahr? Kennt sie denn das Zauberwort?«

Beide Männer wandten sich wieder mir zu. »*Tosende Woge*«, sagte ich.

»Sie hat ihn!«, rief Malachy. »Hol den Hinweis, Kevin. Er gehört ihr.«

»Wo haben wir ihn denn hingetan?«, Kevin sah sich verdutzt um. Das Herz rutschte mir in die Hose.

Einen Augenblick wühlten die beiden Männer herum, zogen Schubladen auf und sahen unter Polstern nach. Ich war verzweifelt.

»Ich hab ihn!«, rief Malachy endlich und zog einen dünnen weißen Briefumschlag aus einem Buch. »Da ist er«, sagte er und reichte ihn mir. Ich widerstand der Versuchung, ihn sofort aufzureißen.

In dem Augenblick fing der kleine Hund draußen wieder zu jaulen an, wir hörten Schritte, die sich der Tür näherten, dann einen lauten Schlag.

»Mein Gott, noch jemand«, sagte Malachy. »Drei Jahre hat es gedauert, bis uns überhaupt mal jemand besucht, und dann sind es gleich zwei Besuche an einem Tag!«

Er öffnete langsam die Tür und versuchte gleich darauf, sie wieder zu schließen. Doch jemand klemmte den Fuß in die Tür. »Hast du irgendwas von Eamon Byrne?«, fragte Conail O'Connor barsch.

»Nein«, antwortete Malachy, ziemlich gewieft, wie ich fand. Ich hatte den Umschlag, nicht er.

Doch Malachy musste verdächtig ausgesehen haben, denn O'Connor stieß grob die Tür auf und packte Malachy am Kragen. Der alte Mann taumelte und fiel beinahe um, doch O'Connor hielt ihn fest. Kevin griff nach einer Bratpfanne, ich nach der Teekanne.

»Hören Sie auf!«, rief Alex, machte einen Schritt nach vorne, hob die Arme, ballte die Fäuste und ging in Boxstellung. »Sie haben kein Recht, diese Leute so zu behandeln!«

»Geh mir aus dem Weg, du Idiot«, sagte O'Connor, ließ Malachy los und kam bedrohlich auf Alex zu. Ich schwang meinen Arm mit der Teekanne nach hinten und ging auf die beiden zu.

Alex ging zur Seite, wich O'Connors Arm aus, täuschte mit der Linken, dann schoss seine Rechte vor. Ein lauter Knall war zu hören, und O'Connor ging zu Boden.

# 6

# Ein Sonnenstrahl

»Nun, Mr Stewart«, sagte Officer Maeve Minogue. Ihre Stimme hatte etwas Strenges, doch um ihre Mundwinkel spielte ein Lächeln.

Ich würde sagen, dass Minogue Anfang dreißig war. Sie hatte rötliches Haar, das nun ordentlich unter einer Kappe zurückgesteckt war, und einen makellosen Teint, mit dem so viele Frauen in Irland gesegnet sind. »Das muss ja wahrlich ein Volltreffer gewesen sein.«

»Ich hätte ihm auch gerne eine gelangt«, meckerte Kevin.

»Du solltest froh sein, dass du das nicht getan hast, Kevin«, sagte Minogue scharf. »Wenn du ihm eines mit der Bratpfanne übergezogen hättest, könnte O'Connor jetzt tot sein, und du säßest ganz schön im Schlamassel. Wie dem auch sei, er wird ein paar Tage lang nichts Festes zu sich nehmen können. Zuletzt habe ich ihn unten in Tom Fitzgeralds Pub gesehen, wo er seinen täglichen Bedarf an Kalorien in flüssiger Form zu sich genommen hat.«

»Nun, Mr Stewart«, fing sie erneut an, »da wir hier drei Zeugen haben, die allesamt bestätigen, dass Sie provoziert worden sind, und angesichts der Tatsache, dass hier ein Mitglied einer uns verwandten Vollzugsbehörde anwesend ist«, sie zeigte dabei auf Rob, »das Ihren guten Leumund bestätigen kann, sowie angesichts der Tatsache, dass einige Leute im Ort O'Connors in letzter Zeit wenig rühmliches Verhalten bestätigen können, werden wir von Amts wegen keine Anzeige erstatten. Conail O'Connor hat zwar gedroht, Sie wegen Körperverletzung anzuzeigen, was er natürlich gerne tun kann, doch ich vermute, dass er seine Meinung ändern wird, wenn er hört, dass er zur Zielscheibe gewisser Witze geworden ist, die den Altersunterschied zwischen Ihnen beiden betreffen, von der Größe einmal ganz abgesehen. Auch wir werden ihn nicht anzeigen, außer Sie würden uns einen triftigen Grund dafür liefern. Mildernde Umstände.«

Ich fragte mich, was sie mit »mildernden Umständen« meinte, beschloss aber, nicht zu fragen.

»Ich werde ihn nicht anzeigen«, sagte Alex.

»Ich auch nicht«, sagte Malachy. »Der Kerl sollte aber besser nicht noch einmal bei uns aufkreuzen.«

»Nun gut. Wenn Sie sich also für den Rest des Abends anständig verhalten«, sagte die Polizeibeamtin, »könnte ich los.« Sie sah auf ihre Uhr.

»Dienstschluss«, seufzte sie.

»Wenn das so ist, dürfte ich Ihnen vielleicht einen Drink spendieren?«, fragte Rob.

»Das wäre großartig«, sagte sie. »Wenn es Ihnen Recht ist, melde ich mich ab, fahre nach Hause, ziehe mich um und komme dann zurück.«

Rob lächelte zustimmend. Ich hatte den Eindruck, dass er ziemlich verliebt war.

»Also gut, darf ich euch beiden jetzt endlich den Whiskey ausgeben, den ich euch versprochen habe?«, fragte ich und wandte mich Kevin und Malachy zu. Rob mochte vielleicht eine neue Frau gefunden haben, dafür hatte ich gleich zwei neue Männer.

»Natürlich«, sagte Malachy. »Sie gibt uns einen aus«, flüsterte er Kevin ins Ohr.

»Und was ist mit dir, Alex?«, fragte ich. Er rieb sich seine lädierten Fingerknöchel.

»Ich denke, ich werde auch einen Drink nehmen«, sagte er. Ich bestellte für die drei Männer Whiskey, für Jennifer eine Cola und für mich ein Glas Wein. Rob hingegen hatte mein Angebot ausgeschlagen und war aus dem Büro auf sein Zimmer geeilt, vermutlich, um sich für die Rückkehr der Polizeibeamtin Minogue schön zu machen.

»Wer ist diese Frau an der Bar?«, fragte Jennifer. Ich spähte durch die Menge.

»Fionuala Byrne O'Connor«, antwortete ich. »Warum?«

»Etwa eine der Hexen?«, fragte Jennifer. »Das macht es ja noch schlimmer.«

»Wie schlimmer?«

»Sie hat Daddy angemacht«, sagte Jennifer. »Zum Glück hat er offenbar nichts gemerkt.«

Sie klang verärgert, ich musste lächeln. Väter und Töchter, beide Seiten scheinen eifersüchtig zu sein. Trotzdem hatte sie nicht ganz Unrecht. Fionuala war ganz offensichtlich darauf aus, Spaß zu haben.

Sie saß auf einem Barhocker am Tresen, ihr kurzer enger Rock spannte verführerisch hoch um ihre Schenkeln, und in ihren zierlichen Händen mit den grell lackierten Fingernägeln hielt sie eine Zigarette, die ihren Kopf in Rauchkringel hüllte.

Ob sie wohl schon von dem Zusammenstoß zwischen dem Kiefer ihres Mannes und Alex' Hand erfahren hatte?

Ich fragte mich gerade, ob Maeve Minogue Jennifer vielleicht besser gefiel, als Michael und Breeta auf uns zukamen.

»Was ist mit Ihrer Hand passiert?«, fragte Michael und sah auf Alex' blau angelaufene Fingerknöchel.

»Sie hat mit Conail O'Connors Kiefer Bekanntschaft gemacht«, erklärte Malachy.

»Er hat versucht, Malachy umzubringen«, ging Kevin dazwischen. »Also, O'Connor hatte seine Hände um Malachys Hals gelegt und wollte ihn erdrosseln. Malachy war schon fast bewusstlos.« Herrgott, wie diese Geschichten immer aufgebauscht werden, dachte ich! Bald würde das zu einer Geschichte werden, die Denny dem Pfosten am Landungssteg erzählte. »Alex und ich haben's O'Connor gegeben. Lara auch.«

»Und ihn k. o. geschlagen«, grinste Malachy. »Toller Anblick. Ich finde, wir sollten noch einmal auf Alex' rechte Hand anstoßen.« Ich orderte eine weitere Runde, ließ mich dabei aber aus. Das schien eine lange Nacht zu werden, und ich würde wohl das Auto steuern müssen.

Michael sah mich an. »Wie wäre es, wenn Sie uns ein wenig aufklären würden? Wir haben O'Connor mit geschwollenem Gesicht und übelst gelaunt gesehen, als er Fitzgeralds Bar verließ. Er war natürlich betrunken und torkelte. Er rannte eine der Straßen hinunter«, fügte er hinzu.

»Hoffentlich nicht in unsere Richtung«, sagte ich und überlegte, dass ein betrunkener O'Connor wirklich zum Problem werden könnte.

»Kann schon sein«, sagte Michael. »Aber er wird wohl eine Weile brauchen, bis er in dem Zustand so weit kommt. Erzählen Sie uns doch, was heute Nachmittag passiert ist.«

Mit großer Unterstützung von Malachy und Kevin schilderte ich ihnen die Geschichte.

Die ganze Zeit über sagte Breeta kein Wort, obwohl sie ganz offensichtlich schockiert war. Sie schien mit ihren Gedanken irgendwo anders zu sein. Ich bot ihr einen Drink an, doch sie ging nicht darauf ein, sondern setzte sich mit einem Glas Mineralwasser, das sie jedoch kaum anrührte, zu uns und starrte in die Flammen des Kamins.

»Ich habe meinen Job verloren«, sagte sie plötzlich und erwachte aus ihrer Erstarrung.

»Oh, mein Gott«, sagte ich. »Das ist ja furchtbar. Was ist passiert?« Sie zögerte einen Augenblick. »Ich habe in einem Bekleidungsgeschäft gearbeitet«, sagte sie schließlich. »In einem richtig schicken Laden in Killarney. Ich glaube«, sagte sie langsam, »ich glaube, dass sie mich nicht hübsch genug fanden, um dort zu arbeiten. Das haben sie zwar nicht gesagt, aber gedacht. Sie wollten jemanden, der in den Klamotten besser aussieht.« Ihre Lippen zitterten, doch sie weinte nicht.

»Was soll das heißen, Bree?«, rief Michael. »Willst du damit sagen, dass du nicht hübsch genug bist, um dort zu arbeiten?«

»Ich bin dick geworden«, sagte sie. Eine Träne kullerte aus ihrem Auge. Sie wischte sie ärgerlich fort. »Das stimmt ja auch. Ich sehe in den Sachen einfach nicht gut aus. Mir ist der Job außerdem egal. Er war gar nicht so interessant«, fuhr sie fort. »Aber ich muss in ein paar Wochen meine Wohnung aufgeben und weiß nicht, wo ich hin soll.«

»Ich finde, du siehst toll aus, Bree«, sagte Michael heiser. »Außerdem kannst du bei mir wohnen. Ich weiß zwar, dass ich nicht gut genug für dich bin, weil ich auf dem Anwesen deiner Familie arbeite und so, aber ich habe eine kleine Wohnung im Personalhaus. Jetzt, wo John Herlihy nicht mehr lebt, könnte ich ja vielleicht seine bekommen. Die ist größer, hat eine kleine Küche und so. Es gibt genug Platz für …« Er verstummte und sah auf seine spröden Hände herab. »Wir haben alle darin Platz.«

Ich war mir nicht sicher, wen er mit »alle« meinte, doch mir schien sein Angebot sehr nett zu sein. Breeta hätte es wahrlich schlechter treffen können. Michael war vielleicht nicht besonders intelligent, aber er war clever genug, außerdem war er freundlich und großzügig und ganz offensichtlich in Breeta verliebt.

»Danke, Michael«, sagte Breeta weich. »Ich weiß dein Angebot wirklich zu schätzen. Das ist das Netteste, was mir seit langem widerfahren ist. Ich muss darüber nachdenken, aber …« Ihre Stimme verlor sich, und beide saßen da und sahen einander an.

Ist Liebe nicht wunderbar?

Breeta taute ganz offensichtlich auf, und das war schön mit anzusehen.

»Das hätten wir. Wir müssen nach dem Schatz suchen«, sagte Michael plötzlich. »Und zwar ernsthaft. Alles wird gut, Bree. Wir werden viel Geld haben. Wir können alle gemeinsam danach suchen. Ich bin mir sicher, dass genügend für alle da sein wird, wenn wir ihn gefunden haben. Du kannst meinen Anteil dann haben.« Er machte eine Pause. »Ich hatte ganz vergessen, Sie zu fragen, was passiert ist, als Sie nach Breetas Hinweis gefragt haben«, sagte Michael und wandte sich mir zu.

»Erstaunlicherweise waren wir erfolglos«, sagte ich, und Alex nickte. »Deine Mutter«, sagte ich und sah Breeta dabei an, »bestand darauf, dass es nichts weiter als ein ganz gewöhnlicher Diebstahl war. Aus dem Safe wurden Geld, ein paar Landkarten und der Hinweis gestohlen, vorausgesetzt, der Hinweis fehlt tatsächlich. Sie hat außerdem gesagt, dass die Familie nicht das Geringste mit der Schatzsuche deines Vaters zu tun haben will.«

»Das glaube ich nicht«, sagte Malachy entrüstet.

»Warum wäre dieser Scheißkerl Conail O'Connor sonst bei uns aufgetaucht, wenn er nicht nach dem Schatz suchen wollte?«

»Aber für die Schatzsuche brauchen wir sie ja nicht, oder?«, beharrte Michael. »Breeta kennt das Gedicht. Komm schon, Bree, erzähl uns etwas über das Gedicht. Bitte!«

»Ach Michael, du bist ein solcher Optimist. Nicht ganz klar im Kopf. Vielleicht hat Daddy nur einen Witz gemacht und uns alle an der Nase herumführen wollen.«

»Vielleicht aber auch nicht! Einen Versuch wäre es jedenfalls wert. Was haben wir schon zu verlieren?«

Breeta sah ihn liebevoll an.

»Also gut«, sagte sie schließlich. »Das Gedicht heißt *Amairgens Gesang* und soll von Amairgen of the White Knee gesprochen worden sein, als er seinen rechten Fuß an Irlands Küste gesetzt hat. Mein Vater wollte, dass ich es aus dem Altirischen übersetze und auswendig lerne. Es geht ungefähr so: *Ich bin der Seegang, die tosende Woge, das Brausen der See*«, sie hatte eine hübsche Stimme, ihr singender, irischer Tonfall trug die Worte.

»Ihr Vater hat es ihr gut beigebracht«, rief Kevin und legte seine Hand um die Ohrmuschel. »Nur wenige junge Leute sind heute noch an den alten Geschichten interessiert. Sie glauben, die Vergangenheit zählt nicht mehr, aber Breeta war immer daran interessiert. Sie ist in vielerlei Hinsicht wie ihr Vater.«

»Halt den Mund«, sagte Malachy.

»*Ich bin ein Sonnenstrahl.*« Michael nahm Breetas Hand, als sie sprach. Und diesmal zog sie sie nicht weg.

»*Ich bin die Schönheit einer Pflanze.*« Schöne Bilder. Ich merkte, wie mich ihre Worte in den Bann zogen. Und so ging es fort, bis sie zum Ende gekommen war. »*Er, der das Vieh von Tara wegtreibt*«, zitierte sie. »*Diese herrliche Herde berührt jeden Verstand.*« Sie machte eine Pause. »So lautet die Übersetzung, es gibt aber Leute, die die Sätze über die *Herde* so deuten, als würde es sich um *Sterne* und nicht um eine *Herde* handeln. Fast wie eine Frage, wer die Sterne gerufen hat und auf wen sie scheinen.«

»Ich hoffe, dass die Sterne für uns leuchten«, sagte Michael eifrig.

Jedenfalls war eins sicher, für Conail O'Connor leuchteten die Sterne nicht. Die Eingangstür der Bar wurde aufgerissen, und ein völlig betrunkener Conail torkelte herein. Seine vom Regen klitschnassen Haare klebten an seinem Kopf, sein Kiefer wirkte geschwollen und wund, und er hatte ein vom Alkohol gerötetes Gesicht.

Panik ergriff mich, als ich sah, dass er in unsere Richtung blickte.

Doch offenbar hielt er nicht nach uns Ausschau.

»Nuala«, brüllte er. »Hol deinen Mantel. Wir gehen nach Hause! Und was dich betrifft, du Idiot«, sagte er zu dem Mann neben Fionuala, mit dem sie geflirtet hatte, seit Rob gegangen war, »lass deine dreckigen Finger von meiner Frau.«

Der Mann wankte, als Conail ihn vom Barhocker riss.

»Hör mal, Conail«, sagte Aidan, der Besitzer und Barkeeper des Lokals, »beruhige dich.«

»Ich hab doch gar nichts getan«, sagte der Mann. »Ich hab doch bloß mit ihr geredet, mehr nicht.«

»Dann red mit jemand anderem«, rief Conail. »Komm auf der Stelle her, Nuala!«

»Ich werde nirgends mit dir hingehen, Conail«, antwortete sie. »Außerdem ist das nicht mehr dein Zuhause. Wir haben nichts mehr mit einander zu tun. Und komm mir bloß nicht mehr ins Haus oder auch nur in die Nähe von *Second Chance*!«

Wutentbrannt packte Conail sie am Arm. Ein paar Leute machten einen Schritt zurück. Mir schien, dass einige sich lieber dem Regen draußen aussetzten, als dieser widerlichen Szene beizuwohnen.

»Mr O'Connor«, ertönte plötzlich die ruhige Stimme von Officer Minogue. Sie war nicht mehr in Uniform und sah weniger streng, ja richtig hübsch aus, doch ihr Tonfall war eindeutig.

»Ich würde vorschlagen, Sie nehmen sich hier an der Straße ein Hotelzimmer, bevor Sie die Nacht in einer Gefängniszelle zubringen. Und lassen Sie bitte Ms O'Connors Arm los.«

Conail ignorierte sie, hielt weiterhin den Arm seiner Frau fest und versuchte, sie zur Tür zu zerren.

»Wenn ich recht verstanden habe, hat Officer Minogue Sie gerade aufgefordert, Ms O'Connors Arm loszulassen und den Raum zu verlassen«, sagte Rob.

Ich war überrascht, denn ich hatte ihn nicht zurückkommen sehen, nahm mir aber vor, ihn später auf sein perfektes Timing anzusprechen.

»Ich würde vorschlagen, Sie tun jetzt genau das, was sie Ihnen befohlen hat«, betonte Rob. Er stand vollkommen gelassen da, die Arme locker in die Seiten gestützt, doch an seiner Haltung erkannte ich, dass er bei Bedarf sofort hätte handeln können. Er hatte außerdem einen Ton angenommen, den ich noch nie bei ihm gehört hatte und der Conail unmissverständlich nahe legte, seinem Wunsch besser nachzukommen.

Auch Conail musste das begriffen haben, denn kurz darauf ließ er von seiner Frau ab, ging zur Tür, rempelte gegen einen Tisch, sodass ein paar Gläser zu Bruch gingen, und verließ dann das Lokal.

Auf seinen plötzlichen Abgang folgte absolute Stille. Ein paar Gäste gingen Conail auf die Straße nach. Die Conail O'Connors dieser Welt waren nicht besonders gut fürs Geschäft.

»Wie wär's mit einem Tänzchen, Malachy?«, fragte Aidan schließlich und griff nach Mülleimer und Besen. »Freibier für dich den ganzen Abend lang, wenn du mir hilfst, meine Gäste zu unterhalten.«

»Abgemacht«, antwortete Malachy. Ein Kellner nahm den Besen und fing an, die Scherben wegzukehren, die Conail hinterlassen hatte. Aidan verschwand für einen Augenblick in einem Hinterzimmer und kehrte kurz darauf mit einer Fiedel und einer keltischen Trommel zurück. »Wo ist Sheila?«, rief jemand aus der Menge.

»Hinten, wo sonst?«, sagte Aidan. »Aber für das hol ich sie.«

Sheila, Aidans Frau und Miteigentümerin des Lokals, kam verschwitzt und mit gerötetem Gesicht aus der Küche. »Wo ist deine Flöte?«, rief ein Mann im Hintergrund. Sheila lächelte. »Soll das etwa ein *Ceilidh* werden?«, fragte sie und zog eine schmale Flöte aus ihrer Gesäßtasche. »Dachte ich mir fast, als ich Malachy und Kevin hereinkommen sah. Toll, dich wieder bei uns zu haben, Breeta«, sagte sie.

»Was bitte ist ein *Ceilidh?*«, fragte Jennifer.

»Ein musikalischer Abend«, erklärte der Mann am Nebentisch. »Sie haben doch hoffentlich Ihre Tanzschuhe mitgebracht?«

Aidan sah Malachy zu, wie er immer wieder über die Saiten strich und sein Instrument stimmte.

»Such du dir ein Stück aus, Malachy«, sagte er, »wir steigen dann ein.«

»Du solltest deinen Onkel holen«, rief Kevin einem der jungen Männer an der Bar zu, der mit dem Kopf nickte und zum Telefon eilte. »Das ist einer der Söhne von Dennys Schwester. Wäre schön, wenn Denny dabei wäre.«

Malachy setzte, begleitet von Sheilas Flöte, zu einem mitreißenden Stück an. Aidan schlug auf der Trommel den Takt. Sie legten wirklich los, und schon bald schaukelte die Menge zu der Musik, eine ältere Frau begann zu tanzen. Gleich darauf wurde das Mobiliar an die Wand geschoben, und Malachy fiedelte so schnell er nur konnte. Jennifer packte Alex am Arm und zog ihn hoch. Breeta hingegen griff schüchtern nach Michaels Hand. Maeve gelang es sogar, Rob zum Tanzen zu bewegen, was ich als außerordentliches Ereignis empfand. Und Kevin erhob sich auf wackeligen Beinen, verbeugte sich formvollendet vor mir und fragte: »Würden Sie mir das Vergnügen bereiten, eine Runde auf der Tanzfläche zu drehen?« Ich kannte die Schritte nicht, aber das machte nichts. Es war fast unmöglich, still sitzen zu bleiben. Jeder, der irgendwie konnte, lachte, trank und tanzte begeistert mit. Die Leute, die zu alt zum Tanzen waren, lächelten, klatschten im Takt und sangen mit. Alle, bis auf Fionuala, die einen Augenblick lang am Rande der Menge stand und halbherzig mitklatschte, während sich auf ihrem Gesicht die widersprüchlichsten Emotionen spiegelten. Nach ein paar Drehungen mit Kevin sah ich mich noch einmal nach ihr um, doch da war sie bereits gegangen. Bald hatte die fröhliche Stimmung jeglichen Gedanken an sie und Conail vertrieben.

Als wir alle schon außer Atem waren, schrie Aidan: »Wir müssen eine Pause machen, schließlich muss ich ja auch noch was verdienen! Also, wer will noch einen Drink oder etwas aus Sheilas Küche? Das beste Essen weit und breit!«

Breeta und Michael ließen sich lachend auf die Stühle an unserem Tisch fallen. Auch Jennifer und Alex stießen kurz darauf zu uns. »Das war einfach toll!«, keuchte Jennifer. »Einfach toll.« Und das stimmte.

Der ganze Abend hatte eine Ausgelassenheit und Spontaneität, die leider dem heutzutage als keltische Folklore angebotenen Tanz und der Musik völlig abgehen. Das hier war das Wahre.

Jennifer breitete die Arme nach mir aus und umarmte mich. »So gut habe ich mich noch nie unterhalten«, sagte sie. »Noch nie!« Auch ich umarmte sie.

»In zwei, drei Wochen findet hier ein Musikfestival statt«, sagte Michael. »Überall im Ort wird Musik gemacht und getanzt. Schade, dass ihr dann schon weg seid. Aber vielleicht seid ihr ja auch noch da, weil euch die Umgebung so gut gefällt und ihr für immer hier bleiben wollt. So was soll vorkommen, wisst ihr.«

»Bleiben wir doch einfach hier«, sagte Jennifer. So viel also zu dem Mädchen, das seine Freunde in Toronto nicht einmal für ein bis zwei Wochen verlassen wollte.

Malachy und Kevin standen mittlerweile an der Bar und ließen sich von Aidan einen Drink ausschenken. Auch Denny sollte einen bekommen, vorausgesetzt, er erzählte eine Geschichte. »Also, Leute«, schrie Aidan. »Wenn ihr zur Stärkung noch einen kleinen Trunk zu euch nehmen wollt, dann wird Denny uns eine Geschichte erzählen.« Ein Gemurmel ging durch die Menge, und jemand stampfte zum Beifall mit dem Fuß.

»Erzähl uns von dem Tag, an dem du die Todesfee gehört hast, Denny«, rief eine junge Frau hinten aus der Menge.

»Wer holt Denny einen Stuhl?«, fragte Aidan, und schnell wurde ein Schaukelstuhl vor den Kamin gestellt.

»Breeta darf sich die Geschichte aussuchen, weil sie wieder ins *Three Sisters* gekommen ist«, sagte Denny.

»Such dir 'ne gute aus, Breeta«, schrie ein Mann.

Breeta überlegte einen Augenblick. »Meinem Vater zu Ehren würde ich gerne eine von den alten Geschichten hören«, sagte sie schließlich. »Denny, erzähl uns doch die Geschichte, als die Good People über Irland herrschten.«

»Gute Wahl, Breeta«, sagte Malachy.

Denny wippte eine Weile auf seinem Schaukelstuhl hin und her.

»Die Geschichte, die ich euch jetzt erzählen werde, trug sich vor langer, langer Zeit zu«, begann er. »Noch bevor Amairgen und Mils Söhne ihren Fuß an Irlands Küste setzten. Sie ist nicht so lange her wie die Seuche, welche die Söhne und Töchter des Partholan dahinraffte, aber dennoch ereignete sie sich vor sehr langer Zeit. In jenen Tagen bewohnten noch Riesen die Erde, und Geschöpfe, die nur ein Bein und einen Arm hatten, wie Schlangen, entstiegen der See. Damals erzählten gezückte Waffen Geschichten, vom Himmel konnte es Feuer regnen, und des Nachts vernahm man die Schreie der Hexe. Und es war die Zeit, als die Schlacht aller Schlachten, der Kampf des Lichts gegen die Dunkelheit ausgefochten und von den Tuatha de Danaan gewonnen wurde.«

Kein Laut war in der Bar zu vernehmen. Drei kleine Kinder, die Söhne und Töchter der Gastleute, waren hereingekrabbelt und saßen nun wie versteinert auf dem Fußboden. Der Regen hämmerte gegen die Fensterscheiben, das Feuer zischte und prasselte im Kamin.

»Es gibt viele Geschichten darüber, wie die de Danaan nach Irland kamen. Zahlreiche Geschichten. Einige erzählen, dass sie von Scythien kamen und von den Philistern vertrieben wurden. Andere wiederum besagen, dass sie aus den nordischen Königreichen, aus vier herrlichen Städten kamen, wo sie die Zauberkunst und das Handwerk der Druiden erlernt hatten.

Viele Geschichten erzählen davon, wie sie hierher gelangt sind. In einigen heißt es, sie seien im Nebel gekommen, andere wiederum erzählen, sie hätten mit Schiffen angelegt, die sie später verbrannten, damit sie nicht den Formoriern in die Hände fielen oder sie selbst damit entfliehen konnten.

Ganz egal wie sie nach Irland kamen, als jedenfalls der Rauch oder Nebel verflogen war, fanden die Fir Bolg, die damals den Westen unserer Insel bewohnten, heraus, dass sich die Tuatha de, das Volk der Danu, bereits niedergelassen hatte.

Die beiden Völker trafen einander und nahmen ihre Waffen in Augenschein. Die der Fir Bolg waren schwer und wirkten scharf, die der Tuatha de hingegen leicht und beweglich. ›Lasst uns die Insel gerecht untereinander aufteilen‹, schlugen die Tuatha de den Fir Bolg vor, doch die Fir Bolg ließen sich von den Waffen der Neuankömmlinge nicht einschüchtern und beschlossen, das Angebot auszuschlagen und zu kämpfen. Und so kam es, dass die erste große Schlacht von Mag Tuired auf der Hochebene bei Cong gefochten wurde. Die Fir Bolg wurden von Eochaid, dem Sohn von Erc, angeführt. An der Spitze der Tuatha de stand hingegen Prinz Nuada.«

»Nuada Silberhand«, rief eines der Kinder.

»Nuada Argat-lam, Nuada Silberhand«, pflichtete Denny ihm bei. »Doch da hatte man ihm diesen Namen noch nicht gegeben, erst nach der Schlacht erhielt er ihn, und ich will euch auch sagen, warum. Die Schlacht war blutig, und beide Seiten hatten schwere Verluste zu beklagen. Doch die Tuatha de waren siegreich und drängten die Fir Bolg nach Norden, wo elfhundert von ihnen getötet wurden, darunter auch Eochaid, der Sohn von Erc.

Doch das hatte seinen Preis. In dieser blutigen Schlacht verlor Nuada seine Hand. Diancecht, der Heiler, und Credne, der Kupferschmied, fertigten ihm eine Hand aus Silber, die genauso gut wie deine Hand war«, sagte Denny und griff nach dem Arm eines der Kinder. »Denn die Tuatha de konnten zaubern, stimmt's?

Dennoch war es für die Tuatha de ein großer Verlust, denn Nuada konnte von nun an nicht mehr ihr König sein, denn die Könige der Tuatha de mussten makellos sein. Und obwohl seine silberne Hand wunderbar funktionierte, ward Nuada doch nicht mehr als makellos angesehen. So ging die königliche Herrschaft an Bres den Schönen über, der nicht nur halber Formorier, sondern zudem ein schlechter König war. Zudem verlangten die Formorier so viel Tribut von den Tuatha de, dass sie und sogar ihre Götter wie Dagda und die anderen sehr darunter zu leiden hatten. Doch als es am schlimmsten schien, wurde ein neuer Held, der größte von allen geboren: Lugh Lamfada, Lugh mit dem langen Arm. Dieser kämpfte nun mit den Göttern und Nuada, der durch Zauberkraft wieder in den Besitz seines Armes gelangt war, die zweite große Schlacht von Mag Tuired, die noch blutiger als die erste war. Es war die Schlacht um die Herrschaft über die gefürchteten Formorier.«

Was nun folgte, war eine wunderbare Geschichte von magischen Harfen, Schwertern und Lanzen, Göttern und Göttinnen, von Prophezeiungen und gebrochenen Versprechen, von Mut und Verrat, Söhnen, die ihre Väter und Vätern, die ihre Söhne ermordeten, und von Nuadas Tod auf dem Schlachtfeld und der Prophezeiung von Morrigan, der Göttin des Krieges, über das Ende der Welt.

»Und das hier ist nur eine der vielen Geschichten über die Tuatha de«, schloss Denny. »Doch schließlich wurden sie, wie ihr alle wisst, von Mils Söhnen besiegt und in die Sidhes, die Inseln der Anderwelt, verbannt, wo sie noch heute leben.« Er machte eine kurze Pause. »Barkeeper, wie wär's jetzt mit einem Schlückchen, um die Kehle zu befeuchten?«, fragte er.

Die Menge klatschte und wandte sich dann wieder ihren Freunden und ihren Drinks zu, und schon bald war der Raum wieder mit dem Gebrumm fröhlicher Geselligkeit erfüllt.

Während sich die anderen unterhielten, musste ich noch einmal an den Vorfall mit Conail denken, der sich am selben Tag zugetragen hatte. Officer Minogue hatte O'Connor mildernde Umstände zugebilligt. Ging man nach den unschönen Ereignissen von eben, schlossen diese mildernden Umstände auch eine heftige Auseinandersetzung mit seiner Frau ein, von der Sorte, die das Ende einer Ehe bedeuten, was vielleicht auch eine Erklärung für O'Connors fluchtartigen Abgang von *Second Chance* bei unserer Ankunft und seine spätere üble Laune sein konnte. Als seine Frau die Hälfte der *Byrne Enterprises* geerbt hatte, allen Berichten zufolge ein recht erfolgreiches Unternehmen und zudem eines, in dem er eine leitende Position innegehabt hatte, oder, um es mit Byrnes Worten zu sagen, das er gerade in den Ruin trieb, warf Fionuala ihn hinaus.

Kein Wunder also, dass er mit solchem Eifer nach dem Hinweis suchte. Er war sogar noch mehr als ich darauf versessen, die Familie um den Schatz zu bringen, ganz egal, worum es sich handelte.

»Hast du darüber nachgedacht, was der Schatz deines Vaters sein könnte, Bree?«, fragte Michael, und ich kehrte aus meinen Gedanken zurück.

»Natürlich«, antwortete sie. »Ich habe lange über meinen Vater und den Schatz nachgedacht.«

»Und?«

»Ich denke, er wollte uns zu verstehen geben, dass es sich um etwas sehr Altes handelt, was immer es ist. Immerhin hat er *Amairgens Gesang* gewählt. Es muss also etwas aus der Zeit der Kelten sein, da bin ich mir sicher, oder wenigstens aus Amairgens Zeit.«

»Und wann war das?«, fragte Jennifer.

»Um zweihundert vor Christus«, antwortete Breeta. »Der *Gesang von Amairgen* könnte aber auch im zwölften oder sogar im fünfzehnten Jahrhundert niedergeschrieben worden sein.«

Jennifer riss die Augen auf. »Dann könnte es ja praktisch alles sein. Bemalte Handschriften, Gold, Eisen, Bronze, einfach alles.«

»Möglich«, antwortete Breeta.

»Du kannst das sicher für uns ein wenig eingrenzen«, seufzte Michael. »Was ist mit all diesen alten Karten und Waffen von deinem Vater? Ich habe gehört, dass er sie dem *Trinity College* vermachen wollte, aber vielleicht handelt es sich bei dem Schatz ja um etwas Ähnliches, etwas besonders Altes oder Wichtiges. Sind die ganzen Sachen überhaupt etwas wert?«

»Natürlich«, sagte ich, »und zwar viel.«

»Könnte schon sein«, sagte Breeta. »Mein Vater mochte aber ganz unterschiedliche Dinge. Ihr müsst wissen, dass er kein gebildeter Mann war. Er hat immer gesagt, dass Bildung ihn nie zu dem gemacht hätte, was er war, sondern nur die harte Arbeit. Er verließ schon früh die Schule und führte mit seinem Vater die Geschäfte der Familie, bevor er davonlief und zur See ging. Trotzdem, nach allem, was er so sagte und dachte, machte ihm seine schlechte Bildung zu schaffen. Darum wollte er auch, dass Michael wieder zur Schule geht.«
Michael nickte.

»Dad war trotzdem sehr belesen, hatte sich alles selbst beigebracht. Er wuchs mit all den alten Geschichten auf, von denen auch Denny uns eine erzählt hat. Und er gab sie an mich und meine Schwestern weiter. Irgendwie glaubte er an die alten Geschichten. Damit will ich nicht sagen, dass er an Zauberei oder Elfen glaubte, jedenfalls nicht mehr oder weniger als die meisten Iren auch, doch im Gegensatz zu manch anderen glaubte er, dass die alten Geschichten im Grunde wahre Geschichten über tatsächliche Ereignisse und Menschen, die einmal gelebt hatten, waren. Und wenn er nicht arbeitete, dann war er damit beschäftigt, genau das zu beweisen. Er suchte nach alten Handschriften, studierte alte Karten, fand die Orte der großen epischen Schlachten. Wenn ihr wollt, könnt auch ihr sie finden.« – »Das wird vermutlich nicht jeder so sehen«, sagte Alex.

»Das stimmt«, lachte Breeta. »Ich kann mich noch erinnern, dass ich in der Schule die *Lebor Gabála Érenn,* das Buch der Invasionen, studierte. Auch *Amairgens Gesang* und die Geschichte, die Denny uns erzählt hat, stammen zufällig daraus. Darin wird die Geschichte von verschiedenen Stämmen erzählt, die, angefangen bei einem Mann namens Cessair, nach Irland kamen. Da gab es die Partholaner, die Nemedier, die Tuatha de und schließlich Mils Söhne, die Kelten. Man sagt, dass ich das schon auf dem Schoß meines Vaters gelernt habe.« Ihre Stimme stockte ein wenig.

»Wie dem auch sei, an der Schule gab es einen Archäologieprofessor, der uns davon erzählt hat. Er sagte, dass der Mythologische Kreis, der Teil der *Lebor Gabála Érenn,* in dem diese ganz alten Geschichten stehen, nur eine Sammlung alter Fabeln und Legenden sei, die uns Auskunft über die menschlichen Bedingungen geben sollten, die aber keinesfalls wahr seien, sondern von Mönchen und nicht von Dichtern wie Amairgen im zwölften Jahrhundert niedergeschrieben wurden. Er sagte sogar, dass es keinerlei archäologische Nachweise für die Invasionen gäbe, von denen das Buch berichtet. Ich war furchtbar enttäuscht, rannte nach Hause und erzählte es meinem Vater.

Ich war damals zehn Jahre und glaubte die Geschichten, die er mir erzählt hatte. Wie Kinder, die an den Weihnachtsmann glauben eben.

Dad war außer sich vor Wut. Er sagte, dass der Professor bei all seiner Bildung nur ein verdammter Idiot sei. Dass es zwar stimme, dass Mönche die Geschichten niedergeschrieben hätten, dass diese Mönche aber hart dafür gearbeitet hätten, diese alten Geschichten für uns zu erhalten, die Legenden an sich aber noch wesentlich älter wären. Er sagte, den alten Geschichten sei im Laufe der Zeit vielleicht einiges hinzugefügt und allerlei Magisches angedichtet worden. Doch wenn man diese Elemente streiche, ergebe sich eine Darstellung historischer Abläufe, die über die Jahrhunderte bis in unsere Tage als Legenden oder Mythen überliefert worden seien.«

»Dein Vater war also so etwas wie ein Chronist«, sagte Alex. »Eine recht ehrenwerte Tradition im Studium des Altertums, wenn man historische Anhaltspunkte für alte Mythen sucht.«

»Ja, aber mein Dad war von der Idee wie besessen, diesem Professor zu beweisen, dass er falsch lag. Zum einen kam das wohl daher, dass er selbst keine schulische Bildung hatte – das war immer ein wunder Punkt bei ihm –, zum anderen aber auch deshalb, weil er tatsächlich der Meinung war, der Mann sei ein kompletter Idiot. Mein Vater nahm an, dass es auch später Invasionen unterschiedlichster Volksgruppen gegeben haben musste, von denen die meisten vermutlich keltischen Stämmen angehörten. Also zog er los, um das zu beweisen.«

»Und wie wollte er das anstellen?«, fragte ich.

»Nun, zunächst wollte er die vier großen Gaben der Götter finden«, sagte sie.

Michael sah sie an. »Wie bescheuert«, sagte er.

»Vielleicht«, antwortete Breeta. »Aber was ist dann mit Lia Fail? Den Stein gibt es doch, oder etwa nicht?«

»Das musst du uns ein wenig erklären, fürchte ich«, sagte Alex. »Wer oder was ist Lia Fail? Und was sind die vier großen Gaben der Götter?«

»Die Geschichte der Tuatha de Danaan erzählt von vier sagenhaften Gegenständen, die angeblich aus den vier Städten stammten, aus denen die Tuatha de kamen«, antwortete sie. »Aus Falias, einer dieser Städte, sollte angeblich der Stein von Fal stammen. Der Stein von Fal war in Tara, Sitz der Hochkönige von Irland. Sollte jemand Hochkönig von Irland werden, so musste er zuvor den Stein berühren. Vernahm man ein Brausen, dann war er der rechtmäßige König.

In Tara gibt es bis heute einen Stein namens Lia Fail – man kann hingehen und ihn sich ansehen. Doch die meisten Leute denken, dass es sich nicht um den ursprünglichen Stein handelt. Der echte wurde nach Schottland zur Krönungszeremonie geschickt und schließlich nach Scone gebracht.«

»Der Stein von Scone!«, rief Alex. »Ist das nicht der so genannte Krönungsstein, der erst vor kurzem von Westminster wieder nach Schottland zurückgebracht wurde? Der, der unter dem britischen Thron lag?«

»Genau«, antwortete Breeta. »Man sagt, wer immer den Stein besaß, würde über Schottland oder die Scotics, um einen alten Begriff zu nennen, mit dem wir die schottisch- irischen Milesier bezeichnen, regieren. Darum ist es so wichtig, dass er nach Schottland zurückgekehrt ist. Den Schotten hat es nie gepasst, dass der König oder die Königin von England darauf saß.

Nun, es gibt viele Sagen um diesen Stein. Einige erzählen, dass der Stein in Westminster nicht der echte Stein von Scone oder Lia Fail war, der ursprünglich einfach und glatt gewesen sein soll, sondern dass der echte irgendwo in Schottland versteckt ist. Andere besagen, dass er Irland niemals verlassen hat. Dad würde sagen, dass es einen echten Stein gab, der eine wichtige Rolle in der Wahl des Hochkönigs von Irland gespielt hat. Er wäre nicht so weit gegangen zu behaupten, dass er brauste, wenn er vom Rad des Wagens des wahren Königs berührt wurde, doch er glaubte, dass es einen wichtigen Stein gegeben haben musste.

Und dasselbe hätte er auch über die anderen Gaben gesagt. Eine ist der magische Kessel des Dagda, des Vatergottes, der aus der magischen Stadt Murias stammt. Dagdas Kessel, der immer voll war und jeden Hunger zu stillen vermochte, egal wie viele daraus aßen. Nun besteht kein Zweifel, dass es keltische Kessel gab, die eine gewisse rituelle Bedeutung hatten. Es gibt zum Beispiel einen Gundestrup-Kessel, das ist ein silberner und vergoldeter Kessel aus Gundestrup in Dänemark, der aus dem ersten oder zweiten Jahrhundert vor Christus stammen soll. Darauf ist irgendeine gehörnte oder mit einem Geweih geschmückte Gottheit abgebildet, vermutlich Cernunnos. Dad würde sagen, dass in Irland tatsächlich ein Kult- oder Ritualkessel gefunden wurde, von dem man hätte annehmen können, dass es sich um Dagdas Kessel – ohne seine magischen Eigenschaften natürlich – handelte.«

»Darum hat er also die eisernen Kessel gesammelt!«, sagte ich. »Und was ist mit den beiden anderen magischen Gegenständen?«

»Der Speer des Lugh, des Sonnengottes der Tuatha de, der oft auch als der Leuchtende oder der Krieger mit dem langen Arm bezeichnet wird. Von seinem Speer wurde erzählt, dass er stets den Sieg brachte. Dann gab es noch das Schwert von Nuada Argat-lam, in Dennys Geschichte hieß er Nuada Silberhand, das jeden sterben ließ.«

»Aha«, sagte ich. »Die Schwert- und Speersammlung deines Vaters!«

»Ja«, antwortete sie. »Er war auf der Suche nach dem echten Speer und dem echten Schwert.«

»Glaubte er, sie gefunden zu haben?«, fragte Alex.

»Nein. Er suchte weiter. Das war seine Leidenschaft. Es gab ein Schwert, das auf dem Schreibtisch, von dem er annahm, dass es das wahre Schwert, das metallene Gegenstück zum Stein von Scone sein könnte. Es stammt aus der irischen Eisenzeit, das wäre also doch möglich?«

»Willst du damit sagen, dass der Schatz einer dieser Gegenstände sein könnte? Der Kessel oder ein Speer oder Schwert?«

»Vielleicht«, antwortete sie. »Oder etwas anderes natürlich. Er suchte in allen Mythen stets nach Hinweisen, las alle alten Dokumente, da war er unschlagbar. Er war vielleicht ein wenig besessen, keine Frage, und als seine Tochter hatte ich manchmal das Gefühl, dass er mehr an seinen Nachforschungen als an mir interessiert war. Darum empfand ich es nach einer Zeit als äußerst irritierend, Banba statt Breeta genannt zu werden.«

»Wer oder was ist Banba?«, fragte Jennifer.

»Ein Drittel der dreifachen Göttin der Tuatha de Danaan, die Banba, Fotla und Eriu hieß. Im Laufe der Zeit hat Irland jeden dieser Namen getragen, doch Eriu hat sich nach Einigung mit Amairgen schließlich durchgesetzt. Erin ist eine Abwandlung von Eriu.«

»Du und deine Schwestern erhieltet also die Namen der dreifachen Göttin – von den Spitznamen einmal abgesehen.«

Sie nickte. »Anfangs war es ja ganz nett, den Namen einer Göttin zu tragen, doch irgendwann empfand ich es nur als Macke meines Vaters, der von diesen mythischen Gestalten besessen war. Und wer trägt schon gerne den Namen einer Göttin, die mit Schweinen assoziiert wird, denn das wurde Banba, vor allem, wenn man einen Umfang wie ich hat? Wie dem auch sei«, sagte sie und sah auf die Uhr. »Genug der alten irischen Geschichte. Ich muss noch mit dem Bus zurück nach Killarney.«

»Warum übernachtest du nicht einfach in *Second Chance*?«, fragte Michael.

»Nein, danke«, antwortete sie. »Ich fühle mich dort nicht mehr wohl.«

Michael stand die Frage »Warum bleibst du nicht bei mir?« ins Gesicht geschrieben, doch Breeta ignorierte ihn.

»Apropos *Second Chance*«, sagte ich. »An deiner Stelle würde ich Vigs so schnell wie möglich da rausholen.«

Breeta sah beunruhigt drein.

»Ich glaube, deine Mutter kann ihn nicht leiden«, sagte ich. Nun, das war pure Untertreibung.

Ich hoffte, dass es noch nicht zu spät war und die Familie noch keine Schildkrötensuppe schlürfte, während wir uns hier unterhielten.

»Michael!«, rief sie. »Würdest du Vigs für mich da rausholen?«

»Natürlich«, antwortete er. »Ich werde ihn zu mir nehmen.«

»Noch heute Abend!«, sagte sie.

Alex und ich begleiteten sie zur Tür. »Soll ich dich mitnehmen?«, fragte ich.

»Nein, danke«, antwortete sie.

»Ich bring dich zum Bus, Bree«, sagte Michael.

Sie lächelte ihn an. »Nur, wenn du mir versprichst, dass du danach zum Haus fährst und Vigs rausholst«, sagte sie.

»Ich verspreche es«, sagte er. »Ich werde bestimmt noch heute Nacht gehen. Ich werde mich hineinschleichen, damit die Familie mich nicht hört, und werde den alten Vigs schnell entfernen. Und morgen werde ich mit der Schatzsuche beginnen«, rief er zurück. »Als Erstes. Ich hab morgen frei. Wollen Sie mir helfen, ihn zu finden?«

Ich sah Alex an. Er nickte. »Okay«, sagte ich. »Warum nicht?«

»Versprechen Sie es mir?«, fragte Michael.

»Ich verspreche es«, antwortete ich.

Er grinste. »Gut. Lassen Sie uns früh beginnen. Ich werde morgen um acht Uhr hier sein. Okay?«

»Okay«, sagten Alex und ich wie aus einem Munde.

Die Straße war rutschig vom Regen, doch nun nieselte es nur noch leicht. Die Luft war angenehm frisch nach der Hitze und dem Rauch im Pub. Ein paar Leute waren auf der Straße, ihre Mantelkrägen hatten sie zum Schutz vor der Nässe hochgezogen. Ein paar Meter weiter stieg Fionuala in ihren Wagen, und träge fragte ich mich, wo sich wohl ihr Mann, ihr zukünftiger Exmann, herumtrieb. Doch ich kam zu dem Schluss, dass das definitiv nicht meine Angelegenheit war.

Alex und ich sahen Breeta und Michael nach, bis sie außer Sichtweite waren. Mit einer Hand schob Michael sein Fahrrad, mit der anderen hielt er Breetas Hand. Ich hatte sie und ihn noch nie so glücklich gesehen, darum brachte ich es nicht übers Herz, ihnen zu sagen, dass Amairgens Hinweise nirgendwohin führten, und dass der zweite Hinweis, der unter solch dramatischen Umständen wiedergefunden worden war, dasselbe alte Gekritzel wie der Erste enthielt. Das konnte bis morgen warten.

»Acht Uhr morgen«, rief er zurück, kurz bevor sie um die Ecke bogen. »Ich werde um acht vor Ihrer Tür stehen.«

Als ich zusah, wie sie um die Ecke bogen, hatte ich plötzlich einen dieser Geistesblitze, die einen manchmal überkommen. Obwohl sie so unnahbar wirkte, so war ich mir doch ziemlich sicher, was Michael gemeint hatte, als er von »Platz für uns alle« gesprochen hatte. Er meinte sich, Breeta und das noch ungeborene Kind. Breeta war schwanger.

# 7
# Die Schönheit einer Pflanze

Wir fanden Michael in seinem Garten, zwischen den Rosen, außer Sichtweite des Hauses. Acht Uhr war gekommen und verstrichen; dann war es halb neun geworden; schließlich neun.

Er lag mit dem Gesicht nach unten, und nach den Schleifspuren hinter ihm musste er sich einige Meter qualvoll dahingeschleppt haben, bevor er starb. Soweit ich sehen konnte, wies sein Körper keine Verletzungen auf. Doch auch bei John Herlihy hätte man vermutlich keinerlei Verletzungen gefunden, wenn er nicht hundert Meter hinab auf die Felsen gestürzt wäre.

Ein geübteres Auge als meines sollte den kleinen Riss in seiner Jeans und den Einstich in seiner Kniekehle entdecken. »Gift«, sagte man mir später. »Hätte man ihn rechtzeitig gefunden …«

Seine steife Hand umklammerte einen angerissenen Zettel, der aussah, als hätte er mit dem Teufel persönlich darum gekämpft. Auf dem Zettel war »EONB« und »Second Cha« zu lesen. Der zerrissene Hinweis trug die Nummer sieben, *Die Schönheit e…*

Von diesem furchtbaren Augenblick, als wir ihn fanden, sind mir noch zwei Dinge in Erinnerung geblieben. Zunächst war da das Licht. Die Sonne strahlte außergewöhnlich hell und schien alle Farben der Blumen in sich aufgesogen zu haben. Das Blutrot der Rosen, das Herz der violetten Hortensien, den Lebenshauch des dunkelgrünen Efeus. Und dann ein Geräusch. Breeta stand neben mir und stieß jämmerliche

Laute aus wie ein Kätzchen, das ertränkt oder ein Haustier, das erdrosselt wird.

Ein paar Tage später fand ich mich dann auf einem Friedhof wieder. Es regnete. Der Nieselregen ging einem durch Mark und Bein, und so sollte es verdammt noch mal auch sein. Michaels Sarg, der mit seinen Blumen geschmückt war – ein Strauß weißer Rosen und ein oder zwei Orchideenzweige –, wurde in die Erde hinuntergelassen. Man begrub ihn nur wenige Meter von seinem Geburtsort entfernt. Der Pfarrer redete von Staub und Asche. Ich konnte beides in meinem Mund schmecken.

Ich sah über den Friedhof. Viele in der Trauergemeinde kannte ich nicht, es waren Leute aus dem Dorf, Freunde von Michael. Auch Breeta war da, sie stand etwas abseits von den anderen. Ihre Augen wirkten seltsam glasig, und sie knüllte unaufhörlich ihr Taschentuch zusammen. Manchmal bewegte sie ihre Lippen, aus denen jedoch kein Laut drang. Irgendwann ging ich zu ihr hinüber und versuchte, sie zu trösten, doch sie drehte sich von mir weg.

Meine Freunde waren alle da. Alex sah untröstlich aus. Jennifer war aschfahl und begriff vielleicht zum ersten Mal, dass auch Menschen ihres Alters sterben konnten. Als ich sie ansah, kam mir wieder die lähmende Panik in den Sinn, die ich empfunden hatte, als ich glaubte, sie im Meer verloren zu haben. Ich sah Rob an, für den als Polizist ein solch plötzlicher Tod nichts Ungewöhnliches darstellen sollte, doch auch er konnte seinen Schmerz kaum verbergen. Als ich so dastand, begriff ich, dass man sich unmöglich an den Tod eines Menschen gewöhnen kann, schon gar nicht an den eines so jungen und großartigen wie Michael. Ich wusste, dass Rob auch an Jennifer dachte. Maeve Minogue war in Uniform gekommen, ihr Gesichtsausdruck war ernst und traurig, aber dennoch wachsam.

Padraig Gilhooly hielt sich im Hintergrund, er wirkte düster, rätselhaft und einsam. Ab und zu sah er zu Breeta hin, machte aber keinen Schritt in ihre Richtung. Malachy, Kevin und Denny schmiegten sich aneinander, als wollten sie so den Tod überlisten.

Auf der anderen Seite des Friedhofs hatte sich die restliche Byrne-Familie versammelt. Alle waren in Schwarz gekleidet und standen zum Schutz vor dem Regen unter großen schwarzen Schirmen, die mich an die schwarzen Segel von Todesschiffen erinnerten. Deirdre of the Sorrows stand bei ihnen, aber allein. Sie sah aus, als würde ihr Herz brechen. Ich entdeckte Margaret, die mich stark an eine dicke schwarze Krähe erinnerte. Eithne wirkte noch verunsicherter als sonst, Fionuala hingegen irgendwie erschrocken. Conail O'Connor stand weder bei ihnen noch war er sonst irgendwo zu sehen. Sean McHugh sah gelangweilt drein, als wäre er nur da, weil Adel verpflichtet – der Gutsherr beehrt das Begräbnis seines Vasallen.

Als ich zu ihm hinüberblickte, tauchte in meiner Erinnerung wieder jener verhängnisvolle Morgen auf. Sean McHugh war auf unsere Schreie hin angerannt gekommen und hatte mit dem Fuß Michaels Leiche angetippt. Mein Verstand begriff natürlich, dass er versuchte, ihn zu wecken. Mein Herz empfand es hingegen als eine gefühllose Geste, die allen Beteiligten seine verschrumpelte schwarze Seele offenbarte.

Ich sah über die große Kluft von Michaels Grab zur Byrne-Familie hinüber und wusste, dass ich sie bis auf Deirdre alle hasste. Michael hatte noch gefragt, was es denn zu verlieren gäbe, wenn man den Schatz suchte, nun war die Antwort klar. In dem Augenblick wusste ich, dass ich versuchen würde, jeden Einzelnen aus der Familie zu Fall zu bringen. Ich merkte, wie wütend ich war. Ich würde Michael rächen. Doch noch mehr bedrückte mich das Gefühl, es mit einem schleichenden Übel zu tun zu haben, das jeden bedrohte, der mir lieb war. Alex, der von Byrnes Großzügigkeit profitiert hatte, war bestimmt ein potenzielles Opfer; Jennifer, die an jenem Tag beinahe ertrunken wäre, hätte das zufällige Opfer eines teuflischen Spiels werden können.

Dann fiel mir wieder ein, dass ich Michael Davis versprochen hatte, ihm bei der Suche nach dem Schatz zu helfen. Ich wusste, dass ich alles tun würde, um mein Versprechen zu halten. Nicht nur, weil ich mein Wort gegeben hatte, sondern weil mir die Bergung des Schatzes die einzige Möglichkeit schien, diesem Grauen ein Ende zu setzen. Nur hatte ich bis jetzt keine Ahnung, wo oder wie ich mit der Suche beginnen sollte. Alles, was ich besaß, waren ein alter Gesang, vielleicht ein Zauberspruch, der von einem Kelten vorgetragen worden war, von dem niemand wusste, ob es ihn überhaupt jemals gegeben hatte, und zwei Hinweise, auf die wir durch das Gedicht gestoßen waren, die mir aber nichts sagten, die vielleicht nur Gekritzel und ein grausamer Scherz eines verbitterten, sterbenden Mannes waren.

Der Pfarrer sprach über Gott, und auf Ihn sowie auf die alten keltischen Götter Dagda, den Sonnengott Lugh und die dreifache Göttin Banba, Fotla und Eriu konzentrierte auch ich mich.

Dabei dachte ich, dass ich ein wenig Hilfe von wem auch immer da oben gut gebrauchen konnte.

Dann peitschte der Wind die See zu schäumenden Wogen auf, und der Regen fegte wie ein Spitzenvorhang im Wind mit wellenförmigen Wasserschwaden über das Land. Ich hatte das schreckliche Gefühl, dass meine Bitte um überirdischen Beistand eine Gotteslästerung gewesen war und mich die Götter mit diesem Regen warnen wollten. Kaum war der Gottesdienst zu Ende, eilten die Leute fort und stellten sich unter, manche flüchteten in die Kirche, andere wiederum verschwanden in ihren Autos und stahlen sich davon. Denny ging mit Leuten weg, die wohl zu seiner Familie gehörten. Rob begleitete Maeve zum Auto.

Alex, Malachy, Kevin, Jennifer und ich stellten uns unter eine Baumgruppe und warteten ab, zogen uns die Kapuzen über die Köpfe und standen dicht gedrängt zum Schutz vor der Nässe. Es war unsagbar trostlos.

»Mieser Tag heute«, sagte ich zu Kevin. Das war alles, was ich herausbrachte.

»Der schlimmste«, pflichtete er mir bei.

Dann hörte es so plötzlich wie es angefangen hatte auch wieder auf. Die Sonne kam heraus, und mit ihr nicht nur ein, sondern zwei Regenbogen, die sich über den Himmel spannten. Es war unbeschreiblich schön und fast schmerzvoll zugleich, die Welt gewann ihre Farben zurück, und auf den großen Blättern einer Pflanze neben uns lagen dicke Regentropfen. Ich musste an Amairgens Sonnenstrahl und die Schönheit einer Pflanze denken. Ich sah zum kleinen Friedhof und den Grabsteinen hinüber, die so verwittert waren, dass man die Namen darauf kaum noch lesen konnte, auch die in Stein gehauenen Bilder waren mit der Zeit verblasst und sahen nur jetzt nach dem Regen ein wenig frischer aus. In einer Ecke des Friedhofs stand nur ein paar Meter von uns entfernt ein einzelner Grabstein, ein kleiner, grob gemeißelter, circa einen Meter großer Obelisk. Oben drauf konnte ich ein in Stein gehauenes keltisches Kreuz entdecken und darunter eine Reihe von Kerben, von denen manche gerade, manche schräg an der Kante in den Stein gemeißelt worden waren.

Ich wandte mich ab, sah dann aber noch einmal hin. Da erkannte ich, dass mein Gebet erhört worden war. Ich begriff, dass Hilfe im Anmarsch war.

Alex folgte meinem Blick. »Gütiger Gott!«, rief er.

»Ogham«, sagte Alex, »die alte keltische Schrift und die erste Schriftsprache Irlands. Sie wurde nach Ogmios oder auch Oghma, dem keltischen Gott der Redekunst und angeblichen Erfinder der Sprache benannt. Man geht davon aus, dass sie in diesem Teil Irlands entstanden ist und sich auf Baumnamen bezieht. Wenn ich recht verstanden habe, handelt es sich um eine lineare Schrift, die aus Gruppen von bis zu fünf entweder horizontalen oder abgewinkelten Linien besteht, die von links oben nach rechts unten über eine Stammlinie verlaufen. Im Falle des *Standing Stone,* den wir auf dem Friedhof gesehen haben, war die scharfe Kante an einer der vorderen Ecken der Platte die vertikale Stammlinie. Die Schrägstriche verliefen, wenn du dich erinnerst, zu beiden Seiten der Kante des Steins.

Also, jede Liniengruppe entspricht einem Buchstaben des römischen Alphabets. Manche Liniengruppen kreuzen den vertikalen Stamm, andere stehen entweder rechts oder links daneben. Wichtig ist die Position der Linien zur vertikalen Linie. Verstehst du, was ich meine?«

»Ja, das ist toll«, sagte Jennifer.

»Ich verstehe es, glaube ich, auch«, sagte ich. »Aber nur, um es noch einmal klarzustellen: Willst du damit sagen, dass es einen Unterschied macht, ob die Linien links oder rechts von der Stammlinie verlaufen?«

»Genau. Zum Beispiel ergeben fünf horizontale Linien rechts von der vertikalen Stammlinie ein ›N‹; fünf horizontale Linien an der linken ein ›Q‹. Eine Gruppe von fünf horizontalen Kerben gerade über die Stammlinie ergeben ein ›I‹. Fünf diagonale Linien über der Stammlinie ein ›R‹. Als Schriftsprache nicht gerade durchdacht, würde ich sagen, eigentlich ziemlich mühsam, darum wurde sie vermutlich vor allem zu Gedenkzwecken, Inschriften und so was verwendet und nicht unbedingt zum täglichen Gebrauch, doch für unsere Zwecke müsste sie ausreichen.«

»Hier sind also die Buchstaben«, sagte er und zeigte auf ein Diagramm. »Ich habe es aus der Bibliothek. Holt die Hinweise raus und lasst sehen, was sich daraus ergibt.«

Meine Hände zitterten fast vor Aufregung, als ich Malachys und Kevins Zettel mit Byrnes Initialen und Adresse am oberen Ende herauszog und sorgfältig glättete, damit Alex ihn sich ansehen konnte.

»Das ist bestimmt das Aufregendste, was ich in meinem

ganzen Leben gemacht habe«, seufzte Jennifer. »Was steht drauf, Onkel Alex?«

»Lass mal sehen«, antwortete Alex. »Da haben wir es schon, vier Linien rechts von der vertikalen Linie ...« er machte eine kurze Pause und sah auf das Diagramm, »ein ›H‹. Dann haben wir weitere vier Linien, die direkt über die Stammlinie führen, das ergibt«, er machte wieder eine Pause, »ein ›C‹. Dann fünf zur rechten, ein ›U‹. Schreibst du mit, Lara?«

»Natürlich«, antwortete ich und zeigte ihm das Papier, auf das ich HCU geschrieben hatte.

»Gut, dann lass uns weitermachen. Zwei horizontale Linien über die Stammlinie ergeben ein ›L‹, drei horizontale Linien über die Stammlinie ein ›F‹. Dann kommt, glaube ich, ein ›N‹, dann ein ›I‹, dann ein ›E‹. Warte, ein ›T‹, dann eine Linie auf der linken Seite, ein ›G‹.«

Und so ging es weiter, bis Alex sie alle entziffert hatte. Es gab rechts und links Linien, horizontale, vertikale und diagonale. Als wir fertig waren, sah ich auf mein Papier: H C U L F N I E T G E I L N E N I E T S N E S E I D F U A hatte ich aufgeschrieben. Mir wurde das Herz schwer.

»Meinst du, das ist Gälisch?«, fragte ich einfach in die Runde.

»Ich bin mir nicht sicher, Latein ist es jedenfalls nicht«, sagte Alex. »Die Sprache kenne ich. Ob es ein Anagramm ist?«

Jennifer spähte auf das Blatt. »hculf niet geilnen iets nese idfua«, rief sie. Wir sahen sie an.

»*Auf diesen Steinen liegt ein Fluch!*«

# 8

# Ein wütender Keiler

Im Dienst der Familie Byrne zu stehen war etwa vergleichbar mit der Tätigkeit eines Geigenspielers auf der Titanic – vor allem, was die Möglichkeit einer geruhsamen Pensionierung angeht –, und das war selbst Deirdre Flood nicht entgangen. Deirdre war schon auf ihrem Weg zur Haltestelle der Buslinie in Dingle Town, von wo aus sie zum Bahnhof in Tralee wollte und von dort zum entlegendsten Ort in Irland, den sie erreichen konnte, als ich sie auf der Straße überholte. Sie schleppte einen großen, zerbeulten Koffer und etwas, das wie eine Hutschachtel aussah. Das war ein paar Tage nach Michaels Beerdigung. Deirdre machte sich davon.

Sie zögerte, als ich ihr anbot, sie bis Dingle Town mitzunehmen, doch schließlich bewegten sie das Gewicht ihres Koffers und das lange Stück Straße vor ihr, anzunehmen. »Ich habe gekündigt«, erklärte sie, als wir losfuhren. Sie sah starr geradeaus und hielt ihre Hutschachtel fest auf dem Schoß. »Im Testament steht nichts davon, dass ich für immer dort arbeiten muss. Ich hab auch diese Anwälte, Mr McCafferty und Mr McGlynn, gefragt, und die haben gesagt, dass ich gehen kann, wann ich will. Ich benutze meinen Urlaub als Kündigungsfrist«, rechtfertigte sie sich. »Dann können sie nicht sagen, dass ich mir einen Vorteil verschaffen wollte. Ich möchte keinen Tag länger unter diesem Dach bleiben. Der Koch ist auch gegangen. Sie müssen jetzt alleine zurechtkommen.« Ich empfand eine gewisse Schadenfreude, als ich mir Margaret Byrne in schwarzem Chanelkostüm und Schlangenlederpumps beim Wasserkochen vorstellte.

»Das kann ich Ihnen nicht verübeln, Deirdre«, sagte ich. »Ich wäre auch gegangen. Aber was ist mit der Polizei? Weiß sie, dass Sie weggehen? Sie wissen ja, dass die Untersuchungen noch nicht abgeschlossen sind.« Ich vermied im Zusammenhang mit Untersuchung das Wort Mord. Deirdre wirkte ziemlich nervös, deshalb war ich mir nicht ganz sicher, wie sie darauf reagiert hätte.

»Ich habe es Officer Minogue gesagt«, sagte sie. »Sie weiß, wo sie mich finden kann.«

»Um wie viel Uhr geht Ihr Bus, Deirdre?«, fragte ich, als wir in Dingle Town angekommen waren.

»Zwanzig vor vier«, antwortete sie.

»Das ist erst in über einer Stunde. Wir könnten doch Ihren Koffer im Auto lassen und irgendwo einen Tee zusammen trinken.«

Sie zögerte einen Augenblick. Offensichtlich war sie äußerst misstrauisch gegenüber jedem, der irgendetwas mit der Byrne-Familie zu tun hatte. »Ich glaube, das würde nicht schaden«, sagte sie schließlich. »Unten an der Straße gibt es eine herrliche Teestube.« Das Lokal war wirklich nett. Auf der einen Seite befand sich die Teestube, auf der anderen ein Pub. In der Teestube standen Tische, gedeckt mit irischen Leinentischtüchern, schönem grün und cremefarbenem Porzellangeschirr und echten Silberlöffeln, die mit irgendeiner Krone verziert waren. Hübsche Aquarelle von der Umgebung und dem Hafen schmückten die Wände. Eine gut aussehende Frau lief geschäftig herum und ließ sich von einem jungen Mann im Teenageralter helfen, den ich für ihren Sohn hielt. Er brachte große Teetassen und Teller mit Gebäck, Marmelade und viel Sahne. Wirklich ein herrlicher *Cream Tea,* und alles wirkte, nun ja, schrecklich englisch, obwohl ich vermutlich mein Leben riskiert hätte, wenn ich das an einem solch typisch irischen Ort laut ausgesprochen hätte. Wir setzten uns an einen Tisch am Fenster, von dem aus wir das Leben auf der Straße verfolgen konnten.

»Deirdre«, sagte ich, als sie Milch in ihren Tee gegossen und sorgfältig Butter auf ihr Brötchen geschmiert hatte. »Vor ein paar Tagen, als Alex Stewart und ich draußen auf *Second Chance* waren, waren Sie so freundlich, uns zu warnen, uns von dem Ort fern zu halten.« Ich wartete einen Augenblick, doch anscheinend hatte sie nicht bemerkt, dass ich etwas gesagt hatte. Deirdre war eine überaus genaue Person. Sie achtete darauf, dass auch jeder Teil ihres Brötchens mit Butter bestrichen war.

»Ich weiß, dass ein paar von den Leuten da nicht besonders nett sind, aber wovor wollten Sie uns damals warnen, Deirdre?«, fuhr ich fort.

»Wie Sie schon sagten, die Leute sind nicht besonders nett dort.«

»Aber Sie haben doch gesagt, der Ort sei verflucht, Deirdre. Das ist ein großer Unterschied.«

Sie antworte nicht.

»Bitte«, sagte ich. »Alex Stewart ist ein guter Freund von mir, und obwohl er sich nie etwas von Eamon Byrne erwartet hätte, hat er nun *Rose Cottage* geerbt. Doch jetzt sind Michael und John Herlihy tot. Also, falls Alex sich in Gefahr befinden sollte, muss ich wissen, worum es sich handelt.«

»Ich bin mir nicht ganz sicher«, sagte sie widerwillig. »Vielleicht ist vor sehr langer Zeit etwas vorgefallen, lange, bevor ich dort zu arbeiten angefangen habe.«

»Wie lang ist das her?«

»Fünf Jahre«, antwortete sie. »Da ist das letzte Dienstmädchen in Rente gegangen.«

»Was ist Ihrer Meinung nach passiert?«

»Etwas Schlimmes«, sagte sie. »Jemand ist gestorben, und seitdem ist der Ort verflucht. Sie sollten sich lieber fern halten, das sagte ich Ihnen schon.«

»Wer weiß davon, Deirdre? Gibt es noch andere Leute, die dort gearbeitet haben und etwas darüber wissen könnten? Sie erwähnten einen Koch und ein weiteres Dienstmädchen.«

»Die Köche bleiben dort nicht lange«, schnaubte Deirdre. »Nicht bei so einer Familie! Die sind nie zufrieden. Ms O'Shea blieb für ein Jahr oder länger. Das war das längste.«

»Doch Sie blieben fast fünf Jahre, Deirdre. Warum?«

»Ich brauchte Geld, warum sonst? Kitty, das Dienstmädchen vor mir, war sehr lange dort gewesen. Und egal was sie sagen, Mr Byrne war kein schlechter Arbeitgeber. Er hatte immer so eine Traurigkeit an sich, doch er war ein großzügiger Mann, gab mir zu Weihnachten und an meinem Geburtstag immer Extrageld und bat mich immer, nichts dieser Frau, Ms Byrne, zu erzählen. John mochte er auch. John war schon immer dort. Die beiden hatten die komische Angewohnheit, ein Schlückchen zusammen zu trinken, wenn die anderen schon zu Bett gegangen waren.«

»Wo ist Kitty jetzt?«, fragte ich.

»Keine Ahnung«, antwortete sie. »Ich habe sie nie kennen gelernt.«

»Und Michael? Kam er denn gut mit Mr Byrne aus?«, fragte ich.

»Michael«, ihre Stimme stockte ein wenig, und sie machte eine kurze Pause, bevor sie fortfuhr. »Ja, Michael und Mr Byrne kamen auch gut miteinander aus. Als es ihm richtig schlecht ging und er im Sterben lag, sah er Michael gerne zu, wenn er im Garten arbeitete. Michael war in Breeta verliebt, wissen Sie. Aber vielleicht haben Sie das ja schon bemerkt. Er konnte es nicht so gut verbergen. Als sie ging, brach es ihm das Herz. Sie war damals ein ziemlich schmales Ding, ganz schlank und richtig hübsch. Bei der Beerdigung sah sie schlimm aus«, sagte Deirdre. »Sehr schlimm. Michael blieb, weil er Mr Byrne mochte und weil er auf Breeta wartete und hoffte, sie würde zurückkommen. Glauben Sie, Sie wird sich davon erholen? Sie sah während der Beisetzung ziemlich seltsam aus.«

»Wissen Sie, weshalb sie fortgegangen war?«

»Wegen einem jungen Mann. Breeta ging mit irgendjemandem aus dem Dorf, den ihr Vater nicht mochte. Die beiden hatte eine furchtbare Auseinandersetzung, Mr Byrne schimpfte, Breeta schrie. Das war wirklich furchtbar. Breeta ging und kam nie wieder zurück. Ich habe gehört, dass sie sich vor kurzem von dem jungen Mann getrennt hat. Sie kam aber trotzdem nicht zurück.«

»Wissen Sie, wer der junge Mann war?«

»Paddy Gilhooly«, sagte sie. Wie seltsam, dass dieser Name immer wieder auftauchte. Offenbar konnte Eamon Byrne ihn gerade so gut leiden, dass er ihm ein Boot schenkte, aber dann doch nicht so gut, dass er ihm erlaubte, sich mit seiner Tochter zu treffen.

»Haben Sie Michael in der Nacht gesehen, in der er ...«

Ich verstummte, als ich Deirdres schmerzverzerrtes Gesicht sah.

»Nein«, antwortete sie. »Warum auch? Er war ausgegangen. Außerdem wohnte er in der Bedienstetenunterkunft an der Straße. Ich wohnte im Haupthaus«, fügte sie hinzu. »Im obersten Stockwerk. Ein schnuckeliges kleines Plätzchen. Mr Byrne hatte es extra für mich hergerichtet.«

»Ich fragte mich nur, ob er aus irgendeinem Grund zum Haus zurückgegangen ist. Er wurde näher beim Haupthaus als bei seiner Wohnung gefunden, ich dachte mir also, dass er vielleicht zum Haus gegangen ist.« Natürlich war er das, dachte ich bei mir. Er hatte Breeta versprochen, sich nach seiner Rückkehr um Vigs zu kümmern, und er war jemand, der sein Wort hielt.

»Davon weiß ich nichts«, sagte sie.

»Glauben Sie, dass er einen Schlüssel zum Haupthaus hatte? Ich meine, konnte er hinein, ohne jemanden zu wecken?«

»Er wird wohl einen gehabt haben«, antwortete sie. »Das gesamte Personal hatte Schlüssel. Nicht für die Eingangstür, sondern für den Dienstboteneingang auf der Rückseite. Aber worauf wollen Sie hinaus?«

»Auf nichts«, sagte ich. »Ich habe Michael vor seinem Tod im Pub getroffen und den Eindruck gehabt, als wollte er noch einmal zum Haus gehen.«

Deirdre sah nervös auf die Uhr. »Ich muss jetzt los«, sagte sie.

»Ich begleite Sie noch zum Auto, wegen des Koffers. Wo fahren Sie denn hin? Wissen Sie, wo Sie unterkommen werden?«

Sie sah mich misstrauisch an. »Schon okay, Deirdre«, sagte ich. »Ich werde Ihnen nicht folgen, und Sie müssen mir auch nicht antworten. Ich wollte nur sichergehen, dass alles in Ordnung ist.«

»Ich wohne bei meinem Neffen in Dublin, bis ich eine neue Stelle gefunden habe«, antwortete sie schließlich. »Ich schaff das schon.«

»Da bin ich mir ganz sicher«, sagte ich beruhigend. Sie war ziemlich reizbar, und schließlich gab es noch mehr, was ich erfahren wollte. »Leben die alle in dem Haus? Ich meine, auch die Töchter und ihre Ehemänner?«

»Eithne und Mr McHugh leben dort. Fionuala und Mr O'Connor wohnten bis vor kurzem auch dort – haben sich dann aber mit der Familie verkracht, zumindest kamen Mr McHugh und Mr O'Connor nicht gut miteinander aus. Sie zogen also in ein kleineres Haus um, das zwar auch auf dem Anwesen steht, aber ein wenig weiter unten an der Straße, nicht weit vom Haus der Bediensteten entfernt. Nun, sie wohnt immer noch da. Ich habe gehört, dass Mr O'Connor sich eine Wohnung in der Stadt gesucht hat«, sagte sie und griff nach ihrer Handtasche.

»Ich würde Sie gerne auf den Tee einladen, Deirdre«, sagte ich und gab ihr zu verstehen, ihre Handtasche wieder abzulegen. »Wissen Sie, weswegen die Familie sich gestritten hat?«

Deirdre zuckte die Achseln. »Ich glaube, es ging um Geld und geschäftliche Dinge. Als Eamon Byrne krank wurde, haben sich Mr McHugh und Mr O'Connor um die *Byrne Enterprises* gekümmert, und sie kamen wohl nicht besonders gut miteinander aus. Solange Mr Byrne die Verantwortung hatte, ging es gut. Er brachte sie so weit, dass sie zusammenarbeiteten, doch dann ...« Sie verstummte.

»Und wie steht es mit Conail und Fionuala? Was ist mit ihnen passiert?«

»Das Übliche, nehme ich mal an«, antwortete Deirdre etwas affektiert. »Sie war schon immer eine, die sich gern mal umgesehen hat, er hingegen soff. Er ist stinkfaul. Der irische Fluch, wissen Sie. Alkohol. Das haben wir den Engländern zu verdanken.«

Ich hatte schon bemerkt, dass die Engländer hier für vieles verantwortlich gemacht wurden. Als ich mein Portemonnaie herauszog, um zu zahlen, sah ich mich in der Bar um. Sie war hübsch, hatte dunkelblaue Wände mit vielen alten, schön gerahmten Werbeplakaten für verschiedene Biermarken. Auf einem stand *Newcastle Brown Ale!* und *Courage!* auf einem anderen.

Offensichtlich tranken sie hier englisches Bier, trotz ihrer Ansichten über Engländer.

Ich betrachtete die Plakate, nahm dann einen Löffel in die Hand und sah mir das Emblem darauf an. Es zeigte einen ziemlich bösartig dreinschauenden Keiler, der zwei überkreuzte Knochen im Maul trug. »Wie heißt dieses Lokal, Deirdre?«, fragte ich.

»Das hier oder die Bar?«, antwortete sie. »Das hier ist *Brigids Teestube*, das da drüben ist übrigens Brigid«, sagte sie und deutete auf die Frau, die uns den Tee serviert hatte und nun an der Kasse stand. »Der Pub heißt *Zum wütenden Keiler.*«

»Moment«, sagte ich. Ich holte einen Zettel aus meiner Tasche und kritzelte etwas darauf. Dann gab ich ihn Brigid zusammen mit dem Geld. Sie sah zuerst ihn und dann mich an.

»Kommen Sie mit«, sagte sie schließlich. Sie nahm ein Tablett mit Tee und eilte die Stufen zum zweiten Stock hinauf. Das war ganz offensichtlich die Unterkunft von Brigid und ihrer Familie. Eine ältere Frau saß auf einem großen Armlehnstuhl vor dem Fernseher. Sie sah auf, als wir in das Zimmer kamen, und begutachtete mich argwöhnisch.

»Alles in Ordnung?«, fragte sie Brigid missmutig.

»Bestens, Mutter. Hier ist dein Tee. Wie geht's dir?«

»Dem Alter entsprechend gut. Sind das eingemachte Erdbeeren?«, fragte die Frau und stocherte mit einem Löffel im Essen herum. Offensichtlich zufrieden wandte sie sich mir zu.

Sie sah sehr gebrechlich aus, ihre Hände waren fast durchsichtig und von blauen Adern durchzogen, ihr Haar war schlohweiß. Obwohl es sehr warm, ja für mich fast zu warm im Zimmer war, war sie in eine Wolldecke gewickelt und versank fast in dem großen Sessel, in dem sie saß. Doch ihre Augen strahlten, und ich hatte den Eindruck, dass sie äußerst klaren Verstandes war.

»Wer sind Sie?«, fragte sie.

»Ich heiße Lara«, antwortete ich.

»Sie ist wegen Eamons Hinweis gekommen, Mutter«, sagte Brigid. »Sie kennt das Losungswort, *der wütende Keiler.*«

»Sie sind nicht von hier. Woher wissen Sie das dann alles?«, fragte die alte Frau misstrauisch.

»Eamon Byrne hat in seinem Testament etwas einem Freund von mir vermacht.«

»Wer ist ihr Freund, und was hat er gekriegt?«

»Er heißt Alex Stewart, und ihm wurde *Rose Cottage* hinterlassen.«

Die alte Frau wirkte erstaunt und sah mich aufmerksam an. »Dann muss er wohl ein besonderer Freund von Eamon gewesen sein.«

»Ich denke, dass er das in gewisser Weise war«, stimmte ich zu. »Alex hat vor langer Zeit Eamon das Leben gerettet.«

Die Frau nickte nur. »Er war ein feiner Mann, egal, was die anderen über ihn sagen. Zu uns ist er immer sehr gut gewesen. Es war nicht seine Schuld, was passiert ist, wissen Sie.«

»Was ist denn passiert?«, fragte ich, doch Brigid kam aus dem anderen Zimmer wieder herein und reichte mir ein Stück Papier.

»Lass das Geschwätz«, ermahnte sie ihre Mutter. »Beachten Sie sie nicht«, sagte sie zu mir, als sie mich zur Tür begleitete.

Ich hätte gerne noch mehr gewusst, doch eines schien an diesem Ort klar zu sein: Wenn es hier irgendwo Geheimnisse gab – und es gab genügend Hinweise dafür, dass sie existierten –, dann würden die Leute nicht darüber reden, am wenigsten mit mir.

Ich ging mit Deirdre zum Wagen zurück, holte ihren Koffer und wartete mit ihr, bis der Bus kam. Als sie einsteigen wollte, drehte sie sich noch einmal um und reichte mir die Hutschachtel. »Geben Sie das Breeta, wenn sie so weit ist«, sagte sie. Sie war schon fast im Bus verschwunden, als mir noch eine Frage einfiel. »Wissen Sie, wer nach Michaels und Johns Tod jetzt ihr Geld bekommt?«

Sie blieb mit einem Fuß auf der Stufe stehen und sah mich erstaunt an. »Gute Frage. Keine Ahnung. Ich habe mich so darüber gefreut, überhaupt etwas zu erhalten, dass ich auf anderes kaum geachtet habe.« Sie zuckte die Schultern und stieg in den Bus. »Ich gehe nicht davon aus, dass ich etwas davon bekommen werde.«

Als der Bus losgefahren war, öffnete ich die Hutschachtel. Vigs saß darin und knabberte vergnügt an einem Salatblatt.

»Was soll ich bloß mit dir machen?«, fragte ich ihn. Die einfachste Antwort auf diese Frage war, ihn Breeta zu geben, so wie Deirdre vorgeschlagen hatte. Doch da gab es zwei Probleme. Erstens war ich mir nicht sicher, ob das eine gute Idee war, denn schließlich war Michael auf Breetas Wunsch zurück nach *Second Chance* gefahren, um Vigs rauszuholen. Und obwohl weder Breeta noch die Schildkröte etwas für das konnten, was passiert war, hätte es Breeta zusetzen können, wenn sie das Tierchen zu Gesicht bekommen hätte. Zweitens wusste ich nicht, wo Breeta war. Sheila, die Besitzerin unseres Gasthofes, hatte gesagt, Breeta wäre bei der Suche nach Arbeit und einer billigen Unterkunft gesehen worden, da sie es selbst unter diesen Umständen ablehnte, nach Hause zurückzuziehen.

Zufällig, zumindest dachte ich das zu jener Zeit, entdeckte ich Breeta plötzlich an einem Tisch in einem kleinen Lokal. Ich ging auf sie zu, mit Vigs in der verschlossenen Hutschachtel in der Hand.

»Darf ich mich einen Moment zu dir setzen?«, fragte ich sie. Es dauerte einen Augenblick, bis sie zustimmend nickte, und ich setzte mich ihr gegenüber und bestellte einen Kaffee.

Breeta aß weiter und ignorierte mich zunächst. Sie aß ganz offensichtlich für zwei, einen ziemlich großen Teller Fish and Chips mit Brot, daneben stand eine große Cola.

»Breeta, es tut mir so leid, was passiert ist«, sagte ich. »Michael war ein ausgesprochen netter junger Mann. Das ist alles wirklich furchtbar.« Breeta konzentrierte sich weiter auf das Essen vor ihr.

Um ehrlich zu sein, sie aß nicht, sondern stopfte sich den Mund voll. Sie kaute kaum. Ich hatte den Eindruck, dass sie, ob bewusst oder nicht, Essen in sich hineinschlang, um ihre Gefühle von Schmerz und Wut daran zu hindern, aus ihr herauszubrechen.

»Breeta«, fuhr ich fort, obwohl mir angesichts des fettigen Essens, das so schnell in ihrem Mund verschwand, mulmig wurde. »Ich frage mich, ich meine, ich bin sehr besorgt darüber, was geschehen ist, und – so egoistisch das auch klingen mag – was das für Alex bedeuten könnte. Zuerst John, dann Michael. Ich mache mir große Sorgen, dass sich womöglich jeder, der im Testament erwähnt wurde, in Gefahr befinden könnte. Ich bin mir sicher, dass dein Vater nie gedacht hätte, dass so grausame Dinge geschehen könnten …«

»Ich hasse ihn«, sagte sie erbittert. »Hasse ihn!«

»Aber vielleicht würde alles aufhören, wenn der Schatz erst einmal gefunden ist«, fuhr ich schließlich fort, als sie sich wieder beruhigt hatte. »Wir, Alex, ich und ein paar Freunde, haben schon ein paar Hinweise gefunden. Sie liegen bei mir im Hotel. Wenn du einen Blick darauf werfen möchtest, könntest du uns sicher helfen. Du weißt so viel über keltische Geschichte und …«

»Nein!«, schrie sie. »Aufhören. Niemals. Ich werde meinem Vater das niemals verzeihen. Mein Leben … ist ruiniert.« Sie sah aus, als stünde sie kurz vor einem Weinkrampf, doch dann stopfte sie nur noch mehr Chips in ihren Mund.

»Aber Breeta, du brauchst doch das Geld«, erwiderte ich. »Bitte …« Ich streckte meinen Arm aus, um ihre Hand zu berühren, doch sie zog sie weg.

»Lassen Sie mich in Ruhe«, sagte sie und stand auf. »Gehen Sie weg, das ist alles Ihre Schuld. Warum mussten Sie auch hierher kommen?«, sie lief zur Kasse und dann aus dem Lokal. Gekränkt ließ ich sie gehen. Nach ein paar Minuten, in denen ich mich schrecklich fühlte, packte ich Vigs und schlenderte mit ihm zurück zum Gasthof, wo er mit großer Begeisterung von Sheilas und Aidans drei Kindern und etwas resigniert von Sheila begrüßt wurde. Dann eilte ich zur Bar und bestellte mir einen Drink. Nicht etwa so etwas Läppisches wie Wein, nein, diesmal nahm ich einen echten irischen Whiskey on the rocks.

Es bedrückte mich, dass Breeta mich für das verantwortlich machte, was passiert war.

Ich sagte mir zwar, dass es lächerlich sei, mich schuldig zu fühlen, dennoch musste ich mich fragen, ob ich – wenn auch unwissentlich – etwas getan hatte, das all diese Ereignisse ins Rollen gebracht hatte. Wenn das der Fall war, musste ich etwas dagegen unternehmen. Doch was? Mir war nicht entgangen, dass nicht jeder meinen Enthusiasmus für die Auffindung des Schatzes teilte, aber ich wusste nicht, was ich sonst tun konnte. Wohl tauchten immer wieder dunkle Andeutungen über Byrnes Vergangenheit auf, doch war es logisch, mit dem Schatz zu beginnen. Ich hatte in den vergangenen Tagen sowohl in der Bar als auch im Ort viele Geschichten über Byrne gehört. Wie Deirdre schon gesagt hatte, war er nicht die beliebteste Person im Ort gewesen, doch schien man seinen Geschäftssinn bewundert zu haben. Er schien wenig Bedarf an Kontakt gehabt zu haben und hatte im Gegensatz zu den anderen im Ort kaum die Bars besucht. Und obwohl er schon vor vielen Jahren als jung vermählter Mann in die Dingle Bay gekommen war, wurde er von den Einheimischen stets als Fremder betrachtet. Dennoch gab es keinerlei Hinweise auf einen Fluch, auch wenn Deirdre so etwas angedeutet hatte. Je mehr ich darüber nachdachte, desto mehr klang Deirdre für mich wie eine abergläubische und recht ungebildete Frau, und desto plausibler wurde für mich, dass der Schatz der Grund für die Ermordung von Michael war. Immerhin hatte er einen Hinweis in seiner Hand gehalten.

Ich beschloss, Augen und Ohren offen zu halten, was Byrne betraf, mich aber ansonsten auf den Schatz zu konzentrieren, obwohl wir ihn offensichtlich ohne Breetas Hilfe finden mussten.

Doch auch ohne sie hatten wir uns gar nicht so dumm angestellt. Die ersten Hinweise waren am einfachsten und alle in der Nähe von *Second Chance* zu finden gewesen. Wir hatten die Hinweise von Alex und Michael, dann den von der Schönheit einer Pflanze, der in Michaels starrer Hand gefunden worden war.

Ich ging davon aus, dass einer in seinem Garten, vermutlich in seinem Geräteschuppen verborgen sein musste. Doch als ich hinkam, musste ich erkennen, dass bereits vor mir jemand dort nachgesehen hatte. Zumindest war das für mich die einzige mögliche Folgerung, weil ich mir nicht vorstellen konnte, dass jemand wie Michael, der seinen Garten derart akkurat gepflegt hatte, sein Reich in solch einer Unordnung hinterlassen hätte. Überall lagen Werkzeuge, zerbrochene Blumentöpfe und verschüttete Erde in kleinen Häufchen herum.

Ich befürchtete, dass uns dieser Hinweis verloren gegangen war, doch dann rettete Rob unwissentlich den Tag. Er blieb bewundernd vor einer Vase mit Rosen im Eingang des Gasthofes stehen. »Die schönste Blume von allen, findet ihr nicht?«

Nur wenige Minuten später war ich bereits auf dem Weg nach *Rose Cottage*. Das bedeutete eine ziemliche Schinderei, denn ich hatte beschlossen, Byrnes Anwesen nicht zu durchqueren, sondern von der Hauptstraße aus über das Land zu gehen. Doch die Kratzer von den wilden Beerenranken und die Abschürfungen von den Felsbrocken lohnten sich: Nachdem ich das Cottage erreicht hatte, fand ich schon bald hinter dem Türrahmen eingekeilt den Hinweis.

Die nächsten Hinweise waren viel schwerer zu finden. Dingle ist eine Halbinsel, die nur etwa fünfhundert Kilometer lang ist und oft als ein ins Meer ragender Finger beschrieben wird. Es ist der westlichste Teil Irlands. Dennoch wirkt Dingle für mich nicht wie der erhobene Finger einer Hand, sondern eher wie ein Geschöpf aus der Urzeit, dessen Rücken die Berge bilden und dessen Rumpf, die sanften Hügel, ins Meer gleitet, sodass man vor der Küste nur die Spitze in Form der Blasket-Inseln sehen kann, während sich der Kopf des Geschöpfes weit unten in den Tiefen befindet. Dingle besteht aus vier Berglandschaften, den Slieve Mish Mountains, den Stradbally Mountains, Mount Brandon an der nördlichen Seite und Mount Eagle im Südwesten. Dazwischen liegen wunderschöne, aber sehr abgeschiedene Bergtäler, felsige Schluchten und atemberaubende Ausblicke. Steil ansteigende Straßen durch die Bergpässe, die alsbald zur Küste abfallen, wo sich Dutzende von kleinen Dörfern und Hunderte von alten Bauten versammeln. Mit anderen Worten, es gab viele Orte, an denen man suchen konnte.

Trotzdem machten wir Fortschritte.

Ich würde zwar nicht behaupten, dass wir mit militärischer Genauigkeit über das Land schwärmten, doch während Rob in dem Mordfall mit der irischen Polizei zusammenarbeitete – zumindest nannte er es so –, war der Rest von uns mit einem Gedichtband, den Alex in der Bibliothek ausgegraben hatte, und mit der Unterstützung von Malachys und Kevins Ortskenntnissen ausgezogen, um die fehlenden Hinweise zu finden.

Kevin, der sich in der Angelegenheit als ziemlich gewieft erwies, knobelte den *Falken über der Klippe* aus. »Das müsste Mount Eagle sein«, sagte er. »Falke, Raubvogel, Eagle, also Adler. Klippe, ist gleich Berg. Das ist zwar nicht perfekt, aber wo könnte es sonst sein?«

Mount Eagle stellte sich als ein recht großes Gebiet heraus, ein weitläufiger Berg, der bis hinunter an das Meer in der Nähe von Slea Head reichte. Kevin führte unsere kleine, bunt gemischte Gruppe auf fröhlicher Jagd über das hügelige Gelände. Wir kletterten über steinige Hindernisse, wichen Schafen und ihren Häufchen aus, kämpften uns durch Schlamm und blieben an jeder Ruine stehen. Über die Landschaft verstreut gab es Ruinen von kleinen, bienenstockähnlichen Hütten, in denen vor Jahrhunderten Menschen nicht unbedingt gelebt, sondern eher Schutz gefunden hatten. Malachy nannte sie *Clochán*. Viele von ihnen waren nicht mehr als ein Haufen Schutt, andere hingegen waren Meisterwerke der Baukunst, sorgsam ineinander gefügte Steine, die ohne Mörtel aufeinander geschichtet waren. Hütten, die jahrhundertelang den Witterungen und verschiedenen Invasionen getrotzt hatten.

»Eamon Byrne liebte historische Stätten«, sagte Kevin, als wir uns umsahen, »wir sollten sie also genauer unter die Lupe nehmen«. Wir inspizierten so viele wir konnten, krochen unter niedrigen Türen hindurch und klopften die Innenwände nach Hinweisen ab. Wir fanden nichts, doch Malachy gab nicht auf.

Schließlich kamen wir zu den Überresten einer alten Steinfestung, die mitten auf einem Feld stand. Dort fanden wir, in Plastik verpackt zwischen zwei Steinen, eine kleine Papierrolle. Malachy und Kevin waren verzückt.

Auch Jennifer war eine gute Assistentin. Sie hatte sofort begriffen, dass Ogham von rechts nach links oder von unten nach oben gelesen wird und uns damit oft gerettet. Wer hätte gedacht, dass ihr Kurs über Querdenken und die ziemlich nervtötenden Stunden über das Rückwärtssprechen so eine praktische Anwendung finden würden?

Sie selbst entdeckte auch einen Hinweis. Vom günstigen Aussichtspunkt während ihrer Segelstunden draußen in der Bucht hatte sie am Ufer einen CD-Laden namens *Meeresmusik* entdeckt. Sobald sie Boden unter den Füßen hatte, kletterte sie eine Feuerleiter hinauf, um oben an das Schild zu kommen, und fand an seiner Unterseite den Hinweis.

Der Hinweis aus dem Pub *Zum wütenden Keiler* störte mich ein wenig. Sieben Hinweise waren verteilt worden, an Alex, Michael, Margaret, Eithne, Fionuala und Breeta Byrne sowie an Padraig Gilhooly. Der *wütende Keiler* war die achte Zeile des Gedichtes. Entweder hieß das, dass nicht jede Zeile automatisch zu einem Hinweis führte – und da wir nur unsere eigenen Hinweise hatten, konnten wir das schlecht beurteilen – oder dass wir herausfinden mussten, ob die Hinweise aus *Amairgens Gesang* stammten und wir nach jeder Zeile des Gedichtes forschen sollten.

Doch noch vor dem Hinweis auf den *wütenden Keiler* fehlten uns noch die Hinweise zu dem *Hirsch in sieben Schlachten* und dem *Sonnenstrahl*. Man konnte schlecht sagen, ob es sich für uns lohnte, noch nach ihnen zu suchen, oder ob wir davon ausgehen mussten, dass jemand anderes sie vor uns gefunden hatte. Abgesehen von dem Chaos im Geräteschuppen und unserem kleinen Streit mit Conail O'Connor gab es keine Anhaltspunkte dafür, dass sonst noch jemand nach den Hinweisen suchte. Vielleicht war Margaret Byrne ehrlich gewesen, als sie sagte, dass die Familie sich nicht an der Suche beteiligen würde, und Conail war der einzige Abtrünnige. Ich hatte dennoch meine Zweifel. Gerade was Alex und die Erbschaft des Cottage betraf, hatten sie sich ziemlich rücksichtslos verhalten, eine Tatsache, mit der ich mich noch befassen wollte. Mir schien es das Beste, wenn wir weitersuchten und uns in der Bar umsahen. Mein Blick fiel auf das Bild über dem Kamin, das ich trotz seiner Qualität ziemlich abstoßend fand. Es zeigte einen Hirschen, dessen Maul von Pfeilen durchbohrt war und der von Hunden gehetzt wurde. »*Hirsch in sieben Schlachten*«, hauchte ich und zählte die Hunde. Es waren natürlich sieben.

Direkt vor meiner Nase.

Ich nahm meinen Drink und schlenderte so lässig wie möglich zum Kamin, stellte mich mit dem Drink in der Hand ein paar Minuten mit dem Rücken zum Feuer und nahm dabei eine dieser typisch irischen Posen ein. Während Aidan die Kerle an der Bar mit seinen Geschichten unterhielt und alle Blicke auf ihn fixiert zu sein schienen, hob ich eine Ecke vom Bild hoch und spähte dahinter. Der Hinweis war da, zumindest musste er da gewesen sein. Übrig geblieben war ein kleines Stück Papier, mit Klebeband am Rücken des Bildes befestigt. Ich riss es rasch an mich, denn ich wollte es mit dem Papier vergleichen, auf das die anderen Hinweise geschrieben worden waren, die wir bereits gefunden hatten. Es bestanden kaum noch Zweifel daran, dass meine Frage beantwortet war, nämlich dass entgegen aller Beteuerungen noch mindestens eine weitere Person nach dem Schatz suchte. Die Frage war nur, wer, und wie gefährlich sie war.

Ich ging zur Rezeption, ließ mir aus dem Safe unsere so genannte Hauptliste geben, fügte den Hinweis aus dem *Wüten-*

*den Keiler* hinzu und überlegte eine Weile. Dann nahm ich ein neues Blatt Papier, zog von oben nach unten eine Linie, schrieb links davon *Amairgens Gesang*, rechts davon *Ogham-Hinweise,* und sah mir an, was wir bereits hatten.

| **Amairgens Gesang** | **Ogham-Hinweise** |
| --- | --- |
| Ich bin der Seegang | Sonnenaufgang im Mai sieht man von Tailtius Hügel |
| Die tosende Woge | Ein Fluch liegt auf diesen Steinen |
| Das Brausen der See | Leinsters Weib auf Erius Platz |
| Ein Hirsch in sieben Schlachten | |
| Ein Falke über der Klippe | Aines Berg an Machas Festung |
| Ein Sonnenstrahl | |
| Die Schönheit einer Pflanze | Erhebe einen Becher auf das Wohl des Steins |
| Ein wütender Keiler | Almus Weiß zu Maeves Rot |

Das klang alles recht unverständlich. Die Ogham-Hinweise schienen nichts mit den Zeilen des Gedichts zu tun zu haben, abgesehen davon, dass die Hinweise im Gedicht zu deren Entdeckung geführt hatten. Ob es eine direkte Verbindung gab? Ich wusste es nicht.

Ich hatte den Eindruck, dass der erste Ogham-Hinweis sich auf einen realen Ort bezog. Und was war mit den anderen? *Almus Weiß zu Maeves Rot* klang für mich wie der Name eines Brettspiels, weiße Königin zu irgendetwas Rotem. Ich nahm an, dass Maeve nichts mit der Polizistin Maeve Minogue zu tun hatte, obwohl ich auch dafür nicht den geringsten Anhaltspunkt hatte. Ich wusste aber, dass Maeve eine keltische Königin gewesen war.

Drei Ogham-Hinweise schienen auf etwas ganz anderes

hinzudeuten, vielleicht Himmelsrichtungen oder Wegbeschreibungen, für mich aber gab es keinen Anhaltspunkt, was oder wo sich irgendeines der genannten Dinge befinden konnte.

Steine sind groß, so viel war sicher. Die Hinweise irritierten mich. Sie hatten etwas Geziertes an sich, schienen von jemandem zu stammen, der sich für klüger hielt als wir alle. Ich hatte das Gefühl, von einem toten Mann geneckt zu werden. Nur ungern gestand ich mir ein, dass unter anderen Umständen und gesetzt den Fall, die Familie hätte freundschaftlich mit uns zusammengearbeitet, die Sache durchaus spaßig gewesen wäre. Aber warum wollten sie nicht?

Verdammter Eamon Byrne, dachte ich ziemlich lieblos, worauf mir sogleich Deirdres Andeutungen über etwas Schreckliches in der Vergangenheit, das mir niemand anvertrauen würde, in den Sinn kamen. Ich konnte ja verstehen, dass sie so verschwiegen waren. Warum sollten sie eine vollkommen fremde Person, die noch dazu von weit her kam, in ihre dunkelsten Geheimnisse einweihen? Immerhin befanden wir uns in Dingle, einer wilden und recht abgelegenen Region mit eigenen Regeln. Ich hatte den Verdacht, dass sie selbst für irische Verhältnisse sonderbar war: Gaeltacht, der Teil Irlands, in dem Gälisch gesprochen wird, scheint noch in einer anderen Zeit zu leben. Trotzdem war es frustrierend.

Wir mussten auf unterschiedlichen Wegen an die Sache herangehen. Malachy, Kevin und Jennifer sollten nach weiteren Hinweisen suchen, während Alex in der örtlichen Bibliothek oder sonst wo Nachforschungen anstellen konnte, um die Namen der Ogham-Hinweise zu entschlüsseln. Ich selbst würde ein wenig in Eamon Byrnes Vergangenheit herumschnüffeln. Schließlich hatten wir Zeit. Wegen der laufenden Ermittlungen in den Mordfällen waren wir hier festgenagelt. Wir warteten auf die mögliche Exhumierung der Leiche von John Herlihy, die man auf Giftspuren untersuchen wollte, deren Nachweis ich keinen Augenblick bezweifelte.

Ich ging zudem davon aus, dass Rob froh war, noch etwas länger bleiben zu können. Er hatte seine Vorgesetzten in Kanada davon überzeugt, ihn eine Zeit lang an die irischen Einsatzkräfte zu überstellen – für Rob auch noch aus anderen Gründen ein echter Glücksfall, doch das sagte ich nicht. Jennifer war begeistert, dass sie noch ein wenig länger bleiben durfte.

Rob war anfänglich dagegen, dass sie Segelstunden bei Padraig Gilhooly nahm, weil der seiner Meinung nach in die Ermittlungen in einem Mordfall verwickelt war. Doch ich überzeugte ihn, es etwas lockerer zu sehen, da es weder Anhaltspunkte noch irgendwelche Beweise dafür gab, dass Padraig irgendetwas damit zu tun hatte. Einige Kumpel von Padraig hatten bestätigt, dass er am Nachmittag der Testamentseröffnung und am Abend, als Michael starb, in ihrer Lieblingskneipe gewesen war. Seine Hauswirtin – er bewohnte eine Wohnung im Ort – hatte ausgesagt, sie hätte ihn nach der Sperrstunde hereinkommen gehört und er habe bis zum Morgen das Haus nicht mehr verlassen.

Wie dem auch sei, Jennifer liebte ihre Segelstunden, hatte schon ein paar Freundschaften im Dorf geschlossen und war richtig aufgeblüht. Sie war nun nicht mehr das schüchterne und kindische Mädchen, das ich bei meiner Ankunft hier erlebt hatte.

Nur über mein Geschäft machte ich mir allmählich Sorgen, doch Sarah schien es nicht sonderlich zu stören, als ich ihr sagte, dass ich erst etwas später zurückkommen würde. Zudem gestand sie mir, dass Clive ihr sehr geholfen hätte. Diese Entwicklung beunruhigte mich. Ich fragte mich, worauf zum Teufel Clive hinauswollte. So beschloss ich, auf mein Zimmer zu gehen, bevor die anderen kamen, und meine Freundin Moira, Clives neue Partnerin, anzurufen, um die Lage zu erkunden, ohne zugeben zu müssen, dass ich mir Sorgen machte. Als ich am Fuß der Treppe stand, überlegte ich einen Moment und brachte schließlich unsere Hauptliste an der Rezeption wieder hinter Schloss und Riegel. Irgendwie kam ich mir albern vor, dass ich mein Bargeld und meine Kreditkarten mit mir herumschleppte, dafür aber ein Stück Papier wegsperren ließ, doch ich hatte bereits beschlossen, lieber vorsichtig zu sein, als das Nachsehen zu haben.

Und das war gut so. Ich schloss die Tür zu unserem Zimmer auf und blieb fassungslos stehen. Falls ich noch eine Bestätigung brauchte, dass wir nicht die Einzigen auf der Suche nach dem Schatz waren, dann hatte ich sie jetzt. Das Zimmer war verwüstet. Der ganze Raum war auf den Kopf gestellt worden. Die Matratzen standen gegen die Wand gelehnt, der Teppich lag zerknüllt in einer Ecke, alle Schubladen waren herausgezogen und deren Inhalt ausgekippt worden. Unsere Koffer waren aus dem Schrank gerissen, aufgemacht und ebenfalls zu Boden geworfen worden. Selbst das Badezimmer war durchsucht worden. Es sah aus, als hätte jemand jede einzelne Packung in meiner Kosmetiktasche geöffnet.

War das wieder Conail oder, noch schlimmer, vielleicht sogar Breeta gewesen? So ungern ich das auch dachte, ich hatte ihr ja am Nachmittag erzählt, dass wir ein paar Hinweise in unserem Gasthof aufbewahrten. Wenn in der Bar Hochbetrieb herrschte, war der Trakt des Gasthofes, in dem die Zimmer lagen, ziemlich unbeobachtet. Die Eingangstür dort blieb verschlossen, doch für jemanden, der sich hier auskannte, war es kein Problem, durch die Küche oder den Eingang bei der Bar zu schlüpfen.

Ich hätte ihr genügend Zeit gelassen, während ich in der Bar dumpf vor mich hinbrütete und nach ihren Anschuldigungen meine Wunden leckte.

Ich war so geschockt, dass ich einfach nur dastand und auf das Chaos starrte. Irgendwann hörte ich zwei vertraute Stimmen und Schritte, die die Treppen heraufkamen.

»Das ist mein Geld«, sagte Jennifer. »Das hast du gesagt. Du hast gesagt, dass ich damit machen kann, was ich will.«

»Nein, mein liebes Töchterchen«, fing Rob an, als sie um die Ecke bogen. Sie blieben wie angewurzelt vor der offenen Tür stehen. Jennifer schnappte nach Luft.

In dem Augenblick kamen mir zwei Gedanken in den Sinn. Erstens, dass Rob, was Jennifer betraf, ein alter Idiot war und ich ihm das sagen wollte. Und zweitens, dass es nun an der Zeit war, ein wenig mehr von Irland zu besichtigen.

Wir standen eine Weile schweigend in der Tür.

»Hci essah se, nnew nepytßiehcS niem gueZ nessafna«, sagte Jennifer schließlich.

»Hci hcua«, pflichtete ich ihr bei.

# 9

# Ein Lachs im Becken

Deirdre hätte um ein Haar das Tablett mit dem Tee fallen lassen, als sie mich sah, was ein Jammer gewesen wäre, denn es wäre auf einem sehr alten, erlesenen Aubusson-Teppich gelandet und hätte gleichzeitig die zarten Porzellantassen zu Bruch gehen lassen. In Anbetracht des Spleens ihres Arbeitgebers hätte sie das vermutlich ihren Job gekostet.

Obwohl man in diesen Breiten nur ungern darüber spricht, so hat es doch eine Zeit gegeben, in der Dublin die zweitgrößte Stadt im britischen Empire war und London in nichts nachstand.

London hatte die Themse, Dublin den Liffey, beide Städte lagen strategisch gut in der Nähe des Meeres, was einen lebhaften Handel mit den entlegensten Orten des Empire erlaubte und, in Dublins Fall, einen regen Export seiner herrlichen Handwerkskunst begünstigte, von Silber und Porzellan, Glas und Stoffen, die die herrschaftlichen englischen Häuser jenseits der irischen See verschönerten.

Jene Zeit hat in Dublin nicht nur schmerzliche Erinnerungen an Unterdrückung und konfessionsgebundene Gewalttaten hinterlassen, sondern auch eine beeindruckende öffentliche Baukunst – großzügige Alleen, hohe Brücken und architektonische Juwele wie die Four Courts, wo sich seit 1796 der irische Gerichtshof befindet, und das Custom House mit seinen anmutigen Arkaden, Säulen und der hohen Kuppel – nebst einigen herrlichen öffentlichen Plätzen wie St. Stephen's Green, einem rechteckigen Platz im georgianischen Stil, der einen schönen kleinen Park umschließt. Hier befand sich die Kanzlei der Rechtsanwälte McCafferty und McGlynn.

Deirdre Flood hatte vielleicht gehofft, Dublin läge weit genug entfernt, um nie wieder jemanden, der etwas mit *Second Chance* zu tun hatte, zu Gesicht zu bekommen. Doch im Grunde war es nur ein paar Stunden Zugfahrt von Tralee entfernt.

Jennifer hatte ein paar Mal erwähnt, dass sie gerne nach Dublin fahren würde, und ich hatte recht mühelos Rob überreden können, sie mir für eine Stadtbesichtigung ein paar Tage lang anzuvertrauen. Unser kleiner Ausflug klappte in vielerlei Hinsicht recht gut, nicht zuletzt auch deshalb, weil wir begannen, einander alle ein wenig auf die Nerven zu gehen. Robs Tochter sollte sich weder die Haare abschneiden noch schwarzen Lippenstift und schwarze Klamotten kaufen – Strumpfhose, Rollkragenpulli und ein Minirock, wozu sie ihre geliebten *Doc Martens* trug – oder sich gar die Nase piercen lassen. Obwohl ich Rob ständig versicherte, dass fast jedes Mädchen ihres Alters so etwas machte, stieß ich bei ihm auf taube Ohren.

Mir blieb also nichts anderes übrig, als ihm schließlich ins Gesicht zu sagen, dass er ein alter Trottel sei.

Ich fühlte mich im Recht, machte mich bei ihm aber unbeliebt. Etwas Abstand konnte also nicht schaden. Der zweite Grund für unsere Reise war, dass die nicht gerade sorgsame Durchsuchung unseres Zimmers uns alle etwas bedrückte, wenngleich ich, ehrlich gesagt, mehr als Jennifer darunter zu leiden hatte, dass meine Sachen von einem Fremden angefasst worden waren. Jennifer freute sich über ein neues Zimmer und die von Aidan und Sheila, den Gasthofbesitzern, für sie frisch gewaschenen Klamotten. Die beiden kümmerten sich sofort um alles und waren sogar aufgebrachter als wir. Bei mir war das anders, ich schlich heimlich zu einem Waschsalon und ließ alles ein zweites Mal durchwaschen. Außerdem schien mir ein gewisser Abstand zwischen mir und dem, der mein Zimmer im *Three Sisters Inn* durchwühlt hatte, eine gute Idee.

Ich glaube, dass es Rob auch ganz gelegen kam, mich von Dingle und der Byrne-Schatzsuche, vor allem aber von den daraus resultierenden Ermittlungen im Mordfall, und seine Tochter von Padraig Gilhoolys Segelstunden fern zu halten. Er wäre vermutlich ziemlich enttäuscht gewesen, wenn er gewusst hätte, dass ich nur nach Dublin fuhr, um mich mit McCafferty und McGlynn, Dideldum und Dideldei, zu treffen. Nachdem ich also Jennifer bis zur Pforte des *Trinity College* begleitet hatte, von wo aus sie einen zweistündigen Rundgang durch das historische Dublin starten wollte, machte ich mich schnurstracks auf den Weg in die Kanzlei.

Eamon Byrne hatte über die zwei Anwälte oder Gesetzbuchstützen, wie er sie nannte, gesagt, dass sie sich wohl zu sehr an das komfortable Leben in St. Stephen's Green gewöhnt hätten, um ihm eine Bitte ausschlagen zu können. Das schien mir nun mehr als verständlich.

Die Kanzlei befand sich in einem wunderbaren Stadthaus mitten auf einem Platz, direkt im Zentrum. Die im georgianischen Stil gehaltene weiße Hausfassade bildete einen herrlichen Kontrast zu der fröhlichen roten Eingangstür, die von zwei Säulen gerahmt wurde und die ein wunderschön geschwungenes Oberlicht krönte.

Zu beiden Seiten des Gebäudes und rings um den Platz standen ähnliche Häuser, deren Türen sich nur wenig voneinander unterschieden. Sie waren in allen erdenklichen Farben gestrichen und reichten von Schwarz über Gelb bis Rosa und Lila.

Manche hatten ähnliche Oberlichter, andere Seitenfenster. An dem Haus, vor dem ich stand, befand sich ein Türklopfer aus Messing, der zu dem diskreten Namensschild *C. B. McCafferty & R. A. McGlynn, Rechtsanwälte,* passte.

Durch die Tür gelangte man in einen Vorraum, dessen Boden mit weißem und schwarzem Marmor ausgelegt war.

Schwarze Krüge schmückten weiße Wände, eine sehr dekorative Stuckdecke im Rokokostil wölbte sich darüber. In einer Ecke stand eine römisch wirkende Büste, vielleicht von Cäsar. Ich hatte das Gefühl, im Haus eines wohlhabenden Iren um die Mitte des achtzehnten Jahrhunderts zu sein. Nur der Computer und das Telefon der Empfangsdame störten ein wenig. Störend oder nicht, *McCafferty & McGlynn* schien es recht gut zu gehen, so viel war klar.

Direkt vor mir befand sich eine Treppe, die irgendwie an die Zeiten des englischen und europäischen Lebens bei Hofe erinnerte, als das Ansehen einer Person daran gemessen werden konnte, in welchem Zimmer sie empfangen wurde. Je näher man an die Privaträume des Monarchen herankam, desto angesehener war man. Ich fragte mich also, ob ich es überhaupt die Treppe hinauf schaffen würde.

Wie sich herausstellte, kam ich bis in das zweite von vier Stockwerken, falls ich sie von der Straße aus richtig gezählt hatte. Doch einfach war das nicht. Ich hatte mich für einen Überraschungsangriff entschieden und reiste nur mit einem konspirativen Brief von Alex, aber ohne Termin an.

»Ich weiß, ich bin aufdringlich«, sagte ich zu der Empfangsdame, einer jungen Frau mit perfekten Fingernägeln, an denen sie sich natürlich die meiste Zeit über zu schaffen machte. »Und vermutlich sind Mr McCafferty und Mr McGlynn extrem beschäftigt, aber ich bin ganz unerwartet nach Dublin gekommen und muss bald wieder zurück nach Kanada. Wäre es vielleicht möglich, mit einem der beiden Herren ein paar Minuten zu sprechen? Ich hätte einige Fragen bezüglich des Besitzes von Eamon Byrne und der Erbschaft von Alex Stewart.« Ich hoffte, angemessen reumütig für diese schwerwiegende Übertretung juristischer Gepflogenheiten zu klingen.

Sie widmete mir geringeres Interesse als ihren Fingernägeln, mit der Erwähnung von Eamon Byrne hatte ich aber anscheinend das Zauberwort gefunden.

»Mr McGlynn und Mr McCafferty haben gerade einen Mandanten«, sagte sie in einem etwas hochnäsigen Tonfall, an dem sie hart zu arbeiten schien. »Ich weiß nicht genau, wie lange es noch dauern wird.«

»Ich warte«, sagte ich und ließ mich in einen schönen Ohrensessel in einer Ecke des Raumes sinken.

Sie sah mich einen Augenblick lang an und griff dann widerwillig zum Telefon. Was nun folgte, war eine dieser Unterhaltungen, in denen die Sekretärin so tut, als würde sie mit einer Assistentin sprechen, obwohl sie den Chef in der Leitung hat.

»Eine gewisse Ms McClintoch aus Kanada ist hier und möchte gerne mit Mr McCafferty oder Mr McGlynn über Mr Byrnes Besitz sprechen«, sagte sie. Es folgte eine Pause. »Nein, sie hat keinen Termin.« Wieder eine Pause. »Ja«, sagte sie. »Einer der beiden Anwälte wird versuchen, Sie dazwischenzuschieben«, meinte sie zu mir und legte auf. »Sie können oben warten. Wenn Sie vielleicht auch einen Blick hierauf werfen würden«, fügte sie hinzu und überreichte mir eine Karte, auf der die Gebühren für die verschiedenen Leistungen aufgelistet waren. Sie waren, um es in einem Wort zu sagen, atemberaubend.

Nachdem ich diese erste Hürde genommen hatte, ging ich nach oben in die Bibliothek, einem hübschen Raum im zweiten Stock, dessen Wände man wieder in ihrem ursprünglichen Blau gestrichen hatte und an denen sich meterlang juristische Fachliteratur aneinanderreihte. Das Herzstück des Raumes bildete ein Marmorkamin, flankiert von zwei gemeißelten Widderköpfen. Darüber war ein italienisch wirkendes Fresko zu sehen, das eine ländliche Szene darstellte und vermutlich aus dem frühen oder mittleren achtzehnten Jahrhundert stammte. Zu beiden Seiten des Kamins befanden sich weiße Gipsmedaillons, auf denen jeweils Justitia mit verbundenen Augen, fließenden Gewändern und einer Waage prangte.

In der Mitte des Raumes stand unter einem interessanten Lüster aus blauem Glas, das perfekt auf die Wände abgestimmt war, ein großer Tisch. Nach den Stapeln von Büchern auf der Tischfläche zu urteilen, gingen die Anwälte beziehungsweise ihre Assistenten ihren Studien hier nach und saßen dabei in geschnitzten, aufwändig dekorierten Armsesseln, die man, so viel ich weiß, auch Chinese Chippendale nennt. Einige sehr erlesene Kupferstichporträts zierten die Wände, ein paar wertvolle Möbelstücke waren geschickt über den Raum verteilt. Jedes Einzelne war exquisit und zeugte von einem unfehlbaren Geschmack, genauer gesagt, entsprach genau meinem eigenen.

Wie reizend ist doch dieser georgianische Stil, dachte ich. Manches schien mir zwar ein wenig überladen, doch die Proportionen stimmten, alles war so ausgewogen und elegant, dass ich ganz entzückt war.

Am besten gefiel mir ein wunderbar gewebter Aubusson-Teppich. Ich liebe alte Teppiche, denn ich frage mich immer, wie viele Füße wohl darüber gelaufen sind, wie viele Gespräche auf ihnen stattgefunden haben und wie viele Geister sie immer noch heimsuchen.

Dieser Teppich war ein besonders schönes Exemplar, eine kahle Stelle zeigte an, dass lange Zeit einmal schwere Möbel darauf gestanden haben mussten, eine gut ausgetretene Bahn hatte vielleicht einmal von einem Zimmer in ein anderes geführt.

Wer immer dieses Haus renoviert und eingerichtet hatte, hatte dies mit großer Liebe zum Detail, einer Leidenschaft für den irisch-georgianischen Stil und geradezu verschwenderischen finanziellen Mitteln getan. Ich konnte mir nur annähernd eine Vorstellung davon machen, wie viel das gekostet haben mochte. Es war sehr beeindruckend, aber auch ein wenig Furcht erregend. Mir schien, als wäre dies Absicht: Wenn schon die Gebührenliste, die man am Eingang ausgehändigt bekam, einen nicht abschreckte, dann sorgte dieser

Raum dafür, die Spreu vom Weizen, die überaus Reichen von den Halsstarrigen wie mich zu trennen. Nach ein paar Minuten hier drinnen war man nicht nur beeindruckt, sondern auch darauf vorbereitet, für Dideldums und Dideldeis außergewöhnliche Dienstleistungen entweder tief in die Tasche zu greifen oder sich sofort zu entfernen, weil man sie sich nicht leisten konnte.

Aber ich hielt durch, in der festen Hoffnung, mein Haus nicht mit einer zweiten Hypothek belasten oder, viel schlimmer noch, meinen Anteil an *Greenhalgh & McClintoch* verkaufen zu müssen, um die horrenden Honorare bezahlen zu können.

Nachdem ich mir ein paar Minuten lang die Beine in den Bauch gestanden hatte und von der Einrichtung ausreichend eingeschüchtert worden war, hörte ich Schritte und Stimmen, die die Treppe herunterkamen, wohl jemand, der wichtiger war als ich. Ein paar Minuten später vernahm ich Schritte, die die Treppe heraufkamen, und kurz darauf stand Deirdre mit einem Teetablett vor mir. Wir waren beide überrascht, uns zu sehen.

»Was machen Sie hier?«, fauchte sie, und die Teetassen klapperten und wackelten gefährlich. Sofort musste ich daran denken, dass ich ihr in Dingle Town versprochen hatte, ihr nicht nach Dublin zu folgen. Doch wie konnte ich das ahnen?

»Ich bin hier, um mit einem der Anwälte über Alex' Erbschaft zu sprechen«, sagte ich besänftigend und streckte dabei meinen Arm aus, um das Teetablett zu halten. »Schön, Sie wiederzusehen, Deirdre. Ich freue mich, dass Sie so schnell eine neue Anstellung gefunden haben. Ich hoffe, alles läuft gut für Sie.«

»Ja, danke«, sagte sie und hatte ihre Fassung nun wiedergefunden. »Möchten Sie etwas Tee und Kekse?« Sie schenkte aus einer silbernen Teekanne in zwei leicht cremefarben schimmernde Tassen ein, vermutlich aus Beleek-Porzellan. In die eine goss sie Milch, der andere Tee blieb schwarz. Kurz darauf betrat der Anwalt das Zimmer.

Ich stand auf. »Mr ...«, fing ich an. Wer von beiden stand vor mir, McCafferty oder McGlynn?, fragte ich mich verzweifelt. Dideldum oder Dideldei?

»Ms McClintoch, mein Name ist Charles McCafferty«, sagte er und streckte seine Hand aus. »Danke, Deirdre, Sie können jetzt gehen. Wie kann ich Ihnen behilflich sein?«, fragte er und blickte zuerst auf mich, dann auf seine Uhr. War es nur Einbildung oder konnte ich tatsächlich einen Zähler ticken hören?

Er war genauso förmlich gekleidet, wie an jenem Tag auf *Second Chance*, schwarzer Dreiteiler, weißes Hemd mit perfekt gestärktem Kragen, Seidenkrawatte, diesmal in einem klassischen Rotbraun mit irgendeinem Wappen. Ich fragte mich, was wohl sein Partner trug. Vielleicht eine rotbraune Krawatte mit Streifen? Er verströmte einen angenehmen Geruch nach zartem Kölnischwasser, das mich an eine frische Meeresbrise über Heidekrautfeldern und lederne Armsessel vor einem glühenden Kamin denken ließ.

Lara, reiß dich zusammen, dachte ich mir. »Danke, dass Sie sich so kurzfristig Zeit für mich nehmen konnten«, sagte ich und schüttelte ihm die Hand.

»Ist mir ein Vergnügen«, antwortete er höflich, wies auf einen Stuhl und setzte sich mir gegenüber.

Ein paar Minuten lang ging es nur um das Geschäftliche, wir sprachen über die irischen Steuern, den Landbesitz von Ausländern, die Frage des Wegerechts auf Byrnes Grund und so weiter und so fort, alles, was Alex berechtigterweise wissen musste.

McCafferty machte sich mit seiner teuren, sehr edlen Füllfeder ein paar Notizen in ein kleines ledergebundenes Notizheft mit Goldschnitt und gab ab und zu Ratschläge, die, wie ich hoffte, für Alex nützlich waren, angesichts dessen, was wir dafür bezahlen mussten.

Da war aber noch eine ziemlich heikle Angelegenheit, die ich mit ihm besprechen wollte. Es handelte sich um etwas, das Alex erstaunlicherweise nicht sonderlich zu beschäftigen schien, mir jedoch nicht aus dem Sinn gehen wollte.

»Die Familie Byrne hat angedeutet, dass sie das Testament anfechten wird, um *Rose Cottage* zurückzubekommen«, sagte ich schließlich. »Ich möchte Sie nicht in eine unangenehme Lage bringen«, fügte ich hinzu, »und weiß, dass Sie Mr Byrne eine Zeit lang vertreten haben, doch auf welcher Seite würden Sie in dieser Angelegenheit stehen? Falls nicht auf unserer, könnten Sie uns eventuell einen Kollegen empfehlen? Wir kennen hier natürlich niemanden.«

»Wenn die Erben das Testament anfechten, wäre ich als Testamentsvollstrecker gezwungen, es zu verteidigen«, sagte er. »Wir müssten selbstverständlich die Hilfe eines Rechtsanwaltes in Anspruch nehmen, der uns vor Gericht vertritt. Doch ich hoffe wirklich, dass es nicht so weit kommt. Ich hielte das für sehr bedauerlich. Nun gut, ja, ich wäre auf Ihrer Seite, um es mit Ihren Worten auszudrücken.«

»Vielen Dank«, sagte ich und stand auf. »Übrigens, was geschieht mit dem Geld, das John Herlihy und Michael Davis geerbt hätten?«

»Leider wird Mr Stewart nicht davon profitieren können«, sagte er.

»Davon ging ich gar nicht aus«, hakte ich nach, »aber wer dann?« Immerhin war das eine der Fragen, die ich in Dublin klären wollte.

»Im Wesentlichen wird das Geld an die Familie zurückfließen und unter den Mitgliedern verteilt. Das ist eine recht komplizierte Angelegenheit«, fügte er hinzu und sah mich dabei an, als wollte er sagen: Zerbrich dir mal nicht dein hübsches Köpfchen darüber.

Mir schien, als flirte er mit mir.

Ich wollte schon sagen: »Probier's doch mal«, wählte aber stattdessen eine andere Methode und flirtete ungeniert zurück. »Ihre Büros sind einfach fantastisch. Georgianischer Stil, nicht wahr?«, sagte ich und sah mich um. »Haben Sie das alles selbst restauriert?«

Das meinte ich wirklich ehrlich, auch wenn meine Beweggründe es nicht waren. In der Annahme, dass er wohl sehr stolz auf die Ausstattung sein musste, hoffte ich, ihn ein wenig zu erweichen, um dann ein paar weitere Fragen stellen zu können.

Charles blühte förmlich auf.

»Ja«, antwortete er. »Mein Partner Ryan McGlynn und ich haben dieses Haus in einem desolaten Zustand vorgefunden. Wirklich schockierend, wie beschädigt es war. Wir arbeiten nun schon seit Jahren daran. Wir haben äußerst geschickte Handwerker gefunden, alles nach und nach restauriert und Stück für Stück die Möbel dazugekauft. Originalanstrich, wissen Sie«, fügte er hinzu.

»Das dachte ich mir schon«, sagte ich und sah ihn dabei so aufmerksam wie möglich an. »Am schönsten finde ich den Teppich«, fügte ich hinzu. »Ein Aubusson, nicht wahr?«

»Ja, er ist auch mein Lieblingsstück«, pflichtete er mir bei. »Teppiche sind etwas Besonderes, finden Sie nicht? Ich stelle mir gerne die Leute vor, die im Laufe der Zeit darüber gegangen sind.«

Ich war beeindruckt. Die Büroräume von *McCafferty & McGlynn* waren wohl die letzten Räumlichkeiten, in denen ich eine verwandte Seele vermutet hätte. Ich begann, ihn in einem völlig neuen Licht zu sehen. Für einen Augenblick vergaß ich, weshalb ich nach Dublin gekommen war, und versuchte stattdessen, mich daran zu erinnern, ob er einen Ehering trug. Tat er nicht. Das musste zwar nichts heißen, war aber ein guter Anfang.

»Dienen alle vier Stockwerke hier als Büroräume?«, fragte ich.

»Drei davon«, sagte er. »Ryan und ich haben unsere Büroräume im dritten Stock, treffen unsere Mandaten aber sowohl in unseren Büroräumen als auch hier. Ryan bewohnt eine Wohnung im vierten Stock, ich hingegen wohne in Ballsbridge«, fügte er hinzu. Ich hatte zwar keine Ahnung, wo das war, ging aber davon aus, dass ich beeindruckt wirken sollte.

»Mit Gattin und Familie?«, fragte ich. Ich gebe ja zu, dass Feinfühligkeit nicht gerade zu meinen Stärken zählt.

»Bedauerlicherweise keines von beidem«, erwiderte er lächelnd.

»Ich auch nicht«, sagte ich. Wir blickten einander ein wenig länger als nötig in die Augen. Er war in vielerlei Hinsicht ein äußerst attraktiver Mann, graue Schläfen, gut gebaut, ungefähr in meinem Alter, vielleicht sogar ein wenig jünger.

»Erzählen Sie mir etwas über dieses Stück hier«, sagte ich und zeigte auf ein Möbel, das an der Wand stand. Natürlich wusste ich genau, dass es sich dabei um einen recht hübschen Sekretär etwa Mitte des achtzehnten Jahrhunderts handelte, schließlich ist das mein Beruf, doch ich wollte unsere Unterhaltung nicht beenden.

Ich gebe ja zu, dass ich von Zeit zu Zeit gerne ein wenig flirte. Schließlich ist es unter angemessenen Umständen eine völlig harmlose und sehr angenehme Sache, jemanden wissen zu lassen, wie attraktiv man ihn findet, um im Gegenzug dafür Bewunderung zu ernten.

Trotzdem blieb alles natürlich sehr förmlich. Ich war Ms McClintoch, er Mr McCafferty, doch irgendwie erhöhte das den Reiz der Sache.

Ich erzählte ihm von meinem Antiquitätengeschäft in Toronto.

»Ach tatsächlich!«, rief er. »Dann erlauben Sie mir, dass ich Sie ein wenig herumführe. Alles, was Sie hier sehen, ist authentisch und stammt aus der jeweiligen Zeit«, sagte er, deutete auf die Stühle und strich mit seiner Hand in einer Art und Weise über den Stoff, die ich sehr erregend fand. Dabei sah ich, was für schöne Hände er hatte. Dann zeigte er auf jeden einzelnen Gegenstand im Raum, erzählte etwas über ihn, wo er ihn gefunden hatte, welcher großen Familie er gehört und was er gekostet hatte. Ich bemühte mich, beeindruckt zu wirken, was nicht sonderlich schwer war, denn ehrlich gesagt war ich es auch. Wenn ich nicht gerade Blickkontakt zu ihm hielt und es genoss, wie er jedes einzelne Stück berührte, machte ich mir bereits darüber Gedanken, einen neuen Stil in mein Geschäft einzuführen – irisch-georgianisch – inklusive Einrichtungsberatung, um sicherzustellen, dass unsere Kundschaft auch den richtigen Blick dafür bekam. Das war eine gute, ja großartige Idee. Alles Irische war in, dank ein paar pseudokeltischer Tänzer und Sänger, die gerade wahnsinnig in Mode waren. Ich war mir noch nicht ganz sicher, wie ich den Originalanstrich hinbekommen sollte.

Doch ich wusste jemanden, der sich damit auskannte, wenn ich mich nur dazu durchringen konnte, ihn zu fragen: Clive, mein erster Angestellter und Designer, bevor ich den Fehler machte, ihn zu heiraten. Doch abgesehen von diesem Problem, dachte ich mir, wäre das ein todsicheres Geschäft, selbst wenn die Preise, die McCafferty nannte, nicht gerade ermutigend waren.

Wenn es überhaupt irgendetwas an McCaffertys Büroräumen auszusetzen gab, dann, dass alles ein wenig zu perfekt wirkte. Leute, die so einrichten, achten nicht nur auf Details, sie sind geradezu besessen davon. Ich sehnte mich schon fast nach einem Misston, einem Stück, das fehl am Platze war oder von der Epoche her nicht passte, das hätte ihn mir menschlicher erscheinen lassen. Doch ich fand nichts. Ich habe auch Kunden, die nach absoluter Authentizität verlangten und darum in vielerlei Hinsicht meine Geschäfte am Laufen halten. Ich persönlich bevorzuge es aber etwas legerer und stimme lieber unterschiedliche Stilrichtungen aufeinander ab. Moira, deren Geschmack in Einrichtungsfragen sehr wählerisch ist – sie ändert die Einrichtung ihres Schönheitssalons fast alle sechs Monate, oftmals mit meiner Hilfe, was sie nach und nach nicht nur zu meiner besten Freundin, sondern auch zu meinem besten Aushängeschild machte –, hätte die Büros von *McCafferty & McGlynn* als das Produkt eines kranken Hirns bezeichnet.

Vielleicht ist er als Junggeselle in seinem Geschmack etwas festgefahren, dachte ich.

Natürlich behielt ich meine Meinung für mich. »Sie haben das Haus wirklich wunderbar restauriert«, sagte ich, »und sind offensichtlich sehr erfolgreich in allem, was Sie tun. Sie haben erlesene Mandanten«, fuhr ich fort. »Leute wie Eamon Byrne. Darum bin ich Ihnen auch äußerst dankbar, dass Sie trotz Ihres vollen Terminkalenders Zeit für mich gefunden haben.«

»Ich freue mich, Ihnen behilflich gewesen zu sein«, sagte er und strich dabei seine schöne Krawatte glatt. Er genoss jeden Augenblick, so wie ich auch.

»Ich finde es zudem äußerst freundlich von Ihnen, dass Sie Deirdre Flood einen Job gegeben haben«, sagte ich. »Ich bin froh, dass sie wieder Boden unter den Füßen hat.«

»Gewiss«, antwortete er. »Schreckliche Sache, diese Todesfälle. Die Arme war ziemlich verstört. Unter diesen Umständen war ich froh, ihr weiterhelfen zu können.«

»Eamon Byrne muss ein recht anspruchsvoller Mandant gewesen sein«, plauderte ich weiter, »nicht gerade ein einfacher Zeitgenosse, zumindest nach dem Video zu urteilen. Ich habe ihn persönlich nie getroffen, aber Alex Stewart hat ihn vor ein paar Jahren kennen gelernt, als er noch bei der Handelsmarine war. Kannten Sie ihn lange?«

»Nein«, antwortete er kurz angebunden. Ich wartete auf weitere Erläuterungen und sagte nichts, sondern sah ihn einfach nur an. Es ist ein alter Reportertrick, habe ich mir sagen lassen. Man legt eine Pause ein, damit der Gesprächspartner sich gezwungen fühlt, sie zu füllen. Schließlich sagte er. »Wir haben ihn vor fünf Jahren von einem anderen Anwalt übernommen.«

Pech, dachte ich, leider nicht lange genug, um etwas über einen alten Familienfluch zu wissen.

»Was für Geschäfte machte er? Ich meine die *Byrne Enterprises.*«

»Viele. Er hatte verschiedene Geschäfte am Laufen. Zu Anfang war es Grundbesitz. Er besaß viel Sumpfland. Das ist sehr ertragreich.«

»Ach, wirklich?«, fragte ich, ehrlich überrascht.

»Durchaus«, antwortete er. »Torf ist eine der Hauptquellen für Brennstoff hier in Irland. Es gibt sogar eine große Firma dafür, die *Bord na Mona,* aber auch viele kleine Privatunternehmen. Eamon Byrne vermietete immer für drei Monate Parzellen seines Sumpflandes. Die Mieter stachen dann so viel Torf wie möglich und ließen es abtransportieren, um ihre Häuser damit zu heizen, dann vermietete Byrne die Parzellen an den nächsten. Er besaß viel Land, daher mangelte es nie an Nachschub und zudem war es ein gutes, regelmäßiges Einkommen. Er verwendete es für andere Geschäfte. Zum Beispiel für den Import und Export oder für Sanitätsartikel. All seine Geschäfte waren sehr erfolgreich.«

»Mr Byrne schien hingegen von der Geschäftstüchtigkeit seiner Schwiegersöhne nicht viel zu halten«, sagte ich und hoffte, dass McCafferty sich gerne eingeweiht gab, sobald er einmal die Deckung verlassen hatte.

»Nein«, antwortete er. »Und das aus gutem Grund. Die beiden kamen schlecht miteinander aus und waren keine guten Geschäftsleute. Solange sich Byrne selbst um die Geschäfte kümmerte, ging es, doch als er krank wurde, verschlechterte sich die Lage umgehend. Pech, aber was soll man dagegen tun? Wirklich erstaunlich, welchen Mist sie gebaut haben. Entschuldigen Sie meine Ausdrucksweise, aber ich rege mich immer darüber auf, wenn ich daran denke, was sie angerichtet haben. Das Geschäft mit dem Torf läuft praktisch von allein, und trotzdem scheinen sie es nicht hinzukriegen.«

»Ich habe gehört, dass Fionuala und Connor sich getrennt haben«, sagte ich verschwörerisch. Es gibt nichts Besseres, als über die Beziehungen anderer Leuten zu reden, wenn man mit dem Gedanken spielt, selbst eine zu beginnen.

»Das habe ich auch schon gehört«, antwortete er und kicherte sogar dabei. Mir kam es so vor, als ob er ein wenig Schadenfreude bei dem Gedanken an die Leidensgeschichte der Familie empfand.

»Was könnte das Ihrer Meinung nach heißen? Wer wird die Firma leiten?«

»Das ist mir nicht ganz klar«, sagte er. »Aber es wird interessant sein, das zu verfolgen, nicht wahr?«

»Unglaublich, diese Schatzsuche, finden Sie nicht?«, sagte ich. Ich genoss zwar meinen Flirt, doch war ich noch nicht so von Sinnen, dass ich vergessen hatte, weshalb ich eigentlich gekommen war.

Zumindest *noch* nicht.

»Ja«, sagte er plötzlich ernst. »Sie haben wohl mitbekommen, wie Byrne sagte, dass wir sie nicht befürwortet haben. Wir haben zugestimmt, nicht weil wir Geld verdienen wollten, wie Byrne behauptete, sondern weil wir das Gefühl hatten, die Sache vernünftig zum Abschluss bringen zu müssen.«

»Was mussten Sie denn tun? Wissen Sie etwa, wo die Hinweise sind?«

»Nein«, sagte McCafferty nachdrücklich und sah mich ein wenig misstrauisch an. Auch er war noch nicht vollkommen von Sinnen. »Byrne bat uns, bei seinem Ableben die Umschläge seinen Erben auszuhändigen, das war alles.«

»Und Sie haben keinen kurzen Blick darauf geworfen?«, fragte ich in einem, wie ich hoffte, scherzhaften Ton.

»Keineswegs«, sagte er beleidigt. »Sie waren versiegelt, als man sie uns aushändigte.«

»Freut mich zu hören«, sagte ich. »Es ist offenbar gefährlich, etwas über die Hinweise zu wissen. Michael Davis hat man mit dem Fetzen von einem Hinweis in der Hand gefunden. Ich denke, die Behauptung, dass der Besitzer des Hinweises auch Michaels Mörder war, ist nicht zu weit gegriffen.«

»Die Polizei hat uns dieselbe Frage gestellt«, antwortete McCafferty. »Leider konnten wir ihr nicht weiterhelfen.« Er sah mich nun sehr aufmerksam an.

»Trotzdem kommt mir dabei etwas sehr merkwürdig vor«, fuhr ich fort, als hätte ich seinen Blick nicht bemerkt. »Ich meine, wer hat die zweiten Hinweise versteckt? Bestimmt nicht Eamon Byrne. Er war sehr krank und hätte kaum auf den Mount Eagle zur Festung oder hinunter in die Bucht klettern und zum Boot gelangen können, um dort den ersten Hinweis zu verstecken.«

»Vielleicht hat er das ja schon vor längerer Zeit getan, als es ihm noch gut ging«, sagte McCafferty. Mir war aufgefallen, dass ihn weder meine Andeutungen auf das Fort und das Boot noch die Frage nach den zweiten Hinweisen überraschten.

»Deirdre hat mir aber erzählt, dass er sehr überraschend krank wurde. Warum hätte er also Hinweise verstecken sollen, die den Leuten erst nach seinem Tod ausgehändigt werden sollten, wenn es ihm doch gut ging und er nicht davon ausging, bald sterben zu müssen? Das Risiko, die Hinweise zu verlieren, wäre viel zu groß gewesen, vor allem diejenigen, die draußen platziert wurden, nicht wahr?«

»Ich habe wirklich keine Ahnung«, antwortete McCafferty.

Falls ich einen heiklen Punkt berührt hatte, ließ er es sich nicht anmerken.

»Es spielt doch auch gar keine Rolle, wer sie versteckt hat, oder?«, fuhr er fort. »Solange die Familie bei der Suche nach dem Schatz zusammenarbeitet, wie Byrne es sich gewünscht hatte.«

»Es spielt schon eine Rolle«, sagte ich. »Ich glaube nämlich, dass derjenige, der sie versteckt hat, auch einen Blick auf sie hat werfen können. Schließlich waren sie nicht versiegelt, sondern einfach nur in Plastik verpackt. Außerdem denke ich, dass die betreffende Person versehentlich auch Ihre Namen auf eine Todesliste hätte setzen können. Sie werden ab jetzt doch vorsichtig sein, Mr McCafferty, nicht wahr?« sagte ich und sah ihm in die Augen.

»Bitte sagen Sie Charles zu mir«, antwortete er. »Natürlich werde ich vorsichtig sein«, sagte er und legte seine Hand auf meinen Arm.

Seit wir uns zu Beginn die Hand gegeben hatten, war es das erste Mal, dass er mich berührte. Ich hatte plötzlich das Gefühl, in etwas zu geraten, das ich vielleicht nicht mehr kontrollieren konnte. »Meine Güte«, stieß ich hervor und sah auf meine Uhr. »Ich muss los. Ich habe mich mit einer jungen Freundin verabredet, die gerade einen historischen Rundgang durch Dublin macht. Sie wartet bestimmt schon auf mich. Also, vielen Dank für die Führung durch Ihr Büro, ich habe sie sehr genossen.«

»Ich auch«, sagte er, als wir die Treppe hinunter zum Eingang gingen. »Ich hoffe, Sie besuchen uns einmal wieder. Vielleicht werden sich unsere Wege ja noch einmal kreuzen. Ich bin ab und zu auf *Second Chance*, um die Familie in verschiedenen Angelegenheiten zu unterstützen.«

»Vielleicht«, lächelte ich. So viel zu meinem Vorsatz, mit ihm Schluss zu machen.

»Gut«, sagte er. »Was mache ich, wenn ich Sie aus irgendeinem Grund aufsuchen müsste, beispielsweise wegen der Anfechtung des Testaments?«

»Ich wohne im Dorf, im *Three Sisters Inn*.«

»Ich kenne den Gasthof«, sagte er.

Deirdre und Dideldei, Ryan McGlynn, standen im Foyer, was unseren Flirt beendete.

Wie erwartet, waren beide Anwälte sehr ähnlich gekleidet.

Ich suchte in ihren Gesichtern nach einer gewissen Familienähnlichkeit, doch diese schien sich auf ihr Alter, ihre Kleidung und ihr Verhalten zu begrenzen. McGlynn war ein wenig fülliger und nicht so gut in Form wie Charles, wirkte dafür aber gelassener. Er begleitete sanft eine stattliche Witwe von Stand zur Tür, bat sie, sich keine Sorgen zu machen, und sagte ihr, dass man sich schon um alles kümmern werde. Sie wirkte herzergreifend dankbar, wenn man bedenkt, was sie für ein sorgenfreies Dasein bezahlen musste.

»Kennen wir uns nicht?«, fragte McGlynn und beglückte mich mit seiner Aufmerksamkeit. »Ms ...?«

»McClintoch«, antwortete McCafferty. »Ms McClintoch ist hier, um die Einzelheiten zur Erbschaft ihres Freundes aus Eamon Byrnes Besitz zu besprechen.«

»Natürlich, von *Second Chance*«, sagte er und schüttelte mir die Hand.

»Kompliment zu Ihrem Büro«, sagte ich. »Mr McCafferty hat mir alles gezeigt.«

»Ist es nicht großartig?«, antwortete McGlynn. »Das hat alles Charles gemacht. Er ist der Kenner. Ich habe einfach nur getan, was er vorgeschlagen hat.«

»Ryan interessiert sich mehr für gutes Essen«, lächelte McCafferty.

»Essen«, pflichtete McGlynn ihm bei und strich sich über den Bauch. Er blinzelte mir zu. Keinem der beiden Herren schien es an Charme zu fehlen.

Der gutmütige Schlagabtausch fand ein jähes Ende, als sich die Eingangstür öffnete und Fionuala Byrne O'Connor eintrat. Sie schien nicht sonderlich erfreut zu sein, mich zu sehen. Doch auch Deirdre war nicht begeistert, sie zu sehen, und hatte den Blick eines verängstigten Häschens, als sie Fionuala sah.

»Was hat sie hier zu suchen?«, wollte Fionuala wissen und sah mich an. Das war das zweite Mal seit meiner Ankunft, dass mir diese Frage gestellt wurde. Aus irgendeinem Grund dachte Deirdre jedoch, dass es um sie ging, woraufhin ihre Lippen lautlos zu zittern begannen. Mir war aber klar, dass Fionuala mich meinte.

»Nun, wie Sie wissen, dürfen wir diese Frage nicht beantworten«, sagte Ryan McGlynn beschwichtigend. »Dürfte ich Ihnen den Mantel abnehmen, Ms O'Connor, dann können wir hinaufgehen.« Ich wandte mich von ihr ab und machte mich daran, meine Rechnung zu begleichen, was mich mehrere Travellerschecks kostete. Ich spürte, wie ihre Blicke mich von hinten durchbohrten.

»Charles«, sagte Fionuala hektisch, als sie zu ihrer Zufriedenheit bemerkte, dass ich am Gehen war. »Ich brauche unbedingt deine Hilfe in einer Angelegenheit.«

»Ich tue natürlich, was in meiner Macht steht«, antwortete er in demselben vertrauten Ton, den er auch bei mir kurz zuvor angewandt hatte. Nur für einen klitzekleinen Augenblick verspürte ich so etwas wie Eifersucht.

»Möchtest du nicht mit nach oben kommen?«, fuhr er fort, nahm Fionuala am Arm und geleitete sie zur Treppe. Als sie schon beinahe oben angekommen war, drehte er sich noch ein letztes Mal zu mir um, neigte sich vor, sodass ich sein wunderbares Kölnischwasser riechen konnte, und sagte dann leise. »Sagen Sie Mr Stewart, dass ich mich besonders gut auf hieb- und stichfeste Testamente verstehe.« Dann eilte er hinter Fionuala die Treppe hinauf, und ich hastete zur Tür hinaus.

Bis zu meinem Treffen mit Jennifer hatte ich noch ein paar Minuten totzuschlagen, worüber ich sehr froh war. Irgendwie fühlte ich mich aus dem Gleichgewicht gebracht. Ich ertappte mich sogar bei der Überlegung, wie es wohl wäre, in irisch-georgianischer Pracht zu leben und wo genau sich Ballsbridge befand. Meine Gedanken ärgerten mich. Ich sehe mich lieber als Geschöpf mit Realitätssinn, doch ich spürte, dass ich den verlor. Das Seltsame daran war, dass ich trotz der allem Anschein nach gegenseitigen Anziehung nicht wusste, was ich von der Sache halten sollte. In der Tat hatte ich das Gefühl, dass eher ich sexuell angezogen und seine Leidenschaft eher jemand anderem galt. Fionuala etwa? Ich konnte den Gedanken daran kaum ertragen. Und so begnügte ich mich damit, dass es Spaß gemacht hatte und dass er auf unserer Seite wäre, sollten wir mit den Byrnes tatsächlich vor Gericht landen. Unsere Beziehung hätte ohnehin keine Zukunft, und ich war sowieso viel lieber alleine. Ich redete mir ein, dass ich ihn vergessen musste.

Und so wandte ich meine Aufmerksamkeit entschieden dem zu, was ich über die Familie Byrne und die Schatzsuche erfahren hatte, obwohl das nicht sehr viel und keinesfalls auch nur annähernd das gewesen war, was ich mir erhofft hatte. Ich wusste weder genau, wer die Hinweise versteckt hatte, noch ob das eine Rolle spielte, auch wenn mein Gefühl mir sagte, dass das der Fall war. Von den Teilnehmern, die einen Hinweis erhalten hatten, konnte es niemand gewesen sein, denn die hätten sie ganz einfach angeschaut und dann erst versteckt. Zumindest hätte ich das getan. Das schloss die Familienmitglieder, Padraig Gilhooly, Michael und Alex aus.

Aber was war mit John Herlihy? Nach meiner Vermutung hätten es auch John oder Deirdre sein können, was erklären würde, weshalb Deirdre stets so panische Angst hatte. Malachy oder Kevin? Sie hatten Eamon Byrne kennen gelernt; zumindest hatten sie mir das erzählt. Doch in ihrem Umgang mit uns erschienen sie mir irgendwie nicht verschlagen genug. Ihre Freude über jeden gefundenen Hinweis wirkte absolut echt. Und Denny verhielt sich wie seine beiden Freunde. Also blieben bis auf einen völlig Fremden nur noch McCafferty und McGlynn.

Die nächste Frage war, wer den Schatz, was immer das war, versteckt hatte. Eine Möglichkeit war Eamon Byrne, als es ihm noch gut ging. Vielleicht hatte er ihn vor langer Zeit gefunden und bereits damals versteckt. Ich meinte, mich erinnern zu können, dass man unglaublich viele Schätze im irischen Sumpfland gefunden hatte – in der Richtung musste ich mich noch schlau machen –, und als Landbesitzer hätte er dort etwas finden und es auch verstecken können. Doch wenn der Schatz tatsächlich zur selben Zeit wie die Hinweise versteckt worden war, dann erhob sich die Frage, wer ihn versteckt hatte und ob er überhaupt noch dort war.

Ich erreichte die Tore des *Trinity College* kurz vor dem planmäßigen Ende des Rundgangs, entdeckte aber noch keine Spur von Jennifer. Also beschloss ich, noch ein wenig weiterzulaufen, um mir Charles McCafferty aus dem Kopf zu schlagen. Ich kam schon bald an einer Frauenstatue mit einer Schubkarre vorbei, die nur Molly Malone aus dem irischen Volkslied darstellen konnte. Dann war ich in der Grafton Street, einer belebten Einkaufsstraße, die täglich mehrere Stunden für den Verkehr gesperrt wurde. An jeder Ecke gab es etwas anderes zu bewundern, schöne alte Gebäude, unzählige Auslagen, Blumenverkäufer mit großen Kübeln, in denen beeindruckende Blüten steckten, vor allem weiße und rosa Lilien, deren berauschender Duft in der Luft hing, als ich vorbeischlenderte.

Plötzlich stand ich vor *Bewley's Oriental Cafe*, einem bemerkenswerten dreigeschossigen Gebäude, in dem sich ein Geschäft befand, das offenbar seit fast hundertfünfzig Jahren berühmt für seine Kaffee- und Teesorten ist. Ich ging einen Schritt zurück, bewunderte die Fassade und sah durch das reflektierende Glas ein Pärchen, das im zweiten Stock an einem Tisch saß. Es war irgendwie rührend, wie sie ihre Köpfe zusammensteckten und sich über dem Tisch an den Händen hielten.

Während ich so zusah, beugte er sich vor und drückte ihr einen Kuss auf die Lippen, und für einen kurzen Augenblick konnte ich beide genau sehen.

Rob wird mich umbringen, das war alles, was ich denken konnte.

»Nicht auch du noch«, jammerte Jennifer. »Ich bin achtzehn! Viele Mädchen in meinem Alter sind schon längst verheiratet. Und haben Kinder«, fügte sie hinzu.

»Wie alt ist er denn eigentlich«, fragte ich. »Fünfunddreißig? Sechsunddreißig?«

Jennifer biss sich auf die Lippen. »Er ist doppelt so alt wie du«, sagte ich ärgerlich. »Padraig Gilhooly ist viel zu alt für dich.«

»Er ist anspruchsvoll«, wandte sie ein. »Und nicht wie diese dummen Jungs in der Schule.« Anspruchsvoll war nicht gerade ein Wort, das ich mit Padraig Gilhooly in Verbindung gebracht hätte, aber vermutlich ist das alles relativ. Natürlich war er welterfahrener als die Jungs daheim in ihrem Alter, doch genau das machte mir Sorgen. Außerdem fand ich, dass sein so genannter Anspruch hier gar nicht zur Debatte stand. Obwohl ich mich kaum noch an mein achtzehntes Lebensjahr erinnern konnte, so wusste ich doch noch allzu gut, dass Gilhoolys dunkles Haar, seine blauen Augen und sein gutes Aussehen, mal abgesehen von seiner Neigung zum Grübeln, eine große Anziehungskraft auf junge Mädchen ausstrahlen konnten. Wie weit war die Sache wohl schon gediehen?

»Ich hoffe, du hast nichts getan, was du bereuen könntest, Jennifer«, sagte ich. Meine Güte, ich hörte mich an wie eine alte Gouvernante, hatte mich aber leider nicht im Griff. Vielleicht hätte ich Rob doch nicht als Trottel bezeichnen sollen.

»Paddy ist ein Gentleman«, schniefte sie. Ich hoffte, dass es hieß, was ich meinte, das es hieß. Er hatte ihr ein paar Küsse im oberen Stockwerk im Fenster von *Bewley's* gegeben, und sie schien dem in keiner Weise abgeneigt gewesen zu sein. Ich war mir nicht sicher, ob sein Gentlemanverhalten noch lange andauern würde.

»Nichts Daddy sagen, o.k.?«, flehte sie mich an. Ich muss zugeben, dass das eine große Versuchung war, wusste aber auch, dass ich das nicht tun konnte.

»Tut mir leid, dass ich es dir nicht gesagt und dich wegen der Besichtigungstour und so angelogen habe. Aber Dad ist einfach immer so merkwürdig zu den Jungs, die mit mir ausgehen wollen.« Sie schniefte. Ich seufzte. Um genau zu sein, war keine von uns beiden ehrlich in Bezug auf die Gründe für die Reise nach Dublin gewesen. Außerdem, das muss man auch klar sehen, stimmte es, was sie über ihren Vater sagte. Er war wirklich völlig bekloppt, was seine Tochter und Jungs betraf. Sie war eine sehr sensible junge Frau und ehrlicher, als ich gedacht hätte. Aber ausgerechnet Paddy Gilhooly! Er war doppelt so alt wie sie!

»Ich habe Paddy nach der *Lost Causes* gefragt«, sagte sie. »Ich wollte nicht mit jemandem ausgehen, der auf diese Art und Weise Boot fährt. Er hatte sein Boot zu Reparaturarbeiten im Hafen gelassen und war nach Cork gefahren, um sich mit seinem Anwalt zu treffen. Die Reederei hat dann den Schlüssel stecken lassen und es nach draußen gebracht, damit Paddy es später nach seiner Rückkehr holen konnte, weil er es am nächsten Morgen sehr früh brauchte. Irgendjemand hat das Boot gemietet, um noch kurz vor Sonnenuntergang für ein oder zwei Stunden zum Fischen zu fahren. Die Reederei schließt um vier. Jeder hätte das Boot also nehmen und es dann einfach wieder dahin zurückstellen können, wo man es gefunden hat.«

»Sehr beruhigend«, sagte ich. »Hat er dir auch etwas über die Fehde mit den Byrnes erzählt, und weshalb sie ihn aus dem Testament gestrichen haben wollten?«

»Bis jetzt hat er mir das noch nicht erzählt«, antwortete sie. »Ich habe ihn nach der Familie gefragt, er ist aber so wütend geworden, dass ich es gelassen habe. Aber von der Schatzsuche habe ich ihm erzählt«, sagte sie nach einer Pause. »Und wie gut wir mit den Hinweisen und allem vorankommen.«

Schlechte Idee, dachte ich, aber unter den Umständen vermutlich verständlich.

»Wie dem auch sei«, sagte sie triumphierend. »Er hat mir seinen Hinweis gesagt. *Ein Lachs im Becken*. Er hat mir gesagt, dass er jetzt, wo er weiß, wie das mit den Hinweisen funktioniert, auch den finden kann, der zu seinem Hinweis passt, wenn wir zurück sind. Er wird ihn uns bringen, damit wir das Ogham entziffern, weil er nicht weiß, wie das geht. Ich weiß, dass ich ihn dazu überreden kann, uns zu helfen.«

Man könnte meinen, dass Jennifer nach meinem Auftritt vor gerade mal einer Stunde eine Frau nach meinem Geschmack war. Doch das stimmte nicht. Ehrlich gesagt, war ich entsetzt. »Du willst mir doch nicht erzählen, dass du seine Hand gehalten und ihm erlaubt hast, dich zu küssen, nur um an seinen Hinweis zu kommen!«

Jennifer wirkte verletzt. »Das ist ja abscheulich!«, rief sie. Zumindest waren sie und ich uns in diesem Punkt einig.

»Es ist so«, fuhr sie fort, »dass ich mich, glaube ich, in ihn verliebt habe.«

Ja, Rob würde mich definitiv umbringen. Doch zuerst würde er mich noch foltern.

## 10

## Ein See in der Ebene

*Ihr habt mich nach den Gaben der Götter gefragt. Ich möchte euch von Lugh erzählen. Viele wunderbare Geschichten gibt es über ihn, der wegen seiner vielen Gaben manchmal auch Samildanach genannt wurde oder Lamfada, der mit dem langen Arm, wegen seiner kunstvollen Begabung, mit Speer und Schleuder umzugehen. Eine davon möchte ich euch erzählen. Diesen Lugh feiern wir im August beim Lughnasa Erntedankfest, ob wir uns nun an ihn erinnern oder nicht.*

*Es war Lugh, der Nuada Argat-lam, den König der Tuatha de Danaan überzeugte, das Joch der Unterdrückung durch die dämonischen Formorier abzuwerfen, die eine so große Not über die Tuatha de Danaan gebracht hatten, dass selbst der große Dagda ihnen zu Hilfe eilen musste. Doch zunächst musste Lugh an Nuadas königlichen Hof gelangen, und schon das war eine gewaltige Aufgabe.*

*Doch zurück zu Lughs Anfängen: Ob ihr es glauben wollt oder nicht, er war zur Hälfte Formorier. Seine Mutter Eithne war die Tochter des Balor vom bösen Auge, einem abscheulichen Riesen und König der Formorier. Balor trug seinen Namen, weil ein einziger Blick aus seinem Auge auf der Stelle tödlich sein konnte. Balor lebte im Norden Irlands auf der Insel Tory, dort hielt er seine Tochter Eithne in einem Turm gefangen, weil man ihm prophezeit hatte, dass sein Enkel ihn töten würde. Ihr werdet verstehen, dass Balor beschlossen hatte, keine Enkel zu bekommen. Doch Kian von den Tuatha de Danaan grollte Balor und schlich sich als Frau ver-*

*kleidet in Eithnes Turm. Es kam, wie es kommen musste, und Eithne gebar Drillinge, doch der grausame Balor ließ sie über die Klippen ins Meer werfen, damit sie ertranken.*

*Aber einer von ihnen wurde gerettet und wuchs zu einem stattlichen Mann heran, der nicht wie andere war, sondern ein Gott wurde, der gewaltige Kraft und große Gaben besaß: Er hieß Lugh Lamfada. Nun ging Lugh an den Hof von Nuada Argat-lam, Nuada Silberhand, und bat, bei dem König in Dienste treten zu können. Der Türhüter ließ ihn jedoch nicht hinein. »Ich bin Zimmermann«, sagte Lugh. »Wir haben schon einen«, antwortete ihm der Türhüter. »Ich bin Schmied«, sagte Lugh. »Einen Schmied haben wir auch schon.« Und so ging es fort, er sagte Weber, Dichter, Harfenist, Wissenschaftler und noch vieles mehr. Doch jedes Mal erhielt er vom Türhüter die Antwort »Haben wir schon«.*

*»Aber habt ihr denn einen, der all das kann?«, entgegnete Lugh schließlich, und so ließ Nuada ihn ein. Was gut war, denn vor allem Lugh verdanken wir den Sieg über die Formorier.*

*Was nun die Gaben der Götter betrifft, so besaß Lugh eine davon, nämlich den Speer der magischen Stadt Gorias, den Speer, gegen den niemals eine Schlacht gewonnen wurde.*

*Second Chance* stand zum Verkauf, auch wenn in dem wunderbaren Rasen, dem allmählich anzusehen war, dass Michael ihn nicht mehr pflegte, nirgendwo Verkaufsschilder steckten. Stattdessen war nur eine diskrete Anzeige in der lokalen Zeitung erschienen, Interessenten sollten sich an die Kanzlei *McCafferty & McGlynn*, St. Stephen's Green, Dublin, wenden.

Eamon Byrne war gerade zwei Monate unter der Erde, und schon befand sich das Familienvermögen auf Talfahrt, so wie er es kurz vor seinem Tod vorausgesagt hatte. Eines seiner Unternehmen, eine Vertriebsgesellschaft, hatte bereits erhebliche Verluste gemacht, und den Berichten war zu entnehmen, dass sich die Investoren bereits scharenweise vom Byrne-Imperium verabschiedeten.

Im Dorf erzählte man sich, dass Margaret Byrne weder John Herlihys noch Michael Davis' Stelle neu besetzen wollte, zumindest nicht in Vollzeit.

Sie suchte für halbtags einen Gärtner für die Pflege des Besitzes, bis das Haus verkauft wäre, und eine Haushaltshilfe, die für ein paar Stunden täglich käme, um zu kochen und das Haus in Ordnung zu halten. Nach den Gerüchten, die im Dorf über den Tod von John und Michael kursierten, standen die Leute natürlich nicht gerade Schlange, um sich zu bewerben.

Immerhin hatte Breeta Arbeit gefunden, auch wenn die Stelle weit unter den Fähigkeiten dieser jungen Frau lag, die noch vor kurzem *Amairgens Gesang* in einer Bar vorgetragen hatte. Ich glaube, dass sie so ganz alleine, schwanger, ohne Erbschaft, einfach genommen hatte, was sie kriegen konnte, in diesem Fall einen Job als Kellnerin in einem Restaurant in Dingle Town. Ich hatte nach unserem ersten Gespräch nach der Beerdigung ohne Erfolg versucht, sie ausfindig zu machen. Sie hatte ihre Wohnung in Killarney aufgegeben und keine neue Adresse hinterlassen. Zwar hatte ich sie danach ein paar Mal in Dingle Town gesehen, doch jedes Mal wechselte sie die Straßenseite, um mir aus dem Weg zu gehen.

Schließlich sah ich sie durch das Fenster eines Cafés, ging hinein und setzte mich an einen Tisch. Da sie die einzige Bedienung im Lokal war, ging ich davon aus, dass sie mit mir sprechen musste. Doch da täuschte ich mich gewaltig. Sie kam an meinen Tisch, strich sich eine Haarsträhne aus dem Auge und sah mich mit gezücktem Stift und Bestellungsblock einfach nur an.

»Hallo Breeta«, sagte ich. »Ich habe überall nach dir gesucht und gehofft, ein wenig mit dir reden zu können.« Sie sagte nichts. Das Schweigen zwischen uns zog sich hin. »Vielleicht könnten wir uns nach der Arbeit treffen und ein wenig miteinander plaudern.« Wieder nichts.

»Tee mit Zitrone«, sagte ich schließlich. »Und dazu ein Käsesandwich.«

Sie drehte sich wortlos um, ging fort und kam ein paar Minuten später mit meiner Bestellung zurück, die sie mir vor die Nase knallte.

»Es tut mir wirklich sehr leid, dass dich meine Worte so aufgebracht haben«, sagte ich und meinte es auch so, obwohl ich immer noch den leisen Verdacht hegte, dass vielleicht sie unser Zimmer verwüstet hatte. Sie hatte zwar gesagt, dass sie selbst nicht nach dem Schatz suchen wollte, und vielleicht stimmte das auch. Doch auch wenn dem tatsächlich so war, konnte sie uns immer noch gezielt an der Suche hindern wollen. Wie dem auch sei, sie drehte sich ohne ein Wort zu sagen weg.

»Kann ich dich irgendwie unterstützen ...«, sagte ich hilflos, als sie ging. Ich sah auf meinen Tee und mein Sandwich herab und merkte, dass ich nicht in der Lage war, etwas zu essen. Ich legte Geld auf den Tisch und verließ das Lokal.

Trotz des Getuschels im Dorf über die beiden Todesfälle und meiner persönlichen Befürchtungen ergab die zweite Autopsie der Leiche von John Herlihy keinen Hinweis auf Gift und bestätigte lediglich das, was wir alle schon wussten: John Herlihy hatte ernsthafte Alkoholprobleme gehabt. Michael war hingegen an einer Überdosis gepanschten Heroins gestorben. Da es keinen Hinweis auf Drogenkonsum oder gar Abhängigkeit gab, ermittelte man in seinem Fall wegen Mordes.

Rob hatte ich immer noch nichts von Jennifer und Gilhooly erzählt, obwohl ich es trotz Jennifers Betteln weiter vorhatte. Ich sagte ihr, dass ich ihr ein paar Tage Zeit lassen würde, damit sie es ihm selbst sagen konnte, doch es war nicht leicht für sie, einen ruhigen Augenblick dafür zu finden. Rob verbrachte viel Zeit mit den Polizeibeamten, beziehungsweise mit einer Beamtin, um den Mord an Michael aufzuklären, und auch abends war er kaum anwesend. Er hatte wieder zu rauchen angefangen, obwohl er mir erzählt hatte, dass er bei Jennifers Geburt damit aufgehört habe. Männer, Sex und Rauchen – diese Kombination, wofür sie auch stehen mochte, ließ mich vermuten, dass seine Beziehung zu Maeve sich mittlerweile auf einer intimeren Ebene bewegte. Doch vielleicht hatte er lediglich zum Zweck der Selbstverteidigung wieder damit angefangen – viele Iren rauchten, Restaurants und Pubs waren immer vernebelt. Wir sprachen nicht darüber, obwohl ich ihm bei den seltenen Gelegenheiten, in denen er sich in meiner Gegenwart eine Zigarette anzündete, oft missbilligende Blicke zuwarf.

Gelegentlich aß er mit mir und Jennifer eine Kleinigkeit im Gasthof, doch der war meistens überfüllt, und wenn ich versuchte, die beiden alleine zu lassen, klappte das irgendwie nie. Wenn ich für einen Moment auf mein Zimmer ging, erzählte bei meiner Rückkehr entweder Aidan Rob und Jennifer gerade einen Witz oder Malachy und Kevin hatten sich dazugesetzt und ein Bier bestellt. Rob schien sehr zerstreut und tauchte nur gelegentlich aus seiner eigenen Welt auf, um mich zu fragen, wie es mir ging, oder um sich bei Jennifer nach ihren Segelstunden zu erkundigen. Das war auch schon alles. So hatte ich ihn noch nie erlebt und war darum oft in Versuchung, ihn mit Gewalt in die Realität zurückzuholen und ihm zu erzählen, dass Jennifer von Paddy Gilhooly weit mehr als nur Segelunterricht erhielt, aber irgendwie schien es mir nicht fair.

Alex hatte sich ein paar Tage ins *Rose Cottage* zurückgezogen. Er wollte das Häuschen ein wenig testen und anschließend überlegen, was er damit machen wollte. Ich vermutete jedoch, dass er vor allem endlich einmal eine Nacht durchschlafen wollte, ohne dass Rob zu den ungelegensten Zeiten rein- und rausschlich. Der Gedanke, dass Alex ganz alleine auf *Rose Cottage* war – schließlich konnte ich ihn nicht begleiten und Jennifer die ganze Nacht alleine lassen –, löste panische Angst in mir aus. Also redete ich mir ein, dass ich nur um seine Gesundheit und wegen der Nähe zu *Second Chance* besorgt war, wo vielleicht ein mutmaßlicher Mörder wohnte. Doch er bat mich, kein solches Aufheben zu machen. Wir einigten uns darauf, dass er mein Handy mitnahm und wir uns täglich zum Mittagessen im Pub treffen würden, zu köstlichen Fish and Chips und einer Halben Guinness für ihn und Kilkenny für mich.

Jennifer war natürlich mit ihren Segelstunden und allem, was diese so mit sich brachten, beschäftigt.

Also war ich allein. Ich war beklommen, fühlte mich ausgeschlossen, weil jeder mit irgendetwas beschäftigt war – Rob mit Maeve, Jennifer mit Paddy, Alex mit seinem *Rose Cottage* –, und ich an nichts von alledem beteiligt war. Ich war offensichtlich nicht ich selbst, was mit den beiden Todesfällen und vielleicht auch mit ein wenig Heimweh zusammenhängen konnte.

Also tat ich, was ich immer tue, wenn ich zwiespältige Gefühle hege: Ich stürzte mich in die Arbeit, oder zumindest versuchte ich es. Ich rief Sarah ein paar Mal an, um zu hören, wie es lief, doch sie klang außerordentlich gelassen, was meinen verlängerten Aufenthalt in Irland betraf. Ich konnte das nicht glauben. Meiner Meinung nach konnte das nur bedeuten, dass Clive die Führung des Geschäfts an sich gerissen hatte. Ich sah mich schon nach meiner Rückkehr vor meinem dunklen und verlassenen Geschäft und Clives Laden gegenüber, ein strahlendes Mekka für Antiquitätenliebhaber aus aller Welt.

Nach ein paar Nächten, in denen ich immer wieder schweißgebadet aufschreckte, hielt ich es nicht mehr aus und rief Moira an.

»Alles in Ordnung«, sagte sie, als ich sie fragte, wie denn die Dinge so liefen. Ich redete um den heißen Brei herum, weil ich nicht gleich auf den Laden zu sprechen kommen wollte.

»Sarah muss ja völlig fertig sein, jetzt, wo sie sich ganz alleine um das Geschäft kümmern muss«, sagte ich vorsichtig.

»Nein, das glaube ich nicht«, sagte sie gelassen. »Sie scheint gut mit allem zurechtzukommen. Clive hat für sie eine Aushilfe gefunden, jemand, der hier an der Universität Vertriebsmanagement studiert. Kommt nach den Vorlesungen täglich für ein paar Stunden vorbei und hilft ihr. Sarah meint, das klappe hervorragend.«

Aushilfe, dachte ich bei mir. So wie ich Clive kannte, konnte es sich nur um eine kleine Studentin handeln, die gerne auf dem Schoß älterer Männer sitzt. Moira sollte ihn besser nicht aus den Augen lassen.

»Und Ben meint, dass es für ihn das Beste gewesen sei, was ihm nach der Belegung des Kurses passieren konnte«, fuhr sie fort. Ben?, dachte ich verblüfft. Also keine kleine Studentin. Aber wo war der Haken an der Sache? Vielleicht kostete Ben ein Vermögen? Vielleicht drängte Clive mich in den Ruin?

»Und er ist günstig«, fuhr Moira fort. »Die Uni übernimmt als Teil des Kurses die Hälfte seines Lohns.«

Sehr zu meinem Erstaunen konnte ich selbst nach weiteren gezielten Fragen nichts an Clives Vorgehen aussetzen. Ich wusste nicht, ob ich erleichtert oder enttäuscht sein sollte. »Das ist ja toll«, sagte ich nur.

»Clive hätte da so eine Idee, die er gerne mit dir besprechen würde, wenn du wieder zurück bist«, sagte Moira. »Eine kleines gemeinsames Werbeprojekt, das er sich überlegt hat. Ich möchte dir nichts davon erzählen, denn das wollte er gerne selbst tun. Ich glaube, dass es eine tolle Idee ist.«

»Ach, ich weiß nicht …«, sagte ich. Wir schwiegen eine Weile.

»Lara«, sagte Moira. »Wir, ich meine, Clive und ich, haben nie über diese Sache gesprochen. Ich weiß, wie schwer es für dich war, darum hatte ich auch immer das Gefühl, dass du nicht darüber reden wolltest, was mich sehr traurig gemacht hat, denn bevor ich und Clive zusammenkamen, konnten wir beide immer über alles reden. Und vielleicht ist ein Überseegespräch auch nicht der richtige Zeitpunkt dafür, doch Clive bemüht sich wirklich sehr. Er weiß, wie viel mir deine Freundschaft bedeutet. Das habe ich ihm erzählt. Ich habe ihm auch erzählt, dass es im Laufe unserer Freundschaft schon viele Männer gegeben hat und dass ich vorhabe, in jedem Fall mit dir befreundet zu bleiben. Ich wünsche mir wirklich, dass ihr beiden trotz der grässlichen Scheidung miteinander zurechtkommen werdet.« Ich bezweifelte, dass Clive und ich jemals miteinander zurechtkommen würden, doch Moiras Freundschaft bedeutete auch mir sehr viel, darum musste ich es vielleicht versuchen.

»Das können wir bestimmt«, sagte ich.

»Toll!«, sagte sie glücklich. »Jetzt erzähl mir aber, was bei dir so los ist.«

Also erzählte ich ihr von der Familie, dem Testament, von *Second Chance* und seinen Gärten, der Schatzsuche und am Ende von den Morden.

»Sehe ich das richtig?«, fragte Moira, »dass die Bediensteten, nicht die Familienmitglieder um die Ecke gebracht wurden? Das ist doch seltsam.«

»Ja«, stimmte ich ihr zu.

»Haben die Bediensteten auch Hinweise bekommen?«

»Michael Davis schon, John Herlihy nicht. Auch Deirdre Flood hat keinen gekriegt, sie lebt aber noch.«

»Warum hat nur einer der Bediensteten einen Hinweis erhalten? War Michael der Einzige, der einen erhielt und nicht zur Familie gehörte?«

»Paddy Gilhooly hat auch einen bekommen und gehört nicht zur Familie. Seine einzige Verbindung zur Familie, von der ich weiß, ist, dass er mit Breeta Byrne, der jüngsten Tochter, zusammen war, dass die Familie dagegen war und Breeta deshalb das Haus verlassen hat. Sie sind jetzt aber nicht mehr zusammen. Deirdre kam erst später ins Haus, vor knapp fünf Jahren, das hat sie selbst gesagt, also könnte es passen, dass sie keinen Hinweis erhielt. Die Sache mit Herlihy hat mich auch ein wenig überrascht, denn ich hatte den Eindruck, dass er schon immer bei der Familie gearbeitet hat. Auch Michael war eine Zeit lang dort, aber auch nicht sehr viel länger als Deirdre. Ich hätte gedacht, dass auch Herlihy einen Hinweis bekommen würde, selbst wenn er aus dem Nachlass eine beachtliche Summe erhalten hat. Deirdre hat auch etwas Geld bekommen, aber nicht so viel wie John. Michael hat einen Betrag erhalten, der wohl irgendwo dazwischen liegt, wenn ich mich recht entsinne, plus eine weitere Summe, falls er sich verpflichtete, wieder zur Schule zu gehen. Und das wollte er auch«, fügte ich traurig hinzu.

»Bist du sicher, dass es überhaupt um den Schatz geht?«, fragte Moira. »Ich meine, Herlihy hat keinen Hinweis bekommen, vielleicht geht es also um etwas völlig anderes.«

»Das ist eine gute Frage«, antwortete ich. »Aber mir fällt sonst nichts ein. Dieser Schatz, falls er tatsächlich existieren sollte, müsste einiges wert sein. Was könnte es also noch sein?«

»Keine Ahnung«, antwortete sie. »Heißt es nicht, das Motiv ist immer Geld oder Leidenschaft? Der Schatz ist also der einzige Geldaspekt, nehme ich an.«

»Na ja, das Geld, das John und Michael geerbt haben, fließt an die Familie zurück, zumindest behaupten die Anwälte das. Ich kann mir aber nicht vorstellen, dass jemand dafür einen Mord begehen würde.«

»Was ist mit Leidenschaft? Ein Familiengeheimnis. Ein schreckliches Geheimnis aus Byrnes Vergangenheit. Findest du, dass ich übertreibe?«, sie lachte. »Also gut, vielleicht geht es um Rache oder so. Ein ehemaliger Gärtner, sagen wir ein Psychopath, wird von Herlihy gefeuert, weil er die Orchideen ruiniert hat, und dann rächt er sich an ihm und seinem Kollegen. Ein wenig weit hergeholt, gebe ich ja zu. Und was ist mit unserem Freund Gilhooly? Vielleicht dachte er, reich zu heiraten, und wurde enttäuscht. Aber dann«, beantwortete sie ihre Frage selbst, »hätte er nicht die Bediensteten getötet, oder? Wirklich seltsam das Ganze.«

»Stimmt«, sagte ich. »Ab und zu gibt es Hinweise auf irgendetwas in Byrnes Vergangenheit, aber das muss, wenn überhaupt, sehr weit zurückliegen, weil er hier schon mindestens seit dreißig Jahren gewohnt hat und niemand in der Gegend irgendetwas Bestimmtes darüber zu wissen scheint. Aber ich habe noch ein Problem, bei dem ich deinen Rat brauchen könnte, Moira, da du gerade Gilhooly erwähnst.« Und ich erzählte ihr von Jennifers Eskapaden.

»Oje!«, rief sie. »Fünfunddreißig oder sechsunddreißig? Das ist schlecht. Ich denke du hättest es Rob sagen sollen«, sagte sie nach einer kleinen Pause. »Wenn du die Sache zu lange schleifen lässt, wird er noch denken, du machst mit und hast es bewusst vor ihm verheimlicht oder schlimmer noch, den beiden vielleicht sogar geholfen, zusammenzukommen. An deiner Stelle würde ich Jennifer keine fünf Minuten mehr geben. Wenn sie es nicht tut, dann musst du es ihm sagen!«

»Du hast wie immer Recht, Moira«, sagte ich. »Ich hatte es ja vor, nur, Rob hat eine neue Freundin, eine gewisse Maeve Minogue, Polizeibeamtin. Ich habe das Gefühl, dass es etwas Ernstes ist. Er verbringt also nicht sehr viel Zeit mit Jennifer und mir.«

»Was!«, rief Moira. «Du willst mir doch nicht erzählen, dass Rob dort eine Freundin hat?«

»Doch«, sagte ich.

»Oh«, rief Moira und in ihrer Stimme schwang Enttäuschung mit.

»Moira!«, rief ich, denn ich wusste, was dieser Ton zu bedeuten hatte.

»Ich weiß«, sagte sie. »Ich habe ihn mir immer irgendwie für dich gewünscht. Er ist doch süß, nicht wahr? Hat einen sicheren Job. Ist ein zuverlässiger Typ. Ich hätte gedacht, dass er gut zu dir passen würde. Und du zu ihm«, fügte sie treuherzig hinzu. »Er kann zwar spießig sein, aber du hättest ihm das schon ausgetrieben. Ich dachte immer, ihr beiden würdet gut zusammenpassen.«

Ich musste lachen. Moira versuchte ständig, mich mit irgendwem zu verkuppeln. Wozu Freundinnen doch gut sind, schmunzelte ich.

»Lach nicht. Was ist mit Jennifer? Du magst sie doch, oder? Meinst du nicht, dass die beiden ein nettes kleines Gesamtpaket gewesen wären?«

»Ich mag Jennifer wirklich sehr gerne und bin überrascht, wie sehr ich ihre Gesellschaft genieße, und Rob ist wirklich ein netter Kerl«, sagte ich. »Aber wir würden uns verrückt machen. Wir gehen uns jetzt schon auf die Nerven, dabei sind wir nur befreundet. An deiner Stelle würde ich mir diese Idee aus dem Kopf schlagen.«

»Wir werden sehen«, antwortete sie in einem Ton, der einen rein strategischen Rückzug bedeutete. »Sei in der Zwischenzeit bitte vorsichtig und komm dieser schrecklichen Familie nicht zu nahe.«

»Okay«, antwortete ich und meinte es auch so.

Ich hatte beschlossen, die Schatzsuche aufzugeben, zumindest für eine Weile, und mich wieder ums Geschäft zu kümmern. Immerhin war eine Zeit lang niemand mehr gestorben, es hatte auch keine weiteren verdächtigen Unfälle gegeben. Vielleicht hatte Moira ja Recht und es ging um etwas ganz anderes.

»Ich werde mich nach ein paar Antiquitäten umsehen, solange ich hier bin. Dann mache ich wenigsten etwas Vernünftiges, bis sie uns wieder nach Hause fahren lassen, was hoffentlich sehr bald sein wird.«

»Gut«, sagte sie. »Gib Bescheid, wenn ihr zurückfliegt, wir holen euch am Flughafen ab.«

»Danke«, sagte ich, wusste aber, dass ich das nicht tun würde. Von Clive am Flughafen abgeholt zu werden war, ungeachtet der Freundschaft zu Moira, mehr als ich ertragen konnte. Dennoch wusste ich, dass ich mir Mühe geben musste. »Sag Clive, dass ich es sehr schätze, was er für Sarah und den Laden tut, und dass ich es kaum erwarten kann, von seiner Werbeaktion zu hören«, sagte ich und biss die Zähne zusammen.

»Das werde ich tun«, sagte sie erfreut.

Als ich aufgelegt hatte, setzte ich meinen Entschluss, mich um das Geschäft zu kümmern, sogleich in Taten um. Ich rief Dave Thomson, meinen Spediteur in Toronto, an und bat ihn um Kontaktadressen, falls ich etwas fand und es nach Hause schicken lassen wollte. Dann rief ich bei meiner Bank an und ließ mir einen erweiterten Kreditrahmen in den Gasthof faxen. Als Nächstes forschte ich nach privaten Anbietern von antiken Möbeln, nach alten Häusern, die zum Verkauf standen, und so weiter.

So mit Tipps ausgestattet, fuhr ich mit meinem Wagen los, um zu sehen, was ich ausrichten konnte. Ich verbrachte einen angenehmen Nachmittag und wurde mit ein paar großartigen Käufen belohnt. Ich erstand eine herrliche Esszimmergarnitur aus dem frühen neunzehnten Jahrhundert und ein wunderschönes silbernes Teeservice, in das ich mich so verliebte, dass ich überlegte, es selbst zu behalten, falls es nicht nach ein paar Minuten verkauft worden wäre. Nachdem ich alle Vorbereitungen getroffen hatte, um die Sachen abholen und in Waterford verschiffen zu lassen, kehrte ich äußerst zufrieden zum Gasthof zurück und beabsichtigte, mir zur Belohnung ein gutes Glas Wein zu gönnen und den nächsten Tag genauso zu verbringen.

Ich hatte gute Absichten, doch ihre Ausführung wurde mir verweigert.

Ich wollte die Schatzsuche endgültig aufgeben und mich lieber wieder meinem Geschäft widmen. Doch ein Teil unserer Gesellschaft konfrontierte mich mit neu entbranntem Enthusiasmus, als ich ein paar Minuten später im Gasthof ankam. Gilhooly hatte Wort gehalten und nach dem Hinweis gesucht, der im Zusammenhang mit einem *Lachs im Becken* stand. Aus dem Ogham übersetzt bedeutete er ganz einfach nur *Axis Mundi*, vermutlich so etwas wie der *Mittelpunkt der Erde.* Nicht besonders hilfreich, doch Gilhooly und Jennifer waren so begeistert und überzeugt, auch noch die anderen Hinweise zu finden, dass sie Malachy und Kevin eingespannt hatten. Es war klar, dass wir auf die Hinweise der anderen Familienmitglieder nicht mehr angewiesen waren, wir mussten nur die finden, die zu den Versen von *Amairgens Gesang* passten und das Ogham entziffern. Am Abend des Tages, an dem ich auf der Suche nach Antiquitäten war, hatte das unerschrockene Vierergespann – eine wahre Augenweide: zwei alte Kerle, eine blonde Kanadierin in violetter Jacke mit der Aufschrift »Keine Gefangenen« und ein doppelt so alter einheimischer Seemann – nicht nur den *Mittelpunkt der Erde* gefunden, sondern auch den Hinweis, der zur *mutigen Flamme* passte. Unsere Liste sah nun folgendermaßen aus:

| **Amairgens Gesang** | **Ogham-Hinweise** |
|---|---|
| Ich bin der Seegang | Sonnenaufgang im Mai sieht man von Tailtius Hügel |
| Die tosende Woge | Ein Fluch liegt auf diesen Steinen |
| Das Brausen der See | Leinsters Weib auf Erius Platz |
| Ein Hirsch in sieben Schlachten | |
| Ein Falke über der Klippe | Berg an Machas Festung |
| Ein Sonnenstrahl | |
| Die Schönheit einer Pflanze | Erhebe einen Becher auf das Wohl des Steins |
| Ein wütender Keiler | Almus Weiß zu Maeves Rot |

Ein Lachs im Becken — Axis Mundi
Ein See in der Ebene
Eine mutige Flamme — Allwissendes Auge des Feuers

Das alles klang immer noch recht rätselhaft, und nicht nur die Hinweise verwirrten mich. Erstaunlicherweise war Deirdre, kurz nachdem ich sie in Dublin getroffen hatte, nach *Second Chance* zurückgekehrt. Den Gerüchten in den Lokalen zufolge hatte sich Margaret Byrne diese Gelegenheit nicht entgehen lassen, da sich niemand gefunden hatte, der bereit gewesen wäre, sich von ihr schikanieren zu lassen. Die Leute im Dorf sagten, Deirdre hätte es im lauten und schmutzigen Dublin nicht gefallen und sie sei schlecht bezahlt worden, sogar noch schlechter als bei der berüchtigten Margaret. Andere wiederum meinten, Margaret sei nicht in der Lage, Deirdre das zu bezahlen, was sie vorher bekommen hatte. Ich hoffte, dass dieses Gerücht nicht der Wahrheit entsprach. Allerdings wurde ich zufällig Zeugin eines peinlichen Auftritts in einem Laden, als der Besitzer Eithne zu verstehen gab, dass er ihr keinen weiteren Kredit gewähren wolle, solange die offene Rechnung nicht beglichen war. Diese Begegnung hatte uns beiden die Röte ins Gesicht getrieben. Ich konnte verstehen, dass Deirdre das reizvolle Dingle Dublin vorzog, trotzdem überraschte es mich. Ich hätte gedacht, dass es Deirdre nicht im Traum einfallen würde, wieder zurückzukehren. Die Morde an ihren Arbeitskollegen schienen sie seinerzeit ziemlich in Angst und Schrecken versetzt zu haben.

Ich hätte sie gerne danach gefragt, doch sie wollte nicht darüber sprechen. Zumindest nicht mit mir, doch da war sie nicht die Einzige. Eine kleine, doch stetig wachsende Gruppe von Leuten betrachtete mich inzwischen wie eine Aussätzige. Als ich ihr am folgenden Tag auf der Straße im Dorf beim Einkaufen begegnete, wechselte sie wie Breeta eilig die Straßenseite, als sie bemerkte, dass ich auf sie zuging. Ich winkte ihr zu, doch sie sah mich nur mit ihrem verängstigten Kaninchenblick an und verschwand in einer Gasse. Als ich dort ankam, wo sie abgebogen war, konnte ich sie nicht mehr sehen, sie hatte sich im Labyrinth der kleinen Straßen verloren. Ich vermute, dass mein überraschendes Auftauchen bei *McCafferty & McGlynn* sie so in Angst vor mir versetzt hatte. Mir schien das im Vergleich zu dem, was auf *Second Chance* passiert war, als weniger schwerwiegend, ich empfand mich als das geringere Übel. Dem war aber anscheinend nicht so.

Wie dem auch sei, Deirdre hatte mir nichts zu sagen, aber der Polizei offensichtlich viel zu erzählen.

# 11

## Eine mutige Flamme

Was Deirdre den Polizeibeamten zu sagen hatte, brachte Conail O'Connor ins Gefängnis. Oder, um genauer zu sein, Conails Reaktion darauf, was Deirdre zu sagen hatte, brachte ihm Ärger ein. Ich bin mir sicher, dass der hitzköpfige Conail aufgrund der Trennung von seiner Frau Fionuala und den manchmal gutmütigen, oft aber auch boshaften Hänseleien, die es nach seiner Begegnung mit Alex hagelte, einfach nicht mehr konnte. Die Tatsache, dass er zum Verhör aufs Polizeirevier sollte, hatte dort zu Handgreiflichkeiten geführt, bei denen ein Beamter sich eine blutige Nase einhandelte und Conail Handschellen verpasst bekam.

Als ich das Revier betrat, um mit Rob zu sprechen, führte man Conail gerade in eine Zelle ab.

»Verpiss dich«, sagte er zu einem Beamten, als der ihn am Arm nehmen wollte. »Ich habe nur meine Frau gesucht«, brüllte er über seine Schulter hinweg, als man ihn abführte. »Ich weiß, dass sie da war und mit jedem geflirtet hat, der ihr über den Weg lief. Irgendjemand wird mich schon gesehen haben.«

»Wo gesehen?«, fragte ich Rob, als er mich zu seinem Plätzchen im Revier zog. Man hatte ihm in der Mitte eines belebten Raumes gegenüber einem höflichen jungen Beamten einen Schreibtisch zugeteilt. Der stellte mir nun freundlicherweise seinen Stuhl zur Verfügung und holte sich einen neuen, als er Rob und mich kommen sah.

»In der Stadt«, antwortete Rob. »Deirdre hat uns heute Morgen erzählt, dass sie Conail O'Connor spät in der Nacht, in der Michael Davis starb, auf *Second Chance* gesehen haben will. Nach Lokalschluss. Er behauptet, dass er nur seine Frau gesucht hätte, und zwar im Dorf, nicht auf *Second Chance*.«

»Nun ja, wir haben ihn alle zu einer bestimmten Zeit im Dorf gesehen, als er in der Bar diese Szene gemacht hat. Bevor Deirdre nach Dublin gegangen ist, habe ich noch mit ihr gesprochen, darüber hat sie aber kein Wort verlauten lassen. Warum hat sie das alles nicht schon vorher gesagt, sondern redet erst jetzt?«

»Sie hat irgendwas von Loyalität gegenüber der Familie gesagt, dass sie niemandem Unannehmlichkeiten bereiten wollte und sicher sei, dass Conail nichts Böses getan habe, und so weiter und so fort. Ich verstehe jetzt übrigens, weshalb du sie »Deirdre of the Sorrows« nennst. Sie ist ein trauriges kleines Geschöpf. Diesen Gesichtsausdruck findet man meistens in den Gesichtern von Opfern. Er scheint sagen zu wollen, dass sie genau wissen, dass das Leben sie enttäuschen, ihnen irgendwas Schlimmes passieren wird. Und komischerweise stimmt das auch. Keine Ahnung, ob sie zu Opfern werden, weil sie wie Opfer aussehen, also alles irgendwie anziehen, oder ob sie so aussehen, weil ihnen schon so vieles widerfahren ist. Aber egal, meistens weiß ich nicht, wie ich mich solchen Menschen gegenüber verhalten soll.« Er schwieg einen Augenblick. »Wie dem auch sei, das ist jedenfalls der Grund, weshalb ich dich hierher gebeten habe. Ich möchte, dass du mir noch einmal bestätigst, was du weißt. Wir haben das zwar schon einmal durchgesprochen, aber nach den Angaben, die Deirdre gemacht hat, müssen wir alles noch einmal durchgehen.«

Er sah müde aus.

Nun, kein Wunder, wenn er tagsüber Verbrecher jagte und des Nachts den horizontalen Paso Doble mit der Polizeibeamtin Maeve übte.

»Wie geht es dir eigentlich?«, fragte er und lächelte mich

an. »Wir haben seit einer Ewigkeit nicht mehr miteinander gesprochen.«

»Gut«, sagte ich. »Ich nutze die Zeit und sehe mich nach ein paar interessanten Sachen für das Geschäft um, während ich hier warte.«

»Gut«, sagte er, aber ich wusste, was er dachte. Er wollte mir glauben, war sich aber nicht sicher, ob er das konnte. Immerhin war er ganz zufrieden mit dem, was ich gesagt hatte. Vermutlich dachte er, dass ich mich dann wenigstens nicht in Schwierigkeiten brachte. »Und dir geht's auch wirklich gut?«, fragte er misstrauisch.

»Glänzend«, antwortete ich. Ich zog ein Foto der Esszimmergarnitur aus meiner Tasche und legte es vor ihn auf den Tisch. »Schau mal. Schön, nicht wahr? Außerdem habe ich ein wunderschönes silbernes Teeservice gefunden.«

»Toll«, sagte er und gab mir das Foto zurück. Mir war bewusst, dass es vermutlich zum Streit zwischen uns gekommen wäre, wenn wir über etwas anderes als die Polizeiarbeit gesprochen hätten. Wir hatten aber immer viel miteinander geredet. Das war kein gutes Zeichen.

»Schön«, sagte er, »nun zum Geschäftlichen. Lass uns noch einmal über den besagten Abend reden. Gingen Michael und Breeta gemeinsam weg?«

»Ja. Sie musste noch den letzten Bus nach Killarney erwischen. Michael wollte sie zur Haltestelle begleiten. Dann hat er ihr versprochen, noch nach *Second Chance* zu fahren, um Vigs zu holen.«

»Die Schildkröte«, sagte Rob.

»Richtig, die Schildkröte.«

»Transportmittel?«

»Er begleitete sie zum Bus und schob sein Fahrrad neben sich her, mit dem er dann zum Haus fahren wollte. Ich bin mir sicher, dass sie das bestätigen wird.«

»Das hat sie mehr oder weniger schon. Muffiges junges Ding. Hat sie irgendwas zu dir gesagt?«

»Kein Wort«, sagte ich. »Buchstäblich. Sie spricht nicht mit mir.«

»So weit ich weiß, spricht sie mit niemandem viel. Nun gut«, seufzte er. »Der letzte Bus ging um halb elf, und Breeta stieg ein, daran kann sich der Fahrer noch erinnern. Er meint, sich auch daran zu erinnern, dass Michael an der Bushaltestelle stand, was passen würde. Schließlich wollte er ja mit ihr auf den Bus warten. Dann ist er nach *Second Chance* geradelt. Dafür brauchte er mindestens zwanzig Minuten. Brendan zum Beispiel«, sagte er und zeigte auf den lächelnden Beamten, der neben ihm am Schreibtisch saß, »der stramme junge Mann hier, ist die Strecke abgefahren und hat die Zeit gestoppt. Wir können also davon ausgehen, dass er um elf Uhr dort war. Conail tingelte hingegen den ganzen Abend von einem Pub zum nächsten, obwohl er Schwierigkeiten hat, das zwischen zehn oder halb elf nachzuweisen. Er hat gesagt, dass er Fionuala getroffen und sich mit ihr gestritten hat – lauthals, vermute ich mal. Ein paar Leute haben bestätigt, dass sie einen lauten Streit zwischen einem Mann und einer Frau auf der Straße gehört hätten. Das könnte eventuell für ein paar Minuten so gegangen sein, aber das ist auch schon alles. Was hat Michael deiner Meinung nach getan?«

»Ich denke das, was er tun wollte. Er ist nach *Second Chance* gefahren, um Vigs zu holen, schließlich hatte er den Schlüssel für die Hintertür. Die Bediensteten hatten alle diesen Schlüssel. Es war spät ...«

»So spät auch wieder nicht, auch wenn die Familie, also Sean, Eithne und Margaret erklärt haben, dass sie früh zu Bett gegangen seien und nichts gehört hätten. Deirdre hat ein Zimmer unter dem Dach, wo sie vermutlich ebenfalls nichts hören konnte. Das bestätigt sie auch. Sie sagt aber, dass sie Conail ums Haus schleichen gesehen hätte. Sie hätte aus dem Fenster gesehen. Es muss genieselt haben, könnte also schwer gewesen sein, etwas in der Dunkelheit zu erkennen. Sie sagt aber, dass sie seinen Gang und seine Silhouette erkannt habe.

Conail besteht jedoch darauf, nicht in der Nähe gewesen zu sein.«

»Michael wollte hinfahren, um nach Vigs zu suchen. Aber Deirdre hatte Vigs. Sie hat ihn mir gegeben, bevor sie nach Dublin fuhr. Das könnte bedeuten, dass Michael Vigs nicht fand, dass er vielleicht gar nicht erst ins Haus gelangt ist. Genauso gut könnte es aber auch sein, dass er ihn fand und mit hinausnahm. Hat Deirdre gesagt, wo sie Vigs gefunden hat?«

»Im Haus, hat sie gesagt.«

»Michael könnte also Conail begegnet sein, bevor er ins Haus ging. Und dann? Soll Conail ihm dann eine Spritze gegeben haben?«

»Conail scheint keine Probleme mit Drogen zu haben, nur mit dem Alkohol und seinem Temperament«, antwortete Rob. »Aber die Iren trinken wohl ganz gerne. Manche entsprechen eben fast schon dem Klischee. Keine Ahnung. Conail besteht darauf, dass er Michael an jenem Abend überhaupt nicht zu Gesicht bekommen hätte. Er war wohl zu sehr damit beschäftigt, seine Frau anzuschreien, um Michael an der Bar des Gasthofes überhaupt zu bemerken. Die Frage ist also, warum er ihn hätte umbringen sollen, selbst wenn er ihn gesehen hatte. Nur weil er einen schlechten Tag gehabt hatte? Schließlich war es nicht Michaels Schuld, dass Conail von seiner Frau sitzen gelassen worden war, auch wenn sie mit ihm vielleicht ein wenig geflirtet hat. Wenn ich mich recht entsinne, hat sie an dem Abend ganz schön viel Bein und Busen gezeigt.«

Ich musste innerlich lächeln.

Ich hatte angenommen, er sei so sehr in Maeve verliebt, dass er Fionuala gar nicht erst bemerkt hatte. Doch anscheinend hatte er das durchaus.

»Außerdem hat nicht Michael ihn bei Malachy und Kevin umgehauen, sondern unser lieber Alex.« Er grinste. »Da wäre ich zu gerne auch dabei gewesen. Was für einen Grund hätte er also haben sollen?«

»Vielleicht ein Hinweis?«, sagte ich. »Michael hielt einen Hinweis in der Hand oder zumindest einen Teil davon.«

»Wir haben das mit den Hinweisen natürlich geprüft und mit den Anwälten McCafferty und McGlynn gesprochen, zumindest mit einem von ihnen. Ich kann die beiden nie auseinander halten«, sagte er und sah auf seine Notizen. »McCafferty war es. Er hat gesagt, dass sie den zweiten Satz Hinweise nicht versteckt hätten und auch nicht wüssten, wer es getan haben könnte. Sie wüssten auch nicht, welche Zeile des Gedichts in welchen Umschlag gewandert sei. Ich denke, wir müssen ihnen glauben, schließlich gehören sie dem Rechtssystem an und so.«

»Konntest du inzwischen herausfinden, wer welche Hinweise erhalten hat? Das wäre wenigstens ein Anhaltspunkt.«

»Natürlich habe ich das«, sagte Rob. »Ich bin schließlich ein alter Fuchs auf meinem Gebiet, schon vergessen? Conail und Fionuala haben den über den –«, er unterbrach sich und sah erneut auf seine Notizen, »*Sonnenstrahl* erhalten. Conail hat ihn mir gezeigt oder besser gesagt, mir nachgeworfen. Margaret hat behauptet, sie hätte ihren vernichtet, ohne auch nur einen Blick auf ihn geworfen zu haben, es könnte also jeder gewesen sein. Eithne und Sean haben den Hinweis mit dem *Hirsch in sieben Schlachten* erhalten, Padraig Gilhooly den mit dem ...«

»... *Lachs in einem Becken*«, warf ich ein. »Michael hatte den mit der *tosenden Woge*, Alex den mit dem *Seegang*. Das Problem ist, dass es mehr Hinweise als Personen dazu gibt, oder originale Briefumschläge, wenn du so willst. Die *Schönheit einer Pflanze* könnte der von Breeta sein, der aus dem Safe in *Second Chance* verschwunden ist. Michael muss ihn gefunden haben – vielleicht hat er mit Conail darum gekämpft. Michael war in Breeta verliebt und wollte nicht, dass irgendwer ihren Hinweis bekommt.«

»Oder er hat mit jemand anderem darum gekämpft«, antwortete Rob. »Könnte sein. Vielleicht hat er ihn aber einfach nur irgendwo im Haus gefunden. Aber das sind nichts als Spekulationen. Mal sehen, was wir von Conail erfahren werden. Officer Minogue verhört ihn gerade.« Ich hatte bemerkt, dass er in meiner Gegenwart immer von Minogue und niemals von Maeve sprach. »Wir haben nicht genügend Beweise, um ihn wegen Mordes festzuhalten – in diesem Fall steht ihre Aussage gegen seine –, aber glücklicherweise hat er uns einen anderen Grund für eine Festnahme geliefert. Officer Murphy würde natürlich nicht sagen, dass es Zufall war. Seine Nase wird noch immer verarztet. Sie ist vermutlich gebrochen und schwillt unaufhörlich an. Übrigens«, sagte er zu mir, »kannst du das hier entziffern?« Er reichte mir ein Blatt Papier, auf dem ich sofort die Initialen von Eamon Byrne und *Second Chance* erkannte.

»Ist das Conails Hinweis?«

»Jawohl. Er hat ihn uns gegeben und gemeint, dass es eh nur wertloses Zeug sei. Jennifer hat mir erzählt, dass ihr die, die ihr gefunden habt, entziffern könnt. Sie sagte, glaube ich, mit Hilfe von Ogham oder so.«

»Genau. Eigentlich ist Alex der Experte. Er hat sozusagen den Schlüssel gefunden. Ich kenne inzwischen zwar auch ein paar Buchstaben, brauche aber immer noch meinen Spickzettel. Der liegt im Gasthof im Safe. Mach mir doch bitte eine Kopie von dem Hinweis, dann gehe ich gleich los und ruf dich dann an.«

»Danke«, lächelte er. »Das erspart uns ein wenig Zeit. Ich habe schon eine Kopie gemacht, hier ist sie. Wenn es dir nichts ausmacht, hätte ich gerne auch die übrigen Hinweise, auch wenn sie vermutlich nicht viel aussagen. Erzähl aber bitte nichts von Deirdres Aussage, hörst du? Wir wollen nicht, dass die Familie, besonders Conail, weiß, woher wir die Informationen haben. Vorläufig haben wir ihm nur gesagt, dass eine nicht näher identifizierte Person ihn in der Gegend gesehen hat. Ach übrigens, wie geht es eigentlich Jennifer? Alles in Ordnung? Ich habe sie in letzter Zeit nur selten gesehen, auf mich macht sie aber einen glücklichen Eindruck.« Diese Frage hatte ich gefürchtet. Ich sah mich um. Ein Beamter, Robs Tischnachbar, arbeitete ganz in unserer Nähe, zwei weitere Beamte befanden sich in unmittelbarer Hörweite. Irgendwie hatte ich das Gefühl, es wäre nicht der richtige Augenblick, um ihm zu erzählen, dass seine Tochter sich in einen doppelt so alten Seemann verliebt hatte. »Ihr geht's gut«, sagte ich. »Aber ich glaube, dass ihr deine väterliche Führung ein wenig abgeht.« Das war doch ein großartiger Wink mit dem Zaunpfahl. »Du solltest vielleicht versuchen, ein wenig mehr Zeit mit ihr zu verbringen. Ihr beide allein, damit ihr ein wenig reden könnt.«

»Ja«, antwortete er. »Das wäre gut, und ich denke, dass ich das auch tun werde. Aber ich bin mir sicher, dass sie auch von dir in die richtige Richtung gelenkt wird. So wie du ja auch mich gerade lenkst.« Er lächelte. »Danke für deinen Rat.«

Ich stand auf, um zu gehen. Wenn er wirklich meinte, ich lenkte seine Tochter, so wäre er wohl mit dem Ergebnis nicht besonders zufrieden.

»Da ich gerade dabei bin, Ratschläge zu erteilen, habe ich noch einen für dich: Schlaf mehr«, sagte ich und rannte aus der Tür. Ich hörte ihn noch kichern, drehte mich aber nicht mehr um.

Conails und Fionualas Hinweis mit dem *Sonnenstrahl, Grianan Ailech zu Granard*, hieß aus dem Ogham übersetzt *Linie in Richtung der Mittagssonne.* Er war auch nicht viel hilfreicher als die anderen. Ich schrieb alle Hinweise auf einen Zettel und hinterließ ihn auf dem Weg zu meiner nächsten Einkaufsexpedition für Rob auf dem Revier. Ich hatte von einer Versteigerung in einer Stadt namens Ballyferriter auf der anderen Seite der Dingle-Halbinsel gehört. In einem einfachen Weinlokal an der Hauptstraße machte ich Halt, um eine Kleinigkeit zu Mittag zu essen, und stieß dort zu meiner Überraschung auf Jennifer, Gilhooly, Malachy und Kevin. Jennifer und die beiden Brüder lächelte ich an, für Gilhooly hatte ich nur böse Blicke.

»Wie seid ihr denn hier hergekommen?«, erkundigte ich mich.

»Paddy hat einen Kleinbus gemietet«, sagte Jennifer und zeigte aus dem Fenster. Draußen stand ein schrottreifer Wagen. »Wir haben einen weiteren Hinweis gefunden«, sagte Jennifer. »Ich habe mir von Onkel Alex' Ogham-Tabelle eine Kopie gemacht und sie mitgenommen.«

»Sehr rätselhaft«, sagte Malachy. Jennifer reichte mir das Stück Papier.

»*Allwissendes Auge des Feuers*«, las ich. »Aus welcher Zeile des Gedichts stammt der?«

»*Eine mutige Flamme*«, antwortete Malachy. Und wir haben noch einen gefunden, der zu dem mit *Er, der die Bergwege räumt*, passt. Kevin meinte, der könnte sich auf den Brandon-Berg, der nach Sankt Brandon benannt wurde, beziehen. Wir sind den ganzen Weg zu einem Steinhaufen hinaufgewandert und haben ihn dort gefunden.«

»Großartig«, sagte ich.

»Das trifft nicht ganz zu«, antwortete Malachy. »Wir haben ein kleines Problem damit. Er ist zwar genau wie die anderen versteckt worden und hat auch Byrnes Initialen drauf, aber ...«

»Aber?«

»Aber es steht nichts drauf! Hier, schau ihn dir an.«

Ich sah ihn mir an. Es war zwar das mir bekannte Papier, doch wie Malachy schon gesagt hatte, stand nichts drauf.

»Was bedeutet das«, fragte Jennifer in die Runde. »Das Papier sieht nicht so aus, als wäre es irgendwann einmal nass und die Tinte verwischt worden.«

»Woher soll ich das wissen?«, antwortete ich. »Außer ...« Alle sahen mich an.

»Die zweite Serie von Hinweisen enthält mehr als die erste. Damit will ich sagen, dass wir Ogham-Hinweise auf Verse gefunden haben, die aber niemandem gegeben wurden. Vermutlich sollten wir mit den Hinweisen, die wir hatten, herausfinden, dass sie aus *Amairgens Gesang* stammten und dann alle Verse finden, nicht nur die, die wir bereits haben.« Ich unterbrach mich, alle warteten. »Also«, ich zögerte. »Also, ich weiß nicht ...«

»Soll das heißen, dass es keine weiteren Hinweise mehr geben wird, wenn wir erst einmal so weit gekommen sind?«, fragte Jennifer. »Meinst du das?«

»Vermutlich. Uns fehlen nach wie vor ein paar Zeilen vor dieser hier. Wir müssten versuchen, sie zu finden, und dann sehen, ob es irgendwelche dazu passenden Ogham-Hinweise gibt. Dann müssten wir herausbekommen, ob es nach dieser Zeile noch eine oder zwei weitere gibt und nachsehen, ob die entsprechenden Hinweise leer sind. Dann wissen wir es.«

»Die Zeilen von diesem hier, den über den Gebirgspfad«, sagte Malachy und sah auf die Kopie des Gedichts, die Jennifer mitgenommen hatte, »sind ein wenig anders in ihrem Aufbau. Statt mit *ich bin das eine oder das andere* fangen sie mit *er, der* an: *Er, der die Bergwege räumt, Er, der den Mondenlauf beschreibt* und so weiter. Vielleicht müssen wir also an das Ende der Hinweise kommen. Vielleicht müssen wir vorher die fehlenden finden. Uns fehlt noch der über den *Hirsch in sieben Schlachten* und der mit dem *Sonnenstrahl.*« – »Jetzt nicht mehr«, sagte ich. »Den mit dem *Sonnenstrahl* haben wir jetzt, er lautet ...«, ich machte eine Pause und hielt meine Notizen hoch.

»*... Grianan Ailech zu Granard, Linie in Richtung der Mittagssonne*«, las Jennifer laut vor. »Wo hast du den gefunden?« – »Auf dem Polizeirevier«, antwortete ich. »Aber das ist eine lange Geschichte.« Ich hatte ein wenig ein schlechtes Gewissen, weil ich Robs Hinweis herausgerückt hatte. Aber schließlich hatte ich ihm unsere auch überlassen.

»Hattest du Gelegenheit, mit Dad zu sprechen?«, fragte mich Jennifer. Irgendwie schien sie mir ein bisschen einsam, sie vermisste ihren Vater. Vermutlich fragte sie sich, ob ich ihrem Vater von ihr und Paddy erzählt hatte.

»Nur kurz«, sagte ich. »Es waren zu viele Leute in der Nähe.« Sie sah erleichtert aus. »Sag ihm aber bitte nicht, dass ich dir von Conails Hinweis erzählt habe«, fügte ich hinzu.

»Vielleicht könnten wir ja einen Deal machen«, sagte sie und ein verschmitztes Lächeln trat auf ihr Gesicht.

»Vielleicht aber auch nicht«, sagte ich und ertappte mich ebenfalls bei einem Lächeln. »Sag's ihm einfach nicht.«

»Was hat sie gesagt?«, fragte Kevin.

»Sie hat gesagt, dass sie Rob nicht erzählen soll, dass sie uns den Hinweis gegeben hat«, schrie Malachy Kevin ins Ohr.

»Das meine ich nicht«, schrie Kevin. »Ich meine, was war das für ein Hinweis?«

»*Grianan Ailech zu Granard, Linie in Richtung der Mittagssonne*«, schrie Malachy zurück. Ein paar Gäste des Lokals sahen zu uns herüber.

»Ich kenne Granard«, sagte Kevin. »Das ist eine Stadt, County Longford, glaube ich. Über diesen Feuerring weiß ich nichts, aber Granard existiert wirklich.«

»Das ist der erste Name eines Ortes, den es wirklich gibt«, sagte Paddy. »Vielleicht ist er in Granard versteckt. Vielleicht sollten wir hinfahren. Ich werde sehen, ob ich den Wagen noch ein oder zwei Tage länger behalten kann. Wir könnten gleich heute Abend losfahren.«

Jennifer eine ganze Nacht lang mit diesem Typen alleine lassen? Das kam überhaupt nicht in Frage.

»Moment mal«, sagte ich. »Es gibt noch viele andere Hinweise, die wir nicht gefunden haben. Warum konzentrieren wir uns nicht zuerst auf die und sehen dann, was wir haben?«

Jennifer sah enttäuscht aus. »Vermutlich hast du Recht«, seufzte sie. »Ich will einfach nur vorankommen und endlich dieses Ding finden, was immer es ist.«

»Das ist eine gute Idee«, gab ich zu. »Eamon Byrne hatte

gesagt, dass sich die Hinweise sowohl auf das, was es ist, als auch auf den Ort, an dem es sich befindet, beziehen. Vielleicht ist der Granard-Hinweis ja ein Was, nicht ein Wo. Ohne das Was wissen wir nicht, wonach wir suchen müssen, selbst wenn wir das Wo kennen. Ich meine, ist es größer als ein Brotkasten? Ist es ein Tier, ein Gemüse, ein Mineral?«

»Ich glaube, es handelt sich um Gold«, sagte Malachy. »Der Sumpf. Eamon Byrne war im Torfgeschäft. In den Sümpfen wurden viele verschiedene Schätze gefunden, stapelweise Gold und so. Die Kelten versteckten anscheinend Sachen im Torf, oder sie warfen sie als Opfergaben hinein. Römische Münzen, Wikingerschätze, goldene Halsringe. Das waren die metallenen Bänder, die die Kelten um den Hals trugen«, sagte er zu Jennifer. »Sie trugen sie in ihren Schlachten um den Hals, sonst nichts, und ihre Schwerter und Schilde. Wenn sie kämpften, waren sie splitternackt. Das muss ein Anblick gewesen sein«, brüllte er vor Lachen und schlug sich aufs Knie. »Denny kennt ein paar tolle Geschichten über die Schlachten«, sagte er. »Wir sollten ihn bald mal dazu bringen, uns welche zu erzählen. Vorausgesetzt, du spendierst ihm einen oder drei Whiskeys, Lara«, fügte er hinzu.

»Abgemacht«, antwortete ich und lachte mit. Ich mochte diese drei alten Jungs.

»Also schön, welche Zeilen des Gedichts fehlen uns noch?«, fragte Paddy. »*Der Hirsch in sieben Schlachten,* das weiß ich, und welche noch?«

»Lasst uns überlegen«, sagte ich und sah auf meine Notizen. »*See auf der Ebene, Ein Speer, der durchbohrt, führt Krieg* und *Ein Gott, der Helden für einen Herrn schafft,* was immer das heißen mag.«

»Zu einem von denen ist Kevin was eingefallen«, sagte Jennifer. »Wir wollten nach dem Essen hinfahren. Es muss sich um eine Sternwarte oder so handeln.«

»Eine Kapelle«, korrigierte Malachy sie. »Die Gallarus-

Kapelle. Kevin meint, das müsste der Ort sein, der für *See in der Ebene* steht. Es handelt sich um eine sehr alte Kultstätte, einen religiösen Ort. Einer von denen, die Eamon Byrne eben mochte. Das ist wohl ein wenig unklar. Die letzten Hinweise scheinen immer schwieriger zu werden. Aber Kev sieht das so. Hier in der Gegend gibt es keine Seen in der Ebene, die liegen vielmehr alle in den Gebirgstälern. Er glaubt, dass es die Gallarus-Kapelle sein muss, weil die aussieht wie ein umgestürztes Boot und auf einer der wenigen flachen Stellen steht, die es gibt. Wenn wir also hier fertig sind, sollten wir dort hingehen.«

Die Gallarus-Kapelle war ein außergewöhnliches Bauwerk, sie war sehr alt und stand auf einer vom Wind gepeitschten Ebene mit Blick über das weit entfernt liegende Meer und drei Hügel, die wie sich kräuselnde Wellen aussahen, deren Bewegungen eingefangen und bei einem verhängnisvollen Ereignis der frühen Erdgeschichte eingefroren worden waren.

»Die drei Schwestern«, sagte Malachy und folgte meinem Blick. »So werden sie genannt. Nun sieh dir die Kapelle an.«

Sie war ohne Mörtel erbaut worden und bestand einfach nur aus tausenden und abertausenden von Steinen, die sorgsam übereinander geschichtet worden waren und eine kleine, etwa sechs mal fünf Meter große frühchristliche Kirche bildeten, deren Seiten schräg nach oben zu einem Deckengewölbe zusammenliefen. Sie sah tatsächlich ein wenig wie ein umgestürztes Boot aus, das mit dem Kiel nach oben lag. Ein kleines Fenster und eine niedrige Tür lagen sich an den kürzeren Seiten gegenüber.

Ich berührte die Innenwände. »Wunderschön, nicht wahr?«, sagte Malachy. »Kein Mörtel, und trotzdem ist sie selbst noch nach tausend Jahren immer noch wasserdicht! Oder vielleicht sogar noch länger. Man schätzt, dass sie aus dem achten Jahrhundert stammt. Das hier ist dieselbe Bauweise wie die der *Clochâns,* die wir auf den Hängen des

Mount Eagle gesehen haben, nur dass die rund sind und diese hier rechteckig ist. Wunderschön«, wiederholte er.

Wir hörten draußen einen Schrei, liefen hinaus und sahen Jennifer und Paddy, die mit einem Stück Papier wedelten, das vielfach zu einem nur wenige Zentimeter großen Quadrat gefaltet worden war.

»Wir haben es auf der Rückseite zwischen den Steinen gefunden«, sagte Paddy.

»Jetzt beeil dich schon, und mach es auf!«, rief Jennifer. »Ich habe das Alphabet.«

Die beiden entfalteten das Papier so schnell sie konnten, das war aber nicht schnell genug für die anderen, die bereits um sie herumstanden. »Steht was drauf?«, fragte Kevin und versuchte, über Paddys Schultern zu spähen.

»Ja!«, jauchzte Jennifer. »Aber hier ist es zu windig. Wir müssen es später übersetzen. Was ist mit dem Hinweis auf den Helden? Was könnte der bedeuten?«

»Lasst uns überlegen«, sagte Malachy, als wir zu dem Kleinbus zurückgingen. »Kevin, was meinst du könnte der *Gott, der Helden für einen Herrn schafft* bedeuten? Fällt dir dazu vielleicht irgendwas Schlaues ein?«

»Hast du Held gesagt?«, schrie Kev.

»Ja, genau«, sagte Malachy.

»Also, wer ist der größte Held Westirlands?«, fragte Kevin.

»Natürlich!«, meinte Malachy.

»Okay«, sagte ich. »Ich weiß es nicht. Wer ist denn der größte Held Westirlands?«

Kevin und Malachy schienen über meine Unwissenheit entsetzt zu sein. Paddy lächelte bloß und öffnete den Wagen.

»Natürlich Fionn MacCumhail!«, sagte Malachy, was sich ungefähr wie FinnMcCool anhörte. »Er war doch das Oberhaupt der Fianna, nicht wahr? Der größte Krieger aller Zeiten. Und wie sich herausgestellt hat, focht Fionn hier in Dingle die größte Schlacht aller Zeiten aus. Kann diese Karre vielleicht ein wenig schneller fahren, Paddy? Meinst du, sie schafft die Steigung?« Er gab den Reifen einen kleinen Fußtritt.

»Wir werden so schnell fahren, wie sie will, Malachy«, sagte Paddy. »So schnell es geht. Jetzt steigt ein. Kommen Sie mit, Ms McClintoch?«

»Wo soll's denn hingehen?«

»Wir haben zwei Möglichkeiten. Entweder wir fahren zu Fionn MacCumhails Tisch, einem Dolmen oder Hünengrab in den Slieve Mish Mountains, oder in die Gegend von Ventry, wo eine denkwürdige Schlacht von MacCumhail ausgefochten wurde. Zu den Hünengräbern geht es steil bergauf, und das bleibt vermutlich an mir hängen. Darum wäre es mir lieber, wenn wir das verschieben würden«, sagte er und blinzelte in die schon niedrig stehende Sonne.

»Dann lasst uns einen Augenblick überlegen«, sagte ich. »Was ist mit dem anderen Hinweis, der mit dem *durchbohrenden Speer, der Krieg führt?*«

Kevin kratzte sich am Kopf. »Der hat mich ganz schön ins Grübeln gebracht«, sagte er. »Aber ich werde weiter darüber nachdenken.«

»Ich hab mir überlegt, dass der *durchbohrende Speer* sich gut in Eamons Arbeitszimmer befinden könnte«, sagte ich. »Das war voller Schwerter, Speere und so Zeug. Vielleicht war das Margarets Hinweis – sie hat allerdings behauptet, dass sie ihn zerstört hätte, ohne einen Blick darauf zu werfen. Wenn es also tatsächlich Margarets Hinweis ist, dann wollte Eamon vielleicht, dass sie ihn ohne große Mühe finden könnte. Schließlich befand sich der erste Hinweis ja auch direkt auf dem Anwesen, besser gesagt in der kleinen Bucht. Vielleicht befindet sich also auch der mit dem *Speer* dort. Falls dem so ist, hat sie ihn vermutlich schon längst gefunden. Außer, sie hat es tatsächlich ernst gemeint und nach keinem gesucht.«

»Und wie sollen wir an den Hinweis kommen?«, fragte Jennifer.

»Dazu müssten wir in das Haus gehen.« – »Ich betrete diesen verdammten Ort auf keinen Fall«, sagte Paddy.

»Ich auch nicht«, sagte Malachy.

»Und ich ebenfalls nicht«, schloss sich Kevin an.

»Ich war gerade auf dem Weg nach *Rose Cottage*«, sagte ich zu Margaret Byrne und überreichte ihr an der Tür von *Second Chance* meine Visitenkarte. Sie starrte sie einen Augenblick lang an. »Das hier ist übrigens meine Assistentin Jennifer. Jennifer, das ist Ms Byrne. Tut mir leid, dass ich Sie belästige, aber ich war mir nicht sicher, ob Sie wussten, dass ich Miteigentümerin des Antiquitäten- und Designgeschäfts *Greenhalg & McClintoch* in Toronto bin. Ich habe erfahren, dass Ihr Haus auf dem Markt ist und gehe davon aus, dass Sie vielleicht das eine oder andere Stück noch verkaufen möchten. Ich interessiere mich vor allem für die Landkarten Ihres Mannes, die ich kürzlich gesehen habe, falls sie nicht alle dem *Trinity College* vermacht wurden. Einer meiner Kunden ist Sammler, und ein paar von denen sind ziemlich schön. Falls die jedoch unverkäuflich sein sollten«, fuhr ich fort, »wäre ich Ihnen dankbar, wenn Sie mir vielleicht jene Dinge zeigen könnten, die Sie zu verkaufen gedenken.«

»Wir haben noch nicht entschieden, was wir verkaufen wollen«, sagte Margaret widerstrebend. »Natürlich müssen wir uns von ein paar Sachen trennen. Wir haben vor, in eine gemütlichere Umgebung zu ziehen«, sagte sie, »und werden vermutlich nicht mehr genügend Platz für alles haben, verstehen Sie?«

»Natürlich«, stimmte ich zu. Vielleicht war ja die Familie tatsächlich so pleite, wie man sich in der Stadt erzählte.

»Ich hoffe, Sie werden sich entscheiden, noch bevor ich wieder nach Kanada zurückfahre, was vermutlich sehr bald sein wird. Übrigens«, sagte ich, zog einen Umschlag aus meiner Tasche und überreichte ihn ihr. »Das ist ein Empfehlungsschreiben meiner Bank.«

Margaret warf einen kurzen Blick darauf. »Kommen Sie herein«, sagte sie schließlich.

»Suchen Sie hier in der Nähe etwas Neues?«, fragte ich freundlich, um ein wenig Konversation zu machen.

»Das bezweifle ich«, sagte Margaret. »Ich werde vermutlich an meinen Geburtsort zurückkehren. Nach Connemara, kennen Sie das?«

»Nein«, antwortete ich, »ich habe aber gehört, wie eindrucksvoll Connemara sein soll. Liegt das nicht in der Nähe von Galway?«

»Richtig«, antwortete sie. »Es ist wunderschön dort. Ich glaube, ich möchte dorthin zurückkehren.«

»Haben Sie dort Ihren Mann kennen gelernt?«, fragte ich. Sie nickte.

»War er da schon zur See gefahren und kannte Alex schon oder war das noch vorher?«

»Vorher«, sagte sie. »Wir waren verlobt, doch dann ging er zur See. Daraufhin habe ich mich mit einem anderen Mann verlobt. Aber als Eamon zurückkam, hat es mich wieder erwischt.« Einen Augenblick lang klang sie traurig, fast wehmütig, und plötzlich war ich irgendwie peinlich berührt. Diese Jagd nach dem Schatz vermittelte manchmal den Eindruck eines Gesellschaftsspiels, bei dem man leicht vergaß, dass es um echte Menschen mit echten Empfindungen ging. Nur weil ich das Ziel vor Augen hatte und mir ins Gedächtnis rief, dass die Bergung des Schatzes nicht nur Alex' Zukunft, sondern auch das Ende der Gewalt sichern konnte, war ich in der Lage, weiterzumachen.

Margaret wandte sich plötzlich zu mir. »Hier«, sagte sie, »das ist das Arbeitszimmer meines Mannes. Wie Sie sehen, waren die Leute vom *Trinity College* bereits hier«, sagte sie und wies auf die leeren Glasvitrinen, in denen noch die dunklen Spuren auf dem Samt zu sehen waren, wo einst die Waffen gelegen hatten. »Sie haben ja nicht viel zurückgelassen. Sind Sie an Ölgemälden interessiert? Das waren die von meinem Vater. Ziemlich gut, glaube ich.« Die Frau schien nicht allzu sentimental zu sein, aber vielleicht war sie auch einfach nur pragmatisch.

»Schön, nicht wahr, Jennifer?«, sagte ich. Jennifer nickte energisch. Ehrlich gesagt, gab es nur ein Gemälde, das meiner Meinung nach mehr als sentimentalen Wert hatte, und das merkte ich vor. Margaret stand da und sah zu, wie wir alles sorgfältig prüften, ab und zu Gegenstände anhoben oder verschoben und von allen Seiten begutachteten. Schließlich fand ich, was ich gesucht hatte, zumindest war ich halbwegs davon überzeugt. Ich ging zur Verandatür und sah hinaus. »Was für ein herrlicher Tag«, sagte ich und drehte mich dann weg. Mir fiel auf, dass ich ständig alles lobte, aber vermutlich kam das von meiner Nervosität.

Mein Erscheinen in der Verandatür war das Signal für Alex, von meinem Handy aus im Haus anzurufen. Er hatte sich hinter dem Geräteschuppen versteckt und hätte behauptet, auf dem Weg zu *Rose Cottage* zu sein, falls er entdeckt worden wäre. Das Telefon klingelte drei Mal. Im Arbeitszimmer stand ein Telefon, doch Margaret achtete gar nicht darauf. Kurz darauf erschien Deirdre auf der Bildfläche. Und wieder schien sie überrascht, mich zu sehen. »Ein Anruf für Sie, Madam«, sagte sie, ohne mich auch nur anzusehen.

»Entschuldigen Sie mich einen Augenblick«, sagte Margaret. Ich war begeistert. Ich hatte befürchtet, dass Margaret in meiner Anwesenheit keinen Anruf annehmen würde. Das Dumme war nur, dass Deirdre wie angewurzelt stehen blieb.

Jennifer ging auf sie zu. »Entschuldigung, dürfte ich vielleicht das Bad benutzen?«, fragte sie. Deirdre sah verblüfft drein und zögerte einen Augenblick. Mir rutschte das Herz in die Hose.

»Oh, Sie meinen die Toilette«, sagte sie schließlich. »Ja, bitte folgen Sie mir.« Schnell hob ich den leeren Glaskasten an, in dem Byrnes geliebte Speerspitze gelegen hatte und von der er ausging, dass sie einst Lugh Lamfada gehört haben musste. Rasch zog ich das Stück Papier darunter hervor, und als Margaret zurückkam, stand ich bereits wieder am Fenster und ließ meinen Blick über den Garten schweifen.

»Die haben einfach aufgelegt«, sagte Margaret.

»Wie ärgerlich«, sagte ich. »Ah, da ist Jennifer ja wieder.« Ich sah mich noch eine Weile um und entrang ihr das Versprechen, mich anzurufen, falls sie die alten Orientteppiche im Zimmer verkaufen wollte, dann bot ich ihr für das Ölgemälde mehr, als es wert war, zahlte bar und sagte ihr, dass ich später jemanden vorbeischicken würde, um es abholen zu lassen, wenn ihr das genehm wäre. Anscheinend war es das.

Ein paar Minuten später saßen Jennifer und ich mit den anderen in *Rose Cottage*, hielten in der einen Hand den Hinweis und in der anderen das Ogham-Alphabet, während Jennifer unsere neueste Abenteuergeschichte vortrug. In ihrer Version hätte Margaret Byrne beinahe bemerkt, was wir wirklich suchten und Deirdre schon fast die Polizei gerufen.

Die Geschichte war unterhaltsamer oder jedenfalls aufschlussreicher als der Hinweis selbst. »*Umbilicus Hiberniae, das heilige Zentrum*«, stand darauf. Nicht sehr hilfreich, aber wenn meine Theorie stimmte, dann fehlte uns immer noch ein Hinweis. Erst dann würden wir erkennen, worauf die Sache hinauslief.

Alex war zum Hafen gelaufen und hatte köstlichen Fisch mitgebracht, den er unbedingt für uns zubereiten wollte, die erste Dinnerparty in seinem neuen Heim, wie er es nannte. Das schien etwas mühsam, da es keinen Strom gab, doch Paddy entfachte ein wohliges Feuer, Jennifer und ich zündeten die Kerzen an und deckten den Tisch, und wir verbrachten einen recht munteren Abend in dem gemütlichen kleinen Cottage. Es gab gebratenen Fisch aus der Pfanne, in der Asche gebackene Kartoffeln in irischer Butter, frisches Gemüse und als Nachtisch Erdbeeren mit viel irischer Sahne. Zuerst herrschte zwischen mir und Paddy eine gewisse Spannung, auch wenn ich an seinem Verhalten den Abend über nichts aussetzen konnte, wie sehr ich mich auch bemühte. Er war aufmerksam zu Jennifer, freundlich zu Malachy und Kevin, half Alex, ging mir aus dem Weg und nannte mich Ms McClintoch, wenn er das Wort an mich richten wollte. Er zeigte den lässigen Charme der Iren, sobald das Gespräch oder die Gesellschaft ihn aus seiner Reserve gelockt hatte, und schließlich beschloss ich, dass ein Waffenstillstand angebracht war. »Wir hatten keinen besonders guten Start neulich«, sagte ich zu ihm, als wir das Essen auf den Tisch stellten.

»Stimmt«, pflichtete er mir bei.

»Ich dachte, Sie hätten uns im Wasser über den Haufen gefahren. Ich nehme jedenfalls an, dass es Ihr Boot gewesen ist«, fügte ich vorsichtig hinzu.

»Kann schon sein«, sagte er. »Denken Sie immer noch, dass ich am Ruder saß?«

»Nein«, antwortete ich. »Malachy und Kevin haben gesagt, Sie würden so etwas nie tun, und das reicht mir.«

Er lächelte. »Das sind großartige alte Jungs, nicht wahr? Nein, ich war es wirklich nicht, auch wenn es zu meinem Leidwesen vielleicht tatsächlich mein Boot gewesen sein könnte. Auf dem Zähler hatte es mehr Meilen, als es hätte haben dürfen. Es war kurz davor zu Reparaturarbeiten in der Reederei gewesen, und die Jungs sind damit rausgefahren, um zu prüfen, ob nach der Reparatur alles in Ordnung war. Aber weit sind sie nicht gefahren.«

»Wer könnte Ihrer Meinung nach das Boot genommen haben?«

»Conail«, antwortete er.

»Warum?«

»Passt zu dem Hitzkopf. Dann hätte er zwei Fliegen mit einer Klappe geschlagen, wenn Sie verstehen, was ich meine: Er hätte Sie zu Tode erschreckt und mich gleichzeitig in Schwierigkeiten gebracht. Die von *Second Chance* sind ein hinterhältiges Pack«, fügte er hinzu. »Die waren richtig gemein zu mir. Die denken, dass sie was Besseres sind, aber das sind sie nicht. Nur Eamon war anders. Der war ein feiner Kerl. Er hat mich aufgenommen und mir das Gefühl gegeben, zur Familie zu gehören. Der hat uns alle gleich behandelt – Michael, John und mich. Aber Margaret nicht. Die ist bösartig, hat mich wie Dreck behandelt. Conail und Sean auch. Und die beiden Schwestern waren auch nicht besser.«

»Die beiden?«

»Ja, Breeta war anders«, sagte er sanft. »Sie war nicht so. Sie ist genau wie ihr Vater.«

»Sagen Sie doch Lara zu mir«, sagte ich.

»Sollte ich nicht besser Tante Lara sagen?«, lächelte er.

»Nein«, antwortete ich. Übertreib's mal nicht, dachte ich mir.

Spätabends, satt und von dem harmonischen Beisammensein erfüllt, ließen wir Alex in seinem Cottage zurück und machten uns vorsichtig auf den Weg zur Hauptstraße, weil wir vermeiden wollten, des Nachts auf Sean McHugh und sein Gewehr zu stoßen. Auf der Hauptstraße fuhren wir dann zurück zur Stadt. Ich setzte zuerst Malachy und Kevin ab, bevor ich zu Paddys Freund fuhr, von dem er sich den Kleinbus geliehen hatte. Von dort aus fuhr er mit seinem Motorrad weiter, und Jennifer und ich gingen zu Fuß zu unserem Gasthof.

Dort erwartete mich ein Umschlag mit einer Nachricht: *Ich wollte Sie besuchen. Ich werde an meinem freien Tag zurückkommen. Übermorgen. Elf Uhr. Bitte warten Sie auf mich. Ich muss Ihnen etwas erzählen. Sehr wichtig. D. Flood.*

## 12

# Ein Speer, der durchbohrt, führt Krieg

Bedauerlicherweise setzten die Byrnes ihren Vorsatz in die Tat um und leiteten rechtliche Schritte ein, um *Rose Cottage* zurückzubekommen.

»Lara«, sagte eine samtige Stimme. »Hier ist Charles.« Ich konnte den Duft seines Kölnischwassers förmlich durch das Telefon riechen und muss gestehen, dass mein Herz entgegen aller Vorsätze einen kleinen Freudensprung machte. »Ich fürchte, ich habe schlechte Neuigkeiten. Trotz meiner Bemühungen war die Familie Byrne nicht davon abzuhalten, sich einen neuen Anwalt zu suchen und Eamon Byrnes Nachlass auf *Rose Cottage* zu verklagen. Wie ich bereits befürchtet hatte, behauptet sie nun, Eamon sei aufgrund der Krebsmetastasen in seinem Gehirn nicht mehr im vollen Besitz seiner geistigen Kräfte gewesen. Wir müssten uns treffen, um die weitere Vorgehensweise zu besprechen. Ryan und ich werden im Laufe des Tages zu Ihnen fahren. Würden Sie sich in meinem Namen mit Mr Alex Stewart in Verbindung setzen, damit wir vier uns heute am späten Nachmittag treffen können?«

Klar konnte ich das.

So sehr mich die Entwicklung der Dinge auch ärgerte, allein die Aussicht auf ein Wiedersehen mit Charles trug viel dazu bei, dass ich mich besser fühlte.

Wir trafen uns im Foyer des Gasthofes und setzten uns an einen großen Tisch, wo Charles und Ryan ihre Unterlagen ausbreiten konnten. Beide trugen wieder ihre identische Anwaltsmontur, Dreiteiler und so, was viele Gäste dieses etwas einfacheren Etablissements dazu veranlasste, die Köpfe nach uns zu drehen.

»Also, Mr Stewart«, sagte Ryan und lächelte gewinnend. »Sie müssen sich wirklich keine Sorgen machen. Die Familie hat keine Chance, das versichere ich Ihnen. Wir besitzen frühere Ausfertigungen des Testaments von Eamon Byrne, einige davon liegen sogar schon Jahre zurück, und in jedem werden Sie namentlich erwähnt. Das Argument der Familie, dass Eamon Byrne an seinem Lebensende nicht mehr ganz richtig im Kopf gewesen sein soll, wenn Sie verstehen, was ich meine, ist einfach nicht stichhaltig genug. Ich denke, wir können getrost davon ausgehen«, sagte er und wandte sich an Charles, der nickte, »dass das Gericht diese Klage als eine Laune bezeichnen und es vermutlich noch nicht einmal zur Anhörung kommen wird.«

»Ich weiß nicht«, sagte Alex. »Während der Zeit, die ich auf *Rose Cottage* verbracht habe, habe ich viel nachgedacht. Es ist zwar eine wunderschönes Plätzchen, aber …«

»Natürlich ist es das«, unterbrach Ryan ihn. »Es ist ein wunderbares Plätzchen, und Eamon Byrne wollte, dass Sie es bekommen.«

»Ich weiß«, sagte Alex, »aber ich brauche es nicht und überlege mir – ich meine, auch all die Gerüchte im Dorf –, dass die Familie Byrne vielleicht doch …«

»Das glaube ich kaum«, warf ich ein. »Sie besitzen immer noch *Second Chance*. Auch wenn sie es offensichtlich verkaufen müssen, werden sie deshalb nicht im Armenhaus landen. Hast du überhaupt eine Ahnung, was man für so ein Haus heutzutage bekommen kann? Auf jeden Fall mehr als wir beide jemals besitzen werden, da bin ich mir sicher. Außerdem haben sie immer noch die Mehrheit an den *Byrne Enterprises*, auch wenn die Geschäfte nicht gerade gut zu laufen scheinen.«

»Aber wenn ihnen das Cottage so viel bedeutet«, entgegnete er.

»Nein, Alex«, rief ich. »Tu das nicht. Du weißt doch, wie sehr du das Cottage liebst. Ich habe dich neulich beobachtet, wie du über dem Feuer gekocht hast. Du sahst schon lange nicht mehr so gut wie jetzt aus. Der Ort tut dir gut, die Meeresluft, die Ruhe, du bist weit weg von der Stadt.«

»Aber meine Freunde ... mein Leben ist doch in Toronto«, sagte er. »Du weißt das genauso gut wie ich. Was meinst du würde ich tun, wenn ich nicht jeden Tag in dein Geschäft kommen könnte? Du denkst wohl, dass ich dir einen Gefallen tue. Aber das stimmt nicht. Ich habe die Pensionierung schon gehasst, noch bevor es so weit war. Ich brauche Beschäftigung und das Gefühl, gebraucht zu werden.«

»Also gut, wir profitieren beide von deinen Besuchen bei mir. Ich bin zwar froh darüber, aber es geht noch um etwas anderes, Alex«, sagte ich. »Wenn du es nicht nutzen willst, kannst du es immer noch verkaufen oder es vermieten, dann hättest du ein zusätzliches Einkommen, könntest dir näher an Zuhause ein kleines Cottage kaufen, oder was auch immer. Wie Ryan schon sagte, Eamon Byrne wollte, dass du das Cottage bekommst. Darum haben diese Leute nicht das Recht, so egoistisch zu sein. Du hast ihm das Leben gerettet, Alex, und er wollte sich auf irgendeine Weise bei dir dafür bedanken.«

»Ach, wirklich?«, sagte Charles und wandte sich Alex zu. »Ich habe mich schon danach gefragt. Erzählen Sie uns doch davon.«

Alex lieferte ihm eine leicht veränderte Version der Geschichte von Eamon und erzählte, dass Eamon von einem Landungssteg in Singapur ins Wasser gefallen sei.

»Singapur!«, rief Ryan. »Ich liebe diese Stadt. Dort habe ich in einer kleinen Spelunke in der Nähe vom Raffles Hotel die beste süß-saure Suppe der Welt gegessen. Und dieses Dim Sum!« Ich lächelte bei dem Gedanken, dass Charles mir erzählt hatte, was für ein Feinschmecker sein Kollege war. Ich sah zu ihm und bemerkte, dass auch er lächelte.

»Ich weiß genau, wo Sie die gegessen haben!«, sagte Alex, und schon waren die beiden auf Feinschmeckerreise durch Singapur, Hongkong und Shanghai. Charles hörte sehr interessiert zu, und bald schon tauschten auch er und Alex Geschichten aus über Orte, an denen sie gewesen waren, und Abenteuer, die sie erlebt hatten.

Dabei stellte sich heraus, dass Charles anscheinend aus keinem sehr wohlhabenden Haus stammte, sondern sich sein Jurastudium hart hatte erarbeiten müssen. Unter seinem kultivierten Äußeren lag eine Entschlossenheit, die ich äußerst anziehend fand.

Nach einem kurzen Streifzug durch die Welt führte Charles das Gespräch behutsam wieder zum eigentlichen Thema zurück. »Also, Mr Stewart«, sagte Charles, »so angenehm diese Unterhaltung auch sein mag, wir bräuchten Ihre genauen Anweisungen, was diesen Rechtsstreit betrifft. Natürlich würden wir Ihren Wünschen nachkommen, falls Sie sich entschließen sollten, *Rose Cottage* doch nicht zu behalten und einfach nicht auf die Klage eingehen. Doch Eamon Byrne war ausgesprochen daran gelegen, dass Sie es erhalten. Das kann ich selbst bezeugen. Ich hatte natürlich keine Ahnung, weshalb er das unbedingt wollte, schließlich kannte ich die Geschichte nicht, aber ich habe das Testament eingehend mit ihm besprochen, daher gibt es für mich auch überhaupt keinen Zweifel an seinem Vorsatz. Außerdem war er äußerst klar bei Verstand, das versichere ich Ihnen.«

»Sie würden also sein Testament verteidigen?«, fragte Alex. Er mochte die beiden ganz offensichtlich und schien ganz zu meiner Freude einlenken zu wollen. Ich konnte den Gedanken nicht ertragen, dass die Familie ihm das Cottage wegnehmen könnte.

»Ja, wir wären die Beklagten, würden aber für die Arbeit bei Gericht einen Prozessanwalt hinzuziehen, der uns vertritt«, sagte Charles.

»Wird das nicht teuer?«, fragte Alex.

»Schon möglich, aber nur, wenn der Fall tatsächlich vor Gericht kommt, was vermutlich nicht passieren wird, wie Ryan schon erwähnte. Aber darüber sollten Sie sich nicht den Kopf zerbrechen. Normalerweise müssen die Kosten vom Nachlass und nicht von Ihnen getragen werden.«

»Also gut«, sagte Alex. »Meinst du wirklich, Lara?«

»Jawohl, Alex«, sagte ich. »Ich finde die Byrnes schlichtweg niederträchtig, das ist alles. So verzweifelt, wie sie immer tun, können sie gar nicht sein.«

»Machen Sie nun mit?«, fragte Ryan.

»Ich denke schon«, sagte Alex. »Ich liebe dieses kleine Cottage wirklich.«

»Großartig!«, rief Charles. »Also Ryan, ich glaube du hast draußen auf *Second Chance* noch was zu erledigen, bevor wir wieder zurück nach Dublin fahren.«

»Das stimmt. Das ist eine der Besonderheiten an dieser Situation«, sagte er und sah mich an, »dass die Familie einerseits den Nachlass, also uns als Testamentsvollstrecker verklagt, wir andererseits aber Ms O'Connor in ein paar persönlichen Angelegenheiten vertreten. Charles, kommst du mit?«

Charles sah mich flüchtig und mit leicht fragendem Blick an.

»Ich denke nicht«, antwortete er. »Wie wär's mit ... einem Drink?«, sagte er und sah mich dabei an. »Ms McClintoch, Mr Stewart?«

»Gerne«, sagte ich und dachte, wie nett.

Charles ging an die Bar und holte drei Drinks, dann plauderten wir eine Weile, bis plötzlich Malachy vor uns stand. »Da bist du ja!«, schrie er und sah Alex an. »Wir haben dich schon überall gesucht. Hast du vergessen, dass wir uns in Tommy Fitzgeralds Pub treffen wollten?«

»Oh mein Gott!«, rief Alex. »Ich habe völlig vergessen, wie spät es ist. Würdest du mich bitte entschuldigen, Lara? Mr McCafferty?«

»Aber selbstverständlich«, sagten wir fast wie aus einem Mund.

»Keine Angst, ich werde schon dafür sorgen, dass er wieder nach Hause kommt«, sagte Malachy.

Charles lächelte mich an. »Was halten Sie davon, wenn wir beide essen gehen? Die Fahrt nach Dublin dauert lang. Es gibt hier in der Straße ein wunderbares Fischrestaurant. Jedes Mal, wenn ich hier bin, versuche ich, Fisch zu bekommen. Der ist so frisch. Was meinen Sie?«

Natürlich dachte ich, dass das eine gute Idee war, und sagte ihm das auch. Ein paar Minuten später saßen wir an einem Fenstertisch und lasen auf einer Tafel, die uns der Ober gebracht hatte, welche fangfrischen Fische es gab.

»Champagner, würde ich sagen«, meinte Charles, »schließlich sollten wir auf Mr Stewarts Entscheidung anstoßen.«

Charles McCafferty gehörte zu der Sorte von Männern, über die meine Freundinnen und ich uns für gewöhnlich lustig machen, weil sie etwas veraltete Manieren haben, etwa wenn sie vorhechten, um einem die Tür aufzuhalten, oder das Essen auswählen, als könnten wir das nicht selbst. Aus irgendeinem Grund fand ich es jedoch entspannend, mir einmal keine Gedanken machen zu müssen, sondern einfach das köstliche Essen und den Wein, den er bestellt hatte, genießen konnte. Ryan mochte zwar der Feinschmecker von beiden sein, doch auch Charles wusste gut Bescheid, wenn es darum ging, wo man in der Gegend gut essen gehen konnte. Und er widmete mir seine ganze Aufmerksamkeit, was ich äußerst schmeichelhaft fand. Du wirst dich morgen dafür schämen, sagte ich zu mir selbst, um in Bezug auf die feministische Ideologie wieder etwas gutzumachen, doch heute Abend wollte ich mich einfach nur zurücklehnen und genießen. Ich brachte das Gespräch wieder auf mein Geschäft, damit er nicht dachte, ich sei eine dieser Damen, die sich nur ausführen lassen.

»Ich kann mich daran erinnern«, sagte er. »Darum habe

ich es auch so genossen, Ihnen unsere Büroräume zu zeigen. Haben Sie sich auf eine bestimmte Epoche spezialisiert?«

Ich erzählte ihm alles über mein Geschäft, schließlich war das mein Lieblingsthema. Ich redete gerne darüber, und gleichzeitig erinnerte es mich an meine ersten Gespräche mit Clive, als wir noch miteinander ausgingen, bevor wir heirateten und dann alles schief ging. Ich fand es schön, ein Interesse mit jemandem zu teilen, mit dem man so im Detail über alles sprechen konnte und der genauso begeistert war wie ich. Und trotzdem war ich, was ihn betraf, immer noch ein wenig verwirrt und konnte nicht sagen, ob sein Interesse wirklich mir galt. Vermutlich würden wir beide ein wenig flirten und dann bei dem Gedanken an eine neue Romanze mit gemischten Gefühlen heimkehren. Ich hatte derart schlechte Erfahrungen mit Männern gemacht, dass ich den Gedanken an eine neue Partnerschaft mit jemandem, der noch dazu so weit weg lebte, gelinde gesagt entmutigend fand. Ich fragte mich, ob er genauso dachte.

Trotzdem gefiel er mir, daran bestand kein Zweifel. Ich ertappte mich sogar bei dem Wunsch, ich hätte irgendeine Abmachung mit Jennifer – nach dem Motto »Studentenwohnheim« –, wo eine Schleife an der Tür bedeutet, man möge nicht eintreten. Doch hätten wir so eine Abmachung tatsächlich getroffen, so hätte sie auf Gegenseitigkeit beruhen müssen, und ich war nicht bereit, eine intime Beziehung zwischen Jennifer und Paddy zu tolerieren.

Irgendwann während wir uns unterhielten, beschlich mich das Gefühl, beobachtet zu werden, was angesichts der Situation nicht außergewöhnlich gewesen wäre. Charles besaß eine eindrucksvolle Präsenz und war besser gekleidet als irgendwer sonst im Lokal. Außerdem hatte die Flasche Champagner, die im Eimer kühlte, mehr als nur beiläufige Blicke angezogen. Aber da war noch etwas anderes. Also sah ich mich um und entdeckte Rob an der Bar. Er hatte einen äußerst seltsamen Ausdruck auf dem Gesicht, der teils lässig, teils ... nun, was eigentlich? Eifersüchtig war? Das konnte doch nicht sein! Ich sah wieder zu ihm. Warum eigentlich nicht? Nun, das war auch gut so. Ich lächelte Rob an und beugte mich dann zu Charles vor, der über den Tisch nach meiner Hand griff. Ich reichte sie ihm. Rob drehte sich wieder dem Tresen zu und bestellte noch einen Drink. Ich fragte mich, wo Maeve wohl war.

Egal wie der Abend geendet hätte, wenn wir alleine gewesen wären, so weit kam es nicht, denn kaum hatten wir unseren Kaffee getrunken, erschien Ryan auf der Bildfläche. »Ach, hier seid ihr«, sagte er. »Das hatte ich mir fast schon gedacht. Was habt ihr gegessen? Wolfsbarsch? Schade, dass ich das verpasst habe. Ich habe draußen auf *Second Chance* einen schrecklichen irischen Eintopf oder so was Ähnliches gegessen. Margaret hat ihn gemacht. Ich hoffe, sie findet bald einen Koch. Das Abendessen ist dort auch nicht mehr, was es einmal war. Und dann diese Deirdre! Sie ließ alles fallen und klapperte unaufhörlich mit dem Geschirr. Ein Glück, dass sie uns verlassen hat, Charles. Der Tee wäre öfter auf dem Schoß unserer Mandanten gelandet als in den Tassen.«

»Warum hat sie gekündigt?«, fragte ich. »So, wie sie an dem Tag, als sie das Haus verlassen hatte, über *Second Chance* hergezogen ist, hätte ich gedacht, dass sie nie wieder dorthin zurückkehren würde.«

»Das weiß der Himmel«, antwortete Ryan. »Ich habe keine Ahnung. Jedenfalls hat sie uns einen Gefallen damit getan.«

»Ich glaube, sie mochte Dublin nicht«, sagte Charles.

»Was gibt es daran nicht zu mögen?«, fragte Ryan. »Aber da wir gerade davon sprechen. Was meinst du, sollten wir nicht lieber langsam zurückfahren, Charles?«

»Bedauerlicherweise, ja«, sagte Charles und küsste meine Hand. Ich blickte auf und bemerkte, dass Rob mich erneut anstarrte. »Also dann, vielleicht auf ein nächstes Mal?«

»Das wäre schön«, sagte ich. »Danke. Und danke nochmals für die Unterstützung für Alex und den wunderschönen Abend.« Die beiden Männer verließen das Lokal, gingen zu einem parkenden Mercedes und fuhren los. Ryan saß am Steuer. Beide winkten mir zu und lächelten, als sie losfuhren. Als ich mich wieder umsah, war Rob schon gegangen.

Die Tatsache, dass wir über Deirdre gesprochen hatten, erinnerte mich daran, dass ich am nächsten Tag eine Verabredung mit ihr hatte. Sie hatte gesagt, dass es wichtig sei. Ich muss zugeben, dass mich das ein wenig ärgerte. Ich hatte mir vorgenommen, noch einen Tag auf Antiquitätenjagd für mein Geschäft zu gehen. Doch dann beschloss ich, trotzdem auf sie zu warten.

Vielleicht hatte sie ja tatsächlich etwas Wichtiges zu berichten.

Kurz nach Mitternacht klingelte das Telefon in unserem Zimmer. Charles rief aus Dublin an. »Ich rufe nur an, um dir eine gute Nacht zu wünschen«, sagte er in seinem hübschen irischen Tonfall. »Ich weiß, dass es spät ist, aber ich wollte noch einmal deine Stimme hören. Ich habe einen wunderschönen Abend mit dir verbracht, auch wenn er ein wenig kurz war.«

»Ich auch«, antwortete ich. Auch wenn ich mir immer wieder sagte, dass er nicht mein Typ war, bemerkte ich, wie sehr mich sein Anruf freute.

»Wir werden uns bald wiedersehen. Das ist einer der Vorteile, wenn man von den Byrnes verklagt wird«, kicherte er.

»Also, bis dann«, sagte ich und legte auf.

»Wer war das?«, fragte Jennifer verschlafen.

»Charles McCafferty«, antwortete ich. »Schlaf weiter.«

»Dad hat mir erzählt, dass du mit einem dieser Anwälte essen warst«, sagte sie. »Ich glaube, er ist eifersüchtig.«

»Ich dachte, er wäre zu sehr mit Maeve beschäftigt, um eifersüchtig zu sein«, sagte ich spitz.

»Ich mag dich aber lieber als Maeve«, murmelte sie.

»Ich hatte ja keine Ahnung, dass es hier um einen Wettbewerb geht«, sagte ich. »Jetzt schlaf doch bitte weiter!«

Am nächsten Tag kam Deirdre nicht. Nachdem ich ein paar Stunden auf sie gewartet hatte, rief ich auf *Second Chance* an.

»Könnte ich mit Deirdre sprechen?«, fragte ich. Das muss wohl Sean am Apparat sein, dachte ich.

»Wer spricht da?«, fragte er misstrauisch.

»Das spielt keine Rolle«, antwortete ich. Dieser Mann ging mir grenzenlos auf die Nerven. »Ich möchte bitte mit Deirdre sprechen.«

»Sind Sie nicht diese Kanadierin?«, fragte er. »Die Freundin von diesem Kerl, der uns *Rose Cottage* weggenommen hat?«

»Er hat es Ihnen nicht weggenommen. Ihr Schwiegervater hat es ihm hinerlassen«, sagte ich. »Also, ist Deirdre da oder nicht?«

»Nein«, antwortete er.

»Wissen Sie, wo sie sein könnte? Sie wollte sich mit mir treffen«, fuhr ich fort. Vermutlich hätte ich das nicht sagen sollen. Es konnte ihn verärgern und sie in Schwierigkeiten bringen.

»Sie hat heute frei und kann tun, was sie will. Ich habe keine Ahnung, wo sie ist. Und jetzt rufen Sie hier bitte nicht mehr an!«, sagte er und knallte den Hörer auf.

Ich wartete noch eine oder zwei Stunden, dann machte ich mich eilig zu einer Versteigerung auf. Nerviges Weib, dachte ich. Und nervige Familie. Ich fragte mich, was Deirdre mir so Wichtiges zu eröffnen hatte. Vielleicht den Vater von Breetas Kind? Das wäre zweifellos interessant gewesen, doch spielte es eine Rolle? Und wenn es das nicht war, was dann?

## 13

# Ein Gott, der Helden für einen Herrn schafft

*Nun, Nuada war beides, Mensch und Gottheit zugleich. Das ist so bei den Tuatha de Danaan, wisst ihr. In gewisser Weise waren sie Götter, hatten aber ihre Kämpfe auszustehen, und sie konnten sterben, wie wir alle. Am Ende starben sie alle, und später war auch all ihre Zauberkunst dahin, als Sankt Padraig kam und die alten Götter verfluchte. Die dreifache Göttin, Banba, Fotla und Eriu, starb zur selben Stunde, so wie ihre Könige.*

*Doch wie ich schon sagte, war Nuada ein vortrefflicher Gott. Er war König der Tuatha de Danaan und kämpfte in den beiden Schlachten von Mag Tuired, bei denen ihm sein Schwert zu Hilfe kam, dem niemand, auf den es sich einmal gerichtet hatte, entrinnen konnte.*

*Das Zauberschwert war eine der Gaben der Götter und kam aus der Stadt Findias.*

*In der ersten Schlacht besiegte Nuada die Fir Bolg und schlug sie nach Westen, nach Connacht und auf die Aran Islands zurück. Doch bei dieser Schlacht verlor Nuada seinen Arm, und da jeder König der Tuatha de Danaan makellos sein musste, durfte er nicht länger König bleiben. Der Heiler Diancecht machte ihm einen neuen Arm, der fast so gut wie sein eigener war, doch es geziemte sich nicht, dass er König blieb.*

*Nun musste Nuada zusehen, wie Bres, der neue König, auch der Schöne genannt, das Königreich verkommen ließ. Obwohl Bres wunderschön anzusehen war – er war zu einem Teil Formorier, Sohn des Formorierkönigs Elatha und seiner Frau Eriu, einer Tuatha de Danaan –, so war sein Inneres nicht schön, wenn ihr versteht, was ich meine. Bres war knausrig gegenüber seinem Volk und forderte für sich und die Formorier Tribut, sodass selbst der große Dagda die steinernen Treffpunkte, die »raths«, eigenhändig erbauen musste und Oghma von den Unterdrückern zum Transport von Brennmaterial gezwungen wurde.*

*Und Nuada musste all dem zusehen.*

*Es muss eine bittere Zeit für ihn gewesen sein, als die Götter in furchtbarer Knechtschaft lebten. Doch dann ließ Miach, Sohn des Diancechts, Nuada einen neuen Arm entstehen. Manche behaupten, er habe Nuadas verstümmelten Arm verwendet und andere, er habe eine Schweinspfote genommen und Nuada angenäht. Jedenfalls wuchsen Haut, Gelenke und Muskeln zusammen. Und Nuada konnte erneut König sein.*

*Er veranstaltete ein königliches Bankett, und kein Geringerer als Lugh Lamfada, Lugh mit dem langen Arm, kam an die Tür und überredete Nuada, sein Gefolge erneut in die Schlacht zu führen, um diesmal gegen den ärgsten Feind, die bösen Formorier zu kämpfen. Nuada übertrug seine königliche Herrschaft auf Lugh, und diesmal waren die Tuatha de siegreich. Das Licht und das Leben siegten über die Dunkelheit, und die Krähe Morrigan verkündete es so laut, dass es im ganzen Land zu hören war.*

*Nuada war mir immer der Liebste, denn trotz seiner Zauberkunst war er so menschlich, litt so sehr unter der Unterdrückung seines Volkes, als er sie hilflos mitansehen musste, weil er verstümmelt war und nicht König sein durfte. Er starb bei der zweiten großen Schlacht von Mag Tuired durch die Hand des Formoriers Balor.*

*Ich bin dabei gewesen, wisst ihr. Ich habe den Zauber weichen sehen.*

*Wirklich, Nuada war mir immer der Liebste. Und ihr sollt wissen, auch Eamon Byrne ging es so.*

Deirdres Leiche wurde nicht weit von *Second Chance* entfernt an den Strand gespült. Sie schaffte es nicht mehr bis zu unserer Verabredung im *Three Sisters Inn*. Und falls sie doch gekommen war, so hatte sie niemand bemerkt.

Was immer sie mir hatte sagen wollen, hatte sie mit ins Grab genommen.

Zum Glück habe nicht ich ihre Leiche gefunden. Diese traurige Aufgabe fiel an Padraig Gilhooly, der früh am Morgen mit seinem Boot auf dem Meer unterwegs war und etwas Verdächtiges am Ufer gesehen hatte.

»Für das hier können wir Conail O'Connor nicht verantwortlich machen«, seufzte Rob, »er sitzt hier hinter Schloss und Riegel. Ich nehme an, wir müssen ihn laufen lassen, schließlich können wir ihn nicht bis in alle Ewigkeit eingesperrt lassen, nur weil er einem Beamten eins auf die Nase gegeben hat. Wir würden ihn zwar trotzdem gerne weiter hier behalten, aber das geht nun mal nicht.«

»Und was ist mit dem Rest der Familie?«

»Eithne, Sean und Margaret haben sich wie immer ein Alibi besorgt. Sie behaupten, über Nacht zu Hause gewesen zu sein. Für meinen Geschmack klingt das alles ein wenig zu harmonisch. Fionuala wirkte recht geziert, vermutlich wird sich herausstellen, dass sie sich mit irgendeinem verheirateten Kerl herumgetrieben hat, der irgendwann hereinschneien und uns schwören lassen wird, nichts seiner Frau zu sagen. Nun aber zu Gilhooly. Mit ihm konnte ich bis jetzt noch nicht sprechen. Er hat zwar die Leiche gefunden, das bedeutet aber noch lange nicht, dass er unschuldig ist. Natürlich verstehe ich, dass er von alledem noch recht aufgewühlt ist. Nach Kollegin Minogue zu schließen, hockt er nach dem Schock noch immer auf dem Klo. Wir werden ja sehen, was er uns später erzählen wird.

Ich sollte übrigens auch Alex überprüfen, schließlich gehört auch er zu den Leuten, die etwas geerbt haben. Allerdings bezweifle ich, dass sich jemand finden wird, der seinen

Aufenthaltsort bestätigen kann, immerhin ist er dort oben ganz alleine. Nein«, sagte er beschwichtigend, als er mein erschrockenes Gesicht sah, »ich glaube nicht, dass er es gewesen ist. Ich mache mir lediglich Notizen zu Deirdre, verstehst du. Hast du vielleicht irgendeine Ahnung, was sie dir sagen wollte?«

Ich schüttelte den Kopf.

»Wann ist sie gestorben?«, fragte ich.

»Irgendwann in der Nacht oder gegen frühen Morgen. Ein paar Leute haben sie am Abend noch gesehen, inklusive dieser Anwälte. Die beiden sind gemeinsam zurück nach Dublin gefahren – ich habe schon mit ihnen gesprochen.« Ich war versucht, ihm zu erzählen, dass Charles mich um Mitternacht aus Dublin angerufen hatte, um dessen Aufenthaltsort zu bestätigen, hielt mich dann aber zurück, ich war schon unbarmherzig genug gewesen.

»Die Familie behauptet, dass sie zur gewohnten Zeit zu Bett gegangen ist«, fuhr Rob fort, »doch irgendwann in der Nacht muss Deirdre hinausgeschlichen sein, aber warum nur? Vermutlich, um jemanden zu treffen. Ich habe nur keine Ahnung, wen …

Mein Gott, was für ein schweres Leben sie hatte«, sagte er nach einer Pause und durchwühlte die Unterlagen in seinem Aktenordner. »Für mich sieht das nach einem Leben unter schrecklichen Arbeitsbedingungen aus. Da muss *Second Chance* geradezu wie ein Paradies auf sie gewirkt haben. Kein Wunder, dass sie zurückgekommen ist. Bevor sie hier herkam, hat sie ein paar Jahre bei einer chemischen Reinigung gearbeitet«, sagte er und zog ein Stück Papier aus dem Ordner. »Noch dazu hinten, mit all den Chemikalien. Vielleicht war sie deswegen so griesgrämig. Nun gut, wenn dir noch irgendwas einfällt, das ich wissen müsste, dann ruf mich an.«

Ich ging vom Polizeirevier direkt zum Gasthof und dachte an Deirdre. Trotz der grauenhaften Ereignisse der letzten Stunden wirkte der Ort heiter, überall hingen Plakate und

Fahnen, die das in einer knappen Woche stattfindende Musikfestival ankündigten. Der ganze Ort redete darüber und freute sich natürlich darauf. Es gelang mir nicht, mich in die richtige Stimmung zu versetzen. Ich konnte angesichts der schrecklichen Ereignisse das überwältigende Gefühl von Hilflosigkeit einfach nicht abschütteln.

Für mich ergab das alles keinen Sinn. Wieder war ein Bediensteter ermordet worden, wieder war ein Mensch, der noch nicht einmal einen Hinweis erhalten hatte, grausam zu Tode gekommen.

Ich musste immer wieder an mein Gespräch mit Moira denken, die gesagt hatte, dass solche Verbrechen entweder aus Geldgier oder Leidenschaft begangen werden. Wenn das stimmte, dann gab es nur zwei Möglichkeiten: Entweder es ging um den Schatz oder um Eamon Byrnes Vergangenheit. Den Schatz hatte ich nicht gefunden und wusste auch nicht, worum es sich handelte, und über Eamon Byrne wusste ich auch nicht viel. Nur, dass er stets nach den vier großen Gaben der Götter gesucht hatte.

Ich rannte die Landungsbrücke hinunter und traf auf Denny, der mit einem Pfahl sprach.

»Denny«, sagte ich zuerst sanft, dann etwas lauter. »Denny!«

Er sah einen Augenblick lang etwas verwirrt drein. »Lara«, sagte er schließlich. »Du bist es.«

»Denny, ich habe dir eine Flasche Whiskey mitgebracht«, sagte ich. »Ich würde sehr gerne ein paar von deinen Geschichten hören.«

»Welche denn?«, fragte er und wirkte erfreut.

»Alle, Denny«, sagte ich. »Ich möchte alle Lieblingsgeschichten von Eamon Byrne hören, die über die Götter und die großen Schlachten, Amairgens Ankunft an den Ufern Irlands. Und ich will noch einmal die Geschichte von dem verlorenen Kind hören, die Geschichte von dem Kerryman und dem Kind, das von den Elfen entführt worden war«, fügte ich spontan hinzu. »Das war doch auch eine von Byrnes Lieblingsgeschichten. Du kannst anfangen, wo du magst.«

Und das tat er auch. Wie ich vermutet hatte, gehörten zu Eamon Byrnes Lieblingsgeschichten die über die vier großen Gaben der Götter. Also erzählte er mir von Dagdas Kessel, der niemals leer wurde, egal wie viele aus ihm aßen. Er erzählte mir von Lia Fail, dem Schicksalsstein, der rauschte, wenn der rechtmäßige König von Irland ihn berührte und der nun verloren war oder in Edinburgh lag. Er erzählte mir von Lugh Lamfada, Lugh mit dem langen Arm, Besitzer des Zauberspeers, gegen den nie eine Schlacht gewonnen wurde und wie er seinen Großvater, den Formorier Balor vom Bösen Auge, umgebracht hatte, nachdem er Eintritt am königlichen Hofe gefunden und den König davon überzeugt hatte, das Joch der Unterdrückung durch die Formorier abzuwerfen. Und zuletzt erzählte er mir von seinem und Eamon Byrnes Lieblingshelden Nuada Silberhand, Nuada Argat-lam, Besitzer des Zauberschwertes, der vierten Gabe der Götter und König der Tuatha de Danaan, jenen gottähnlichen Menschen, die nach der Ankunft der Kelten nach Sidhe, auf den Feenhügel, verbannt worden waren.

Und als Zugabe erzählte er mir die Geschichte von der Ankunft Amairgens und der Söhne Mils, die Ankunft der Kelten in Irland.

Und dann erzählte er mir von dem verlorenen Kind, dem Kind, das von den Elfen entführt worden war und dessen Vater einen Pakt mit dem Teufel geschlossen hatte, um es zu bekommen und der es dann wieder verlor. Die Geschichte nahm ein gutes Ende, denn der Mann fand den Sohn kurz vor seinem Tod wieder, sie versöhnten sich, was für mich aber irgendwie nicht stimmig war. Sie klang wie eine dieser Geschichten, die mit der Wahrheit beginnen, im Laufe der Zeit aber alles vermischen und sich dann wiederholen. Und trotzdem war es Eamon Byrnes Lieblingsgeschichte. Sie hatte ihm so manche Träne in die Augen getrieben, und er war sicher kein Mann, der leicht zum Weinen zu bringen war – vermutete ich jedenfalls –, aber dafür hätte ich mehr über ihn wissen müssen. Es bestätigte mir erneut, dass Eamon Byrne eine geheimnisvolle Vergangenheit haben musste. Er war mit Margaret aus Galway hierher gekommen, nachdem er eine schreckliche Zeit auf See verbracht hatte, wenn das stimmte, was Alex erzählte. Was um alles in der Welt hatte ihn dazu gebracht, auf so eine Art seine spätere Ehefrau zu verlassen? Ich beschloss, mehr über Eamon Byrnes Vergangenheit herauszufinden. Doch wer konnte mir etwas darüber erzählen? Breeta bestimmt nicht, außerdem mied sie mich noch immer. Und vielleicht wusste sie auch gar nichts.

Vielleicht wusste keiner von ihnen etwas. Vielleicht handelte es sich ja um etwas, wovon man seiner Familie niemals erzählen würde.

Ich holte die Liste mit den Hinweisen heraus und warf noch einmal einen Blick darauf.

| **Amairgens Gesang** | **Ogham-Hinweise** |
|---|---|
| Ich bin der Seegang (Alex) | Sonnenaufgang im Mai sieht man von Tailtius Hügel |
| Die tosende Woge (Michael) | Ein Fluch liegt auf diesen Steinen |
| Das Brausen der See | Leinsters Weib auf Erius Platz |
| Ein Hirsch in sieben Schlachten (Eithne/Sean) | Hinweis fehlt noch |
| Ein Falke über der Klippe | Aines Berg an Machas Festung |
| Ein Sonnenstrahl (Conail/Fionuala) | Grianan Ailech zu Granard Linie in Richtung der Mittagssonne |

| | |
|---|---|
| Die Schönheit einer Pflanze (Breeta?) | Erhebe einen Becher auf das Wohl des Steins |
| Ein wütender Keiler | Almus Weiß zu Maeves Rot |
| Ein Lachs im Becken (Paddy) | Axis Mundi |
| Ein See in der Ebene | Nach Osten wandte sich Partholan und fand den Tod |
| Eine mutige Flamme | Allwissendes Auge des Feuers |
| Durchbohrender Speer (Margaret?) | Umbilicus Hiberniae, das heilige Zentrum |
| Ein Gott, der Helden schafft | Hinweis fehlt noch |

Ich fragte mich, ob es eine Rolle spielte, wer welchen Hinweis erhalten hatte. Jedenfalls anfänglich. Der Adressat des Hinweises, den Michael in der Hand hielt, als er gefunden wurde, musste als Erster des Mordes verdächtigt werden. Vermutlich war es weder Margarets noch Breetas Hinweis gewesen, auch wenn ich mich langsam fragte, ob ich ihnen trotz ihrer Unfreundlichkeit so etwas überhaupt zutrauen würde. Geld oder Leidenschaft? Ich wette, die Wurzel allen Übels ist meistens Geld und nicht Liebe. Was mich auch gleich wieder zum Schatz zurückführte. Ich wollte mich auf das Wo und Was konzentrieren, vielleicht kam das Wer dann ganz von selbst?

»Ich bin allen Quellen nachgegangen«, sagte Alex. »Ich habe die Namen überprüft und, wo es ging, mit einem Ort in Verbindung gebracht. Eigentlich war es ganz einfach.«

»Also gut, hier haben wir eine Karte von Irland«, sagte ich, klappte sie auf und legte sie in *Rose Cottage* auf den Fußboden. »Ich würde vorschlagen, wir vergessen von jetzt an *Amairgens Gesang* und auch, wer welchen Hinweis bekommen hat, und konzentrieren uns auf die zweite Spalte der Hinweise, die uns zum Schatz führen müsste, wenn mich nicht alles täuscht. Dann mal los! Wir nehmen von oben angefangen immer nur einen: *Sonnenaufgang im Mai. Sieht man von Tailtius Hügel.*«

»Tailtiu war eine Göttin des Altertums, manchmal auch Göttin des Getreides genannt. Man erzählt sich, dass ihr Hügel in dunkler Vergangenheit einmal ein königlicher Wohnsitz gewesen sein soll. Hier liegt er«, sagte Alex und zeigte auf der Karte auf einen Fleck im Osten Irlands, der in der Nähe der Stadt Drogheda lag. »Ich weiß nicht genau, was mit dem Sonnenaufgang gemeint ist, wenngleich Mai sich auf das altertümliche Fest der Beltane am ersten Mai beziehen könnte. Es gab noch drei weitere keltische Feste: Imbolc, am ersten und zweiten Februar, Lughnasa, am ersten August, und Samhain, am ersten November, aber ich kann keinen Zusammenhang erkennen.«

»Egal. Lass uns weitermachen. Hast du's gefunden, Jennifer? Ja? Gut, dann mach einen Kreis darum. Was kommt als Nächstes?« – »*Ein Fluch liegt auf diesen Steinen.* Für den haben wir keinen Hinweis, danach kommt *Leinsters Weib auf Erius Platz.* Es gibt einen Berg in der Provinz Leinster, der sich Sliab na Cailligh oder Mountain of the Hag nennt. Das ist einer. Eriu ist, wie wir alle wissen, eine der Dreifach-Göttinnen Irlands. Ihr Platz ist, wenn wir so wollen, in den Slieve Mish Mountains. Jennifer, Sliab oder Slieve na Cailighe ist nicht weit von Tara und dem Hill of Tailte entfernt.«

»Gefunden!«, rief sie. »Habe beide schon eingekreist. Auch die Berge in Dingle.«

»Gut. Was kommt dann?«

»Ich überspringe einfach die, die ich nicht kenne, und sage euch nur die, die ich kenne«, sagte Alex. »Ehrlich gesagt habe ich keine Ahnung, wo *Umbilicus Hiberniae* sein soll. *Hibernia* ist ein alter Name für Irland und *umbilicus*, nun, dieses Wort könnte dieselbe Bedeutung wie das griechische *omphalmos*, der Nabel der griechischen Zivilisation in Delphi, bedeuten. Ich weiß aber nicht, was dem in Irland entsprechen könnte. Wie dem auch sei, *Aines Berg an Machas Festung* kann ich zuordnen. Bei beiden handelt es sich um alte Göttinnen. Das alte Wort für Mount, also Berg, ist *Cnoc,* man schreibt es heute *Knock*. Es gibt einen Ort namens Knockainy in Munster, der vor langer Zeit einmal das heilige Zentrum der Provinz war, heilig der Göttin Aine, also Knockainy oder Cnoc Aine, Aine's Mount oder Berg. Auch Macha war eine Göttin, offenbar eine Pferdegöttin. Machas Festung ist bestimmt Emain Macha, die heute Fort Navan heißt und in Ulster liegt. Das ist in der Nähe von Armagh, Jennifer.«

»Ich habe beide gefunden«, sagte sie nach ein paar Minuten.

»*Grianan Ailech zu Granard, Linie in Richtung der Mittagssonne*. Grianan Ailech ist angeblich die Heimat des Dagda, einem der Götter der Tuatha de Danaan. Ich denke, sie befindet sich im Norden, Jennifer.«

Sie prüfte das Verzeichnis. »Grianan Ailech, ja, ganz oben. Granard«, sie machte eine Pause, »fast ganz im Süden, ungefähr in der Mitte von Irland. Okay, ich habe sie beide markiert.«

»*Almus Weiß zu Maeves Rot*. Lara, was Maeve, auch Medb genannt, betraf, hattest du Recht. Sie war Göttin und Königin von Connacht. Eine sehr mächtige Frau. Sie herrschte auf Ratherogan. Auch Almu oder Ailill war eine Göttin, sie wurde auch die Weiße genannt. Sie war in Knockaulin zu Hause, also wieder dieses Wort Knock oder Cnoc, dem heutigen Hill of Allen, damals der Sitz der Könige von Leinster.«

Wir warteten, bis Jennifer sie gefunden und markiert hatte.

»*Nach Osten wandte sich Partholan und fand den Tod*«, sagte ich. »Ich erinnere mich, dass es in einer von Dennys Geschichten einen Partholan in der Schlacht von Mag Tuired gab. Er muss einer der ersten Invasoren Irlands gewesen sein, oder? Er und sein Volk starben auf geheimnisvolle Weise, wenn ich mich recht entsinne. An einer Seuche oder so etwas

Ähnlichem.« – »Richtig. Im Buch der Invasionen Irlands wird von verschiedenen Menschen erzählt, die in dunkler Vergangenheit nach Irland kamen. Partholan war einer der ersten, der von Westen, irgendwoher aus dem Atlantik gekommen sein soll. Er und seine Gefolgschaft schlugen sich mit den Formoriern, diesen primitiven Kreaturen, die später von den Tuatha de Danaan besiegt wurden. Partholan soll diese Formorier im Norden in die See getrieben haben. Doch dann sollen sie von irgendeiner Seuche heimgesucht worden sein. Man nimmt an, dass Partholan und sein Gefolge zum Sterben in die Ebene der Elta Edar zogen, vermutlich die erste Region in Irland, die besiedelt wurde. Es liegt fast genau östlich des Sitzes der Hochkönige in Tara, im Norden des heutigen Dublin.«

»Ich habe Tara gefunden«, sagte Jennifer. »Ich habe den östlichen Bereich darum und den nördlich um Dublin markiert.«

»Gut«, sagte Alex. »Über die anderen kann ich entweder nichts herausfinden oder sie beziehen sich auf das Objekt und nicht auf seine Lage. Einer davon ist zum Beispiel *Allwissendes Auge des Feuers*. Ich konnte in keinem Buch einen Verweis dazu finden. Dasselbe gilt auch für *Ein Fluch liegt auf diesen Steinen* und *Erhebe einen Becher auf das Wohl des Steins*.«

Wir sahen alle drei auf die Landkarte. Im Norden, Süden, Osten und Westen lagen die von Jennifer eingezeichneten Kreise.

»Meinst du, wir sollten an all diese Orte fahren?«, jammerte Jennifer. »Das würde Monate in Anspruch nehmen. Sie liegen über das ganze Land verteilt. Sogar in Nordirland!«

»Es muss noch etwas anderes geben«, sagte ich schließlich. »Die ersten Hinweise gehören zu den Zeilen eines Gedichts. Dann haben wir Hinweise gefunden, die wiederum zu anderen Hinweisen führen, die alle in Ogham geschrieben sind.

Schließlich führen einige dieser Hinweise zu weiteren Orten, aber die sind buchstäblich über die ganze Landkarte verteilt. Das Objekt kann ganz sicher nicht an all diesen Orten gleichzeitig sein. Wir haben insgesamt zehn Punkte markiert! Das kann nicht stimmen. Ich meine, könnte es sein, dass Jennifer Recht hat? Dass wir durch das ganze Land fahren müssen, um noch mehr Hinweise zu finden? Ich kann mir nicht vorstellen, dass es so kompliziert sein soll. Eamon wollte bestimmt, dass seine Familie den Schatz findet und nicht ihr Leben mit der Suche danach verbringt.«

»Vielleicht muss man die Punkte miteinander verbinden«, sagte Jennifer. »Aber wie?« Sie nahm einen Stift und verband sie. Alles, was dabei herauskam, war eine kleinere Fläche von Irland. »Wir könnten die Punkte auch irgendwie übereinander kreuzen, aber ich wüsste nicht, nach welchem Muster, was meint ihr?«

»Nein«, pflichteten Alex und ich ihr bei. Ich hatte das Gefühl, dass wir noch lange auf diese Karte schauen konnten, bevor wir ein Muster entdecken würden. Ich sah mir noch einmal die Liste der Hinweise an. Wenn ich irgendetwas während meines Aufenthalts hier gelernt hatte, dann war es, dass die Iren eine besonders reiche Mythologie haben, die mehr Geschichten umfasst, als man sich vorstellen kann. Eamon Byrne hatte sich ein paar davon herausgesucht, und die sollten zum Schatz führen.

»Wisst ihr«, sagte ich kurz darauf, »viel von dem, was wir gefunden haben, führt zu etwas anderem, von einem alten heiligen Ort zu einem anderen, wenn ihr versteht, was ich meine. Lasst uns doch dieses Von und Zu verbinden und sehen, was dabei herauskommt. Der Hinweis von *Grianan Ailech zu Granard* spricht zum Beispiel auch von einer *Linie in Richtung der Mittagssonne*. Vielleicht könnte das eine Nord-Süd-Achse ergeben?«

»Könnte sein«, sagte Alex. »Und der Hinweis auf Tailtes Hügel spricht von einem Sonnenaufgang im Mai. Wenn ich so darüber nachdenke, dann müsste die Sonne im Mai hier irgendwo aufgehen«, sagte er und zeigte nach Nordosten.

»Woher weißt du das, Onkel Alex?«, unterbrach Jennifer ihn.

»Ich war Jahre auf See, meine Liebe. Wir können jetzt Tailtes Hügel mit der Sonnenlinie verbinden.«

»Verbinde sie nicht einfach nur, sondern ziehe eine direkte Linie über die Landkarte. Mach dann dasselbe mit Partholans Ebene. Der Hinweis sagt *Nach Osten wandte sich Partholan und fand den Tod*. Du sagtest, dass die Ebene, in die er zum Sterben ging, östlich von Tara liegt. Zieh eine Linie durch diese zwei und dann eine über die ganze Karte. Das müsste eine Ost-West-Achse ergeben«, sagte ich.

»Ein paar von den anderen verbinden die alten politischen oder heiligen Zentren der vier Provinzen Irlands. Wenn wir diese Kreise verbinden, wie beispielsweise den Hill of Allen in Leinster mit dem Hauptsitz Connacht in Ratherogan und Knockainy in Munster mit Emain Macha, heute Navan Fort, dann ergibt sich ein großes X über dem Land«, sagte Alex.

»Und über die Nord-Süd- und Ost-West-Achsen«, sagte ich.

»Vielleicht kreuzen die sich alle«, sagte Jennifer, griff nach einem Stück Papier, das ihr als Lineal diente und an dem sie entlangfahren konnte.

Sie ließen einander nicht kreuzen, zumindest nicht exakt, dafür kreuzten die Linien die Nord-Süd-Achse auf ungefähr dem Gebiet, das mehr oder weniger das Zentrum des Landes bildete.

Wir starrten auf die Landkarte.

»Ich bräuchte eine Lesebrille«, sagte ich.

»Ich habe eine Gleitsichtbrille«, sagte Alex, »trotzdem kann ich nichts Erwähnenswertes erkennen. Nur ein paar mittelgroße Ortschaften in der Nähe. Lonford, Athlone, Mullingar und ein paar Landstraßen. Kannst du noch irgendwas sehen, Jennifer?«

»Nein. Es gibt auch keine Symbole für alte Monumente in der Gegend«, sagte Jennifer zweifelnd.

»Das ist nicht gerade viel«, meinte Alex. »Ich denke, ich muss zurück in die Bibliothek.«

»Aber da muss es doch etwas geben«, sagte Jennifer und zeigte auf das kleine Gebiet auf der Landkarte, an dem sich die Linien kreuzten. »Vielleicht sollten wir einfach hinfahren und nachsehen.«

»So klein ist das Gebiet auch wieder nicht, Jennifer«, sagte ich. »Wir müssen es erst besser eingrenzen.«

Sie zuckte die Achseln.

»Vermutlich hast du Recht. Aber ich hasse es, einfach nur herumzusitzen, während vielleicht irgendjemand anderes den Schatz findet.«

Später am Abend, als ich im Bett war, holte ich noch einmal die Hinweise aus meiner Tasche und sah sie mir an. Wir hatten fast alle gefunden. Ich war mir außerdem ziemlich sicher, dass wir die Gedichtzeilen verwerfen konnten. Sie hatten ihren Zweck erfüllt, nämlich uns zu dem zweiten Satz Hinweise, den Ogham-Hinweisen, geführt, die über das Wo und Was Auskunft geben sollten.

Wir wussten ungefähr, wo der Schatz versteckt sein konnte, auch wenn es noch viel herauszufinden gab und wir es eingrenzen mussten. Blieb nur die Frage, was war es? Wonach suchten wir?

Ich sah mir das Blatt lange an.

Ich bin jemand, der fest an das Unterbewusstsein und dessen Fähigkeit glaubt, Informationen zu analysieren und zu Ergebnissen zu kommen.

Immer, wenn ich ein Problem habe, das ich scheinbar nicht lösen kann, oder eine Entscheidung treffen muss, die mir zu schwierig erscheint – ein Geschäft zu eröffnen oder einen Job anzunehmen, zu heiraten oder nicht, Clive zu verlassen oder zu bleiben und die Sache durchzufechten –, dann überlasse ich das meinem Unterbewusstsein. Dazu gehört auch, dass ich mir vor dem Zubettgehen Gedanken über das Für und Wider mache und mir sage, dass ich zu einer Entscheidung kommen muss. Manchmal träume ich dann davon, manchmal auch nicht. Doch meistens erwache ich und habe die Entscheidung schon getroffen.

Damit will ich nicht sagen, dass sie immer richtig ist, sondern nur, dass sie zu dem Zeitpunkt, als ich sie fällte, für mich richtig war.

Als ich also am nächsten Morgen erwachte, war ich mir ziemlich sicher zu wissen, wonach wir suchten, obwohl uns noch einige Hinweise fehlten und ich nicht genau wusste, wo wir suchen sollten. Immerhin waren die Hinweise in Ogham.

# 14

## Er, der die Bergwege räumt

Eithne Byrne wurde als Fünfundvierzigjährige geboren, sie war eine fünfundvierzigjährige gebürtige Irin. Ich habe da so meine eigene Theorie, die sich natürlich keinesfalls wissenschaftlich belegen lässt, wonach manche Menschen schon so geboren werden, als hätten sie bereits ein gewisses Alter erreicht, das sie dann ihr ganzes Leben lang beibehalten. Das sind die Menschen, die schon alt aussehen, wenn wir noch jung sind, aber immer noch wie zu Schulzeiten aussehen, wenn man sie nach Jahren beispielsweise auf einem Klassentreffen wiedersieht. Eithne Byrne war auch so jemand. Damit will ich nicht sagen, dass es an fünfundvierzig etwas auszusetzen gäbe – ich bin dem ja selbst gefährlich nahe –, doch als ich einmal die Möglichkeit hatte, unter vier Augen mit ihr zu sprechen, bemerkte ich, dass sie um bestimmt fast zehn Jahre jünger war, als ich sie bei unserem ersten Treffen auf *Second Chance* und später beim Tee, als sie die Vasallin ihrer Mutter spielte, geschätzt hatte.

Auch war sie eine typische Irin, mit grünen Augen und leicht rötlichem Haar, das sich durch die konstante Feuchtigkeit kräuselte, eine leuchtende Haut und eine auf ihre Art anmutige Redseligkeit, die erst nach ein paar Schlucken Sherry zum Vorschein kam. Sie kleidete sich irisch, wenn es so etwas überhaupt gibt, eine Bluse mit Spitzenkragen, eine kurze, gerade, dunkelgrüne Kostümjacke und einen langen, dazu passenden grünen Faltenrock.

Ihre Schwester Fionuala war hingegen ganz das Partygirl, gesprächig, charmant, und sie flirtete gerne. Sie bevorzugte helle Farben, in diesem Fall ein rotes Kostüm mit auffälliger Jacke ohne Bluse darunter, die viel Dekolletee und eine sommersprossige Haut enthüllte. Dazu einen kurzen engen Rock, der immer wieder hochrutschte und viel Bein sehen ließ.

Ich traf mich mit den beiden auf einen Drink in der Bar des Gasthofes. Sie hatten mich eingeladen, was mich einigermaßen überrumpelte. Ich sah sie zum ersten Mal allein, das heißt außerhalb ihrer häuslichen Umgebung und ohne ihre Mutter. Trotz meiner Tendenz, schlecht von ihnen zu denken, musste ich zugeben, dass ich nichts Verwerfliches an ihnen finden konnte. Beide schienen mir sehr nette, intelligente, wenn auch, besonders in Eithnes Fall, ein wenig naive Frauen zu sein. Fionuala wirkte liebenswürdiger, als ich erwartet hätte. Ich bemerkte, dass die beiden einige Ähnlichkeit mit Breeta hatten, die ihnen vom Alter her viel näher war, als ich gedacht hatte.

»Wir wollen ein Geschäft eröffnen«, sagte Fionuala, die Mutigere von beiden, »und haben gehört, dass Sie, in Kanada, glaube ich, ein Antiquitätengeschäft haben. Wir dachten, beziehungsweise hatten gehofft, Sie könnten uns vielleicht ein paar Ratschläge geben.«

»Gerne. An was für ein Geschäft hatten Sie denn gedacht?«

»An so eines, wie Sie es haben«, sagte Eithne. »Jeden Sommer kommen unzählige Touristen nach Dingle, außerdem haben wir da noch die Sachen von Dad, die nicht dem *Trinity College* vermacht worden sind, Karten, Drucke und Bücher. Ist es denn schwierig, ein Geschäft aufzumachen?«

»Schon ein wenig«, sagte ich. »Oder besser gesagt, es ist nicht schwierig, einen Laden zu eröffnen. Aber dafür zu sorgen, dass er geöffnet bleibt, ist mit ein bisschen Glück und Kraft verbunden und …«, ich zögerte ein wenig und dachte an die Gerüchte über ihre finanzielle Lage, die in der Stadt kursierten, »und ehrlich gesagt mit Geld.«

»Ist so etwas denn teuer?«, fragte Eithne.

»Man braucht schon eine anständige Summe. Sie haben aber wenigstens das Glück, dass Sie für den Anfang schon etwas Ware besitzen, also keine kaufen müssen, meine ich. Aber um ein Geschäft zu eröffnen, braucht man viel Ware, mehr als Sie für möglich halten würden. Ich denke, dass Sie erst einmal eine Bestandsaufnahme der Sachen Ihres Vaters machen sollten.«

»Wie viel würde es uns denn kosten?«, fragte Fionuala. Es schien sie überhaupt nicht zu stören, über Geld zu sprechen.

»Das kommt darauf an«, sagte ich, »womit Sie anfangen und was Sie machen wollen.«

»Nun, wir hätten da zum Beispiel die Hauseinrichtung«, sagte Fionuala. »Die ist recht gut, glaube ich. Alles werden wir schließlich nicht brauchen können. Wir ziehen um.«

»Wir brauchen nicht so viel Platz«, fügte Eithne etwas streng hinzu. Ich fragte mich, wie schlimm die Lage auf *Second Chance* wohl war.

»Und wie baut man das Geschäft auf?«, fuhr sie fort, als der Kellner auf mein Zeichen hin eine zweite Runde vor uns auf den Tisch stellte.

Mir wurde zunehmend klar, dass es nicht zu Eithnes und Fionuala Byrnes Lebensplanung gehört hatte, irgendwann einmal ihren Lebensunterhalt selbst verdienen zu müssen. Trotzdem erzählte ich ihnen, wie ich zunächst als Großhändlerin für andere Läden angefangen hatte, Ware importierte, sie im Norden Torontos lagerte, um schließlich mit etwas Geld von der Bank mein Geschäft zu eröffnen. Natürlich erzählte ich ihnen nicht, dass ich meinen ersten Angestellten geheiratet hatte und bei unserer Scheidung gezwungen wurde, mein Geschäft zu verkaufen. Diesen Teil der Geschichte hätten sie vielleicht entmutigend gefunden, vor allem mit Ehemännern wie Sean und Conail.

»Aber warum versuchen Sie nicht, für eine Weile irgendwo in einem Antiquitätengeschäft zu arbeiten«, sagte ich abschließend. »Dann könnten Sie lernen, wie man Buch führt,

Bestellungen aufgibt oder Werbung macht und Auktionen startet. Oder warum«, sagte ich plötzlich und hatte einen Gedankenblitz, »arbeiten Sie nicht eine Zeit lang in irgendeinem Unternehmen Ihres Vaters, zum Beispiel dem Import-Export-Geschäft? Das könnten Sie doch problemlos einrichten, oder?«

Eithne biss sich auf die Lippen und sah Fionuala an. »Ein guter Rat, da bin ich mir sicher, nur bin ich mir leider nicht sicher, wie lange es die *Byrne Enterprises* noch geben wird. Mr McCafferty hat meiner Mutter nach dem Tod meines Vaters bei allen Familiengeschäften geholfen, ich denke, wir werden das Unternehmen schließen müssen. Es läuft nicht sehr gut. Darum denke ich, dass etwas geschehen muss, und ehrlich gesagt wüsste ich nicht, was ich sonst tun sollte. Ich habe von meinem Vater recht viel über Antiquitäten gelernt, also dachte ich mir …«, ihre Stimme verlor sich.

»Aber ich dachte, Ihr Vater sei sehr erfolgreich gewesen«, sagte ich. »Wie kann das sein?«

»Ich habe keine Ahnung«, antwortete sie. »Ich habe nie etwas mit seinen Geschäften zu tun gehabt, nur Sean, mein Mann, arbeitet dort, und er wollte keine berufstätige Frau. Er meinte, dass das unter seiner Würde sei. Er beschuldigt Conail, meinen Schwager. Er sagt, dass Conail die Geschäfte mit dem Torf nicht gut geführt hat, das aber immer der Teil des Geschäfts gewesen sei, der so viel Geld abwarf, um die neu gegründeten, riskanteren Geschäfte zu unterstützen – der Goldesel, so nannte Sean es, glaube ich.«

»Und Conail sagt, dass Sean es war, der alles durcheinander gebracht hat«, warf Fionuala ein. »Auch wenn mir jetzt völlig egal ist, was er denkt.«

»Ich weiß, dass es nicht schön klingt, wenn man sich über das Scheitern der Ehe der eigenen Schwester freut«, sagte Eithne und sah Fionuala an, »aber vielleicht …« Sie konnte diesen schmerzvollen Satz anscheinend nicht zu Ende bringen. In dieser Hinsicht war sie wie ihre Mutter.

»Sie will damit sagen, dass wir jetzt, seit Conail weg ist, wieder Freundinnen sein können«, sagte Fionuala. »Früher waren wir drei unzertrennlich, Breeta, Eithne und ich. Genau wie die Dreifach-Göttin, nach der wir benannt wurden, unsere Spitznamen lauten darum Banba, Fotla und Eriu. Obwohl Breeta nie den Namen einer Schweinegöttin tragen wollte«, lachte sie.

»Banba war nicht einfach nur eine Schweinegöttin«, protestierte Eithne. »Sie war die Göttin, die über die Grenze zwischen Unterwelt und Himmel herrschte. Vielleicht sollten wir beide gemeinsam Breeta einmal besuchen«, sagte sie traurig und sah Fionuala an. »Wenn sie uns beide empfangen würde, könnte uns das vielleicht helfen, wieder zueinander zu finden. Sie spricht nicht mit uns«, fügte sie hinzu. Mit mir auch nicht, dachte ich nur.

»Natürlich werden wir zu ihr gehen«, sagte Fionuala. »Sie wird schon einlenken. Schließlich sind wir eine Familie.«

»Ich glaube schon, dass ich gerne einen Antiquitätenladen hätte«, sagte Eithne plötzlich und sprach, als könnte sie nicht mehr damit aufhören. »Ich habe mich bis jetzt wegen des Geldes und der geschäftlichen Probleme nicht damit auseinander gesetzt. Ich habe schon oft darüber nachgedacht, aber bis jetzt hat sich nie die Gelegenheit dazu ergeben. Sean hätte es nicht zugelassen, aber vielleicht kann ich es ja jetzt tun.«

Dass sie mit Antiquitäten handeln wollten, konnte ich wohl schlecht kritisieren, also sagte ich ihnen in der folgenden halben Stunde, was sie brauchten, um anzufangen. Eithne, die organisiertere von beiden, holte einen Notizblock aus ihrer Tasche, schrieb alles auf und stellte im Laufe des Gesprächs hier und da ein paar äußerst intelligente Fragen.

»Danke«, sagte sie am Ende. »Das war wirklich großartig von Ihnen, vor allem, weil unsere Familie zu Ihnen und Ihrem Freund Mr Stewart nicht sonderlich nett gewesen ist. Wir hoffen sehr, dass er sich auf *Rose Cottage* wohl fühlen wird. Mein Vater hat uns oft von Mr Stewart erzählt und wie er ihn aus dem Wasser gezogen hat, als er hineingefallen war und fast ertrunken wäre.« Bloß hineingefallen?, dachte ich. So hatte ich die Geschichte nicht verstanden, aber die Änderungen schienen mir verständlich, immerhin war es die Geschichte eines Vaters für seine Töchter. Und es klang so, als würden sie auch die Klage fallen lassen.

»Wissen Sie, Sie haben uns nicht gerade in unserer Bestform kennen gelernt«, sagte Fionuala. »Unser Dad war nicht so, wie Sie ihn auf dem Video gesehen haben. Der Krebs hat sich von den Lungen bis in sein Gehirn ausgebreitet. Eigentlich war er ein sehr fröhlicher Mensch. Und Mutter, meine Schwester und ich, nun, Mr McCafferty hatte uns gerade von den finanziellen Problemen des Unternehmens berichtet. Wir konnten es gar nicht glauben. Alles schien in Ordnung zu sein, solange mein Vater noch lebte. Wir standen unter Schock, wegen Dads Tod und dieser Neuigkeiten. Vermutlich haben wir uns darüber geärgert, dass irgendjemand etwas von dem Besitz erhalten sollte.

Und Sean erweckt zwar den Eindruck, als wäre er ein Wichtigtuer, aber hinter der Fassade verbirgt sich ein gutes Herz. Je mehr Sorgen er sich macht, umso reservierter wird er. Ich weiß, dass er einem Außenstehenden gegenüber kalt und hartherzig wirken kann, aber das liegt nur daran, weil er sich über die *Byrne Enterprises* und über unsere Zukunft solche Sorgen macht, meinst du nicht auch, Eithne?« Eithne schien dem offenbar zuzustimmen.

»Würde es Ihnen etwas ausmachen, wenn auch ich Ihnen ein paar Fragen stelle? Eigentlich wären es drei«, fragte ich die beiden. »Sagen wir vier«, ich schien gerade sehr erfolgreich zu sein und ihnen schien es nichts auszumachen.

»Fragen Sie nur«, hickste Eithne. Sie saß bereits vor ihrem dritten Drink. »Guter Sherry«, gluckste sie.

»Sucht die Familie nach dem Schatz oder nicht?«

»Nein«, sagte Eithne. »Mutter würde es nicht tolerieren.

Sie möchte meinen Vater so, wie er war, und nicht den Mann auf dem Video in Erinnerung behalten. Und ich tue nach wie vor, was meine Mutter mir sagt«, fügte sie betreten hinzu. »Auch Sean sucht nicht danach, das kann ich, glaube ich, mit ziemlicher Sicherheit sagen. Er denkt, dass mein Vater geistig schon zu mitgenommen war, als er die Videokassette aufnehmen ließ, und dass die Hinweise nichts als ein billiger Scherz von jemandem sind, der nicht mehr Herr seiner Sinne war.«

»Ich suche auch nicht danach«, erklärte Fionuala. »Was Breeta betrifft, kann ich es nicht sagen, ich glaube aber nicht. Wenn ich es mir recht überlege, kann sie das auch gar nicht. Mutter hat Brees Hinweis aus Vaters Safe genommen und ihn mit ihrem zerrissen. Mutter ist eine sehr entschlossene Frau«, fügte sie hinzu.

»Wollen Sie damit sagen, dass es gar keinen Raubüberfall gegeben hat?«, fragte ich.

»Natürlich nicht«, antwortete Fionuala. »Mutter hat alles in Stücke gerissen. Sie riss die Seiten aus Dads Tagebuch und verbrannte sie und zwei Landkarten. Sie befürchtete, dass etwas in dem Tagebuch stehen könnte, das sie nicht wissen wollte, oder sich auf den Karten etwas befinden könnte, das uns zur Schatzsuche ermuntern würde. Wir haben weder die Polizei gerufen noch sonst was unternommen, aber so schlimm war das doch nicht, oder?«

»Nein«, antwortete ich. Solange ihr nicht eine von diesen seltenen alten Karten verbrannt habt, dachte ich. Obwohl, ehrlich gesagt konnte man das Verbrennen des Tagebuches durchaus auch in einem anderen Licht betrachten. Vielleicht versuchte Margaret sich aber tatsächlich nur vor schmerzlichen Tatsachen, von denen ihr Mann geschrieben haben könnte, zu schützen. Vielleicht wollte sie aber auch nur, dass andere, beispielsweise Officer Minogue oder Rob, nichts darüber erfuhren.

»Wie dem auch sei«, fuhr Fionuala fort, »der Einzige, der

noch nach dem Schatz suchen könnte, ist Conail. Er ist sauer auf Sean, und da er sich jetzt auch von mir getrennt hat, könnte er vielleicht etwas tun, um die Familie zu ärgern. Er hat mir gesagt beziehungsweise mich angeschrien, als ich ihn rausschmiss, dass er den Schatz zuerst finden würde.«

»Jemand hat unser Zimmer im Gasthof durchwühlt«, sagte ich. Das war eine Feststellung, keine Frage, trotzdem hoffte ich immer noch auf eine Erklärung. »Und man hat versucht, unser Boot zum Kentern zu bringen.«

Die Schwestern tauschten vielsagende Blicke aus. »Das könnte Conail gewesen sein«, seufzte Fionuala. »Ich fürchte, das wäre genau seine Art. Zurückhaltung war nie seine Sache. Das mochte ich einmal an ihm. Tut mir dennoch leid, das hören zu müssen. Aber er besitzt kein Boot, wissen Sie.«

»Er weiß aber, wie man ein Boot steuert«, fügte Eithne hinzu. »Haben Sie sonst noch eine Frage?«

»Was ist mit Padraig Gilhooly?«

»Ob Paddy nach dem Schatz sucht? Ich weiß nicht«, sagte Eithne, die meine Frage falsch verstanden hatte. »Ach ich verstehe, Sie meinen, wie er zur Familie steht? Oder ob wir denken, dass er Ihr Zimmer verwüstet und versucht haben könnte, Ihr Boot zum Kentern zu bringen?«

Ich nickte. »Genau, und ich möchte wissen, woher er kommt.«

»Ich kann mir nicht vorstellen, dass er Ihr Zimmer verwüsten oder Sie zum Kentern bringen würde. Eigentlich ist er ganz nett, auch wenn er manchmal etwas mürrisch dreinschaut. Ich weiß nicht genau, woher er kommt, du etwa, Nuala?« Fionuala schüttelte den Kopf.

»Dad hatte Paddy praktisch adoptiert. So etwas tat er gerne, er gab Menschen gerne eine Chance. Dad half Paddy also, das Boot zu kaufen und das Geschäft mit dem Verleih aufzubauen. Paddy hat eine Zeit lang auf *Second Chance* gewohnt, aber dann hat er unsere Gastfreundschaft missbraucht«, kicherte Eithne. »Zumindest hat Mutter das so formuliert. Er fing eine Beziehung mit Breeta an, verstehen Sie. Direkt unter unserem Dach«, und als sie das sagte, wurde sie rot.

Fionuala lachte. »Skandalös!«, sagte sie.

»Mutter war außer sich und sagte, Paddy sei für Breeta nicht gut genug und warf ihn hinaus. Darüber hat sich Breeta maßlos geärgert. Irgendwie hat sie aber trotzdem Mutter nicht dafür verantwortlich gemacht. Wir haben alle ein wenig Angst vor ihr. Also beschuldigte sie Dad und sein Geld, was natürlich dumm war, aber für Breeta war das der Grund für das Problem mit Paddy. Mutter dachte, dass wir zu gut für ihn wären. Sie stritten. Ich habe Dad noch nie so wütend gesehen. Aber vermutlich war das auch deshalb, weil Breeta seine Lieblingstochter war, und auch sie vergötterte ihn. Ich nehme mal an, dass man sich oft besonders heftig streitet, wenn man sich sehr liebt. Wie dem auch sei, Breeta verließ uns. Ich habe gehört, dass sie jetzt nicht mehr mit Paddy zusammen ist. Dann hat sich das Ganze also wohl kaum gelohnt«, sagte sie.

»Ihr Vater wollte also Paddy als Mitglied in die Familie aufnehmen, und es hätte ihm nichts ausgemacht, wenn Breeta ihn geheiratet hätte.«

»Vermutlich nicht«, sagte Eithne. »So war er. Er hat nie etwas gegen unsere Freunde gesagt. Ich glaube, dass er weder Sean noch Conail sonderlich mochte, aber er stellte sich unserer Heirat mit ihnen nicht in den Weg.«

»Ihr Vater hat immer wieder betont, wie sehr sich die Familie zanken würde. Wie konnte er hoffen, die Familie durch eine Schatzsuche zusammenzuführen? Streiten Sie sich tatsächlich so häufig?«

»Ehrlich gesagt, nicht immer, zumindest bis vor kurzem nicht, was meinst du, Nuala? Eigentlich standen wir uns alle recht nahe, vor allem wir drei Schwestern. Aber vermutlich stritten wir uns gegen Ende seines Lebens häufiger. Der Krebs hat Dads schlimmste Seiten, seine weniger positiven Charaktereigenschaften hervorgebracht. Man konnte nur noch schwer mit ihm auskommen. Sean und Conail begannen, über die Geschäfte zu streiten, und jeder gab dem anderen die Schuld an der Misere. Breeta hatte uns verlassen, und Paddy machte die Familie dafür verantwortlich, was ihm und Breeta widerfahren war. Nuala und ich standen uns zwar auch weiterhin sehr nahe, da unsere Männer aber ständig stritten, war es auch für uns nicht leicht. Außerdem bin ich ein wenig wie meine Mutter, fürchte ich, und wenn es zur Sache geht, dann ziehe ich mich zurück und werde bissig. Die letzte Zeit war nicht besonders toll. Haben Sie noch weitere Fragen?«, zögerte sie.

»Ja, ich hätte noch gerne etwas über Deirdre erfahren«, antwortete ich.

»Ich wüsste nicht, was es da zu erzählen gäbe. Das alles ist schrecklich. Deirdre war wie ein kleines Mäuschen, dass ihr dann so etwas passieren musste, daran darf ich gar nicht denken.«

»War sie lange bei Ihnen?«

»Fünf Jahre würde ich sagen, oder, Nuala?«

»So ungefähr«, stimmte Fionuala zu. »Sie kam zu uns, nachdem Kitty einen Schlaganfall erlitten hatte und aufhören musste. Ja, ich denke, dass es so fünf Jahre gewesen sein müssten.«

»Als sie zu uns kam, war sie keine besondere Hilfe«, sagte Eithne. »Es dauerte eine Zeit, bis sie alles gelernt hatte. Außerdem verschüttete sie ständig irgendwas oder ließ Sachen fallen, meistens Mutters kleine Glasfiguren oder das gute Porzellan. Das hat Mutter schier wahnsinnig gemacht«, kicherte sie, während Fionuala in ein herzhaftes Lachen ausbrach. »Ich weiß schon, dass das gar nicht zum Lachen ist, aber es war wirklich komisch. Und so werde ich sie auch liebevoll im Gedächtnis behalten. Wir hatten uns an ihre Anwesenheit gewöhnt, auch wenn sie das Porzellan zerschlug, und wir waren ihr dankbar, als sie zu uns zurückkam. Sie war ein Teil der Familie geworden. Ein paar Tage bevor sie starb habe ich noch zu ihr gesagt, dass sie sich über die Zukunft keine Sorgen machen müsse, dass ich mich um sie kümmern würde. Ich bin die Älteste und weiß, dass ich die Verantwortung übernehmen muss, Mutter ist viel zu nervös dafür. Und das werde ich auch tun. Ich werde das Antiquitätengeschäft schon irgendwie zum Laufen bringen, eine kleinere Wohnung für uns finden und dann versuchen, Breeta wieder zu uns zurückzuholen. Sie wird dann natürlich das Baby haben. Glauben Sie, dass es von Michael ist? Oder etwa von Paddy? Ist auch egal. Wir werden ihr helfen, es aufzuziehen. Ich hätte mich ja auch um Deirdre gekümmert und wollte, dass sie das weiß.«

»Oh Eithne, du bist so ernst«, seufzte Fionuala. »Aber so war sie schon immer«, fügte sie hinzu und sah mich an, »schon als wir klein waren. Ich werde dich auf das Musikfestival mitnehmen, weil dein langweiliger Mann das vermutlich nicht tun wird. Vielleicht kommt Mutter auch mit. Wir werden ein wenig Musik hören, ein paar Drinks zu uns nehmen, vielleicht sogar ein wenig tanzen und für Mutter und mich einen neuen Mann finden. Und für dich auch einen, wenn du willst.«

Eithne lachte schallend. »Wäre nicht schlecht, wenn er reich wäre«, sagte sie.

»Das ist sogar unerlässlich«, nickte Fionuala. »Ich weiß schon, was ich zu tun habe«, fügte sie hinzu, wickelte eine Haarsträhne um den Finger und klimperte unverschämt mit den Wimpern. Wir mussten alle so lachen, dass uns die Tränen die Wangen herunterliefen.

Doch plötzlich weinte Eithne wirklich.

»Was ist bloß aus uns geworden, Nuala?«, schluchzte sie. »Wir haben uns doch früher so gut vertragen. Ich weiß, dass Dad krank und nicht mehr er selbst war, aber was ist mit uns passiert? Vor allem mit dir, Banba und mir? Wir drei waren doch immer unzertrennlich.«

»Du machst dir zu viele Gedanken, Eithne«, sagte Fionuala und legte ihrer Schwester den Arm um die Schulter. »In Familien passieren eben gewisse Dinge. Wir werden das schon überstehen. Außerdem musst du diese ganzen Familienangelegenheiten auch nicht alleine regeln. Wir werden zusammenhalten, mach dir da mal keine Sorgen.«

Ich konnte nicht anders, als ihre Entschlossenheit zu bewundern. Die Frau, die die Stirn runzelte, wenn ihre Mutter sie runzelte, die nickte, wenn ihre Mutter irgendetwas sagte, die aufstand, wenn ihre Mutter aufstand, bewies trotz der drei Morde und einer bevorstehenden Insolvenz Rückgrat. Und ihre Schwester bewies, dass sie trotz ihrer Oberflächlichkeit ein gutes Herz besaß, ehrlich war und tun würde, was man von ihr verlangte.

»Sie werden es schon schaffen, da bin ich mir sicher«, sagte ich. »Und falls Sie noch Informationen brauchen sollten, können Sie mir jederzeit schreiben oder mich anrufen«, sagte ich und gab beiden meine Visitenkarte. »Ich habe auch eine E-Mail-Adresse.«

Beide lächelten, und Eithne wischte sich die Tränen aus den Augen. Sie hatten schöne Augen und ein freundliches Lächeln. »Danke. Sie werden bestimmt von uns hören«, sagte Fionuala.

Als ich sie so Arm in Arm die Straße entlanglaufen sah, musste ich mit Erstaunen feststellen, dass es mich tatsächlich freuen würde, wenn sie sich wieder bei mir meldeten.

# 15

## Er, der den Mondenlauf beschreibt

»Ich möchte gerne etwas über das verlorene Kind erfahren, aber das echte«, sagte ich zu Malachy.

»Das ist eine von Dennys Geschichten«, antwortete er. »Du solltest ihnen nicht allzu viel Beachtung schenken. Er ist nicht ganz richtig im Kopf, trotzdem bin ich stolz darauf, dass er mein Freund ist. Er denkt, dass er bei den großen Schlachten damals dabei gewesen ist. Bei den magischen Schlachten zwischen den Tuatha de Danaan, den Fir Bolgs und den Formoriern. So weit liegt das schon zurück.«

»Dann möchte ich alles über die Byrnes wissen«, sagte ich. »Woher sie kommen, was sie gemacht haben, bevor sie hierher kamen, und so weiter. Es muss doch jemanden geben, der das weiß.«

»Kitty McCarthy«, sagte er. »Sie ist aber schon ein wenig alt. Vor vielen Jahren ist sie mit der Familie hier hergekommen. Sie war Haushälterin und Kinderfrau in einem. Dennys Schwester.«

»Wo kann ich sie finden?«

»Im Pub«, antwortete er.

»Sie lebt in einem Pub?«, fragte ich.

»Doch nicht in einem Pub«, lachte er. »Über einem Pub. Über dem *Wütenden Keiler* und *Brigids Teestube*. Unserer Teestube. Brigid ist Kittys Stieftochter, Dennys Nichte.«

Ich ging über die Hauptstraße und durch die Tür, welche die Bar von der Teestube trennte, und lief eilig die Treppe hinauf. Ich klopfte an die Tür, hinter der ich zum ersten Mal Kitty McCarthy begegnet war. Brigid öffnete.

»Ich würde gerne mit Ihrer Mutter sprechen«, sagte ich in selbstbewusstem Ton zu ihr.

»Worüber denn?«, fragte sie erstaunt.

»Über die Familie Byrne«, antwortete ich.

»Sie will aber nicht darüber sprechen«, sagte Brigid.

»Menschen sterben, Brigid.«

»Das habe ich bemerkt«, sagte sie spitz. »Menschen, die dort gearbeitet haben. Darum wird meine Mutter weder mit Ihnen noch mit sonst jemandem darüber sprechen.«

»Wer ist es denn, Liebes«, fragte eine zittrige Stimme.

»Niemand, Mutter«, rief sie in das Zimmer zurück.

»Ich bin's, Ms McCarthy, Lara. Ich war schon einmal wegen Eamon Byrnes Hinweis hier.« Brigid funkelte mich an. »Ich würde gerne mit Ihnen über die Byrnes sprechen.«

»Na gut, kommen Sie herein«, antwortete Kitty. »Ich bekomme gerne Besuch.«

»Aber Mutter!«, rief Brigid. »Wir hatten doch beschlossen, dass du mit niemandem über die Familie Byrne sprechen wirst. Das ist zu gefährlich, weißt du noch?«

»Ich bin sowieso schon fast tot, falls du das noch nicht bemerkt haben solltest, Brigid, also lass die junge Dame herein«, sagte Kitty.

Ihre Stimme hatte etwas Gebieterisches.

Ich nehme an, dass sie sie mit gutem Ergebnis auch bei den Byrne-Mädchen eingesetzt hatte.

»Danke«, sagte ich zu Kitty und setzte mich auf einen Platz auf dem Sofa neben ihrem Stuhl, den sie mir zuwies. Brigid setzte sich uns gegenüber, ihr Gesicht wirkte vor Angst wie versteinert.

»Tut mir leid«, sagte ich zu Brigid, »aber es sterben einfach zu viele Menschen. Ich denke, wenn ich verstehen könnte, was mit dieser Familie los ist, und wenn auch die Polizei es wüsste, dann könnten wir das Morden vielleicht stoppen.«

»Was möchten Sie wissen?«, fragte Kitty, und ihre Hände

zitterten, als sie die Decke enger um sich zog, doch ihre Augen wirkten noch immer hellwach und intelligent.

»Ich möchte, dass Sie mir alles von Anfang an erzählen, ab dem Zeitpunkt, als Sie zum ersten Mal der Byrne-Familie begegnet sind, und ich möchte gerne wissen, warum Deirdre behauptet hat, auf der Familie läge ein Fluch.«

»Na gut«, sagte sie, »also von Anfang an. Ich war schon bei Eamon Byrnes Vater Michael, auch Mick genannt, Haushälterin. Mick war Witwer, seine Frau war gestorben, als die Kinder noch klein waren, darum brauchte er jemanden wie mich, der sich um seinen Haushalt kümmerte.«

»War das hier in der Gegend?«

»Oh nein, weiter im Norden, in der Nähe von Galway. Die Kinder waren schon fast erwachsen, als ich hinkam. Eamon war Anfang zwanzig und Rose, die Tochter, um die achtzehn.«

»*Rose Cottage!*«, rief ich. »Ich habe mich immer gefragt, warum es wohl *Rose Cottage* heißt, obwohl es dort gar keine Rosen gibt.«

Die alte Frau nickte. »*Rose Cottage* wurde nach ihr benannt. Eamon schwärmte für seine kleine Schwester.«

»Wo ist sie jetzt?«

»Sie ist tot, wurde vor langer Zeit begraben«, sagte sie traurig und schüttelte den Kopf.

»Und weiter«, sagte ich.

»Böses Blut floss zwischen Mick Byrne und einem anderen Mann namens Mac Roth, Oengus Mac Roth, einem Grundbesitzer, der weiter nördlich in der Nähe von Sligo wohnte. Das ging schon seit Jahren, ja seit Generationen so. Wir Iren können sehr nachtragend sein. Ich weiß noch nicht einmal, was überhaupt der Auslöser für den Streit gewesen ist. Oft ist es sogar völlig egal, was der Auslöser war. Das Ganze entwickelt dann irgendwie ein Eigenleben. Selbst diejenigen, die in den Streit verwickelt sind, können sich an seine Ursache oft nicht mehr erinnern. Vermutlich ging es um irgendetwas, das schon viele Jahre, vielleicht Generationen zurücklag. Vielleicht ging es ja um einen braunen Bullen.«

Sie zögerte einen Augenblick und musste dann ein wenig lachen. »Das hat fast etwas Komisches. Es gibt eine alte epische Dichtung, sie heißt *Der Viehraub von Cooley* oder auch der *Ulster-Zyklus,* die von einer großen Schlacht zwischen den Kriegern von Connacht unter Königin Maeve und König Ailill und den Kriegern von Ulster unter dem Helden Cuchulainn erzählt. Alles begann wegen eines Streites um einen braunen Bullen. Sie verstehen, was ich damit sagen will, oder? Wie dem auch sei, jedenfalls waren die beiden Männer Rivalen, und demnach auch ihre Familien, obwohl sie sich, so viel mir bekannt ist, nie begegnet sind. Zumindest nicht sofort.«

Die alte Frau hustete ein wenig, und ihre Tochter brachte ihr Tee. »Hier, Mutter«, sagte sie. »Du solltest nicht so viel reden.« Mir kam es vor, als ob sie Tränen in den Augen hätte.

»Ich möchte aber gerne reden, Liebes«, sagte sie und scheuchte sie fort. »Ich wollte schon seit Jahren darüber sprechen. Ich habe Eamon Byrne zwar versprochen, es niemals zu tun, aber das spielt nun vermutlich keine Rolle mehr.

Mick Byrne hatte große Pläne für seinen Sohn und seine Tochter. Eamon arbeitete bereits im Familienunternehmen mit, es muss wohl im Torfgeschäft gewesen sein. Rose wollte er hingegen mit einem Witwer aus der Gegend verheiraten, einem Mann mittleren Alters, einem gewissen MacCallum, der in der Nähe von Mick Byrnes Ländereien selbst viel Land besaß.«

»Eine strategische Heirat also?«, fragte ich.

»Ich denke, dass man es so nennen kann«, antwortete Kitty. »Die beiden Familien hätten also das meiste Land in der Gegend besessen.« Sie machte eine Pause und nahm einen Schluck Tee, bevor sie weitersprach. »Doch Rose liebte einen anderen, einen jungen Mann, den sie beim Tanzen kennen gelernt hatte. Er hieß ...«, sie hatte sich ein wenig verschluckt. »Mac Roth«, sagte ich, nahm ihre die Tasse weg und versuchte, ihre Hand zu halten. »Sagen Sie nicht, dass es ein Mac Roth war.«

Sie nickte. »Owen Mac Roth. Sohn des Erzfeindes ihres Vaters. Sie erzählte niemandem etwas davon, nur mir vermutlich. Sie war so überglücklich mit diesem jungen Mann, und er sah toll aus, hatte blitzblaue Augen, als würde das Meer sich in ihnen spiegeln, ein wirklich hübscher junger Mann. Und auch sie war eine Schönheit, das kann ich Ihnen sagen. Aber es sollte nicht sein.

Eamon fand das mit Roses Liebhaber heraus, erzählte es seinem Vater, und Mick verbot ihr, Owen wiederzusehen. Doch sie hielt sich nicht daran, und ...«, die alte Frau hörte zu sprechen auf und wischte sich die Tränen aus den Augen, »und das mit meiner Hilfe. Sie war doch so verliebt, wissen Sie, und hat mich angebettelt, ihr zu helfen. Ich konnte ihr nie etwas abschlagen, aber das konnte Eamon eigentlich auch nicht. Trotzdem fand Eamon es wieder heraus, erzählte es erneut seinem Vater, und diesmal schickte man Rose nach Dublin. Mir sagte man nicht genau wohin, vermutlich weil man dachte, dass ich es Owen weitererzählt hätte, und das hätte ich wohl auch. Das Schlimme aber war, dass Rose mit Owens Kind schwanger ging. Man hatte sie weggeschickt, damit sie das Baby bekam – obwohl die Familie allen erzählte, dass Rose in Dublin die Schule beenden würde. Und man zwang sie, das Kind kurz nach der Geburt abzugeben. Rose hat mir erzählt, dass man ihr noch nicht einmal erlaubte, das Kind im Arm zu halten, nicht ein einziges Mal, nicht einmal für eine Minute. Man hatte ihr erzählt, das Kind sei krank gewesen und gestorben. Aber das hat sie nie geglaubt. Mick hatte es so veranlasst.«

»Das verlorene Kind«, sagte ich. »Man könnte die Byrnes und Mac Roths also mit den Montagues und Capulets aus Shakespeares Romeo und Julia vergleichen. Nahm es auch bei ihnen ein tragisches Ende?«

Sie lächelte ein wenig. »Ich denke es war ähnlich wie bei Romeo und Julia, nur sind wir hier in Irland und nicht in Verona. Ich würde sagen, es kommt eher der alten Sage von Deirdriu und Naisiu gleich. Den Tain kennen Sie bestimmt nicht, aber kennen Sie die Geschichte von Deirdriu?«

»Deirdre of the Sorrows«, antwortete ich. »Ja, die kenne ich. Deirdriu sollte, glaube ich, einen alten Mann, einen König heiraten, seinen Namen habe ich aber vergessen ...«

»Conchobar«, sagte Kitty.

»Conchobar. Sie aber liebte einen jungen Mann namens Naisiu. Beide rissen aus, aber Conchobar und seine Krieger spürten sie auf und Naisiu wurde, glaube ich, getötet. Ist das auch Owen wiederfahren?«

»Weiter«, sagte sie. »Erzählen Sie weiter.«

»Conchobar versprach Deirdriu jemand anderem, sie saß auf einem Wagen ... Ich kann mich leider nicht mehr an alle Einzelheiten erinnern. Jedenfalls schmetterte sie ihren Kopf gegen einen Felsen und wäre lieber gestorben, als mit einem dieser grausamen Männer verheiratet zu werden. Stimmt das?«

»Mehr oder weniger«, antwortete sie. »Nun, Mick Byrne bestand auf der Heirat zwischen Rose und MacCallum und wollte nie wieder ein Wort über das Baby hören – MacCallum erfuhr auch nie davon. Eamon wurde beauftragt, Rose eine Nacht vor der Hochzeit zu MacCallum zu fahren, er rief sie also und bat sie, aus dem Zimmer zu kommen, doch sie antwortete nicht.« Kitty hörte einen Augenblick zu erzählen auf, denn Tränen rannen ihre Wangen herab. »Eamon ging in ihr Zimmer, doch als er sie fand, war sie schon tot. Sie hatte sich erhängt.« Kitty bekreuzigte sich.

»Sie beging lieber Selbstmord, als MacCallum zu heiraten!«, rief ich.

»Sie war sehr traurig über den Verlust ihres Kindes und so. Und ich dachte, Owen würde vor Kummer umkommen. Ich erzählte ihm von dem Baby, obwohl ich nicht weiß, ob ich das hätte tun sollen. Doch ich tat es. Er wurde schier rasend, suchte überall nach seinem und Roses Kind, konnte aber keine Spur von ihm finden. Zu jener Zeit war es sehr schwierig, ein Kind aufzuspüren, das zur Adoption freigegeben worden war. Schwieriger als heute, und Mick hatte dafür gesorgt, dass es keine Hinweise auf das Kind gab. Owen fing zu trinken an und verlor seine Arbeit.«

»Wo lebt er heute?«

»Ich weiß es nicht. Ich bin fortgezogen. Soviel ich weiß, sucht er immer noch nach seinem Kind.«

»Und Eamon? Was tat er?«

»Er verschwand für ungefähr ein Jahr, ging zur See. Er fing an, seinen Vater zu hassen, fast so sehr, wie sich selbst. Ich dachte schon, ich würde ihn nie wiedersehen, doch als Mick starb, tauchte er kurz darauf als verbitterter Mann wieder auf und heiratete Margaret, die schon sein Mädchen gewesen war, bevor all das passierte, und ließ sich hier in Dingle nieder. Er bat mich, mitzukommen und mich um den Haushalt zu kümmern, und das tat ich auch. Ein paar Jahre später kam auch Denny. Hier bin ich Brigids Vater und der kleinen Brigid begegnet. Ich hatte nicht mehr gehofft, hier glücklich werden und diesen Ort zu meinem Zuhause machen zu können. Für Eamon tat es mir leid, wissen Sie, er war kein schlechter Mensch. Ich kümmerte mich gerne um seine Töchter, auch wenn ich nicht verstehen konnte, was ihm an Margaret so gefiel.

Aber manchmal, spät abends, wenn seine Frau schon zu Bett gegangen war, bat er mich in sein rotes Zimmer ans Feuer und erzählte mir von Rose. Er hatte sie geliebt, wissen Sie. Und auf seine Art hatte er versucht, das Beste für sie zu tun. Er war noch ein kleiner Racker, als seine Mutter starb, und Rose ein Kleinkind, doch seine Mutter hatte ihm das Versprechen abgerungen, dass er sich stets um die Schwester kümmern und es niemals zulassen würde, dass ihr irgendetwas widerfuhr. Ich glaube, das hat er auch versucht. Bestimmt dachte er, dass er das heilige Versprechen gebrochen hatte, das er seiner Mutter gab.« Sie machte gedankenverloren eine kleine Pause.

»Wissen Sie, was ein *Geis* ist?« Das Wort klang wie Gaysh. Ich schüttelte den Kopf.

»Das ist so etwas wie ein Tabu. In den alten Sagen mussten die Menschen ein *Geis* halten, das heißt, sie durften etwas nicht tun oder mussten etwas unbedingt ausführen, so etwas wie eine Verpflichtung, wissen Sie. Und falls sie es doch taten oder es vergaßen, brachen sie ihren *Geis,* und das bedeutete normalerweise den Tod. Byrne dachte, er hätte einen *Geis* gebrochen, indem er seiner Schwester etwas zustoßen ließ. Trotzdem war er gut zu uns, nicht wahr, Brigid? Er hat uns das Geld gegeben, damit Brigid die Teestube und mein Schwiegersohn die Bar eröffnen konnte.« Brigid nickte. »Und auch er suchte nach Roses Baby. Das weiß ich. Aber die Behörden haben nicht mit sich reden lassen und sagten, dass er nicht der Vater sei. Wie dem auch sei, sie wollten den Namen nur preisgeben, wenn das Kind es auch selbst wollte. Eamon starb im besten Mannesalter. Er war noch keine sechzig. Und ich weiß, dass er vor seinem Tod das Kind gerne noch gefunden hätte ... seltsam«, fuhr sie schließlich fort. »Das mit Deirdriu und Naisiu, meine ich. In dieser Geschichte war Rose die Leidtragende. Owens Schwester heißt Deirdre.«

Ich sah, dass Kitty müde zu werden begann und Brigid mich flehend ansah. »Ich gehe jetzt«, sagte ich. »Haben Sie vielen Dank.«

»Danke, dass Sie mir so geduldig zugehört haben«, sagte sie. »Ich fühle mich jetzt besser, nachdem ich es Ihnen erzählt habe.«

Ich war schon fast aus der Tür, da stellte ich ihr noch eine letzte Frage. »Das Baby«, fragte ich, »was war es?«

»Ein kleiner Junge«, antwortete Kitty. »Rose hat gesagt, dass es ein wunderschöner, gesunder kleiner Bub war.«

Vielleicht war es ja Zufall, vielleicht aber auch nicht. In Irland gab es mindestens eine Million Deirdres, und unsere Deirdre hatte etwas ziemlich Altjüngferliches an sich, das Aussehen einer Frau, die niemals verheiratet gewesen war. Aber von so etwas konnte man schließlich nicht ausgehen.

»Ist Deirdre Flood eigentlich jemals verheiratet gewesen?«, fragte ich Rob.

»Ich glaube schon«, antwortete er.

»Und weißt du vielleicht zufällig auch ihren Mädchennamen?«

»Ich habe ihn in irgendeiner Akte gelesen, kann mich aber nicht mehr daran erinnern. Warum?«

»Sie hieß doch nicht etwa Mac Roth? Deirdre Mac Roth?«

»Doch, so hieß sie, glaube ich.«

Hinter Deirdre Flood verbarg sich im Hause Byrne also eine Mac Roth, sozusagen die Giftschlange im Obstkorb, das blanke Gesicht der Rache hinter der Maske der Dienstbarkeit.

»Woher weißt du das?«, fragte Rob und sah mich an.

Ich erzählte es ihm. »Du willst sagen, dass deiner Meinung nach diese Blutfehde immer noch andauert und eine Deirdre Mac Roth sich in Byrnes Haus geschlichen hat … um was zu tun?«, fragte Rob. »Sie hatte sicher genügend Gelegenheiten. Sie war über fünf Jahre dort und konnte tun und lassen, was sie wollte. Willst du sagen, dass sie Michael ermordet hat? Warum?«

»Ich weiß auch nicht, was ich sagen soll«, antwortete ich. »Jedenfalls glaube auch ich nicht, dass sie Michael getötet hat. Gibt es Hinweise darauf, dass sie Selbstmord begangen hat?«

»Nein. Es sieht so aus, als wäre sie zuerst erwürgt und dann ins Meer geworfen worden. Die Obduktion wird jedenfalls alle Zweifel ausräumen. Es ist nahezu unmöglich, dass jemand sich selbst stranguliert und sich dann die Klippen hinunterstürzt. Deirdre konnte schlecht beides auf einmal tun.

Ich vermute, dass sie zuerst erwürgt wurde. Man hat kaum Wasser in ihrer Lunge gefunden.«

»Und was ist, wenn es Owen gewesen ist? Was ist, wenn er die Suche nach dem Kind aufgegeben und sich auf die Rache an den Byrnes konzentriert hat?«

»Und um sich zu rächen, tötet er die Haushaltshilfe? Seine eigene Schwester, sollte ich vielleicht noch hinzufügen? Willst du mir erzählen, Hausarbeit selber zu erledigen ist Strafe genug? Bestimmt nicht!« Ich warf ihm einen bösen Blick zu. Immer diese Polizisten mit ihrem Galgenhumor. »Ich möchte einfach nur wissen, wo sich Owen Mac Roth die letzten fünfunddreißig Jahre herumgetrieben hat«, brummte ich.

Rob sah mich an. »Ich werde es überprüfen lassen«, sagte er schließlich.

»Bitte tu das«, sagte ich. Mir war egal, wie lächerlich das klang. Ich setzte auf Owen Mac Roth.

# 16

# Der Ort, an dem die Sonne untergeht

»Was Owen Mac Roth betrifft«, sagte Rob am folgenden Tag, »der hat von den letzten dreißig Jahren insgesamt fünfundzwanzig hinter Gittern verbracht. Er war Mitglied der IRA geworden, hatte ein paar Leute in die Luft gejagt, wurde geschnappt und bekam lebenslänglich.«

»Aber jetzt ist er doch wieder draußen«, sagte ich.

»Er kam zwar vor fünf Jahren raus«, nickte Rob, »aber kurz darauf wurde er betrunken in eine Schlägerei in einer Bar verwickelt und kam ums Leben. Eine zerbrochene Whiskeyflasche hatte eine Arterie durchtrennt, und er verblutete, bevor der Notarzt eintraf. Ich denke mal, wir können Owen Mac Roth von der Liste der Verdächtigen streichen. Oder gibt es sonst noch irgendwelche Hinweise, denen du nachgehen willst?« Sein Tonfall irritierte mich, und ich war drauf und dran, ihm das zu sagen.

»Es war trotzdem eine gute Idee«, fügte er hinzu. »Es hat sich auf alle Fälle gelohnt, der Sache nachzugehen. Du hättest wohl besser die Polizeischule besuchen sollen, anstatt dich einem so riskanten Beruf wie dem des Antiquitätenhändlers zu widmen«, lächelte er. Genau so ist Rob, immer, wenn ich kurz davor bin, ihm die Augen auszukratzen, sagt er etwas Lustiges und Nettes.

So viel also zu meiner Theorie über Owen Mac Roth. Ich dachte eine Weile darüber nach. Die Sache war die: Ich hatte zwar eine recht schlechte Meinung von der Familie Byrne gehabt, als ich zum ersten Mal *Second Chance* verließ, aber jetzt war ich mir nicht mehr so sicher, ob ich damit richtig lag. Eithne Byrne war wirklich äußerst nett, auch Fionuala und Breeta, selbst wenn das oft anders erscheinen mochte. Und Eamon Byrne war ein todkranker Mann gewesen. Vor langer, langer Zeit hatte er einen Fehler begangen. Zweifellos einen schrecklichen Fehler mit tragischen Konsequenzen, und trotzdem war es nichts weiter als ein Fehler gewesen. Und dafür musste die Familie jetzt büßen. Ich glaubte ebenso wenig an einen Fluch oder einen gebrochenen *Geis,* wie ich an Feen glaubte. Vielmehr war ich mir sicher, dass irgendeine heimtückische Macht die Fäden zog, um die Familie in den Ruin zu treiben. Ich wusste nur noch nicht, um was für eine heimtückische Macht es sich handelte. Owen Mac Roth konnte es nicht sein, so viel war sicher. Und Deirdre auch nicht, selbst wenn sie irgendwie Teil des Ganzen war. Wer blieb also noch?

Wenn ich so darüber nachdachte, dann stimmte ganz offensichtlich etwas mit Deirdre nicht, und das ging weit über die Tatsache, dass sie eine Mac Roth war, hinaus. Sie war kein richtiges Dienstmädchen. Eithne und Fionuala hatten sich darüber lustig gemacht, dass sie alles verschüttete und die Glasfiguren ihrer Mutter zertrümmerte. Zu der Zeit dachte ich noch, dass sie vielleicht Margaret wegen ihrer Missmutigkeit bestrafte, in ihrer Gegenwart einfach verständlicherweise nervös war. Rob hatte aber gesagt, dass sie jahrelang in einer chemischen Reinigung gearbeitet hatte. Vielleicht war sie auf Rache aus und hatte sich deshalb auf *Second Chance* eingeschlichen.

Doch wie hatte sie es geschafft, ohne jegliche Qualifikation die Stelle zu bekommen?

Ich griff zum Telefon und rief auf *Second Chance* an. Ich befürchtete, dass Margaret ans Telefon gehen würde, und war erleichtert, als ich Eithnes Stimme hörte.

»Eithne, tut mir leid, wenn ich so aufdringlich bin, aber ich hätte noch ein paar Fragen. Würde es Ihnen etwas ausmachen …?«

»Keineswegs«, antwortete sie. Ich hatte schon Bedenken, dass sie ihre Offenheit bereuen würde, sobald die Wirkung des Sherrys nachgelassen hätte, aber sie klang nach wie vor sehr nett und freundlich.

»Ich möchte noch etwas über Deirdre wissen. Woher kam sie eigentlich, wissen Sie das?«

»Nicht genau«, antwortete sie. »Wie ich Ihnen schon sagte, kam sie, als Kitty McCarthy, unser vorheriges Dienstmädchen, uns verließ. Ich kann mich noch erinnern, dass wir Schwierigkeiten hatten, Ersatz für Kitty zu finden. Das Herz brach uns, als Kitty uns verließ. Sie war natürlich älter geworden, aber das schienen wir nicht bemerkt zu haben, zumindest ich nicht. Sie war schon bei uns, als ich noch ein kleines Mädchen war. Sie war wohl schwer zu überbieten, nehme ich an. Natürlich haben wir in der Stadt Anzeigen geschaltet, aber mit meiner Mutter –«, sie machte eine Pause und sprach leiser, »nun, mit meiner Mutter kommt man nicht so leicht aus. Eigentlich hat sie ein gutes Herz, aber das sehen die meisten nicht, darum wollte niemand in der Stadt den Job haben. Wir haben also in einem größeren Umkreis inseriert und fanden Deirdre.«

»Hatte sie denn irgendwelche Empfehlungsschreiben, als sie zu Ihnen kam?«

»Die muss sie ja wohl gehabt haben. Mutter legt auf so etwas Wert.«

»Sie haben aber keine Ahnung, von wem sie die Empfehlung hatte.«

»Nein, aber ich könnte Mutter fragen.«

»Würde es Ihnen etwas ausmachen? Ich glaube, es könnte für dic polizeilichen Untersuchungen hilfreich sein, wenn etwas über Deirdres Leben vor *Second Chance* bekannt würde.«

Das war nicht unbedingt gelogen. Wenn sie mal genug wussten, um zu fragen, würde die Antwort für sie hilfreich sein, da war ich mir sicher.

»Also gut. Warten Sie einen Augenblick. Mutter!«, hörte ich sie rufen. Kurz darauf war sie wieder am Telefon. »Entschuldigen Sie die Verzögerung«, sagte sie. »Mutter versucht gerade zu kochen. Ein Desaster. Sie meint, unsere Anwälte McCafferty und McGlynn hätten uns geholfen, Deirdre zu finden.«

»Ich danke Ihnen. Nur noch eine kurze Frage«, sagte ich. »Sagt Ihnen der Name Mac Roth irgendetwas?«

»Ein guter irischer Name«, sagte sie nach einer kurzen Pause. »Aber weiter sagt er mir nichts. Warum?«

»Ich weiß auch nicht«, antwortete ich. »Vielleicht ... ach, ich weiß es wirklich nicht.«

Ich legte auf und wählte erneut.

»McCafferty und McGlynn«, ertönte eine übertrieben diensteifrige Stimme.

»Könnte ich bitte mit Charles McCafferty sprechen?«, fragte ich.

»Wen darf ich melden?«, fragte sie.

»Lara McClintoch«, antwortete ich.

»Tut mir leid, Mr McCafferty ist nicht im Büro«, erklärte sie. »Wollen Sie eine Nachricht hinterlassen?«

»Ich bin der Polizei bei ihren Untersuchungen auf *Second Chance* behilflich«, sagte ich. »Entweder Sie verbinden mich jetzt mit Mr McCafferty oder die Polizei wird sich direkt an ihn wenden.« Das war natürlich ganz offensichtlich nicht wahr, aber mir war das egal.

Außerdem werde ich zum Tier, wenn mich Sekretärinnen abblitzen lassen.

»Er ist wirklich nicht da«, antwortete sie. Ich war versucht, sie zu fragen, warum sie sich dann nach meinem Namen erkundigt hatte.

»Dann verbinden Sie mich bitte mit Mr McGlynn«, sagte ich.

Ich hatte schon Angst, sie würde auflegen, doch kurz darauf kam McGlynn an den Apparat. »Ms McClintoch«, sagte er sanft, doch seine Stimme verriet eine leichte Gereiztheit. Er mochte es anscheinend nicht, wenn seine Empfangsdame von Leuten wie mir eingeschüchtert wurde. »Wie nett, Sie zu hören. Was kann ich für Sie tun?«

»Ich bin gerade dabei, ein paar Nachforschungen über Deirdre Flood anzustellen«, antwortete ich. »Margaret Byrne hat mir erzählt, dass Sie Deirdre eine Empfehlung gegeben haben und ...«

»Das glaube ich kaum«, unterbrach er mich. »Ich kannte Deirdre noch nicht einmal persönlich.« Sein Tonfall sollte zu verstehen geben, dass er mit Versagern wie Deirdre nichts zu tun haben wollte. »Ich kann mich aber erinnern, dass Margaret, Ms Byrne, uns bat, jemanden für sie zu finden. Sie werden verstehen, dass das normalerweise nichts zu dem Aufgabenbereich gehört, den wir als ihre Anwälte übernehmen.«

Offensichtlich betrachtete er diese kleine Aufgabe als erheblich unter seiner Würde.

»Ich hatte angenommen, Ms Byrne würde sich mit irgendeiner Arbeitsvermittlungsagentur in Verbindung setzen«, fuhr er fort, »aber aus irgendeinem mir unbekannten Grund bestand sie darauf. Wir hatten die Byrnes gerade erst als Mandanten gewonnen und wollten natürlich alles tun, um ihnen zu helfen.«

»Gehörte dazu auch, die Empfehlungen zu kontrollieren?«, fragte ich.

»Bestimmt«, antwortete er.

»Sie hat in einer chemischen Reinigung gearbeitet«, sagte ich.

»Entschuldigen Sie, was meinen Sie?«

»Sie hat jahrelang in einer chemischen Reinigung gearbeitet und Kleider in große Waschmaschinen voller chemischer Reinigungsmittel geschmissen, sie dann wieder herausgeholt und aufgehängt, wenn Sie verstehen, was ich meine. Was an dieser Arbeit qualifizierte sie Ihrer Meinung nach dafür, im Haushalt eines Ihrer besten Mandanten zu arbeiten?«

»Nun … Ich habe keine Ahnung, wovon Sie reden. Was unterstellen Sie da?«, schimpfte er. »Natürlich hatten wir ihre Referenzen geprüft.«

»Wer hat ihr also eine Empfehlung gegeben?«, fragte ich.

»Ich muss mich nach fünf Jahren wohl kaum mehr daran erinnern können, oder?«, sagte er. »Und selbst wenn ich es könnte und das, was Sie über ihre Vergangenheit sagen, stimmen sollte, was ich nicht glaube, hätte sie immer noch ihre Vergangenheit vertuschen und die Empfehlung fälschen können.«

»Ich hätte gedacht, dass Sie für so wichtige Mandanten gründlicher recherchieren würden«, sagte ich. »Aber vielleicht können Sie freundlicherweise einmal in Ihren Akten nachsehen.«

»Ich bezweifle, dass wir solche Unterlagen aufbewahren«, antwortete er. »Ich bin mir jedenfalls sicher, dass wir bei der Wahl einer Angestellten für die Byrnes äußerste Sorgfalt haben walten lassen.«

»Würde es Ihnen etwas ausmachen, vielleicht trotzdem die Akten durchzusehen? Nur für den Fall …«, sagte ich.

»Das würde es«, antwortete er. »Außerdem wäre eine solche Information ohnehin vertraulich.«

»Also gut«, antwortete ich. »Dann werde ich es eben der Polizei berichten. Falls sie die Information tatsächlich benötigt, kann sie sich ja einen Durchsuchungsbefehl besorgen. Aber das wissen Sie sicherlich alles selbst.«

»Bleiben Sie dran«, sagte er eisig.

Kurz darauf war Ms Diensteifrig wieder am Apparat. »Mr McGlynn hat mich gebeten, Ihnen auszurichten, dass Deirdre Flood als Empfehlung die Hauswirtschaftsschule *Domestic Help International* angegeben hat. In dem Brief steht, dass sie die Kurse mit Auszeichnung bestanden hat.«

»Was für ein Datum steht drauf?«

»1. März 1990«, antwortete sie.

»Ist dieses *Domestic International* denn ein bekanntes Institut?« Der Name schien mir ziemlich gewöhnlich, ich hatte noch nie davon gehört. Sie anscheinend auch nicht.

»Nun, ich weiß nicht«, antwortete sie. »Ich glaube, ich habe noch nicht davon gehört, aber das will nichts heißen, schließlich habe ich das College für Sekretärinnen absolviert.«

»Natürlich«, antwortete ich. »Schön für Sie.« Ich war der Versuchung nahe, sie zu fragen, ob es am College auch Kurse für herablassendes Verhalten gab, ein Fach, in dem sie vermutlich überragend gewesen wäre.

»Es ist bestimmt ein recht renommiertes Institut«, fuhr sie fort und bemerkte offenbar meinen seltsamen Tonfall nicht. »Es ist direkt am Merrion Square.«

»Das ist bestimmt eine gute Gegend, oder?«, fragte ich. Natürlich wusste ich, dass der Merrion Square in einem Nobelviertel von Dublin lag, aber das wollte ich nicht sagen. Ich wollte, dass sie mir alles erzählte, was sie wusste.

»Der Merrion Square? Natürlich liegt der in einer guten Gegend. Es ist eine der exklusivsten Adressen Dublins. Er liegt in der Nähe des St. Stephen's Green«, fügte sie hinzu.

»Haben sie dort denn auch eine exklusive Telefonnummer?«, fragte ich.

»Auf dem Brief ist keine angegeben«, antwortete sie.

»Danke für Ihre Hilfe«, sagte ich, »und grüßen Sie Ryan und Charles von mir, ja?«, und legte auf.

Ich versuchte es bei der Telefonauskunft in Dublin, doch das angesehene *Domestic Help International* schien es offensichtlich nicht geschafft zu haben, sich eine Telefonnummer zuzulegen.

Irgendwie bezweifelte ich auch, dass es eine echte Anschrift gab.

Also doch ein gefälschtes Empfehlungsschreiben? Deirdre schien McCafferty und McGlynn getäuscht zu haben, was beide eigentlich ziemlich in Verlegenheit hätte bringen müssen, und Deirdre konnte das tun, weil die Anwälte es der Familie übel nahmen, dass sie sie gezwungen hatte, eine solche Aufgabe zu übernehmen. Andererseits hatten sie zu sehr befürchtet, ihren neuen wohlhabenden und einflussreichen Mandanten zu verlieren. Immerhin brauchten sie das Geld, um ihr hübsches georgianisches Stadthaus zu renovieren.

Wohin brachte mich das? Nirgendwohin, dachte ich traurig. Absolut nirgendwohin. Ich ging spazieren, um noch etwas darüber nachzudenken. Große Tourneebusse standen am Stadtrand. Das Musikfestival stand kurz vor der Eröffnung. Die Straßen schienen von Touristen bereits überfüllt zu sein. In allen Läden hingen Poster in den Schaufenstern, die das besondere Ereignis ankündigten, und aus vielen Geschäften drang Musik.

Trotz des Lärms und der Begeisterung grübelte ich noch eine Weile über das Problem.

Hätte es da nicht zwei Details gegeben, wäre Deirdre durchaus für die Morde infrage gekommen. Bis auf Eamon lebten alle Mitglieder der Byrne-Familie noch, und Eamon selbst war ganz einfach den Folgen seiner Krankheit erlegen. Wie Rob schon gesagt hatte: Wenn es ihr um Rache ging, warum sollte sie dann das Hauspersonal umbringen? Es sei denn, sie wurde von Herlihy und Michael entdeckt. Das konnte eine Erklärung sein. Herlihy, dem Butler, muss aufgefallen sein, dass Deirdre, als sie anfing, dort zu arbeiten, keine Ahnung von dem Job hatte. Trotzdem konnte sie fast fünf Jahre lang bleiben. Wenn er vorgehabt hätte, sie zu verpfeifen, hätte er das gleich tun müssen. Und was war mit Michael? Er war vermutlich einfach zu nett, um sie als Betrügerin anzuschwärzen.

Irgendwas stimmte da nicht.

Abgesehen von all dem, war jedoch der zwingendste Grund, sie als Verdächtige auszuklammern, der Umstand, dass sie selbst tot und noch dazu ein Mordopfer war. Alleine diese Tatsache schloss sie nahezu automatisch als Täterin aus.

Ich beschloss, zurück in den Gasthof zu gehen, nach Jennifer zu sehen und vielleicht einen Happen mit ihr zu essen. Aidan, der Gasthofbesitzer, begrüßte mich, als ich hereinkam. »Miss Jennifer hat gebeten, Sie möchten erst das lesen, bevor sie hinaufgehen«, sagte er und überreichte mir einen Umschlag.

Ich riss ihn auf. Ein eilig gekritzelter Zettel befand sich darin. *Tante Lara – Dad ist hier. Ich geh mit ihm rauf und erzähle ihm alles von Paddy. Komm nicht! Liebe Grüße, Jen.*

## 17

## Wer rief die Sterne?

»Junge Dame, du gehst sofort in dein Zimmer«, schrie Rob. »Und bleibst dort, bis ich dir sage, wann du wieder herauskommen darfst. Und den Kerl wirst du auch nie wieder sehen!«

Können wir davon ausgehen, dass Jennifer ihrem Vater bereits von ihrem Freund erzählt hat?, fragte ich mich.

»Aber jetzt ist doch das Musikfestival«, maulte Jennifer.

»Das ist mir egal, und wenn es Christi Wiederkehr wäre«, sagte Rob. »Du bleibst drin, hast Ausgehverbot, stehst unter Hausarrest. Hast du mich verstanden?

»Und was dich betrifft ...«, sagte er mit zornrotem Gesicht, als Jennifer aus dem Zimmer durch das Foyer in unser Zimmer rannte. »Hast du ihr etwa dabei geholfen und sie angestiftet? Hast du meine Tochter mit diesem Gilhooly verkuppelt? Ich habe dir die Verantwortung für sie übertragen, weißt du noch?«

»Du hast mir gar keine Verantwortung übertragen«, entgegnete ich. »Und ich habe ihr auch nicht geholfen oder sie verkuppelt. Ich war genauso überrascht wie du, als ich davon erfahren habe. Ja, vielleicht habe ich ein paar Tage vor dir davon gewusst, aber nur deshalb, weil ich mich um sie gekümmert habe. Du bist deiner elterlichen Pflicht hingegen in keiner Weise nachgekommen. Ich glaube nicht, dass es etwas an der Sache ändert, wenn du sie anschreist.«

»Was soll ich denn sonst«, schrie er. Er war völlig außer sich. Mir kam der Gedanke, dass er bei diesem Stress und dank des üppigen irischen Frühstücks auf dem besten Weg zu einem Herzinfarkt sein könnte. Doch ich konnte mich nicht bremsen.

»Sie ist eine intelligente junge Frau und wird schon damit zurechtkommen.«

»Und was, wenn es schon zu spät ist?«, fragte er.

Zu spät? Zu spät wofür? »Mein Gott, Rob, sei doch nicht so ein Frosch.«

Ich stampfte aus dem Gasthof. Stimmt schon, ich hatte ein wenig ein schlechtes Gewissen. Trotzdem war ich davon überzeugt, dass er mit der Situation falsch umging. Ich lief eine Weile durch die Stadt, sprach dabei in Gedanken mit ihm und ihr und versuchte, mich zu beruhigen. Ich traf praktisch jeden, den ich kannte. Zuerst Conail, aus dem Gefängnis entlassen und betrunken, danach Eithne und Fionuala – irgendwie gefiel es mir, dass Fionuala ihre ältere Schwester davon überzeugt hatte, in die Stadt mitzukommen –, Paddy Gilhooly, dem das Verschwinden seiner jungen Freundin nicht allzu viel auszumachen schien. Die Einzige, die ich nicht zu Gesicht bekam, war Breeta. Ich ging allen aus dem Weg, denn ich war nicht in der Stimmung für Konversation. Ich musste darüber nachdenken, was zu tun war.

Schließlich beschloss ich, trotz meiner üblen Laune zum Musikfestival zu gehen, ganz egal, ob ich es genießen würde oder nicht, nur um Rob zu ärgern. Vielleicht würde ich die ganze Angelegenheit vergessen, wenn ich mir genug Mühe gab, überlegte ich. Ich lief die Straßen entlang, bis ich Musik hörte, die mir gefiel, die traditionellen keltischen Tänze und Irish Reels, und ging hinein.

Die Bar war proppenvoll, Zigarettenrauch hing in der Luft, es war höllisch laut. Fröhliche Menschen, zumindest die meisten von ihnen, die auf einen besonderen Samstagabend in ihrem heimischen Pub aus waren. Junge Leute drängten sich um die Bar, Gläser mit dunklem, sahnigem Bier wurden herübergereicht und in andere Räume gebracht. Die meisten Anwesenden waren Pärchen, doch es gab auch eine kleine Gruppe von Frauen, die den Abend gemeinsam verbrachte, und eine Gruppe junger Männer auf der anderen Seite des Raumes, die immer wieder verstohlen zu ihnen hinübersahen. Einen schrecklichen Augenblick lang dachte ich, Rob und Maeve zu sehen, was mir das Lokal gründlich verleidet hätte, doch als ich wieder in die Richtung blickte, waren sie nicht da.

In einer Ecke saßen zwei alte Frauen, eine von ihnen zahnlos, die in die Menge lächelten. Beide waren kräftig gebaut und grau gekleidet, eine hatte ihr weißes Haar mit einer Spange zurückgesteckt, die andere trug ein graues Kopftuch. Ab und zu rief der Barkeeper mit einer herzlichen, dröhnenden Stimme zu ihnen hinüber: »Noch 'ne Runde, meine Lieben?«, und die beiden alten Frauen lachten und nickten. Der Barkeeper schickte dann einen strammen Jüngling mit den Drinks zu ihrem Tisch.

In einer anderen Ecke des Raumes saßen vier Musiker auf einer Bank an einem großen Tisch, auf dem unzählige Gläser und einige volle Aschenbecher standen. Eine schwarzhaarige Frau in einem ärmellosen Top und schwarzen Hosen spielte eine Quetschkommode, eine Blondine, leger in Sweatshirt und Jeans gekleidet, spielte die *Bodhrán,* eine flache irische Trommel, eine weitere Frau mit kurzgeschorenen Haaren in Jeans und Pulli die Fiedel und der Bandleader, ein Mann in Jeans und Wollpulli, die Flöte. Er sollte die Lieder ansagen, zumindest versuchte er das, doch der Lärm in der Bar war so ohrenbetäubend, dass nur diejenigen, die in unmittelbarer Nähe standen, verstanden, was er sagte. Dann gab er den Takt an, indem er mit dem Fuß auf den Boden stampfte.

Die Gäste, die zuhören wollten, scharten sich in einem großen Halbkreis um den Tisch, einige saßen in der ersten Reihe auf kleinen Hockern. Ich stand hinter der letzten Reihe der Zuhörer und meine Laune besserte sich zusehends, als die Musiker zu spielen begannen. Das erste Stück war eine Ballade, die außer mir offenbar alle kannten und die von der schwarzhaarigen Frau gesungen wurde. Sie hatte eine klare, süße Stimme, der Refrain schwebte über den Zuhörern und manche sangen ihn leise mit.

Kurz danach spielten die Musiker einen Jig, ein Tanzstück im Sechsachteltakt. Applaus ertönte aus der Menge, es folgte ein Reel, ein Tanz im Viervierteltakt, und dann noch ein Jig. Die Musik wurde immer schneller, die Geigerin bearbeitete mit hoch konzentriertem Gesicht ihr Instrument, die Trommel schlug betörend, die Quetschkommode heulte, die Flöte spielte in höchsten Tönen auf, die Menge schaukelte, die Knie der Männer gingen auf und nieder wie ein Kolben, der den Takt angibt.

Dann spürte ich plötzlich etwas Hartes in meinem Rücken und eine heisere Stimme flüsterte mir zu: »Mitkommen oder ich schieße.« Ich spürte, wie ich von der Menge weggedrängt, dann einen Gang entlang und schließlich durch die Tür auf eine schmale Gasse geschoben wurde. Bevor ich noch richtig begriffen hatte, was vor sich ging, oder auch nur meinen Kopf drehen konnte, spürte ich, wie man mir ein Tuch auf den Mund presste. Mir wurde schwarz vor Augen.

Ich erwachte, oder vielleicht sollte ich sagen, ich kam zu mir in einem dunklen, vollkommen stillen Raum. Vielleicht ist so der Tod, dachte ich, ohne Wolken oder Flügel oder Himmelstore, andrerseits aber auch ohne Feuer und schwefelige Dämpfe aus der Hölle. Nur ewiges Nichts. Ich dachte mit Bedauern an alles, was ich unerledigt und ungesagt zurückgelassen hatte und fragte mich, ob ich wohl eine zweite Chance, eine Gnadenfrist bekommen würde. Noch völlig benommen überlegte ich, ob Eamon Byrne vielleicht irgendwo in der Nähe war und bedauerte, einige seiner Gedanken nicht unausgesprochen gelassen zu haben. Langsam wurde dieses Nichts zu einer kalten, harten Oberfläche, es roch modrig. Übelkeit stieg in mir hoch, ich konnte den nächtlichen Himmel über mir flimmern sehen und hörte um mein Gefängnis den Wind pfeifen. Und dann hörte ich in der Dunkelheit neben mir ein Ächzen.

»Rob?«, rief ich. »Rob, bist du es?« Wieder ein Ächzen. Ich rappelte mich auf Hände und Knie auf und tastete mich in die Richtung des Ächzens vor. Nur wenige Schritte entfernt fand ich ihn. Er war noch nicht vollständig bei Bewusstsein, kam aber langsam zu sich. Ich fand seine Hand und hielt sie.

»Wer ist da?«, fragte er mit heiserer Stimme.

»Ich bin's, Rob«, antwortete ich. »Wir sind zusammen.«

Ein paar Minuten lang sagte er nichts, sodass ich schon dachte, er sei wieder ohnmächtig geworden.

»Hast du eine Ahnung, wo wir sind?«, fragte er schließlich.

»Nein«, antwortete ich.

Er setzte sich mühsam auf und ächzte dabei. »Langsam fällt es mir wieder ein«, sagte er. »Die Bar, die Musik und du, wie du nach hinten den Gang hinaus verschwandest. Ich habe dich nur flüchtig gesehen. Irgendwie wirkte alles merkwürdig, darum beschloss ich, nachzusehen. Ich kam nur bis zur Hintertür. Ich frage mich, ob sie zu zweit waren. Den Gedanken, nur von einem überwältigt worden zu sein, könnte ich nicht ertragen. Ich bin wohl wirklich aus der Übung. Das kommt von der ganzen Büroarbeit, zu der man mich daheim verdonnert hat. Muss wohl so sein. Oder glaubst du, es ist schon die Midlifecrisis? Auf jeden Fall Äther oder so was Ähnliches, wenn ich es in dem Moment, als man mir das Tuch auf den Mund gepresst hat und ich ohnmächtig geworden bin, richtig mitgekriegt habe. Diese entsetzliche Übelkeit, die ich empfinde, könnte darauf hindeuten. Primitiv, aber wirksam. Ich war sofort bewusstlos. Wer immer das gewesen ist, muss zuerst dich außer Gefecht gesetzt und mich dann irgendwie hinter der Tür erwischt haben. Ich hab es noch nicht einmal vorausgesehen. Ich bin total aus der Übung.«

»War nett von dir, mir nachzugehen«, sagte ich, als er sein Selbstgespräch beendet hatte.

»Das machen Polizisten wie ich normalerweise. Sie versuchen, Verbrechen zu verhindern, Mädchen aus der Gefahr zu retten, solche Sachen. Obwohl ich diesmal nicht gerade eine Glanzleistung abgeliefert habe.«

»Hast du zufällig gesehen, wer mich zur Tür geschubst hat?«, fragte ich.

»Leider nein. Ich konnte gerade noch deinen Kopf und den Rücken von jemandem erkennen, und irgendwie kam es mir komisch vor.«

»War es ein Mann oder eine Frau?«

»Das kann ich schlecht sagen. Was ist mit dir? Kam dir die Stimme irgendwie bekannt vor?«

»Nein, sie war absichtlich verstellt. Vermutlich heißt das, dass ich die Person sonst erkannt hätte.«

»Hm«, murmelte er. Ich hörte, wie er sich in der Dunkelheit bewegte, dann hörte ich das Klicken seines Feuerzeugs und sah eine kleine Flamme. »Schau mal!«, sagte er, »Rauchen hat doch ein paar Vorteile. Aber glaube ja nicht, ich hätte nicht bemerkt, dass du es nicht magst.«

Wir standen auf, und während Rob die kleine Flamme hin und herbewegte, inspizierten wir unser Gefängnis. Wir standen in irgendeinem runden Gebäude, das ungefähr einen Durchmesser von drei Metern hatte. Die Steinwände wölbten sich nach oben zu einer kleinen Öffnung, die sich etwa vier Meter über dem Boden befand. Es gab zudem eine kleine Tür mit metallenen Beschlägen, gegen die Rob sich warf. Ohne Erfolg, sie bewegte sich nicht. Er machte das Feuerzeug aus. »Solange ich nachdenke, kann ich Gas sparen«, sagte er.

»Diese nach innen gewölbten Wände machen es nahezu unmöglich, nach oben zu klettern, um nachzusehen, ob wir die Öffnung vergrößern können«, sagte Rob sanft in der Dunkelheit. »Außer man wäre eine Spinne, eine Fliege oder sonst was. Du könntest nur auf meine Schultern klettern und versuchen, ein paar Steine wegzustoßen, um die Öffnung zu vergrößern«, seufzte er, »wir würden aber trotzdem nicht hinaufgelangen. Und wenn ich mich an die Wand stelle und dich hinaufschiebe? Aber das würde vermutlich auch nichts bringen«, sagte er resigniert. Ich war drauf und dran, ihm Recht zu geben.

»Ich hätte da eine Frage«, sagte er nach kurzem Überlegen. »Das ist das erste Mal seit unserem Flug, dass ich mit dir alleine bin.«

Und wessen Schuld war das, fragte ich mich. Schließlich hatte er die meiste Zeit bei seiner Lieblingspolizistin verbracht. »Frag«, sagte ich.

»Denkst du wirklich, dass ich ein Flasche bin, und ein – wie hieß doch gleich das unschöne Wort, das du verwendet hast? – ein Schlappschwanz?«

Ich sage nur, männliches Ego. »Nein«, sagte ich. »Na gut, vielleicht ab und zu. Könntest du mit Jennifer nicht einfach ein wenig lockerer sein?«

»Wie denn?«

»Findest du, dass das der richtige Zeitpunkt für eine Diskussion ist?«, seufzte ich.

»Warum denn nicht?«, meinte er. »Was gibt es denn sonst hier zu tun?«

»Na gut. Dann muss ich es wohl loswerden. Zunächst einmal wird sie größer und wird einen Freund haben, mit dem sie – und jetzt reiß dich zusammen – irgendwann auch Sex haben wird. Warum verschwendest du deine Energie darauf, die Jungs zu verschrecken? Das bewirkt höchstens das Gegenteil. Warum redest du nicht mit ihr über Dinge wie Verhütung, Geschlechtskrankheiten und so Zeug?«

»Dafür ist die Mutter da«, antwortete er.

Ich war versucht, ihn darauf hinzuweisen, dass er dafür zuständig war, nachdem es nun mal keine Mutter gab. Aber das wusste er natürlich selbst. Mit Jennifer hatte er wirklich sein Bestes gegeben, und so schlecht war das gar nicht.

»Wie dem auch sei, ich bin gar nicht so ein Dinosaurier, wie du denkst. Ich weiß schon, dass sie ihre erste Liebe aus der Schulzeit nicht gleich heiraten wird, so wie ich das getan habe.«

Wie sollte sie, wenn du ihr nicht einmal erlaubst, einen Freund zu haben, hätte ich am liebsten gesagt, hielt aber meinen Mund.

»Sag jetzt nichts«, bat er. »Auch im Dunkeln weiß ich genau, was für ein Gesicht du jetzt ziehst. Ich finde einfach, dass Gilhooly nicht unbedingt ein guter Anfang ist«, fuhr er fort. »Im Vergleich zu ihren Freundinnen ist sie noch ein wenig unerfahren. Ich meine, überleg mal, wie alt er ist. Er könnte ihr Vater sein. Er ist gut zehn Jahre jünger als ich. Na ja, vielleicht gerade mal zehn.« Er machte eine Pause. »Na gut, weniger als zehn, aber du verstehst schon, was ich meine.«

»Du willst damit sagen, dass er zu alt für sie ist, und da hast du Recht«, sagte ich. So anstrengend ein Mann in den mittleren Jahren auch sein mochte, wenn er Aufhebens von seinem Alter macht, so fand ich das Gespräch plötzlich doch interessant. Hatte ich bei all dem Wirbel um Jennifer und ihren älteren Verehrer etwas Wichtiges übersehen? Wie alt war wohl jetzt das verlorene Kind? Denn es musste doch wohl das Kind sein, oder nicht? Mutter, Vater, Schwester des Vaters und die Großeltern waren alle tot. Eithne hatte gesagt, dass ihre Eltern vierunddreißig Jahre miteinander verheiratet gewesen waren. Und ein Jahr zuvor war Byrne zur See gegangen. Das bedeutete, dass das Kind seiner Schwester keinesfalls jünger als sechsunddreißig sein konnte, vielleicht war es sogar älter. Sagen wir zwischen sechsunddreißig und vierzig. Ob Padraig das verlorene Kind war? Möglich war es. Eamon Byrne wäre verständlicherweise gegen die Verbindung seiner Tochter mit dem Sohn seiner Schwester gewesen, wenn ihm die Verwandtschaft zu eng erschien. Aber vielleicht wusste er nichts davon. Schließlich schien er auch nichts über Deirdre gewusst zu haben, vermutlich, weil die verfeindeten Familien sich nicht gut kannten. Sie wohnten in verschiedenen Städten. Konnte es sein, dass das Kind noch lebte und versuchte, die Familie ausfindig zu machen?

»Außerdem möchte ich nicht, dass sie verletzt wird«, hörte ich Rob sagen. »Es ist doch nur ein Ferienflirt, gib es zu.«

Ich konzentrierte mich wieder darauf, was er sagte. Wenn er dachte, dass ich in meiner misslichen Lage mit allem, was er sagte, einverstanden war, dann hatte er sich getäuscht.

»Und in der Hinsicht bist du ja das beste Beispiel für sie, nicht wahr? Alex war zwar die Diskretion in Person, was das Kommen und Gehen seines Zimmergenossen betraf, aber Jennifer hat genau mitbekommen, wenn du spät abends aus deinem Zimmer schlichst und erst im Morgengrauen wiederkamst. Und sie hat die Ausrede mit der Polizeisache und so auch nicht geglaubt!«

»Ich wünschte, du hättest das nicht erwähnt«, seufzte er. »Das hättest du nicht tun sollen. Ich weiß, du denkst, dass ich eine Flasche und ein schlechter Vater bin.« Er klang erbärmlich in der Dunkelheit.

»Tut mir leid«, sagte ich. »Das hätte ich nicht sagen sollen, und ich denke auch nicht, dass du ein schlechter Vater oder eine Flasche bist. Schau dir doch Jennifer an, sie ist eine reizende und sehr vernünftige junge Frau. Und das ist ganz alleine dein Verdienst. Was Maeve betrifft, so scheint auch sie sehr tüchtig und liebenswürdig zu sein.« Schwaches Lob, ich weiß, aber es war das beste, das ich aufbringen konnte. »Ich geh mal davon aus, dass eure Verbindung etwas Ernstes ist«, fügte ich hinzu.

»Glaube ich nicht«, sagte er ruhig. Ich wartete. »Aus zweierlei Gründen. Erstens ist sie keine Witwe, ihr Mann atmet noch. Bis vor kurzem konnte man sich in Irland nicht scheiden lassen, darum gibt sie sich als Witwe aus. Er lebt in Belfast.«

»Dann könnte sie sich ja jetzt scheiden lassen.«

»Ich denke, sie ist da ein wenig im Zwiespalt – nennt man das so? –, entweder, weil sie die Scheidung an sich nicht befürwortet oder weil sie noch etwas für ihn übrig hat.«

Oje, dachte ich. Beide mussten wir das erst eine Weile verdauen.

»Und zweitens?«, fragte ich.

Er seufzte. »Zweitens bin ich mir meiner Gefühle nicht ganz sicher. Ich weiß nicht, ob ich sie liebe, aber vermutlich nicht.«

Ich war mir nicht sicher, ob ich jede Einzelheit seiner Äußerungen verstanden hatte, die Gefühle, die dahinter standen, jedenfalls schon.

»Und was ist mit diesem geschniegelten Anwalt?«, fragte Rob in die Dunkelheit hinein.

»Ich weiß auch nicht«, antwortete ich.

»Gründe?«, fragte er.

»Erstens glaube ich irgendwie nicht, dass ich sein Typ bin, zweitens bin ich mir nicht sicher, ob ich mich in ihn verlieben könnte.«

»Hm«, murmelte er. Wir saßen einen Augenblick lang schweigend da.

»Ich wollte dich schon lange einmal etwas fragen«, sagte er plötzlich. »Du kannst Nein sagen, aber könntest du dir vorstellen, Jennifers Vormund zu werden, falls mir etwas passiert? Ihre Großeltern sind schon ein wenig zu alt dafür. Du bist der einzige Mensch, dem ich sie anvertrauen würde. Sie ist achtzehn, sie braucht also kaum noch Betreuung, trotzdem denke ich, dass sie noch eine Zeit lang Unterstützung brauchen wird. Ich bin Polizist, also sind die Chancen, dass so etwas auf dich zukommen könnte, größer als bei anderen Leuten.«

»Da muss ich gar nicht erst nachdenken«, sagte ich. »Wenn ich eine Tochter hätte, und ich muss gestehen, dass ich mir oft eine gewünscht habe, dann wäre ich froh, wenn sie so wie Jennifer wäre. Du solltest aber aufhören, mir in brenzligen Situationen zu folgen, wenn du irgendwann einmal auf mich zurückgreifen willst.«

»Da hast du Recht, ich werde mich daran halten«, kicherte er.

»Was wird mit uns hier passieren? Ich meine, was nun? Mal ehrlich«, sagte ich.

»Bist du sicher, dass du es wissen willst?«

»Ja.«

»Ich nehme an, dass, wer immer uns hergeschleppt hat, uns entweder verrotten lassen oder zurückkommen wird, um uns zu erledigen.«

»Ist ja großartig«, sagte ich. »Schade, dass ich gefragt habe.« Wir saßen beide eine Weile schweigend da und hingen diesen erbaulichen Gedanken nach.

»Wo befinden wir uns deiner Meinung nach?«, fragte Rob. »In Dingle?«

»Ja«, antwortete ich.

»Nord? West?«

»Richtung Süden, denke ich.«

»Wie kommst du darauf?«

»Weil wir in einem *Clochán* sitzen«, antwortete ich. »Und die meisten davon liegen südlich.«

»Einem was, bitte?«

»Einem *Clochán*. Einer so genannten Bienenkorbhütte aus der Bronzezeit. Es gibt Hunderte hier in der Gegend, an den Hängen des Mount Eagle, die meisten davon sind Ruinen, aber manche sind noch recht gut erhalten. Ich habe sie gesehen, als ich mit Malachy, Kevin und Jennifer auf Hinweissuche war. Mach mal dein Feuerzeug an, und sieh dich um. Stell dir vor, du wärest in einem Bienenkorb. Schau dir mal an, wie die Steine sich nach oben wölben. Man nennt das Balkenträger. Ein wahres Kunstwerk. Diese Bienenkorbhütten waren in frühchristlicher Zeit, vielleicht sogar noch vorher, kleine Häuser. In ihnen lebten meistens Mönche wie Einsiedler, um zu beten und zu studieren. Manchmal wurden solche

Häuser auch um eine Kirche gruppiert. Oder, wenn sie vom gewöhnlichen Volk und nicht von Priestern bewohnt wurden, dann wurden sie zum Schutz in oder um eine Festung gebaut. Das, in dem wir sitzen, ist größer und höher als die meisten anderen. Ich habe gelesen, dass die meisten höchstens eineinhalb Meter hoch sind, aber dieses hier ist viel höher, es könnte also eher ein Haus als eine Mönchszelle gewesen sein.«

»Sicher sehr interessant«, sagte Rob. »Können wir uns jetzt aber bitte wieder dem Gedanken widmen, wie wir aus diesem *Clochán* Dingsbums herauskommen?«

»Nein«, antwortete ich. Dann überlegte ich einen Augenblick. »Gib mir mal das Feuerzeug!«, sagte ich. Ich ließ die kleine Flamme an den Wänden entlangleuchten und suchte verzweifelt nach etwas. Die Wände bestanden aus ordentlich übereinander geschichteten Steinen, in deren Zwischenräume man, wenn nötig, kleinere Steine geschoben hatte. Die ersten paar Reihen war die Wand kaum merklich gewölbt, doch je höher sie aufstieg, desto besser war zu erkennen, dass jede Steinreihe ein wenig über die vorherige hinausragte, sodass die Wand sich bis nach oben zu einer etwa fünfzehn Zentimeter großen Öffnung wölbte.

»Ich denke an Souterrain«, sagte ich schließlich.

»Souter wer?«, sagte er.

»Nicht Souter wer, sondern Souter was«, antwortete ich. »Souterrain. Untergeschoss. Wenn das hier als Haus benutzt worden ist, muss es auch ein Souterrain geben.«

»Soll ich jetzt wagen zu sagen, na und?«, fragte Rob leicht gereizt.

»Also. Das Untergeschoss diente manchmal nur als Vorratskammer, weil es dort kühl war, manchmal war es aber auch ein Fluchtweg. Die Küste hier wurde oft von Wikingern heimgesucht, weshalb die Menschen einen Notausgang aus ihren Häusern brauchten, falls sie überraschend von Wikingern, Piraten oder sonst wem angegriffen wurden. Wenn ich mich recht entsinne, waren die Wikinger vor allem an Kirchenschätzen interessiert, an mit Edelsteinen besetzten Manuskripten und so Dingen. Also bauten die Menschen niedrige, enge und verwinkelte Untergrundtunnels, die etliche Meter nach draußen führten und ihnen ermöglichten, ihre Verfolger leichter abzuhängen. Wenn ein Plünderer zur Eingangstür kam, dann verschwanden sie hinten durch den Tunnel ins Freie. Schau«, sagte ich und zeigte mit der Feuerzeugflamme auf eine Seite. »Schau mal, wie sich das Steinmuster hier verändert. Manche Steine sind eher vertikal als horizontal angeordnet, so wie ein Sturz über einer Tür. Und sieh mal, hier sind die Steine nicht so gleichmäßig angeordnet. Vielleicht wurde dieses Untergeschoss erst später aufgefüllt!«

Rob sah beeindruckt aus. »Trockenmörtel«, sagte er. »Kein Zement oder sonst was, nur Steine. Es dürfte nicht schwer sein, sie beiseite zu räumen. Alles relativ gesehen, natürlich. Lass uns anfangen! Hier, du hältst das Feuerzeug, und ich grabe.«

Zuerst war es recht mühsam, denn die Steine lagen dicht beieinander, doch kurz darauf hatte Rob bereits ein kleines Loch in die Wand gemacht. Er griff nach dem Feuerzeug, hielt es vorsichtig in die Öffnung und sah hinein. Ich hielt den Atem an. Es hätte auch einfach nur eine Vorratskammer sein können, dachte ich, das wäre gar nicht so abwegig gewesen. Ich wagte kaum zu hoffen.

»Ich denke, es ist ein Tunnel«, sagte er schließlich. »Wer hätte gedacht, dass deine Geschichtskenntnisse uns einmal zugute kommen können.« Ich schluchzte fast vor Erleichterung.

Bald hatten wir genug Steine entfernt, sodass wir in den Tunnel schlüpfen konnten.

»Du zuerst«, sagte Rob. »Ich werde nach hinten sichern, falls jemand hereinkommen sollte, bevor wir draußen sind.«

Ich schob mich mit den Füßen voran in den Tunnel. Er war feucht und kalt, und vor mir konnte ich rein gar nichts erkennen. Rob reichte mir das Feuerzeug und ich schob mich weiter in den Tunnel. Nach ein paar Metern konnte ich gebückt stehen. Der Tunnel ging noch etwas voran, und nach weiteren Metern musste ich wieder auf die Knie gehen und vorwärts kriechen. Als ich das Ende des Tunnels erreichte, lag ich auf dem Bauch und robbte mich mit den Ellbogen vor. Der Tunnelausgang war durch einen großen Stein versperrt. Ich stemmte mich so gut ich konnte dagegen. Der Stein wankte ein wenig, ließ sich aber nicht fortbewegen.

»Kleines Problem«, rief ich Rob zu, der nun knapp hinter mir war. Ich hielt das Feuerzeug an den Stein.

»Hm«, pflichtete Rob mir bei. »Wir müssen uns beide dagegenstemmen.« Er robbte bis zu mir vor, bis wir Seite an Seite im Tunnel lagen. »Leg dich auf die Seite«, sagte er, »ich brauche mehr Platz.«

Nun lagen wir Nase an Nase und Hüfte an Hüfte. Ich konnte seinen Atem auf meinem Gesicht spüren. Alles, was ich denken konnte, war, dass – wenn uns die Kidnapper gefolgt waren – wir unfähig wären, uns zu bewegen. Rob als Mann sah das natürlich völlig anders.

»Nett, nicht wahr?«, sagte er. Ich wusste, dass er in der Dunkelheit grinste, und sah ihn an, auch wenn er mich nicht sehen konnte.

»Eins, zwei, drei, schieben!«, sagte er. Wir stemmten uns beide mit aller Kraft gegen den Stein. Er wippte ganz leicht.

»Noch einmal!«, befahl Rob. Wir stemmten uns wieder und wieder dagegen. Plötzlich fing der Stein an zu schwingen, bewegte sich dann mit einem Ruck und rollte vom Tunneleingang fort. Rob stieß mich hinaus, wir waren frei.

# 18

# Für wen leuchten die Sterne?

*Ihr wollt also hören, wie die Kelten nach Irland kamen? Von der letzten großen Invasion Irlands und Amairgens Urteil?*

*Nun, die Geschichte begann in Spanien, mit einem Mann namens Mil. Er hatte Nachkommen und einige Brüder. Einer seiner Söhne hieß Ith. Eines wunderschönen Tages stieg Ith auf einen hohen Turm und wollte sehen, was es da zu sehen gab, er betrachtete die Welt ringsum. Und was meint ihr, sah er an jenem wunderschönen Wintertag? Habt ihr Irland gesagt? Genau. Natürlich sah er Irland. Es war zwar nur ein Schatten am Horizont, doch er beschloss, dort hinzufahren. Nun dachten ein paar seiner Verwandten, er sei nicht ganz richtig im Kopf.*

*»Du hast nur Wolken gesehen, kein Land«, sagten sie und versuchten, ihn an der Reise zu hindern.*

*Doch er fuhr trotzdem los. Er nahm ein paar Freunde und seinen Sohn Lugaid mit. Und als er ankam, fragte er die Bewohner – und wir wissen jetzt, wer die Bewohner waren, die Tuatha de, Tuatha de Danaan, Kinder der Göttin Danu –, er fragte sie also, »Wie nennt ihr diesen Ort?« – »Inis Elga«, antwortete man ihm. »Und wer regiert ihn?«, fragte Ith hernach. »Mac Cuill, Mac Cecht und Mac Greine sind die Könige«, sagten sie.*

*Und so gingen Ith und sein Sohn nach Ailech, um die drei Könige zu treffen, und Ith sagte viel Lobenswertes über das Land, sodass er mit den Königen auf gutem Fuße stand. Doch dann wandte die Geschichte sich zum Schlimmsten, denn ein paar Tuatha de fürchteten, Ith und sein Gefolge könnten ihr Land so lieb gewinnen, dass sie es sich gewaltsam aneignen würden. Darum verfolgten sie Ith und töteten ihn. Seine Leute brachten den Leichnam nach Spanien, wo seine Brüder betrübt und wütend Rache schworen.*

*Und so riefen sie ihre Krieger, alle Söhne Mils und ihre Verwandten zusammen, zu denen auch der Dichter Amairgen gehörte, und mit fünfundsechzig Schiffen segelten sie nach Irland. Doch als sie dort ankamen, konnten sie die Insel nicht sehen, denn die Tuatha de hatten einen Zauber über sie gelegt.*

*So mussten die Milesier dreimal die Insel umfahren, bis sie schließlich nach Slieve Mish kamen. Ihr kennt doch Slieve Mish? Dann fuhren sie nach Eblinne weiter.*

*Schließlich erreichten Mils Söhne Uisnech of Mide. Wisst ihr, Uisnech war und ist bis heute, wenn wir es nur erkennen würden, das heilige Zentrum Irlands. Es befindet sich in der geheimnisvollen fünften Provinz – die irische Bezeichnung für Provinz ist cóiced, müsst ihr wissen, und das bedeutet ein Fünftel.*

*Nun, das erscheint einigen von uns seltsam. Denn es gibt nur vier Provinzen: Ulster, Connacht, Leinster und Munster. Die fünfte haben sie sozusagen weggeredet, sie behaupteten, zu irgendeiner Zeit habe Munster aus zwei Provinzen bestanden, doch diejenigen von uns, die die alten Sagen in ihrem Herzen aufbewahrt haben, wissen, dass es fünf Provinzen waren, und die fünfte hieß Mide – der Ort, an dem die anderen vier Provinzen zusammentrafen.*

*Und darum sind Mide und Uisnech besondere Orte. Von dort, vom Hügel Uisnech, ist ein Gebirgsring zu sehen. Ganz Irland kann man von dort aus sehen, wenn man weiß, was es zu sehen gibt: die heiligen Orte und politischen Zentren der anderen vier Provinzen in alter Zeit, Rathcroghan in Connacht, Emain Macha in Ulster, Hill of Allen in Leinster und Aine's Hill und Lough Gur in Munster, und sie alle befanden sich ringsum aufgereiht auf den Bergesspitzen. Und hinter einem weiteren Hügel, Tara, der Sitz der Hochkönige von Irland.*

*In alter Zeit, wenn die Feuer des Bel entzündet wurden, leuchteten sie auf allen Bergspitzen ringsum und waren in ganz Irland zu sehen. Ja, Uisnech ist das Feuerauge der Götter. Und an seinen Hängen sitzt Aill na Mireann, der Stein der Trennung, ein großer, in vier Teile gespaltener und dennoch vereinter Stein. Genau wie Irland. Sehr lange Zeit war dies ein geheimnisvoller Ort, bis der heilige Patrick die Steine verfluchte und der Zauber verschwand.*

*Doch das war erst viel später. Wem begegneten Amairgen und Mils Söhne an so einem magischen Ort? Niemand geringerer als der Göttin Eriu, der dritten Göttin. Eriu, Fotla, Banba, drei Göttinnen in einer vereint, so wie das irische Kleeblatt oder die Dreifaltigkeit. Sie hieß sie auf der Insel willkommen und erzählte ihnen von einer Prophezeiung, die besagte, dass sie gekommen wären, um über die Insel, den besten Ort der Welt, für immer zu herrschen. Und so bat sie, ihr Name möge auf der Insel bleiben. Amairgen gab das feierliche Versprechen, dass ihr Name der erste Name der Insel bleiben würde. Und so ist es auch, als Erin.*

*So machten sie sich auf nach Tara, dem Sitz der drei Könige der Tuatha de, Mac Cuill, Mac Cecht und Mac Greine, die Ehemänner der dreifachen Göttin. Mils Söhne boten den drei Königen drei Möglichkeiten: die Schlacht, Verzicht auf die königliche Herrschaft über Irland oder die Annahme eines Urteils. Die Könige entschieden sich für das Urteil und baten Amairgen, es persönlich zu überbringen.*

*Amairgen fällte also das erste Urteil Irlands und sagte, das Land gehöre den Tuatha de Danaan, bis Mils Söhne zurückkämen, um es mit Gewalt einzunehmen und, damit es die Tuatha de nicht überraschend traf, würden die Milesier vor ihrer Rückkehr neun Wellen von der Küste entfernt segeln.*

*Die Schiffe segelten über neun Wellen fort, es waren magische Wellen, und die Tuatha de riefen ihre Druiden zusam-*

*men, damit sie einen Zauber heraufbeschworen. Die Schiffe der Invasoren wurden von heftigen Stürmen ergriffen, und es gab viele Verluste zu beklagen. Doch Amairgen ahnte, dass es ein Druidensturm und kein echter Sturm war. Er schickte einen Mann auf den Mast und befahl ihm, nachzusehen, ob der Sturm höher als die Masten ihrer Schiffe lag. Er lag nicht höher, doch der Mann starb, als er es erzählte. Und so sprach Amairgen seinen eignen Zauberspruch, denn zu jener Zeit waren Dichter zugleich Druiden, wisst ihr, und die See beruhigte sich wieder. Schließlich setzte Amairgen wieder seinen Fuß an Irlands Küste. »Ich bin der Seegang, die tosende Welle«, sprach er und legte einen Zauber über die Insel. Dann bahnten sich die Milesier oder Kelten, wie wir sie heute nennen, ihren Weg bis zu den Slieve Mish Mountains hier in Dingle und fochten die große Schlacht mit den Tuatha de Danaan. Dem folgte eine Schlacht in Tailtiu, und dort starben die drei Könige Irlands und die Dreifach-Göttin Banba, Fotla und Eriu. Und seit dieser Zeit bis zum Beginn des Christentums, manche behaupten vielleicht noch länger, gehörte Irland den Kelten.*

Wir bahnten uns vorsichtig einen Weg über die Felder und entlang den steil zur See hinabführenden Steinmauern zur Straße an der Küste.

Es war schon spät, doch irgendwann erreichten wir ein Bauernhaus.

»Ich gehe zur Tür«, sagte Rob. »Versteck dich dahinten, für den Fall, dass es das falsche Haus sein sollte.«

Doch es war alles in Ordnung. Als wir den Bauern und seine Frau geweckt hatten, riefen sie die örtliche Polizeistation, und kurz darauf waren wir bereits wieder auf dem Weg in die Stadt. Wir machten unsere Aussagen, dann wurde ich am Gasthof abgesetzt, während Rob mit der Polizei zurückfuhr, um das *Clochán* zu finden, in das wir eingesperrt worden waren.

Völlig fertig stieg ich die Treppe zu meinem Zimmer hinauf. Es dämmerte bereits, und ich war hundemüde. Vorsichtig schloss ich die Tür zu dem Zimmer auf, das ich mit Jennifer teilte, weil ich sie nicht wecken wollte. Sie war nicht in ihrem Bett.

Auf dem Schreibtisch lag ein Briefumschlag mit meinem Namen darauf.

*Paddy und ich glauben, dass wir den Schatz finden können*, stand darauf. *Wir nehmen sein Motorrad. Mach dir keine Sorgen. Ich ruf dich morgen an. Ich habe auch Dad einen Zettel hinterlassen. Hoffe, er ist nicht allzu sauer. Liebe Grüße, Jen.*

Ich lief schnurstracks zum Restaurant, in dem Breeta arbeitete. Es hatte noch geschlossen, doch hinten in der Küche war Licht. Breeta war nicht da. Ich bettelte den Koch um Breetas Adresse an. »Eigentlich dürfte ich Ihnen das gar nicht sagen«, meinte er. »Aber Sie scheinen mir sehr aufgebracht zu sein. Sie wohnt zwei Zimmer weiter, die blaue Tür im zweiten Stock.«

Als Breeta mich sah, versuchte sie, die Tür vor meiner Nase zuzuschlagen, doch da ich darauf vorbereitet und verzweifelt war, schob ich die Tür einfach auf, schubste sie beiseite und ging hinein. Sie wirkte jetzt dünner, ihr Bauch schien sich hingegen weiter gewölbt zu haben. »Okay, Breeta«, sagte ich und schrie nun fast. »Jetzt reicht es. Ich weiß, dass du eine schwere Zeit hinter dir hast. Ich weiß, dass es schon schlimm genug war, deinen Vater zu verlieren, und dann auf so brutale Weise auch noch Michael. Gut, das ist alles ganz furchtbar, aber du hattest Zeit genug. Mir scheint, du bemitleidest dich jetzt selbst. Du musst mit mir reden.« Sie sagte kein Wort und vermied es, mich anzusehen.

»Hier«, sagte ich und rollte die Landkarte vor ihr aus. »Ich habe die Orte und das Gebiet eingekreist, in dem sich der Schatz deines Vaters befinden könnte. Die beiden nächsten Städte heißen Mullingar und Athlone. Du solltest vielleicht wissen, dass ich nicht hinter dem Schatz her bin. Jennifer Luczka, du hast sie schon einmal getroffen, das junge Mädchen, das mir sehr nahe steht, ist mit Padraig Gilhooly losgezogen, um den Schatz zu finden. Soviel ich weiß, ist er der Mörder, und selbst wenn er es nicht sein sollte, dürfte der Mörder hinter ihnen her sein. Ich muss sie unbedingt finden. Bitte, Breeta, hilf mir. Ich wüsste nicht, an wen ich mich sonst wenden könnte. Du wirst selbst bald Mutter sein und musst doch wissen, was es heißt, Verantwortung für einen jungen Menschen wie Jennifer zu tragen.«

Sie sagte immer noch nichts. Tränen der Verzweiflung schossen mir in die Augen. »Was könnte hier sein, Breeta, woran dein Vater so großes Interesse gehabt haben könnte? Genau hier, Breeta«, sagte ich, zog die Karte heran und zeigte auf einen Punkt, an dem die Linien, die Alex und ich gezogen hatten, sich kreuzten. »Ich kann nicht das ganze Gebiet abklappern. Dafür ist keine Zeit. Es geht um Leben und Tod, Breeta.«

Doch auf meine Bitte folgte nichts als Schweigen. Ich war zu aufgebracht, um zu weinen, drehte mich um und ging zur Tür. Als ich meine Hand ausstrecken wollte, um sie zu öffnen, hörte ich, wie sie sich hinter mir bewegte.

Ich drehte mich um, und Breeta sah mich an, sie sah mich tatsächlich an.

»Ooshna«, sagte sie. Oder zumindest klang es so. »Ooshna Hill. Finde den Stein, *Aill na Mireann.*«

»Danke, Breeta«, keuchte ich und rannte aus der Wohnung zu meinem Auto.

Ich raste die Halbinsel von Dingle hinauf nach Tralee, dann bog ich auf die N21 nach Limerick ab, danach auf dic N6, fuhr durch Ennis, Gort und Loughrea und dann durch Ballinsloe nach Athlone. Eine nervende Fahrt, die die meiste Zeit über zweispurige Straßen führte, die kaum Möglichkeiten zum Überholen boten. Es regnete, die Fahrbahn war nass und glitschig. Ich brauchte fast vier Stunden mit nur einer

Kaffee- und Tankpause und einer weiteren Pause, um Rob im Gasthof und auf dem Polizeirevier anzurufen. Ich verfluchte mich, dass ich mein Handy nicht dabeihatte. Ich hinterließ ihm eine Nachricht und hoffte, dass er sich auf den Weg machen würde.

In den vier Stunden hatte ich Zeit, über Schätze, einen gebrochenen *Geis,* Väter und Töchter, unpassende Liebe, ruinierte Leben und Rache nachzudenken. So wie ich wusste, dass es um Jennifer und nicht um den Schatz ging, begriff ich nun auch, dass es hier nicht um Reichtum, sondern um ein gestohlenes Leben ging.

Als ich nach Athlone kam, wusste ich, wen ich dort antreffen würde. Per Ausschlussverfahren war ich darauf gekommen. Es gab nur noch eine einzige Möglichkeit. Denny hatte eine wahre Geschichte erzählt.

Nun ja, vielleicht hatte er hier und da die Orte ein wenig vertauscht, ein wenig Fantasie walten lassen und ein Happy End eingefügt, um Eamon die Tränen in die Augen zu treiben, doch ein Happy End konnte es nicht geben, das war mir klar. Aber ich musste Jennifer finden.

Ich fuhr in Athlone an eine Tankstelle und fragte nach dem Weg. Der Tankwart war ein junger Mann. »Ich suche nach einem Ort namens Uisnech Hill«, sagte ich und sprach es dabei wie Breeta wie Ooshna aus.

»Nie gehört«, sagte er. »Soll das etwa hier in der Gegend sein?«

»Ja«, sagte ich. »Es muss irgendwo zwischen hier und Mullingar liegen.«

Er zuckte die Achseln. »Sie können ja meinen Vater mal fragen«, sagte er und nickte mit dem Kopf in die Richtung, wo das Büro lag.

»Ich suche nach einem Ort namens Uisnech«, sagte ich zu den zwei Männern im Büro, von denen einer der Vater des Tankwarts, der andere vermutlich sein Großvater war.

»Wüsste nicht, wo das sein soll«, sagte der Vater.

»Was haben Sie gesagt?«, fragte der ältere Mann schwerhörig. »Uisnech«, wiederholte ich.

»Natürlich«, sagte der ältere der beiden Männer. »Uisnech Hill. Nehmen Sie die Talstraße«, sagte er, schob mich nach draußen und zeigte in die Richtung, »nach Mullingar. Am Ende des Dorfes kommen Sie an eine Kreuzung. Ich bin mir nicht sicher, ob es ausgeschildert ist, es könnte sein, dass Sie sich noch einmal verfahren. Ist dennoch ein Weg, aber wenn Sie mal auf der Talstraße sind, muss es zu Ihrer Linken liegen. Wenn Sie einen Pub sehen, der auch so heißt, dann wissen Sie, dass Sie richtig sind. Es gibt nur ein kleines Schild, sonst nichts. Die Leute besuchen die Gegend heute kaum noch.«

»Danke«, sagte ich. Ich hoffte inständig, dass er wusste, wovon er redete. Doch das tat er, denn als ich in den Wagen stieg, rief er mir noch hinterher: »Wenn Sie zum Pub kommen, dann trinken Sie für mich auf das Wohl des Steins, ja?«

Wie es Nabel der Universen so an sich haben, gab es in Uisnech, dem heiligen Zentrum Irlands, nicht mehr viel zu sehen. Es war nichts weiter als ein ziemlich langweiliger Hügel, der sich nur leicht aus dem Tal zwischen Mullingar und Athlone erhob. Ein sehr kleines, sehr verblichenes Schild stand da und es gab einen Parkplatz für ein paar Autos. Doch von Padraigs Motorrad keine Spur, auch der Kleinbus, den er sich einmal geliehen hatte, war nicht zu sehen, dafür stand ein anderer Wagen da.

Ein Mietwagen, wie ich ihn hatte. Ich betete, dass ich nicht zu spät gekommen war.

Der Weg auf den Hügel war eingezäunt und verschlossen und davor ein Schild mit der Aufschrift: GEFAHR, VORSICHT BULLEN UND MUTTERKÜHE, KEIN ZUTRITT, LAND VERSEUCHT.

Neben der Sperre war ein Drehkreuz, von dem ich mich aber nicht abschrecken ließ. Zum Teufel mit den Bullen und dem verseuchten Land, dachte ich nur. Zumindest würde es auf demselben Grund und Boden nicht gleichzeitig Verseuchung und Mutterkühe geben. Vor den Bullen musste ich hingegen auf der Hut sein.

Der Weg nach oben war zunächst recht einfach und führte über einen überwachsenen Pfad. In der Nähe des Gipfels musste ich dennoch ein paar Zementstufen hinaufsteigen und über einen Drahtzaun auf ein offenes Feld klettern, das sanft nach oben zu einem Plateau führte. Ich fühlte mich schrecklich ausgeliefert und spürte die ganze Zeit den Blick des Mörders. Der Boden war nass und schlammig, der Aufstieg beschwerlich, und meine Füße verursachten bei jedem Schritt im Schlamm ein saugendes Geräusch. Meine Hosenbeine waren völlig verdreckt.

Nach ein paar hundert Metern hatte ich eine freigelegte Stelle erreicht. Der Regen ließ einen Augenblick lang nach, der Himmel klarte auf, und ich sah, dass ich auf einem kleinen Hügel stand, von dem aus man die umliegenden Berge sehen konnte.

Bis auf den Blick nach Westen, der von Bäumen versperrt war, hatte ich das Gefühl, unendlich weit sehen zu können. Es war ein sehr weitläufiges Gebiet, und mir schien es schier unmöglich, hier den Schatz finden zu können, doch dann erinnerte ich mich wieder an den Stein am Hang des Hügels, *Aill na Mireann*, der Stein der Trennung, der große Stein an Uisnechs Hängen, der Irland darstellt. Ich fragte mich, wo das sein konnte.

Ich ging noch ein Stück weiter zu einem aufrechten Stein, der von kleineren Steinen umringt war, und dort, etwas abseits des Steinrings, saß Charles McCafferty. Er trug Regenkleidung, dazu Gummistiefel und einen Schirm. Zu seinen nassen Füßen lag ein Bündel, etwa sechzig Zentimeter lang, gut in Plastikfolie gehüllt und verschnürt. Und er hatte eine Waffe auf mich gerichtet.

»Ich habe bereits mit dir gerechnet«, sagte er.

»Und ich mit dir«, antwortete ich.

»Bist du deswegen hierher gekommen?«, fragte er und zeigte auf das Bündel.

»Nein«, antwortete ich.

»Nein«, pflichtete er mir bei. »Du suchst nach dieser jungen Frau, wie hieß sie noch gleich?«

»Jennifer«, sagte ich. »Wo ist sie?«

»Fort«, sagte er.

Das Herz schlug mir fast bis zum Hals. Was meinte er mit fort?

»Fort«, wiederholte er, als er meine Bestürzung sah. »Sie ist mit diesem Mann weggegangen. Sie hatten eine kleine Auseinandersetzung. Ich glaube, er hatte sich eine engere Beziehung zu ihr vorgestellt, vielleicht eine Belohnung dafür, dass er sie hierher gebracht hatte. Sie hat das allerdings ganz anders gesehen. Anscheinend war sie noch nicht bereit dafür.«

Er lächelte. »Dann hat er ihr gestanden, dass er noch immer in eine andere verliebt ist. Ziemlich rührende Geschichte. Und ziemlich wahr zudem. Er passt nicht zu ihr. Das da haben sie nicht gefunden«, sagte er und zeigte erneut auf das Bündel, »denn das hatte ich schon. Außerdem haben sie mich nicht gesehen, darum habe ich sie gehen lassen. Ganz gewissenlos bin ich auch nicht. Wie ich sehe, bist du erleichtert. Sie ist nicht deine Tochter, stimmt's?«

»Nein«, sagte ich. »Sie ist die Tochter eines Freundes. Aber ich liebe sie sehr.«

Er nickte, und einen Augenblick lang hatte ich das Gefühl, er würde weinen. »So sollte es sein. Aber so ist es leider nicht immer.«

»Das verlorene Kind«, sagte ich.

»Ja«, sagte er. »Das verlorene Kind. Das klingt poetisch, nicht wahr? William Butler Yeats hat ein Gedicht mit dem Titel *Das gestohlene Kind* geschrieben, kennst du es? Es handelt von einem Kind, das von den Feen aus dem Tal der Tränen an einen wunderbaren Ort gelockt wird. Schön.«

Ich sagte nichts. Er war drauf und dran, alles zu sagen, was er sagen wollte. Ich konnte nur hoffen, dass er abgelenkt werden würde und ich verschwinden konnte, so schwer das im Schlamm auch gehen mochte.

»Aber nicht gerade schön, wenn man selbst derjenige ist, der verloren geht, nicht wahr?«, fuhr er fort. »Nicht annähernd so schön und poetisch. Vielleicht prosaisch, wenn man an die ergreifenden, herzzerreißenden Geschichten von Missbrauch denkt, die heute so häufig passieren. Einige davon sind echt, manche nicht. Prosaisch, ja, vielleicht sogar banal. Aber nicht, wenn man es am eigenen Leib erfahren muss. Nicht, wenn es einen selbst betrifft. Ich wurde in ein Waisenhaus geschickt. Waisenhäuser sind schrecklich, aber nicht annähernd so schrecklich wie die Familie, bei der ich untergebracht wurde. Ich will dich nicht mit Einzelheiten langweilen, sondern dir nur die Glanzlichter aufzählen. Ein Vater, der trank und prügelte, eine schwache Mutter, die ausgenutzt wurde. Der Junge geht hungrig ins Bett, steht bei Kälte auf und ist noch hungriger; wird regelmäßig verprügelt; trägt schmutzige, aufgetragene Kleider, hat schlechte Zähne, schlechte Noten, wird von den Mädchen der Klasse verachtet. Vater schlägt Mutter halb tot; verlorenes Kind schlägt Vater, verlässt das Zuhause und kehrt nie wieder zurück. Der Junge hört, dass die Mutter schließlich durch die Hand des Vaters stirbt. Ist wild entschlossen, erfolgreich zu sein. Nur durch harte Arbeit, verdammt harte Arbeit, wird er Anwalt. Er nutzt seine neue Qualifikation, um seine leibliche Familie zu finden. Das ist alles.«

»Und schwört Rache«, sagte ich. »Den Teil hast du vergessen.«

»Rache«, stimmte er zu. »Wunderbare, reine Rache. Mir erscheint sie wie ein helles, irgendwie weißes, läuterndes Licht, das die schwarzen Seiten meiner Seele aufnimmt und heilt.«

Der hat eine Meise, dachte ich.

»Du denkst, dass ich eine Meise habe«, sagte er, als könne er meine Gedanken lesen. »Ich nenne es lieber fixiert oder besessen. Aber vielleicht hast du ja Recht. Doch wenn ich so bin, dann wurde ich dazu gemacht.

Diese Leute sind reich und achtlos anderen gegenüber, sie haben alles, was ihnen zugestoßen ist und noch zustoßen wird, verdient.

Ich fand sie und machte mich dann daran, sie zu vernichten. Zuerst musste ich einen Weg finden, ihre Rechtsgeschäfte zu übernehmen. Mir gelang es, Kontakte aufzubauen, zu den richtigen Leuten, versteht sich. Und nachdem ich Eamon ein paar recht gute, wenn ich das sagen darf, Ratschläge gegeben hatte, übernahm ich seine rechtlichen Angelegenheiten.

Ab da war es nur noch eine Frage der Zeit.

Ich kümmerte mich um fast alle Bank- und Investitionsgeschäfte der Familie und setzte nach und nach ihr Geld in den Sand. Nicht in allzu großen Summen oder so schnell, dass es aufgefallen wäre, aber immer wieder. Es gab eine Zeit, da war es gar nicht leicht, Geld auf dem Aktienmarkt zu verlieren, ich kann mit Stolz sagen, dass ich es trotzdem schaffte. Nicht viel, aber ein wenig. Ich hatte lange auf die Gelegenheit gewartet und war nicht dafür, irgendetwas zu überstürzen. Eamon Byrnes Krankheit war hilfreich. Er konnte nicht erkennen, was vor sich ging. Er war davon überzeugt, dass sein geliebtes Imperium in den Ruin rutschte, weil seine Schwiegersöhne unfähig waren.

Ich persönlich habe nicht davon profitiert, verstehst du, jedenfalls nicht finanziell. Denn hätte ich ein finanzielles Interesse gehabt, wären die verantwortlichen Behörden, die auf diese Dinge achten, vielleicht in Alarmbereitschaft versetzt worden. Doch persönlich hat mich die Erfüllung meines Plans ernorm befriedigt, das wirst du sicher verstehen.

Irgendwie habe ich es als Niederlage empfunden, als Eamon Byrne meinen Klauen entkam und starb. Wie unpassend von ihm. Ich hatte gehofft, ihn verarmt sterben zu sehen, doch leider tat er das nicht. Dieses Ziel habe ich verfehlt. Ich war dabei, als er starb. Du bist die Einzige, die das weiß, Deirdre mag es vielleicht geahnt haben. Und ich habe es ihm kurz vor seinem Tod gesagt. Ich kam zu ihm, um sein Testament endgültig abzuschließen und das Video aufzunehmen, nachdem ich aufgrund seiner Angaben bereits die Hinweise versteckt hatte. Als wir alleine waren und er um sein Leben röchelte, erzählte ich ihm, was ich mit seiner Familie vorhatte. Minuten später starb er. Es muss der Schock gewesen sein, er war schon zu schwach. Und trotzdem habe ich ihm nur ein paar Stunden oder Tage seines Lebens genommen, kaum der Rede wert. Möglicherweise wird er versuchen, mich aus dem Grab heraus heimzusuchen. Ich glaube, ich würde das genießen. Aber ich wollte nicht, dass irgendjemand von der Familie stirbt, noch nicht. Ich wollte, dass sie leben und leiden. Alle anderen waren und sind entbehrlich.« Seine Worte klangen bedrohlich, doch sein Ton blieb sachlich.

»Ich hatte mir überlegt, einer der Töchter den Hof zu machen und sie zu heiraten. Es wäre ein Leichtes gewesen, zwischen Fionuala und Conail einen Keil zu treiben. Sie wäre eine leichte Beute gewesen. Doch da gab es zwei Probleme: Erstens, ob sie es wusste oder nicht, hatte sie zu wenig Geld, als dass es sich gelohnt hätte, sie zu heiraten, ich hatte sehr rasch Erfolg gehabt. Das zweite Problem war, dass ich mir nicht viel daraus mache, aus den Frauen, meine ich. Ich sehe in ihnen stets das geschundene und blutende Gesicht meiner Adoptivmutter.

Es wäre sehr schwer, wenn nicht sogar unmöglich gewesen. Vielleicht hast auch du das gespürt. Also beschloss ich, bei meinem ursprünglichen Plan zu bleiben.

Und der läuft ziemlich gut. Wie du vielleicht bemerkt haben wirst, steht *Second Chance* für einen Spottpreis zum Verkauf. Ich müsste nur ein oder zwei Bemerkungen machen, um potenzielle Käufer davon zu überzeugen, dass das Anwesen nicht zu ihnen passt. Die *Byrne Enterprises* befinden sich auf einer sehr befriedigenden Talfahrt. Sean und Conail hätten es vielleicht gemeinsam schaffen können, etwas zu retten, aber ich habe sie gegeneinander ausgespielt. Ich habe jeweils den einen beim anderen angeschwärzt, als die Geschäfte nicht mehr so gut liefen, und sie glaubten all die hässlichen Dinge, die ich über den jeweils anderen sagte. Das führte zu allen möglichen Streitereien innerhalb der Familie, die alle meinen Zwecken dienten. Ich gehe davon aus, das Unternehmen innerhalb eines Jahres kaufen zu können. Sie werden mir für den Spottpreis, den ich ihnen zahlen werde, zweifellos dankbar sein. Sie werden nicht lange damit auskommen. Es gab nur ein Problem.«

»Der Schatz«, sagte ich.

»Der Schatz. Wenn sie den fanden und er tatsächlich so sagenhaft war, wie Eamon behauptet hatte – ich hatte keinen Anlass, zu glauben, dass dem nicht so wäre –, hätte das ihre finanziellen Probleme gelöst. Natürlich hätte ich sie erneut ruinieren können, aber Zeit ist ein wichtiger Faktor für mich. Ich möchte ihren Niedergang so lange wie möglich auskosten, und schließlich wissen wir nicht, wie viel Zeit uns auf dieser Erde vergönnt ist.«

»Warum hast du dann die Hinweise nicht einfach zerstört? Du hättest doch Eamon erzählen können, dass du sie versteckt hast. Er hätte es schließlich nicht kontrollieren können.«

»Weil er darauf bestand, dass John Herlihy mich begleitete, um die Hinweise zu verstecken.«

Armer John Herlihy.

Alle waren wir arm dran, dachte ich.

»Ziemlich gut, wie schnell du diesen Ort gefunden hast«, sagte Charles. »Ich hatte alle Hinweise, beide Sätze, weil ich sie natürlich kopiert habe, bevor Herlihy sie verstecken konnte, trotzdem habe ich einige Zeit gebraucht, um hierher zu finden. Ich kenne mich schließlich weder mit Ogham noch mit alten Sagen aus. Gut gemacht. Und wie du siehst, ist es sehr weitläufig hier«, sagte er und fuchtelte mit der Pistole herum. »Ich habe lange suchen müssen. Beim Stein *Aill na Mireann* habe ich den Schatz gefunden. Ich nehme an, du wolltest selbst gerade dort hingehen.«

Ich nickte.

»Als ich es begriffen hatte, kam ich immer, wenn ich konnte, hier herauf. Mir ging es lediglich darum, herzukommen, bevor es jemand anderes tat.«

»Wer hat dann den Schatz versteckt, wenn du es nicht warst?«

»John Herlihy natürlich. Ich dachte, du wüsstest das. Ich glaube, Byrne hatte ihn beauftragt, die Familie zu informieren, falls sie ihn nicht finden sollten. Eamon war nicht so herzlos, wie es auf dem Video erscheinen mag, und er hatte wirklich die Hoffnung, dass alle zusammenarbeiten würden. Er sagte mir sogar, dass Herlihy ihnen den Schatz persönlich übergeben würde, als ich ihm erzählt hatte, was ich vorhatte. Vermutlich dachte er, das würde mich aufhalten. Er war schon zu schwach, um klar denken zu können. John Herlihy war nichts als ein kleines Hindernis, das problemlos beiseite geschafft werden konnte.«

»Womit du vermutlich meinst, dass du ihn kaltblütig ermordet hast.«

Das war eine Feststellung, keine Frage.

»Ja. So schwer ist das nicht. Eamon wäre es vermutlich nie in den Sinn gekommen, dass ich zu so etwas fähig bin. Denn wenn es ihm in den Sinn gekommen wäre, hätte er es mir nicht erzählt. Ich bat Herlihy, mir zu sagen, wo der Schatz war, doch er weigerte sich. Ich musste ihn also einfach nur über die Felsen befördern. Ich habe ihn zu den Klippen gelockt und ihn dann hinuntergestoßen. Du wirst vermutlich gleich fragen, was mit den anderen passiert ist. Mit Michael zum Beispiel. Michael kam in der Nacht, in der er ermordet wurde, in das Haus geschlichen. Er schien nach irgendetwas zu suchen und durchwühlte die Papierkörbe – keine Ahnung, weshalb er zurückkam und herumschlich.«

Würdest du es denn glauben, wenn ich dir erzählte, dass er nach einer Schildkröte suchte, dachte ich. Und vermutlich nach den vernichteten Hinweisen.

»Wie dem auch sei, er belauschte mich und Deirdre – wusstest du, dass Deirdre meine Tante war, die Schwester von Owen Mac Roth? Ja? Als ich in Connemara auf der Suche nach meinen Wurzeln war, stieß ich als Erstes auf sie. Wie du weißt, arbeitete sie in einer chemischen Reinigung. Sie erzählte mir ihre ganze erbärmliche Geschichte, dass mein Großvater starb, kurz nachdem mein Vater verhaftet worden war, nachdem er den Notgroschen der Familie für seine Verteidigung ausgegeben hatte, sollte ich vielleicht hinzufügen, und dass sie alleine, in einer erbärmlichen Lage und ohne Perspektive, um einmal das althergebrachte Wort zu verwenden, zurückgeblieben war. Wie auch immer, Michael belauschte uns, als wir über meine Pläne redeten, und lief los, um es der Familie zu erzählen. Unglückseligerweise. Ich hatte schon einmal gemordet, der *Geis* war gebrochen. Ich ermordete auch ihn. Ich hatte das Gift sogar schon bei mir – ich bekam es von einem meiner weniger vornehmen Mandaten – und wollte es eigentlich bei Eamon verwenden, was schließlich nicht nötig war. Ich rief Michael nach und forderte ihn auf, stehen zu bleiben, damit ich ihm alles erklären konnte. Und er blieb tatsächlich stehen. Ein viel zu netter und höflicher junger Mann. Das war sein Tod.«

»Und Deirdre?«

»Sie verlor die Nerven, das ist alles. Sie wollte dir alles erzählen. Unglückseligerweise hatte ich sie in die Sache mit hineingezogen, aber das musste ich, weißt du.

Ich brauchte jemanden auf *Second Chance,* damit ich aus der Ferne, aus Dublin, unauffällig die Fäden ziehen konnte und immer informiert wäre, was dort passierte. Ich habe sie zurückgeschickt, obwohl sie das nicht wollte. Ich wollte, dass sie noch mehr zerstörte – ich finde, ihre Aussage bei der Polizei über Conail war eine echte Eingebung, findest du nicht? –, und ich wollte, dass sie auf dich aufpasst, nachdem du nach Dublin gekommen warst und mir ziemlich unangenehme Fragen gestellt hattest. Sie musste mich jeden Abend anrufen und mir berichten, damit ich ihre Entschlossenheit unterstützen und ihren Zorn auf die Familie schüren konnte. Doch eines Abends rief sie mich nicht an. Ich wusste, was das zu bedeuten hatte, auch wenn ich den Grund nicht kannte.«

»Weil Eithne Byrne Deirdre gesagt hatte, wie froh sie darüber sei, dass sie zu ihnen zurückgekehrt sei, und ihr versprach, sich um sie zu kümmern.«

»Interessant«, sagte er. »Nachdem ich mit Ryan nach Dublin zurückgefahren war, kehrte ich um und fuhr fast die ganze Nacht durch, um da zu sein, noch bevor sie irgendetwas unternehmen konnte. Dann fuhr ich die ganze Strecke wieder nach Dublin zurück und erschien zur gewohnten Zeit im Büro. Weißt du, ich dachte, dass sie die perfekte Verbündete sei, weil auch sie, so wie ich, gelitten hatte, und dass sie sich wie ich würde rächen wollen, aber sie hatte nicht die Nerven dafür.«

Ich musste daran denken, wie Deirdre von Anfang an versucht hatte, mich draußen auf der Straße im Regen zu warnen. Sie wusste, was all denen passieren würde, die sich nicht von der Schatzsuche abhalten ließen. In einem hatte Charles Recht, sie hatte nicht die Nerven für das, was er geplant hatte.

»Ich fand es abscheulich, sie zu ermorden, ganz im Ernst, aber ich war schon so weit gegangen«, fuhr er fort. »Sie hat ein schweres Leben gehabt. Der Tod muss eine Erlösung für sie gewesen sein.«

Er schwieg eine Zeit lang, doch er wandte nie seinen Blick von mir.

»Es ist mir wichtig, dass du weißt, dass ich nicht willkürlich oder grundlos töte«, sagte er plötzlich.

»Um ehrlich zu sein, habe ich eine Zeit lang sogar versucht, es zu vermeiden. Ich bin kein Monster. Ich habe dich und deinen Freund in das *Clochán* gesperrt, um Zeit zu gewinnen und den Schatz, wie ihr ihn nennt, vor euch zu finden. Aber ihr wart schneller. Hätte ich ihn gefunden und den Ort rasch verlassen können, bevor ihr euch befreien und herkommen konntet, dann hätte ich einen anonymen Anruf bei der Polizei gemacht, und man hätte jemanden geschickt, um euch herauszuholen. Dann wäre es gar nicht erst so weit gekommen«, sagt er und schwenkte die Waffe in meine Richtung. »Für mich hätte die Familie bis zum Sankt Nimmerleinstag nach dem Schatz suchen können, solange es keinerlei Möglichkeit für sie gab, ihn zu finden. Und jetzt werden sie ihn natürlich nicht mehr finden.«

»Wirst du ihn dir ansehen?«, fragte ich.

Er schien überrascht. »Den Schatz? Ich denke schon. Es ging mir zwar nie um den Schatz, aber da ich ihn nun mal habe, warum nicht? Ist vielleicht eine Extradividende. Hier«, sagte er und schob das Bündel mit dem Fuß zu mir. »Mach es auf, ich brauche beide Hände«. Er deutete mit dem Kopf auf die Waffe.

Meine Finger zitterten so sehr, dass ich mit den Knoten in der Schnur nicht zurechtkam. Es hatte wieder angefangen zu regnen, die Nässe sickerte durch meine Kleidung, und der Regen tropfte mir von den Haaren in die Augen.

»Lass dir ruhig Zeit«, sagte er. Ich hoffte verzweifelt auf Hilfe und versuchte, mich verstohlen umzusehen. Wer sich im heiligen Zentrum des alten Irland, der *Axis Mundi* be fand, einem Ort, von dem aus man theoretisch ganz Irland hätte überblicken können, und ein dort entzündetes Feuer würde von allen Gipfeln Irlands zu sehen sein, hatte keinerlei Fluchtmöglichkeit. Besser gesagt, ich hätte zwar rennen, mich aber außer bei einer kleinen Baumgruppe, die westlich hangabwärts stand, nirgends vor diesem Wahnsinnigen verstecken können. Und um dorthin zu gelangen, hätte ich an ihm vorbei müssen.

»Dein Vater hat dich gesucht«, sagte ich und versuchte verzweifelt, Zeit zu gewinnen oder ihn einen Augenblick lang abzulenken. »Owen Mac Roth, meine ich. Dein leiblicher Vater. Er hat überall nach dir gesucht.«

»Ach wirklich? Wie rührend. Ein bemitleidenswerter Mensch, so wie ich.«

»Auch Eamon hat nach dir gesucht. Aber sie haben es ihm nicht gesagt, die Behörden, meine ich.«

»Tja, zu wenig und zu spät.«

»Aber die Familie – Margaret und die drei Töchter sind doch unschuldig. Sie wissen doch gar nichts davon. Das weißt du doch sicher auch.«

»Auch ich war unschuldig«, antwortete er. »Trotzdem habe ich unermesslich gelitten unter dem, was Eamon Byrne mir angetan hat. Wenn ich mich schon nicht an Eamon Byrne rächen kann, dann wenigstens an seinen Kindern. Außerdem haben sie in all ihrer Unschuld im Luxus gelebt. Eamon hätte ihnen immer alles gegeben, was sie nur wollten. Doch jetzt werde ich sie ruinieren. Mach bitte das Bündel auf.«

Und das tat ich auch. Ich spürte, dass er langsam sauer wurde und wollte ihn nicht noch weiter provozieren. Ich wollte ihm sagen, dass er sich irrte, wagte es aber nicht. Er konnte Eamon Byrnes Kinder nicht vernichten. Nun, er konnte sie zwar finanziell ruinieren, doch ich hatte die Entschlossenheit in Eithne Byrnes Blick gesehen und wusste, dass sie sich nicht unterkriegen lassen würde.

Allein dieser Gedanke beflügelte mich, sodass ich weiter nach einem Ausweg aus diesem entsetzlichen Dilemma suchte, in dem ich mich befand. Ich wusste aber auch, dass meine Zeit bald abgelaufen war. Schließlich hatte ich die Knoten geöffnet. Wer immer dieses Bündel geschnürt haben mochte, wusste, was er da tat. Vorsichtig rollte ich die Plastikfolie auf und fand darunter eine weitere Hülle aus ungebleichtem Leinen.

»Stopp«, befahl er mir. »Lass uns ein wenig raten. Was, glaubst du, ist da drin?«

»Das Schwert von Nuada Silberhand«, sagte ich.

»Interessant. Wie kommst du darauf?«, fragte er.

»Der erste Buchstabe eines jeden Hinweises, vom Ende beginnend, mit dem Letzten, wie beim Ogham, von unten nach oben buchstabiert ergibt *Nuada Argat-lam*«, sagte ich. »Eamon Byrne hat schon immer nach den Gaben der Götter gesucht. Ich glaube, dass es das Schwert ist, eine der vier Gaben der Götter. Lang genug wäre es ja.«

»Äußerst interessant. Lass uns nachsehen, ob du Recht hast«, sagte er. »Mach weiter. Jetzt, da du schon so weit gekommen bist, kannst du es auch zu Ende bringen.«

Was immer in dem Bündel sein mochte, es musste etwas ziemlich Spektakuläres sein, um ihn einen Augenblick lang abzulenken, sodass ich versuchen könnte, zu fliehen. Ich war mir aber nicht sicher, ob ein abgenutztes, altes Eisenschwert reichen würde.

Aber es war nicht Nuadas Schwert. Als ich die letzte Lage entfernt hatte, sah ich eine silberne Hand, an deren unteren Fingergliedern sich vier große Juwelen, Rubine vermutlich, befanden. Die oberen Fingerglieder hatten kleine Fenster aus durchsichtigem Stein, geschliffener Quarz vielleicht. Es handelte sich um keinen heidnischen Gegenstand, nichts aus der Zeit von Nuada, falls der überhaupt jemals existiert hatte. Es musste ein frühchristlicher, sehr alter Gegenstand sein, so etwas wie ein Reliquienschrein, in dem die Knochen einer außergewöhnlichen Persönlichkeit, einem Bischof vielleicht oder sogar einem Heiligen, aufbewahrt wurden. Das Stück war aus Silber und mit keltischen Mustern beschlagen, das wunderbarste Kunstwerk, das ich je gesehen hatte.

»Lass sehen!«, sagte Charles, und ich übergab es ihm. Es war schwer, sodass er für einen Moment die Waffe sinken ließ. Ich stürzte mich auf sie, doch er merkte es, griff ebenfalls nach ihr, und sie wurde ein paar Meter weiter auf den Boden geschleudert. Während er rasch versuchte, sie wiederzubekommen, rannte ich los, glitt und rutschte seitlich den Hügel hinab und versuchte, in den Schutz irgendeines Baumes zu gelangen.

»Halt!«, schrie er. Doch ich hörte nicht auf ihn. Ich vernahm einen Schuss aus der Waffe und spürte dann einen kurzen Schmerz in meiner Seite. Nicht so schlimm, dachte ich noch. Er hat mich nicht wirklich erwischt. Doch dann versagten meine Beine, und ich fiel mit dem Gesicht nach vorne in den Schlamm. Alles, was ich noch hörte, war Geschrei, und dann nur noch ein Rauschen in den Ohren. Während der Regen in kleinen Bächlein über meine Hand rann, wurde mir schwarz vor Augen.

# 19

## Weise bin ich

Ich kann Ihnen sagen, sterben ist nicht so, wie es immer dargestellt wird. Ich kann eigens bezeugen, dass all das Gerede über helles Licht, lange Tunnel und übersinnliche Gefühle von Frieden ein absoluter Schwachsinn, irgendjemandes Hirngespinst ist.

Ich war bei absolut klarem Bewusstsein, fror aber heftig, meine Finger und Zehen fühlten sich an wie Eiszapfen.

Ich konnte alles um mich herum hören und begreifen, mich aber weder bewegen noch sprechen. Ich verfolgte alles mit einem gewissen Desinteresse, als hätte es nichts mehr mit mir zu tun. Trotzdem war mir klar, dass ich etwas sehr Wichtiges zu sagen hatte.

Langsam begriff ich, dass ein paar der Stimmen von Leuten kamen, die ich kannte. Ich erkannte Rob, Alex, dann Moira und Clive. Moira und Clive! Entweder machte ich gerade eine außerirdische Erfahrung, oder ich war tatsächlich eine Zeit lang bewusstlos gewesen, lange genug, um es Moira und Clive zu ermöglichen, über den Atlantik nach Irland zu düsen. Und falls Letzteres der Fall war, musste es ziemlich schlimm um mich stehen.

Ich hörte wie sich eine Tür öffnete, dann Schritte im Raum.

»Hallo Breeta, Liebes«, sagte Alex.

»Wie geht's ihr?«, sagte Breeta. Sie klang wieder ganz so wie früher. Das war ja immerhin schon etwas. Und natürlich lauschte ich gespannt auf ihre Antwort.

»Sie hat die Operation gut überstanden«, sagte jemand, vermutlich ein Arzt. Wie beruhigend, dachte ich.

»Aber nun müssen wir abwarten, wie sie sich die nächsten Stunden über hält.«

Was sollte das heißen?

»Kann sie uns hören?«, fragte Breeta.

»Kann schon sein«, sagte der Arzt. »Es tut ihr bestimmt gut, wenn jemand mit ihr redet.«

Ich hörte Schritte auf mich zukommen und dann, dass jemand nahe an meinem Ohr atmete. »Ich weiß, dass es eine schlimme Zeit für dich war, zu Tode erschreckt, ganz alleine da draußen auf dem Hügel mit diesem Irren, angeschossen im Dreck und Regen zu liegen«, sagte Breeta. »Und ich gebe ja zu, dass Rob und die Polizei beinahe zu spät gekommen sind. Und über viele Stunden operiert zu werden, muss zweifellos sehr schwer für dich gewesen sein, ganz egal, ob du bei Bewusstsein warst oder nicht. Aber du hattest Zeit genug. Mir scheint, du bemitleidest dich jetzt selbst. Also, reiß dich jetzt zusammen, und wach endlich auf!«

Menschen, die einem die eigenen Worte um die Ohren hauen, wenn man gerade nicht gut drauf ist, sind eine Landplage, dachte ich. Vielleicht nicht gar so schlimm wie Leute, die auf einen schießen, aber dennoch eine Plage. Ich ignorierte sie einfach.

»Das ist alles meine Schuld«, schluchzte Jennifer. »Sie ist diesem schrecklichen Mann nachgefahren, weil sie sich um mich Sorgen gemacht hat.«

»Es ist nicht deine Schuld«, sagte Rob. »Es ist meine Schuld. Ich habe sie angelogen, als ich die Polizeiwache verließ. Ich wollte nicht, dass irgendwer mitbekam, dass ich noch zu Maeve fuhr, um mich mit ihr auszusprechen. Hätte ich Bescheid gegeben oder wäre ich gleich zurück in mein Zimmer gegangen, hätten wir es begriffen und wären vor ihr dort gewesen.«

Oh mein Gott, dachte ich nur, ich muss endlich aufwachen und etwas sagen. Ich wollte nicht, dass sie mit Schuldgefühlen weiterlebten. Ich war doch diejenige gewesen, die auf allem bestanden hatte. Ich hätte es weiß Gott besser wissen müssen. Immerhin hatte Deirdre mich gewarnt. Aber so sehr ich es auch versuchte, ich konnte einfach nicht aufwachen. Stattdessen merkte ich, wie ich langsam wegdämmerte. Kurz darauf saß ich in einem leeren Theater, leer natürlich bis auf mich. Ein Scheinwerfer zeichnete einen Lichtkegel auf die Bühne.

Nach ein paar Minuten absoluter Stille hörte ich laute, hallende Schritte, und ein Mann in schwarzem Anzug, mit Melone, Schirm und einem weiß bemalten Gesicht trat in den Lichtkreis. Ich starrte ihn an und überlegte, dass er mir bekannt vorkam. Doch beim besten Willen konnte ich nicht feststellen, wer es war, und irgendwann gab ich den Versuch auf.

»Meine sehr verehrten Damen und Herren«, sagte der Mann, »sehen Sie nun zu Ihrer Erbauung und zum letzten Mal auf der Leinwand den Segler, Weltenbummler, Gelehrten, Antiquitätensammler, erfolgreichen Unternehmer und Familienvater aus County Kerry in Irland, Missssssster Eamonnnnnnnn Byrrrrne!«

Die Leinwand hinter dem Mann erhellte sich, seine Schritte verhallten und Eamon Byrne erschien wie angekündigt auf der Leinwand. Jedoch war er größer und kräftiger, als er im wahren Leben gewesen sein musste. »Ihr werdet euch fragen, weshalb ich euch zusammengerufen habe«, sagte das riesige Gesicht. »Vor allem«, er hustete, »wenn man bedenkt, wie ich gestorben bin.«

»Ich habe das schon einmal gesehen«, sagte ich in das leere Theater hinein. »Es muss eine Wiederholung sein.«

Doch das war es nicht.

»Ich wünschte«, sagte Eamon Byrne und sah mich nun direkt an. »Ich wünschte mehr als alles auf der Welt, ich hätte meiner Schwester Rose, meinen Freunden, meinen Geschäftspartnern, meinem Personal, Kitty, John und Michael, selbst Deirdre, meiner Frau Margaret, vor allem aber meinen

Lieblingen, meinen Töchtern, meiner kleinen Eriu, meiner Fotla und meiner Banba – nicht all die schrecklichen Dinge gesagt, sondern vielmehr, wie sehr ich sie liebe.«

Und damit verschwand er von der Leinwand, und ich war wieder zurück in meinem Krankenhauszimmer.

Das verlangte, so schien es mir, nach entschlossenem Vorgehen. Unter Aufbietung aller meiner Kraft versuchte ich, die Augen zu öffnen. Ich musste wieder eine ganze Weile bewusstlos gewesen sein, denn Breeta war nun nicht mehr da. Alle anderen hingegen schon, und sie waren es auch, mit denen ich sprechen wollte.

»Sie ist aufgewacht«, rief Alex.

»Wurde auch langsam Zeit«, sagte Moira und lächelte mich an.

Ich versuchte, meine Lippen zu bewegen, was ein langsames und schmerzhaftes Unterfangen war. »Ich«, sagte ich langsam und so verständlich wie möglich. Alle beugten sich zu mir vor.

»Liebe«, sagte ich. Sie sahen mich gespannt an.

»Eu«, schloss ich und versuchte, sie alle in meinen Blick aufzunehmen. Irgendwie kam ich mit dem CH nicht zurecht.

»Selbst di, Clive«, sagte ich langsam. Er umarmte Moira und drückte mir dann einen feuchten Kuss auf die Wange.

»Großartig!«, sagte Rob und lächelte zu mir herab.

Meine nächste Reise nach Irland fand ein paar Monate später statt, denn ich sollte im Prozess gegen Charles McCafferty aussagen. Ich hielt mich nicht lange dort auf, denn die Reise wurde durch einen Zwischenfall vorzeitig beendet, der auch jetzt noch ab und zu in meinen Gedanken herumspukt oder mich mitten in der Nacht schweißgebadet erwachen lässt und an meinem Bettzeug zu zerren scheint. Am ersten Verhandlungstag wirkte Charles gelassen und selbstsicher, als hätte er keinen Zweifel daran, dass sein Charme ihm aus der Patsche helfen würde. Und glauben Sie mir, das hätte durchaus sein können. Am zweiten Verhandlungstag, als man ihn aus dem Polizeiwagen mit auf dem Rücken gefesselten Händen zum Gerichtssaal brachte, schnellte Conail O'Connor hinter einem Lastwagen hervor, hob ein Gewehr und schoss ihn nieder. Dem folgte ein riesiger Prozess, der von den Medien des ganzen Landes verfolgt wurde, und immer und immer wieder wurde in Zeitlupe die Sequenz gezeigt, in der Charles starb.

Ich denke, dass er seinen Mörder gesehen hatte, ganz sicher bin ich mir aber nicht. Ich glaube, dass er seinen Tod mit derselben distanzierten Gelassenheit sah, die er zu Lebzeiten besessen hatte. Wie ich selbst jedoch dazu stehen sollte, darüber war ich mir nicht im Klaren. Obwohl ich ihn eher als jemanden sah, der sündigte, als jemanden, an dem gesündigt worden war, vor allem was Michael Davis betraf, so empfinde ich ab und zu auch Mitleid, wenn ich an Charles denke. Ich hoffe nur, dass die Familienfehde zwischen den Byrnes und Mac Roths mit ihm endgültig beigelegt ist.

Erfreulicherweise haben hingegen die *Byrne Enterprises* unter der Führung des Triumvirats der Byrne-Schwestern zu neuem Aufschwung gefunden. Die Familie plant, das Silberreliquiar einem Museum zu stiften, sobald sie genug Einkommen hat, um die Spende von der Steuer absetzen und die Ersparnis in das Geschäft investieren zu können. Bis dahin ist es noch ein langer Weg, aber ich bin sicher, dass sie es schaffen werden. Irgendwie gefällt mir der Gedanke, dass die *Byrne Enterprises* von der Dreifach-Göttin der Tuatha de Danaan, von Eriu, Fotla und Banba geführt werden. Wie könnten sie auch bei all dem Zauber an ihrer Seite versagen?

Sean McHugh leitet als Vizepräsident oder so ähnlich auch wieder eines der Geschäfte und erstattet seiner Frau und seinen Schwägerinnen regelmäßig Bericht. Fionuala und Conail haben sich hingegen definitiv getrennt. Conail hatte offenbar geglaubt, dass seine Frau bei ihm bliebe, wenn er für die Familie Rache an Charles nehmen würde. Er hat sich geirrt. Das

Letzte, was ich weiß, ist, dass Fionuala ihre Zeit nicht weiter mit Gefängnisbesuchen bei ihrem Exmann vergeudet, sondern ein Auge auf Ryan McGlynn geworfen hat. Man kann für sie nur hoffen, dass die Ähnlichkeit zwischen Dideldum und Dideldei rein äußerlicher Natur war.

*Second Chance* wurde verkauft. Margaret kehrte nach Connemara zurück und hat mir zu meiner großen Verwunderung geschrieben und sich nach meinem Befinden erkundigt. Alle anderen sind in Dingle geblieben. Eithne und Sean besitzen ein kleines Haus in der Stadt, Breeta lebt hingegen glücklich mit Paddy Gilhooly und ihrem süßen Baby, einem Mädchen, auf *Rose Cottage*. Ich habe ein wirklich reizendes altes Bettchen für den kleinen Schatz gefunden und es hinüberschiffen lassen. Alex wollte keine Miete von den beiden, dafür renovieren Breeta und Paddy ihm Schritt für Schritt das Haus und haben auch Strom und eine neue Straße legen lassen. Alex sagt, dass er sich irgendwann, in ferner Zukunft, einmal dorthin zurückziehen wird. Ich nehme an, dass auch Vigs im Cottage wohnt.

Jennifer Luczka geht inzwischen zur Uni. Sie kommt gut voran. Und sie hat einen neuen Freund. Sie bringt ihn an Thanksgiving mit, damit wir ihn kennen lernen. Rob wappnet sich schon jetzt für diese Qual.

Ich brauche um einiges länger, als ich gedacht hatte, um mich von der Operation zu erholen, aber das sind vermutlich die Risiken, wenn man in den Vierzigern ist. Wie Rob immer wieder betont, ist das mittlere Alter nichts für Schwächlinge. Die Ärzte raten mir zu Geduld, was ich versuche, obwohl ich sehr ungeduldig bin. Ich fühle mich einigermaßen gut und bin dankbar, noch am Leben zu sein.

Moira ist zur Überzeugung gelangt, dass mein Leben viel besser wäre, wenn ich einen Mann hätte, eine Sicht der Dinge, die ich nicht unbedingt mit ihr teile. Und sie hat Rob als nächsten Partner für mich ins Auge gefasst. Dazu kann ich nur sagen: Wenn Rob und ich in Richtung engere Beziehung auch weiterhin nur Fortschritte im Schneckentempo machen, werden wir erst dann eine haben, wenn wir uns nur noch keusche Küsschen zuwerfen und uns den Gebisskleber reichen können. Mittlerweile interessiere ich mich jedenfalls für keinen anderen Mann mehr.

Moira hat indirekt auch noch etwas anderes für meine Zukunft getan. *Greenhalgh & McClintoch* gibt es nicht mehr, dafür gibt es jetzt *McClintoch & Swain.* Sarah Greenhalgh, die den Einzelhandel streckenweise nicht so aufregend fand, wie sie ihn sich vorgestellt hatte, und die übrige Zeit viel zu stressig, fragte mich, ob ich sie auszahlen würde. Die Entscheidung für eine Wiedervereinigung mit Clive – rein geschäftlich natürlich – fiel nach einer Dreierkonferenz an meinem Küchentresen. »Ich möchte dir gerne ein Angebot machen«, sagte Clive vorsichtig, räusperte sich und sah Moira an, während er sprach. »Da Sarah gehen möchte und du in letzter Zeit nicht ganz fit warst, haben wir uns überlegt, dass du mit dem Geschäft vielleicht ein wenig Hilfe brauchen könntest. Was hältst du davon, wenn wir uns wieder zusammentun würden? Du hast ein viel besseres Gespür als ich für Möbel und Einrichtungsgegenstände, die den Leuten gefallen könnten, und du weißt viel über Antiquitäten. Ich bin dafür vielleicht ganz gut im Design. Lass uns an einem Strang ziehen. Was hältst du davon?«

Ich sah die beiden an. Clive wirkte wie immer flott, wenn auch ein wenig besorgt, Moira sah hingegen für sie ganz untypisch befangen aus. Ich blickte auf meine Kaffeetasse und sah zu, wie ein dünner Schaumring aus Milch sich von meinem Löffel löste und auf die Untertasse floss, und für einen Augenblick lief noch einmal mein Leben mit Clive, die guten sowie die schlechten Zeiten, vor meinem inneren Auge ab. Aus irgendeinem Grund musste ich auch an Charles denken und an eine lange, traurige Geschichte über eine Liebe zum falschen Zeitpunkt, und ich spürte, wie ich wieder wütend wurde, ob darüber oder über mich, wusste ich nicht.

Dann musste ich aber auch daran denken, wie oft ich mit Moira gelacht hatte, und an unsere Gespräche bis tief in die Nacht. Und an die Unterstützung, die wir uns in schweren Zeiten, ob geschäftlich oder privat, gegenseitig geschenkt hatten. Ich erinnerte mich, wie Moira und ich uns gleichzeitig die Weisheitszähne ziehen lassen mussten. Wir gönnten uns eine Limousine nach Hause, zogen unsere extra für diesen Anlass gekauften Flanellnachthemden an, wickelten uns in Decken und verbrachten fast die ganze Nacht vor dem Kamin, bissen die Zähne zusammen und tranken eine gute Flasche Scotch, während unsere Backen immer dicker anschwollen. Und ich erinnerte mich, dass man mir erzählt hatte, wie Moira ihre Handtasche und ihren Reisepass schnappte, als sie erfuhr, dass auf mich geschossen worden war. Sie hatte Clive angerufen, war schnurstracks, ohne Zahnbürste und sonst irgendwas, zum Flughafen gefahren, hatte aus dem Auto ihr Reisebüro angerufen und verlangt, dass man sie in den erstbesten Flieger irgendwohin nach Irland setzte. Als ich wieder von meiner Tasse aufsah, betrachtete Moira mich mit einem halb hoffnungsvollen, halb flehenden Gesichtsausdruck.

»Du kannst ja mal darüber nachdenken«, sagte Clive.

»Das muss ich nicht. Es ist eine gute Idee«, antwortete ich.

Clive wollte unser neues Geschäft lieber *Swain & McClintoch* nennen, als ihm seinen ursprünglichen Namen zu lassen, den es vor unserer Scheidung gehabt hatte. Seine zweite Exfrau Celeste war aber nicht geneigt, ihm Geld zu leihen, und meine Freundin Moira hielt sich klugerweise heraus. Unter diesen Umständen war die Bank auf meine Unterschrift schärfer als auf seine, und so wurde *McClintoch & Swain* daraus. Wir eröffneten mit einer äußerst feuchtfröhlichen Party, zu der wir jeden einluden, der uns nur in den Sinn kam, und bei der Champagner – echter Champagner möchte ich betonen – in Strömen floss. Normalerweise gebe ich keine so rauschenden Partys. Was ich damit sagen will, ist, dass wir noch Monate später dafür blechen mussten. Aber wen kümmert das schon? Zumindest hatte ich so auch das Gefühl, mein neues Leben zu feiern, und nicht nur das Geschäft. Ich habe in den letzten paar Monaten viel gelernt, nicht zuletzt, dass das Leben ein wertvolles und sehr zerbrechliches Geschenk ist. So ungewöhnlich es auch sein mag, mit dem Exmann zusammenzuarbeiten, bei uns geht es gut. Der irisch-georgianische Stil läuft einigermaßen. Genau wie ich gehofft hatte, mischt Clive die Farben und fertigt eine Skizze von dem Raum an, komplett mit Farbproben. Ich für meinen Teil besorge mit Hilfe von Eithne Byrne, unserer Halbtagskraft in Irland, die nötigen Möbel. Was wir auch suchen, Eithne findet es. Sie arbeitet ausgezeichnet und hat Spaß dabei, glaube ich. Vermutlich wird sie in Irland bald ihr eigenes Geschäft eröffnen, sobald es den *Byrne Enterprises* wieder besser geht. Aber ich hoffe, dass unsere Freundschaft auch dann weiter bestehen bleibt.

Und falls der irisch-georgianische Stil bei Ihnen nicht ankommt, sagen Sie uns, was Sie gerne hätten. Wir werden Ihnen eine komplette Ausstattung beschaffen: Einrichtung, Pflanzen, Beleuchtung, Fenster und Wandgestaltung, egal was. Wir kennen uns mit mediterranem, toskanischem, mexikanischem und balinesischem Stil und vielem mehr aus. Es liegt eine ganze Welt da draußen, und bevor ich wieder zu dieser großen Leinwand im Himmel entschwebe, möchte ich alles besichtigen.

Deutsche Erstausgabe 2006
Weltbild Buchverlag –Originalausgaben–

2. Auflage 2006


Projektleitung: Almut Seikel
Redaktion: Ingola Lammers
Übersetzung: Christiane Winkler
Umschlag: Hauptmann & Kompanie Werbeagentur GmbH, München
Umschlagabbildung: © Homer Sykes / CORBIS
Satz: avak Publikationsdesign, München
Druck und Bindung: Clausen & Bosse GmbH,
Birkstraße 10, 25917 Leck

Gedruckt auf chlorfrei gebleichtem Papier

Printed in Germany

ISBN 3-89897-404-9